한국 대중소설의 틈새와 심층

Gap and Depth of Korean Popular Novels

한국 대중소설의 틈새와 심층

최미진

푸른사상

　유난히 짧았던 가을을 뒤세우며 두 번째 연구서를 세상에 내놓습니다. 학문마당에 처음 들어선 이래 줄곧 문학사와의 긴장 관계 속에서 대중소설사를 탐색하는 일에 힘을 쏟아 왔습니다. 사회학, 철학, 미학, 문화학을 넘나들면서 카웰티, 그람시, 레이몬드 윌리엄스, 스튜어트 홀, 움베르트 에코, 피에르 부르디외 들에게서 얻었던 깨달음을 통해 대중문학의 새로운 가능성을 확인할 수 있었습니다. 특히 대중예술 전반에 걸쳐 최근의 학문적 동향과 새로운 이론을 접하게 해 준 대중서사학회 여러 연구자들과의 교류를 통해 대중소설의 다양한 접근 가능성을 확인한 일은 큰 보람이었습니다.

　이런 가운데서도 대중소설사의 다양한 역장을 살필 수 있는 일차 문학 사료가 턱없이 부족하여 이론과 실제의 괴리를 껴안을 수밖에 없었습니다. 그런 까닭에 소설사적으로 중요하고 반드시 눈길을 주고 싶었던 몇몇 작가들을 미처 살피지 못해 아쉬움이 크다 하겠습니다. 이즈음 박사학위 논문을 준비하면서 박계형과 정연희의 소설들을 찾아나서던 그 당시의 각오와 패기가 더욱 절실하고 또한 새삼스럽습니다.

　이 책은 1960년대 대중소설의 서사전략을 살핀 연구의 연장선상에서 이제까지 글쓴이가 대중소설사의 광대한 물길을 탐색하다 만난 대중소설을 다룬 글입니다. 주제론과 작가·작품론을 크게 두 매듭으로 묶었습니다. 이를 통해 대중소설의 존재방식과 대중성의 실체를 규명하고 한국소설사의 깊이와 넓이를 더하는 데 보탬이 된다면 더없는 기쁨이 되리라 여깁니다.

1부에서는 대중소설 연구의 새로운 방법론을 모색하면서 주제론적 접근을 시도한 네 편의 논문을 실었습니다. 20여년의 시간적 간극을 두고 창작된 김말봉과 최인호의 동명소설 『별들의 고향』을 상호텍스트성 이론을 접목하여 창작의도, 제재, 이야기의 구조화 방식, 서술자와 서술 형태, 독자의 취향과 기대지평의 변화를 다루었습니다. 또한 여성을 주된 독자층으로 겨냥한 정연희의 초기 소설을 대상으로 대중소설의 이데올로기와 서사전략을 여성 주체의 형성과 관련지어 살펴보았으며, 정비석과 전병순의 소설을 대상으로 대중소설의 표제에 등장하는 부인(夫人)명 소설에 나타난 여성 의식과 부인의 자기 정체성 모색 과정을 사회문화적 코드와 관련지어 해명하였습니다. 마지막으로 대중이라는 집단적 주체가 문화를 주도하는 대중문화의 시대에 창작된 조창인, 김하인, 귀여니의 소설을 대상으로 수용자의 취향 변화를 폭넓게 진단하고자 했습니다. 이러한 논의들은 대중소설의 생산과 소비에 작동하는 공식성과 독자의 기대지평, 텍스트와 컨텍스트, 작품의 영향관계, 이데올로기와 전략의 문제를 구체적으로 밝히고자 마련되었습니다.

　　2부에서는 소설의 저변을 확대한 근대 신문연재소설에서부터 당대의 인터넷 소설에 이르기까지 광범위한 독자층의 인기를 얻었던 대중소설에 관한 개별 논문을 묶었습니다. 대중소설이 한국 근현대소설사에서 주류적인 흐름을 형성하고 있다는 가능성을 예감하면서 쓴 글들입니다. 1930년대 후반 박계주의 『殉愛譜』에 나타난 멜로드라마적 도식과 대중적 특성을 규명함으로써 연애소설을 재조명하였으며, 광복기와 한국전쟁기에 이르는 역사의 격랑을 형상화한 김말봉의 『별들의 故鄕』과 여순사건과 한국전쟁을 다룬 전병순의 『絶望 뒤에 오는 것』을 사회적 멜로드라마라는 관점에서 고찰하였습니다. 손창섭의 후기소설 『夫婦』를 '몸'의 논리에서 살폈으며, 역사소설의 대중적 성공요인을 최인욱의 『林巨正』에서 도출하고자 시도했습니다. 남성성/여성성의 이분법을 해체함으로써 여성의 주체 정립을 다룬 정연희의 『石女』는 대중소설의 가능성과 한계를 고스란히 보여주고 있었습니다. 이른바 '열풍'을 이끌며 기존의 소설 지형을 위협하고 문학뿐만 아니라 출판 문화계에도 큰 반향을 불러일으켰던 귀여니의 소설은 새로운 독자층과 다변화된 문학 양식의 출현 가능성을 내장하고 있었습니다. 이러한 논의들은 당대의 사회역사적 현실과 문화적 기반에 근거하여 대중소설이 어떻게 대중을 이야기하고, 아주 오래된 유혹의 방법과 전략을 구사하는지를 심층적으로 다룬 글이라 하겠습니다.

앞으로 한국 대중소설의 생산과 소비에 큰 눈길을 주어 대중소설의 유통과 독자 수용, 그것의 존재방식을 살피고자 합니다. 여전히 연구자들의 섬세한 손길을 기다리고 있는 방인근, 허문영, 박계형 들의 해적판 소설의 유통 방식을 서지학적 맥락에서 따져들고 싶습니다. 또한 몇 해 전부터 관심을 가져온 1950년대 요산 김정한의 소설 연구 또한 발굴 자료를 묶어 단행본으로 출간할 여지가 생겼습니다.

늘 그렇듯이 내쳐 달려온 지난날을 뒤돌아보는 일이 잦지만 기쁨 또한 적지 않았습니다. 마음을 아끼지 않았던 학문의 동반자인 남편과 여러 동학들, 연구와 강의를 핑계로 크고 작은 집안일에 소홀했던 며느리의 불편한 마음자리를 큰 그늘로 덮어주셨던 아버님과 어머님, 당신의 고단함에 앞서 첫째에 이어 둘째 아이를 맡기고 주말마다 오가는 맏딸의 마음을 헤아려주신 아버지와 어머니가 그렇습니다. 그리고 단아한 장정과 매무새로 글쓴이의 성근 생각들을 두 번씩이나 책으로 엮어 주신 푸른사상사 한봉숙 사장님과 편집부 식구들의 정갈한 마음을 잊을 수가 없습니다. 한결같이 고마운 인사를 올립니다.

2006년 가을 금정산 기슭에서
최미진 적음

제4장 당대 대중소설과 수용자의 취향 변화　　90

제2부　대중소설, 오래된 유혹의 심층

제1장 1930년대 후반 연애소설의 가능성과 한계　　129
  — 박계주의 『殉愛譜』를 중심으로

제2장 한국전쟁기 김말봉 소설의 대중성　　164
  — 『별들의 故鄕』을 중심으로

제1부
대중소설의 생산과 이데올로기

한국 대중소설의 상호텍스트적 접근
— 김말봉과 최인호의 『별들의 故鄕』을 중심으로

1. 대중소설과 상호텍스트성

김말봉과 최인호의 『별들의 故鄕』은 동명 소설이다. 김말봉의 『별들의 故鄕』은 1953년 정음사에서 출간된 장편소설이며,[1] 최인호의 『별들의 故鄕』은 1972년 9월 5일에서 1973년 9월 9일까지 『조선일보』에 연재되었다가 1973년 예문관에서 단행본으로 출간되었다. 두 소설은 20여 년의 간극을 두고 발표된 동명 소설인 셈이다. '최인호'하면 『별들의 故鄕』을 떠올릴 만큼 대중들에게 많이 알려져 있지만 김말봉의 『별들의 故鄕』은 독자들에게 친숙하지 못한 작품이다. 하지만 두 소설 모두 본격적인 연구성과를 발견하기란 쉽지 않다.[2] 그것은 대중

[1] 최미진·김정자, 「한국전쟁기 김말봉의 『별들의 故鄕』 연구」, 『한국문학논총』 제39집 (한국문학회, 2005), 296쪽.

[2] 김말봉 소설 연구는 대부분 그녀의 출세작 『찔레꽃』을 중심으로 대중소설의 특성이나 한계를 검토하는 데 치중되어 있다. 이러한 상황 속에서 지금까지 김말봉의 『별들의 故鄕』에 대한 연구는 최미진·김정자의 앞선 논문 뿐이다.
최인호 소설 연구 또한 대부분 초기 단편소설에 집중되어 있으며, 1990년대 이후 장편소설에 대한 관심을 보여주고 있다. 여기에서 『별들의 故鄕』에 대한 단독 연구보다

소설에 대한 폄하된 시선이 거두어지지 않고 있는 데다 새로운 방법
론적 모색과 정체성 확립에 곤란을 겪고 있는 대중소설의 연구 풍토
등의 문제가 복잡하게 얽혀 있기 때문이다. 게다가 김말봉의『별들의
故鄕』은 유명 작가의 작품임에도 불구하고 자료를 구하기가 쉽지 않
다. 그만큼 대중소설 상당수가 우리의 기억에서뿐만 아니라 자료까지
망실되어 연구 성과를 기대하기 더욱 힘들게 하고 있다. 이제는 대중
소설의 연구가 묻혀진 자료의 발굴과 함께 새로운 방법론적 모색을 절

는 다른 장편소설과 묶어 이루어지는 것이 대부분이다. 연구 성과는 크게 네 가지 양
상을 띠고 있는데, 첫째로 신문소설의 특장에 주목한 경우이다. 이것은 신문소설의
특징과 함께 대중성 확보 방식에 초점화한 논의로 박휘종, 박철우, 추은주, 장서연,
김경양, 김창식 등의 논의가 이에 포함된다. 박휘종, 「1970년대 대중소설 연구」, 계명
대 석사논문, 1995; 박철우, 「1970년대 신문연재소설 연구」, 중앙대 박사논문, 1996;
추은주, 「1970년대 대중소설 연구」, 부산대 석사논문, 1997; 장서연, 「1970년대 대중소
설 연구」, 덕성여대 석사논문, 1998; 김경양, 「최인호의 신문연재소설 연구:『별들의 고
향』,『바보들의 행진』을 중심으로」, 서울여대 석사논문, 1998; 김창식, 「신문소설의 대
중성과 즐거움의 정체」,『대중문학을 넘어서』, 청동거울, 2000. 둘째로, 현대 사회의
특징을 고스란히 드러내는 경우이다. 이것은 산업화, 도시화 과정에 있는 현대 사회
에서 도시적 생활자의 소외 문제를 주체구성의 방식이나 정치·사회적 상관성을 추
적하는 방식을 취하는데, 강상희, 김현주 등이 대표적이다. 강상희, 「현대의 비극 혹
은 천사와 창녀의 이중창―통속이 아닌 예리한 주제의식의 소설『별들의 고향』」,『문
학사상』 2000년 3월호; 김현주, 「1970년대 대중소설 연구」, 연세대 박사논문, 2003. 셋
째로, 관능성에 주목한 경우로 감각적인 문체뿐만 아니라 성, 신체, 권력의 역학관계
를 집중적으로 조명한다. 김원규, 김환옥, 문재원, 조명기 등이 이에 해당한다. 문재
원, 「1970년대 소설에 나타난 매춘과 탈매춘」,『한국 현대문학의 성과 매춘 연구』(김
정자 외 여럿), 태학사, 1996; 김원규, 「1970년대 최인호·황석영 소설에 나타난 성과
신체의 의미」, 연세대 석사논문, 2000; 조명기, 「『별들의 고향』 연구」,『문창어문논집』
제38집, 문창어문학회, 2001; 김환옥, 「최인호의『별들의 故鄕』 연구―성(性)과 권력의
관계를 중심으로」, 인제대 석사논문, 2004. 넷째로, 소설과 영화의 상호텍스트성에 주
목한 경우로, 김현종, 이선영 등의 논의가 있다. 김현종, 「영화로 소설 읽기―최인호
작 「깊고 푸른 밤」의 분석」,『어문연구』 제26집, 충남대 어문연구회, 1995; 이선영, 「최
인호 장편소설의 영화화 과정 연구」, 서울대 석사논문, 2002. 이상 최인호의 장편소설,
특히『별들의 故鄕』에 대한 연구들은 초기 단편에서 보여준 현대 사회의 소외 문제를
허무주의적이고 낭만적으로 해결한다는 지적의 연장선에 있다는 기존 논의들의 연장선
에서 이루어지고 있다는 점에서 공통적이다. 이것은 최인호 초기 문학의 전반적 특질로
규정할 수 있게 하지만, 다른 한편으로 연구성과의 한계로 작용할 수 있다.

실하게 요구하고 있다 하겠다. 이러한 인식 아래에서 이 글은 대중소설 연구에 상호텍스트성 이론을 접목시키고자 하는 시도로 마련되었다.

상호텍스트성은 일반적으로 어느 한 텍스트가 다른 텍스트와 맺고 있는 상호 관계를 의미한다. 포스트모더니즘의 입장에서 그것은 모든 텍스트가 새로운 창조물이라기보다 그 이전에 이미 존재해 있던 것을 재결합시켜 놓은 것에 지나지 않는다는 점을 전제한다. 작가는 다양한 텍스트의 독자에 지나지 않으며, 텍스트 또한 독서과정을 통해서만 존재하는 것이다. 특히 조나단 컬러의 경우, 상호텍스트성은 매우 넓게 개념화된다.3)

조나단 컬러는 상호텍스트성의 개념을 주어진 텍스트가 속해 있는 문화의 맥락에서 파악한다. 어느 한 텍스트가 이해되는 '일반적인 추론의 공간'으로 상호텍스트성을 개념화한다. 상호텍스트성은 어느 한 작품이 그 이전의 특정한 텍스트들과 맺고 있는 관련성을 가리키는 명칭이라기보다는 오히려 그 작품이 한 문화의 언술 공간에 참여하는 것을 가리키는 명칭이다. 즉 그것은 어느 한 문화의 다양한 언어나 의미 행위와 맺고 있는 관계, 그리고 그 문화의 가능성을 표현하는 텍스트들과 맺고 있는 관련성을 가리키는 것이다.4) 그러니까 그가 말하는 상

---

3) 상호텍스트성은 매우 넓은 스펙트럼을 차지하는 개념이다. 가장 제한된 의미에서 그 것은 주어진 텍스트 안에 다른 텍스트가 인용문이나 언급의 형태로 명시적으로 드러 나 있는 경우를 말하지만, 가장 넓은 의미에서는 텍스트와 텍스트, 주체와 주체 사이 에서 일어나는 모든 지식의 총체를 가리킨다. 상호텍스트성은 과거 다양한 비평의 관 점에서 사용되었다가 포스트모더니즘에서 본격적으로 논의되었다. 하지만 논자들마다 상호텍스트성 개념을 범주화하거나 인지하는 과정이 제각각일 만큼 논쟁적인 개념이 다. 때문에 글쓴이는 논의의 혼선을 피하기 위하여 상호텍스트성의 개념을 대중소설 의 연구방법으로 유용하다고 판단되는 조나단 컬러의 논의에 한정지어 사용하고자 한다. 상호텍스트성 관련 논의는 김욱동, 『포스트모더니즘의 이론:문학/예술/문화』, 민 음사, 1992, 191~236쪽과 김욱동, 『모더니즘과 포스트모더니즘』, 현암사, 1992, 195~ 207쪽을 참조하였다.

4) Jonathan Culler, "Presupposition and Intertexuality," in *The Pursuit of Signs:Semiotics, Literature,*

호텍스트성은 문학 텍스트들 내부의 기호 체계에 국한된 기원이나 영향 연구와는 사뭇 다르다 하겠다. 문학 텍스트는 다른 문학 텍스트를 포함하는 문화적 텍스트로까지 확장하여 이해되어야 하는 것이다. 이러한 맥락에서 그는 "시는 다른 시 그리고 독서의 관습과의 관련성을 제외하고는 창조될 수 없다"[5]고 언급한 바 있다. 여기에서 "독서의 관습과의 관련성"은 텍스트의 생산과 수용과정에 영향을 끼치는, 야우저의 표현대로 고친다면 '기대지평'의 개념과 맞닿아 있다. 야우스에 따르면 독자는 텍스트에 대한 사전 지식이나 문학적 관습, 시대적 상황 등을 바탕으로 텍스트에 대한 어떤 기대지평을 가질 수 있다. 기대지평은 장르의 익숙한 규범이나 내재적 시학, 문학사적 상황 그리고 문학적 맥락과 사회문화적 맥락이라는 요인에 의해 결정된다.[6] 즉 기대지평은 텍스트의 내적 수준뿐만 아니라 외적 상황까지 아우르는데, 그것은 컬러의 상호텍스트성이 확장되는 방식과 닮아 있다. 상호텍스트성은 어느 장르의 일반적인 특질이나 필요조건의 체계에서 출발하여 그것의 모델이나 대조에서 존재하는 다른 텍스트를 상호 참조하는 데에서 당대의 문화적 텍스트를 포함하는 것이다.[7] 그러니까 상호텍스트성은 하나의 문학 텍스트가 생산되고 인지되는 과정을 문화적 맥락에서 고찰하는 것에 다름 아니다.

이 글에서는 김말봉과 최인호의 동명 소설 『별들의 故鄕』을 대상으로 상호텍스트성을 기대지평의 특성에 견주어 비교 고찰해 보고자 한다.[8] 이 때 동명 소설의 상호텍스트성은 최인호가 『별들의 故鄕』을 창

Deconstruction, Ithaca : Cornell UP, 1981, p.103.

5) Jonathan Culler, *Structralist Poetics:Structuralism and the Study of Literature*, Ithaca:Conell University Press, 1975, p.30.

6) H.R. 야우스, 장영태 옮김, 『도전으로서의 문학사』, 문학과지성사, 1983, 318~323쪽.

7) Jeremy Hawthorn, *A Glossary of Contemporary Literary Theory*, Edward Arnold, 1992, p.126.

작할 당시 김말봉의 『별들의 故鄕』을 참조했을 것으로 보기 힘들다는 점에서 출발해야 한다. 그것은 최인호의 경우 원제가 '별들의 무덤'이었다가 신문사 측의 요구로 '별들의 故鄕'으로 바꾸었다는 점9)과 김말봉의 동명 소설이 당시 독자들에게 회자되었을 가능성이 희박하다는 점 때문이다. 두 작가의 동명 소설은 각기 다른 의도 아래 창작된 개별적인 대중소설인 셈이다. 하지만 두 소설은 이야기의 구조화 방식이나 제재적 측면에서 유사성을 띠면서 당대 사회적·문화적 맥락을 드러내는 상호텍스트성의 양상을 공통적으로 살펴볼 수 있다. 여기에서 작가들의 서로 다른 동기와 성차적 특성을 함께 눈여겨볼 만하다.

2. 연애소설의 공식성과 연애담의 문맥화

김말봉과 최인호의 『별들의 故鄕』은 연애소설이라는 대중소설의 장르를 가장 핵심적인 상호텍스트로 사용하고 있다. 상호텍스트성이 특정 장르의 일반적인 특질이나 필요조건을 토대로 삼는다 할 때, 두 소설이 이야기를 구조화하는 방식은 공통적으로 대중소설의 장르적 관습을 따른다. 김말봉의 『별들의 故鄕』은 단독정부 수립 무렵부터 한국 전쟁기에 이르는 역사적 격랑 속에서 최창열이 김영숙을 사랑하게 되고 그것을 지켜내는 과정을 복잡다단하게 그린다. 그리고 최인호의 『별들의 故鄕』은 1970년대 초반 김문기가 자살한 옛 연인 경아를 회상하면서 그녀의 삶을 세 개의 연애담으로 나누어 기술하고 있

---

8) 김말봉, 『별들의 故鄕』(정음사, 1953)과 최인호, 『별들의 故鄕』 상·하(예문관, 1973)를 텍스트로 삼았다.

9) 『별들의 故鄕』은 당시 조선일보사 신동호 편집국장이 조간신문의 연재소설 제목으로 부적절하다는 제의로 이종식, 조영서와 작가 최인훈이 함께 회의를 거쳐 결정되었다. 최인호, 『별들의 고향』 상권, 샘터사, 1994.

다. 그러니까 두 소설은 연애소설의 공식성을 서사화 방식의 토대로 둔다. 연애소설의 공식성은 주로 로망스나 멜로드라마가 혼융되어 사용되는데, 연애관계에서는 로망스의 공식이, 도덕적이고 감정적인 성격에서는 멜로드라마의 공식이 보다 강조된다.[10] 두 소설은 사랑 또는 연애의 과정이 전면적으로 나타나는 전형적인 연애소설로 로망스나 멜로드라마의 공식을 서사의 거대한 흐름에 차용하고 있는 셈이다.

우선 두 소설에서 연애의 과정은 사랑의 완성에 대한 욕망을 그리는 낭만적 플롯에 근간을 둔다. 낭만적 플롯은 긴장과 해결의 과정을 뚜렷하게 드러내는 대표적인 플롯이다. 연애소설은 낭만적 플롯을 사용하여 독자들에게 모든 정열이 다 소모되고 마음의 평정 상태에 접근한 지점에서 독서가 끝나기를 기대하게 한다. 이러한 이야기의 단정함은 오랫동안 연애소설이 독자들에게 호소력을 지녀온 이유 중 하나이다.[11] 두 소설은 독자들에게 친숙한 낭만적 플롯을 사용하여 이야기에 대한 기대감을 불러일으키는 독서의 관습을 기대지평으로 삼고 있는 것이다. 하지만 낭만적 플롯이 전달되는 방식에서는 차이성을 지닌다. 차이성은 서술 형태와 서술자의 선택에서 두드러진다.

김말봉의 『별들의 故鄕』은 전지적 작가 시점을 사용하여 중심적 서사와 부수적 서사의 복잡한 실타래를 파노라마식으로 단일하게 풀어간다. 이 소설은 전지적 서술자를 통해 서사 수준의 차이를 아우르는 단일 소설의 형태를 지닌다. 전지적 서술자는 당대 혼란한 사회적 정황과 작중인물들의 복잡한 관계들을 통제하여 독자들이 이해하기 쉽

---

10) 최미진, 「1960년대 대중소설의 서사전략 연구」, 부산대 박사논문, 2003, 20~24쪽 참조.
11) 로버트 숄즈 & 로버트 켈로그, 임병권 옮김, 『서사의 본질』, 예림기획, 2001, 276~277쪽.

도록 한다. 아울러 작중인물들의 내밀한 감정적 파고까지 접근하여 독자들이 지각하는 방법과 인식에도 영향을 미친다. 때문에 전지적 서술자는 작가 특유의 형상화 방식이나 주제의식을 당대 독자의 기대지평과 공유하는 데 조력한다. 반면 최인호의 『별들의 故鄕』은 일인칭 서술자인 '나', 그러니까 김문오가 경아의 죽음으로 인해 그녀를 회상하는 겉 이야기와 서술자의 삼인칭 서술로 경아의 삶 뒤에 숨어 있는 핵심적인 속 이야기 형태를 띠는 액자소설이다. 속 이야기는 일인칭 서술자가 체험적 자아로서 '경아를 만난 이후의 이야기'와 서술적 자아로서만 위치하는 '경아의 이야기'로 구분된다. 경아의 삶이라는 측면에서 볼 때 김영석, 이만준, 김문오 등 한 남자와의 '만남—이별'이 반복적으로 구조화되어 있으며, 결국 경아의 죽음이라는 비극적 결말로 종결된다. 그리고 '나'라는 서술자를 중심으로 볼 때 겉 이야기와 속 이야기는 현실의 '평형—비평형—평형'으로 구조화되어 있다.12) 여기에서 일인칭 서술자의 대조적 효과는 저자가 독자들에게 전달하려는 이야기에 대해 저자의 권위를 획득하려는 의도로 읽힐 수 있다.13) 그러나 서술자이자 작중인물인 '나'의 내면만을 문제삼는다면, 그것은 스스로의 삶을 이상화하거나 합리화하고자 하는 노력으로 비춰질 수 있다.14) 때문에 독자들은 하나의 권위적 목소리에 기대기보다 열려진 가능성 속에서 기대지평의 변화를 지각하거나 인식할 수 있다. 이상에서 보듯 두 소설의 서술 형태와 서술자의 차이성은 낭만적 플롯을 당대 독자의 기대지평과 공유하기 위한 작가의 전략적 선택이라 하겠다.

---

12) 이선영, 「최인호 장편소설의 영화화 과정 연구」, 서울대 석사논문, 2002, 45~46쪽.
13) 김종구, 「시점이론의 새 지평—서사수준과 서사전달이론의 전개양상」, 『현대소설 시점의 시학』(한국소설학회 엮음), 새문사, 1996, 30쪽.
14) 로버트 숄즈 & 로버트 켈로그, 앞의 책, 319쪽.

　　김말봉과 최인호의 『별들의 故鄕』은 공식성의 구조적 특성상 연애 과정 자체를 이야기 전개의 중심 축으로 만들기 위해 그 사랑을 방해하는 요소나 인물들이 나타난다는 점에서 공통적이다.15) 그것은 연애소설의 서사적 흐름을 다각화시키는데, 가장 대표적인 것이 애정의 삼각관계이다. 애정의 삼각관계는 사랑하는 남녀 사이에 다른 작중인물이 개입하면서 이루어지는 것이 대부분이지만 그 외에도 당대 사회적 관습이나 사상이 주요한 장애요소로 등장하기도 한다. 연애소설에서 다루는 연애라 할지라도 단순히 독자들을 현혹하는 사소하고 가벼운 주제로 간과해서는 안 되는 이유가 여기에 있다. 문학에서 연애는 그 시대의 사회상을 총체적으로 드러내는 주요한 지표로 작용할 수 있다. 연애 그 자체가 개인이 속한 사회 계층의 사상이나 관습 등의 집약적 표현으로 읽을 수 있다.16) 더욱이 연애는 개개인의 생활 속에서 한 사회의 변화를 민감하게 드러내는 구체적이고 감정적인 국면을 지니고 있기 때문에 당대의 연애담은 그 시대의 지배적 이념뿐 아니라 변화하는 정서적 구조를 파악하는 데도 효과적이다. 당대의 정서적 구조를 문맥화하여 연애소설의 공식성뿐 아니라 기대지평에도 영향을 미친다 하겠다. 이러한 점에서 상호텍스트성을 고찰할 수 있는데, 두 소설에서 연애의 장애 요소를 어떻게 문맥화하고 있는지 구체적으로 살펴보자.

　　김말봉의 『별들의 故鄕』에서 남녀 주인공의 사랑에 주요한 장애는 사회적 혼란과 유송난의 개입에 있다. 광복기 공창폐지운동, 5·10 국회의원 선거와 단독정부 수립, 그리고 한국전쟁에 이르는 혼란한 사회 상황은 최창열과 김영숙이 사랑을 성취하는 데 걸림돌로 작용한다. 특

---

15) 김창식, 「연애소설의 개념」, 『대중문학을 넘어서』, 청동거울, 2000, 62쪽.
16) 김남천, 「조선문학의 연애문제」, 『신세기』, 1939.8.

히 사회적 상황과 맞물려 드러나는 유송난의 개입은 그들을 극단적인 위기에 직면하게 한다. 유송난은 "어데 한곳 빈틈이 없는 고운 얼굴과 태도"를 지닌 여대생으로 최창열의 열렬한 사랑을 받았던 인물이다. 그러나 그녀는 외양과 달리 첩의 딸이라는 이유로 집안에서 배척 당한 기억을 열패감으로 간직하고 있다. 결국 최창열이 주최한 공창폐지 지지연설을 계기로 그녀는 양반가의 자제이자 사랑하는 최창열 대신 사상노선이 같은 적 철을 선택한다. 하지만 5·10 국회의원 선거 당시 수류탄 투척 사건에 최창열을 끌어들이려 한다거나 적 철 일행이 우일모를 암살하려 할 때 최창열과 김영숙의 피살을 부탁하는 등 그녀는 최창열에 대한 애증을 떨치지 못하고 남녀 주인공에게 직접적인 위해를 기도한다. 특히 한국전쟁 당시 그녀는 인민군 치하에서 숨어 지내던 그들을 잡아와 인민재판을 직접 주재함으로써 그들의 사랑뿐 아니라 생존 자체를 위협한다. 인민재판은 당시 좌우 이데올로기의 대립을 극명하게 보여주는 것이다. 그러나 "재글재글 질투"와 "어금니가 딱물리도록 분노"로 가득 찬 유송난이 주재한 인민재판은 "인민재판도 아니고 군법도 아"닌 "치정 연극"이라 할만큼 죽음을 담보로 한 극단적인 애정갈등의 양상을 보여준다.

이 소설에서 남녀 주인공의 사랑을 방해하는 장애요소는 크게 두 가지 측면에서 당대의 연애담을 문맥화하고 있다. 하나는 당대 연애의 문제에 근대와 반근대의 세계관이 혼융되어 있다는 점이다. 작중인물들은 자유연애를 표방하는 듯 보이지만 봉건적인 신분적 질서에 대한 인식에서 완전히 벗어나지 못하고 있다. 첩의 딸인 유송난은 양반 집안에서 태어나 자란 본처의 자식들에 대한 신분적 열등감을 갖고 있다. 그것은 최창열이 집안의 종복이었던 피득칠을 두고 "종놈의 종자란 하는수가 없"다는 평가와 대조적 효과를 지닌다. 유송난이 최창열의 사랑을 신뢰하지 못하는 결정적인 이유는 봉건적인 신분적 차이에 기인하고 있는 것이다. 그것은 최창열과 김영숙의 사랑이 대구의 명망 있는 양반가 자제들의 결합일 뿐 아니라 집안끼리의 암묵적인 약속 위에 자유연애가 진행되었다는 점에서도 극명한 대조를 이룬다. 그러니까 봉건적인 신분 질서가 남녀 작중인물들의 사랑이나 연애를 성취하는 요건으로 자리매김하고 있는 것이다. 그것이 당대 독자들에게 있을 법한 장애요소로 설득력 있게 피력될 수 있는 것은 1950년대를 전후한 한국사회가 자유연애를 표방하는 근대적 세계관을 드러내면서도 그 아래 봉건적인 세계관을 잔여적 가치체계로 함께 끌어안고 있었기 때문이다. 이러한 정서적 구조가 이 소설의 연애 문제를 전략화하는 기대지평으로 작용하고 있는 셈이다.

다른 하나는 당대 사랑이나 연애의 문제에 좌우 이데올로기의 대립을 선과 악이라는 처벌적인 도덕적 대립구도로 설정하고 있다는 점이다. 공창폐지운동과 5·10 국회의원 선거 등을 둘러싼 일련의 사건들은 당시 좌우 이데올로기의 대립에 기반하고 있으며, 그 극단적 양상이 한국전쟁에서 표출된다. 혼란스러운 사회적 상황에서 작중인물들의 애정갈등은 개인적인 감정의 교류를 지나 사상에 따른 선택과 배제의 논리로 작용한다. 특히 한국전쟁을 계기로 이데올로기의 대립은 선악의 처벌적인 개념으로 극단화되어 있다. 그것은 이 소설이 한국 전쟁기에 발표되었던 만큼 선취한 이데올로기에 대한 성찰보다는 사선(死線)을 넘나드는 대립적 상황에서 빚어진 불가피한 요소이다. 명백한 혼돈으로 지각되는 역사적 사건들은 복잡한 가치체계의 혼란을 재현하거나 성찰의 순간을 요구하기보다는 독자들이 공감할 수 있는 즉각적이고 처벌적인 질서를 더욱 요구했을 것이기 때문이다. 아울러 작가 개인적으로는 중공군 개입 당시 친아들 영이가 전사하는 등 아픔을 감내해야 했다는 점도 일정 부분 작용한 듯하다.[17] 그렇기에 이 소설에서 사랑이나 연애의 문제는 독자들에게 역사적 사건들이 도덕적으로 적절히 배분되고 있다는 사실을 통해 당대의 기대지평에 부응하고, 거기에서 위안과 즐거움을 강화시키고 있는 것이다.

다음으로 최인호의 『별들의 故鄕』에서 사랑의 장애는 '만남—이별'의 반복적 구조를 현실적으로 문맥화한다. 첫째로, 작중인물들의 사랑에 경제적 요건이 중요한 변수로 작용하고 있다는 점이다. 경아가 첫사랑 강영석과 결혼하지 못하는 직접적 원인은 영석 어머니의 반대 때문이다. 영석 어머니는 경아의 집안사정, 그러니까 열악한 경제적 여건을 들어 결혼을 완강하게 반대한다. 그것은 우유부단한 그가 경아와 헤어지는 빌미를 제공한다. 그리고 경아가 어머니의 강압에 못 이겨 선을 보게 되는 것도 열악한 집안사정 때문이다. 중매는 결혼을 전제로 "진열된 한 개의 상품"의 "가격표"가 매겨진 사람들이 "일종의 전시장에서 마음에 드는 물건을 고르는" 행위에 지나지 않는다. 이만준은 상처한 이력보다 경제력을 갖추었다는 "가격표"를 젊고 "아름다운" 경아와 맞바꾸는 것이다. 경아 또한 "자신이 보아도 눈부시게 아름다운 여인"이 되어 그의 "가격표"를 받아들이고 나아가 스위트 홈에 대한 환상을 꿈꾼다. 마지막으로 경아가 김문오와 동거를 결심한다거나 술집에 나가지 않게 되는 것도 김문오의 경제력 때문이다. 이렇듯 남녀 작중인물들의 사랑에 경제적 요건이 중요한 변수로 작용한다. 그것은 1960~70년대 한국사회가 경제적 성장과 발전을 지향했다는 점이 남녀의 사랑에도 큰 영향을 미쳤음을 보여준다. 남녀의 만남이 어떠한 형식을 취하든 그 사랑이 사랑 자체만으로 이루어진다는 환상보다는

---

17) 김말봉, 「내 아들 영이」, 『문예』 1953년 9월호와 김항명, 앞의 책, 441~442쪽 참조.

경제적 여건이라는 현실적 조건이 크게 작용하였던 것이다. 이 점은 김말봉의 『별들의 故鄕』에서 봉건적 신분적 질서가 장애 요인이 되었던 것과 크게 달라진 부분이다. 이미 1970년대 한국사회는 봉건적인 신분적 질서보다 경제적 상황이 사랑과 결혼에 중요한 변수로 작용하고 있었던 것이다. 그러한 당대의 기대지평은 작중인물들의 사랑을 낭만적으로 이상화하기보다 현실적으로 문맥화하여 독자들의 공감대를 이끌어내고 있다 하겠다.

둘째로, 여성의 육체적 순결이 작중인물들의 사랑이나 연애에 결정적인 변수로 작용하고 있다는 점이다. 그것은 '경아—강영석'의 관계에서 연인관계를 지속시키는 데 조력하지만, '경아—이만준'의 관계에서는 결별의 직접적 이유로 작용한다. 그리고 '경아—김문오'의 관계에서는 부담없이 동거를 시작하고 끝맺는 요건으로 작용한다. 이렇게 여성의 육체적 순결은 다양한 형태로 작중인물들의 사랑에 개입하지만 남성 중심적 성격을 드러낸다는 점에서 공통적이다. 그것을 '경아—영석'의 관계를 중심으로 살펴보면, 그녀의 순결 파기는 "여인의 육체적인 것에만 눈이 벌개"지는 연애의 제4기에서 결혼으로 가는 당대 연애의 과정적 산물이다. 하지만 그들의 사랑은 순결 파기에서 나아가 혼전 임신과 임신중절 수술을 거치면서 친밀성을 더했다고 보기 힘들다. 혼전 임신과 임신중절 수술은 경아 자신을 "부도덕하고 죄많은 여자로 간주하"게 만들었지만 영석에게는 "재수 옴 붙"은 "자랑반 걱정반의 푸념"거리에 불과하다. 임신중절 수술 후 경아는 불안과 두려움을 영석에게 언어적 추궁이나 육체적 확인, 결혼 요구로 상쇄하려는 반면 영석은 경아에게 피임을 "당당하게" 요구하고 관계 후 "뻔뻔하게" 소감을 묻기 시작한다. 나아가 그들의 결별은 편지를 통한 영석의 일방적인 통고로 이루어진다. 그것은 이만준과 김문오의 경우에서도 마찬가지이다. 이러한 양상은 당대 한국사회의 남성중심적 성격과 맞닿아 있다. 1960년대 이후 한국 사회에서 시행된 근대적 프로젝트는 가부장적인 초남성성을 상징적 질서로 제도화하면서 여성을 정책의 대상이자 도구로 삼았다. 당대 여성은 자유연애와 성적 자유에 노출되어 있으면서도 현모양처 이데올로기와 순결 이데올로기를 내재화하고 있었다. 그만큼 여성의 순결성은 가정의 중요성과 더불어 여성에게 제도적으로 교육되고 통제되며 관리되는 대상인 셈이다.[18] 그것은 남성에게 이중적인 성규범을 허용하는 남성중심적인 사회적 통념과 다분히 대조적이다. 이러한 당대 사회적 분위기와 정서적 구조는 이 소설에서 작중인물들의 사랑이나 연애 방식을 형상화해내는 기대지평이자 그것을 독자들에게 경험적인 공감대로 이끌어내는 기대지평으로 문맥화되어 있는 것이다.

3. 창녀, 타자화된 사랑과 낭만적 승화

김말봉과 최인호의 『별들의 故鄕』은 창녀라는 직업 여성을 비중 있게 다루고 있다는 점에서 공통적이다. 현대소설에서 창녀의 설정이 특이한 경우는 아니지만 두 소설에서 창녀라는 제재는 당대 사랑의 성격과 사회적·문화적 상황을 문맥화하는 상호텍스트적 특성을 지닌다. 규제주의적 시각을 견지했던 빠랑-뒤샤뜰레에 의하면 창녀는 개인적인 체질적 영향과 사회적인 메카니즘의 영향이 결합하여 성립된다. 창녀는 쾌락을 위해서 노동을 거부할 만큼 게으르고 나태한 여성을 상징한다. 그녀는 기분의 불안정성이나 산만한 주의력을 드러내며 빈번한

---

18) 황정미, 「개발국가의 여성정책에 관한 연구:1960~1970년대 한국 부녀행정을 중심으로」, 서울대 박사논문, 2001, 31쪽.

이동성과 소요의 가능성을 지니기도 한다. 더욱이 불결한 생활과 열기와 격정에 휘말린 과도하고 부주의한 행위들을 드러내는 데 서슴지 않는다. 이러한 창녀의 상징은 당대 지배적 이데올로기를 반구조화하는 특성을 지닌다.[19] 그러니까 창녀는 사회적인 악의 이미지를 상징하면서 통제와 관리의 대상으로 격하된다. 그것은 문학에도 영향을 미쳐 대부분 유혹자의 이중성을 상징한다. 창녀는 아름다운 외모와 성적인 매력으로 남성을 유혹하지만 끝내는 남성을 전락시킬 뿐만 아니라 상징적으로 거세시키는 여성이다. 이러한 맥락에서 창녀는 성적으로 근대적 가족제도나 사회적 규범을 깨뜨리거나 탐욕을 상징하는 여성으로 자주 형상화된다.[20] 그렇기에 창녀는 독자들에게 당대 사회에서 중심적이고 우월한 가치관에 반하는, 비인격적인 대상으로 간주되어 왔다. 그렇다면 두 소설에서 제재로 삼고 있는 창녀는 어떠한 방식으로 형상화되고 문맥화되는지 상호텍스트적 특성을 살펴보자.

우선, 두 소설에서 창녀는 당대 사회적 메카니즘의 영향이 지배적으로 작용하여 그들의 삶을 재구성하고 있을 뿐 아니라 그것을 사회적으로 다시 문맥화하는 상호텍스트적 특성을 유사하게 보여주고 있다. 김말봉의 『별들의 故鄕』에서 창녀는 두 가지로 유형화될 수 있다. 하나는 퇴기(退妓)인 난주, 양공주 장미, 그리고 유송난의 경우로 그들은 유혹자의 이중성과 탐욕의 화신으로 상징화될 수 있다. 난주는 성적 매력으로 재력가 곽봉섭과 정부 홍철호를 유혹하여 자신의 성욕과 탐욕을 함께 성취하려는 여성이다. 그녀에 버금가려는 욕망을 지닌 장미는 미군들을 유혹하여 치부(致富)에 열중한다. 공산주의자에서 양공주로 변모한 유송난 또한 일신의 안위와 탐욕을 꾀한다. 이러한 창녀의 요

---

19) 알렝 꼬르벵, 이종민 옮김, 『창부』, 동문선, 1995, 36~38쪽.
20) 이재선, 『한국문학 주제론』, 서강대출판부, 1989, 373~381쪽.

부적 특성은 개인적인 체질적 영향에 국한되지 않는다. 오히려 그녀 자신들의 열악한 사회적 지위를 회복하기 위한 노력의 일환으로 치부를 선택하고 있다는 점에서 당대 사회적 메카니즘이 그들의 행위에 지배적인 영향을 끼치고 있다고 볼 수 있다. 다른 하나는 창녀 연심, 양공주 득순의 경우로 그들은 열악한 개인적 상황 때문에 창녀가 되어 자포자기의 삶을 살아가고 있는 여성이다. 연심은 아편쟁이였던 남편에게 팔려 사창가에 흘러 들어왔으며, 피득순은 남편의 지나친 성적 요구에 못 이겨 도망 나왔다가 이웃집 아주머니의 꾀임에 빠져 양공주가 되었다. 그들은 근대적 가족제도의 희생양으로 창녀가 되었지만 자신의 처지에 반항하기보다 자포자기하고 길들여진다. 그러니까 창녀가 되어 그 삶의 형태를 지속시키는 것은 그들이 당대 사회적 메카니즘에 순응한 결과인 셈이다.

이 소설에서 이러한 창녀들의 삶이 전면화되는 것은 1950년대를 전후한 한국사회의 사각지대를 문맥화한 결과이다. 한국사회는 광복이라는 허명 속에 미군정기를 거쳐야 했고 단독정부 수립 무렵부터 한국전쟁에 이르는 시기 극단적인 이데올로기의 갈등 등으로 사회 전반의 혼란을 감내해야 했다. 미군정기 일제의 잔재인 공창제도는 법적으로 폐지되지만 대신 그 사각시대에서 사창이 번성한다. 특히 미군 주둔지를 중심으로 한 기지촌 매매춘 문화가 시작된 이래 한국전쟁기를 거치면서 빠른 속도로 확산된다. 이러한 사창의 번성은 새로운 수요자인 미군의 급증과 절대적 빈곤으로 생계수단을 강구하려는 공급자 여성의 필연적인 결합에서 비롯된다. 한국사회에서 창녀에 대한 열악한 사회적 인식과 제도적 허점 또한 그들을 새로운 삶으로 유인하는 데 실패하고 사창의 번성을 부채질하였다.[21] 이 소설에서 많은 창녀들이 사창가나 기지촌을 전전하며 살아가는 양태는 당대 사회의 사각지대에서 살아가는 그들의 삶을 현실적으로 문맥화하고 있다 하겠다. 그것은 독자들에게 주인공의 사랑이 성취될 것인가에 대한 관심만큼이나 주변부에 머물고 있는 창녀의 삶에 대한 사회적 공감대를 형성시킨다.

그리고 최인호의 『별들의 故鄕』에서 창녀로 전락하는 경아의 삶은 육체적 순결의 상실에 대한 사회적 메카니즘을 내면화하고 체질화한 양상을 극단적으로 보여준다. 경아는 영석에게서 "예방주사의 아픔"처럼 육체적 순결을 상실하고 그 결과에 대한 책임을 고스란히 혼자 껴안는다. 혼전 임신과 임신중절 수술은 그녀의 내면화된 성규범을 자극하면서 "자신에 대한 저주와 자기 혐오"에서 나아가 "자포자기"적 삶을 이끌어낸다. 결국 그녀는 이만준에게 이혼을 당하고 "소유자"를 자처하는 이동혁의 폭력성에 순응하면서 창녀로 전락한 자신의 삶을 서서히 체질화하기에 이른다. 동거자 김문오에게서도 버림받은 경아는 술에 의존하면서 과거의 "아름다움"까지 내팽개친다. 그것은 그녀가 육체적 순결 상실에서 나아가 모성성을 상실한 여성, 그러니까 자신의 불모성이 남성들에게 버림받는 이유라는 자책 속에서 육체적으로나 정신적으로 피폐화된 결과라 하겠다.

여기에서 경아가 창녀로 전락하는 삶의 행적은 1960년대 이후 제도화된 순결교육과 전통적인 사회적 통념의 비극적 결과이다. 당대 교육이념과 사회적 통념은 여성의 몸과 마음을 통제하는 강력한 감시기제로 작용하여 여성이 주체적인 삶을 포기하고 남성에게 종속되거나 대

---

21) 이에 관해서는 다음을 참조했다. 한국부인회 총본부, 『한국 여성운동 약사』, 한국부인회 총본부, 1985; 문경란, 「미군정기 한국여성운동에 관한 연구」, 이화여대 석사논문, 1989; 이승희, 『한국현대여성운동사』, 백산서당, 1994; 박종성, 『한국의 매춘』, 인간사랑, 1994; 이배용, 「미군정기 여성생활의 변모와 여성의식 1945~1948」, 『역사학보』 제150호, 1996; 양동숙, 「해방후 공창제 폐지과정 연구」, 『역사연구』 제9권, 역사학연구소, 2001.

상화되는 이유가 되고 있다. 이러한 감시기제는 창녀로 전락한 여성에게 이중적 부담으로 작용하는 것이다. 경아와 이동혁의 관계에서 보듯이 매춘행위를 둘러싼 권력관계, 그러니까 창녀가 주변부 인물(포주나 기둥서방)과 주종 관계로 묶여 있는 현상은 창녀의 인권 유린이라는 점에서 사회적 문제를 껴안고 있다. 그러나 창녀라는 사실만으로도 순결성을 상실한 비인격적인 대상으로 간주될 만큼 그들은 당대 감시 기제의 사각시대에 남겨져 있었다.

아울러 이 소설에서 창녀인 경아의 삶은 1970년대 창녀가 국가적 묵인 속에 양산되고 있는 현실을 상호텍스트로 삼고 있다. 술집 여성인 경아가 창녀로 형상화되는 것은 당시 다방과 술집에 고용된 여성들 대다수가 겸업매춘 종사자였음을 은연중에 드러낸다. 그것은 매춘행위가 사창가에 국한되지 않고 신종 서비스업의 팽창과 더불어 편재화되고 있었음을 보여준다. 다방의 변태영업이나 술집여성의 영업 후 고객동행과 같은 겸업매춘이 사회 전반에 잠재화되고 있었던 것이다. 당시 국가가 창녀의 삶의 양태나 양산 현상을 법적으로 엄격하게 제재하기 보다는 묵인하였기 때문에 창녀로 전락하는 여성이 그만큼 급증하였을 뿐 아니라 그들의 피폐화된 삶 또한 나아질 가능성이 거의 없었다.22) 그 결과 경아처럼 "자포자기"의 삶을 살거나 죽음으로 치닫는 경우가 많을 수밖에 없었다. 그것은 당대 독자들, 특히 술집 여성들에게 경험적으로 문맥화되어 대중적 성공을 이끄는 견인차 역할을 하였다고 보여진다.

둘째, 두 소설에서 창녀는 남성의 성적 대상이나 타자성을 드러내는 기표일 뿐 그녀의 사랑은 사상된다는 점에서 유사하다. 그것은 작가의

---

22) 박종성, 앞의 책, 115~134쪽 참조.

창작 동기와 결합하여 당대 사회적·문화적 상황을 상호텍스트로 삼고 있다. 김말봉의 『별들의 故鄕』에서 창녀 연심은 최창열의 열정을 정화시킨 성적 대상이지만 그의 자기성찰에 영향을 미치는 인물로 자리매김하고 있다. 연심은 "자주 반호장을 댄 옥색 저고리를 입은" 수수한 차림을 한 "굉장한 미인"이다. 최창열은 "아내"감으로 점찍었던 유송난에 대한 열정과 좌절감을 연심의 육체를 통해 해갈한다. 그는 성적 대상이었던 연심에게 매료되어 그녀를 "아주 순결한 인간성"을 가진 "쏘니아"로 격상시킨다. 하지만 성병에 감염되자 그녀를 "의리도 없고 진실도없는 창기"라 "저주"하고 격하시킨다. 결국 창녀 연심은 남성의 성적 대상일 뿐 인격적인 존재로 자리매김하지 못하고 있었던 것이다. 하지만 최창열은 그녀의 자살이 "그녀의 순정"을 표현하는 방법이었음을 깨닫고 "잔인한" 자신을 책망한다. 연심이라는 창녀를 비인격적으로 접근했던 이전의 관점과는 다른 변화이다. 그러나 그것은 그의 인식의 틀거리를 완전히 사상한 것이 아니라 연심이라는 창녀에게 국한시킨다. 더욱이 인식 변화의 이면에는 여전히 연심을 비인격적인 대상으로 접근하는 시각이 남겨져 있다. 연심은 창열에게 "우연한 기회에 나타난, 말하자면 나의 청춘의 타오르는 정화(情火)를 꾹—눌러 준 젖은걸레의 역할"을 한 존재이기 때문이다. 그러니까 연심은 창열이 육체적 정념에서 탈피하여 정신적으로 정화되는 도구적 존재에 불과한 셈이다. 이렇듯 창열은 창녀에 대한 당대의 사회적 인식을 쉽게 거두어내지 못하고 이중적으로 접근하고 있다. 최창열의 인식 태도는 당대 창녀에 대한 사회적 통념을 상호텍스트로 삼아 그 기대지평을 재현한다. 나아가 창녀 연심의 자살은 그에게 "일차적 탈피"라 할만한 자기성찰의 계기를 제공하고 적극적으로 공창폐지운동에 동참하게 한다. 성병인 줄 알면서도 영업을 시킨 포주나 그러한 사회 제도를 방임한 정부의 위악성을 공격하면서 공창폐지의 필요성을 앞서 주장하는 것이다.

　이러한 최창열의 행위 이면에는 작가의 창작 동기와 신념이 감춰져 있다. 김말봉은 광복 직후 "노예의 굴레에서 신음하는 여자들을 해방시켜야"한다는 일념으로 공창폐지운동에 적극적으로 가담한 바 있다. 그녀는 아나키스트 유림이 주도하던 한국독립노농당의 중앙위원이자 부녀부장으로 일하면서 공창폐지운동의 선봉에 섰다.[23] 1946년 8월 10일 조선부녀총동맹을 비롯한 14개 좌우익 여성단체가 만든 '폐업공창구제연맹'의 회장을 맡기도 하였다.[24] 공창폐지운동을 여론화하기 위해 『화려한 地獄』을 썼을 뿐 아니라[25] 실질적인 대책이 마련되지 않는 상황에서 창녀들을 계몽하고 박애원을 운영하는 일에 힘썼다.[26] 이러한 그녀의 행보와 신념은 『화려한 地獄』에 이어 『별들의 故鄕』에도 지속적으로 이어지고 있다. 『화려한 地獄』이 창녀에 대한 사회적 인식을 전환시키기 위한 제도적 뒷받침과 개인적 노력의 필요성을 한 창녀의 삶을 통해 전면화시키고 있다면, 『별들의 故鄕』은 부수적 인물인 창녀들의 삶을 개개인의 구체적인 생활 속에서 다룸으로써 그들의 문제를 실감있게 그려내고 있다. 이렇듯 창녀 연심의 사랑과 삶의 궤적은 작가가 앞서 발표한 『화려한 地獄』을 상호텍스트로 삼으면서 자신의 공창폐지운동에 대한 의지와 신념을 당대 독자들에게 다시 한 번 문맥화하고 있다.

---

23) 정하은, 「반속정신의 금자탑을 세운 「화려한 지옥」」, 『김말봉의 문학과 사회』(정하은 엮음), 종로서적, 1986, 122～126쪽.

24) 양동숙, 앞의 글, 2001, 221쪽.

25) 양동숙, 「해방 후 공창제 폐지운동과 김말봉의 '화려한 지옥'」, 『함께 보는 우리 역사』 제46호, 역사학연구소, 1998.

26) 김항명, 앞의 책, 431～433쪽.

  최인호의 『별들의 故鄕』에서 술집 여성이자 창녀인 경아는 김문오의 성적 대상으로 그들의 동거생활은 교환적 가치를 지닌 타자성을 재현한다. 술집 여성 경아는 "키가 작지만 나올 것은 비상히 나오고, 들어갈 것은 비상히 들어"간 "아주 예쁘게 생"긴 외모로 김문오를 매료시킨다. 다른 창녀처럼 "메슥하고 때묻은 냄새"를 풍기지는 않지만 지속적인 책임을 지지 않아도 될 만큼 "무언가 조금 무너져 있는 흔적" 때문에 김문오는 부담없이 경아와 동거하게 된다. 그들의 동거는 "서로의 필요성에 의해" "같이 몸을 나누고, 생활을 동반하는" 교환적 가치에 의해 유지된다. 김문오는 자신의 "외로움", "슬픔", "고독", "권태", "육욕", "환락"을 "그녀의 섹스 속에" "털어놓고", 경아는 "아름다운 육체"를 제공하는 대신 "소유자"임을 자처하는 이동혁에게서 도망쳐 숨어 지낼 공간과 자유를 얻는다. 이러한 성적 교환은 김문오가 자신의 타자성을 확인하는 행위에 좀더 초점이 맞춰져 있다. 김문오는 "경아로부터 상기되어진 또 하나의 나"를 대면한다. 경아는 그의 "퇴색한 젊음", "젊은 날의 무료함", "고독함"을 표상하는 "그림자"인 것이다. 김문오는 경아에게서 타자화된 "나"를 발견하고 그것을 정면으로 대하면서 "오랫동안 잊혀졌던 그림에의 욕망"과 "자신감"을 "구원" 받는다. 그러니까 김문오는 성적 대상인 경아를 통해 자신의 타자성을 대면하고 비일상적인 욕망에서 벗어날 수 있는 가능성을 발견했던 것이다.

  하지만 김문오의 도구적이고 타자화된 사랑은 '선으로 전도된 악'으로 포장된 남성중심성을 드러내는 것이다. 김문오의 "친절"과 "따스함"은 외면적으로는 "경아의 전소유자"를 자칭하는 이동혁의 폭력성으로부터 경아를 격리시키는 선한 행위이지만, 그것이 "집에 가두고 스스로 길들여지기를" 바람으로 전도되면서 그녀에게 "더욱 더 큰 학대”로 다가선다. 이동혁의 등장하고서야 김문오는 그녀와 동거생활이 자기 자신의 ‘선으로 전도된 악’으로 규정될 수 있음을 인식한다. 이러한 인식은 상징적 질서에서 지배성과 폭력성을 지니는 나르시시즘과 정반대로 그러한 악에 속하지 못하게 하려는 자기연민과 그것에서 비롯된 ‘자기에의 배려’의 성격을 띤다. 김문오의 행위는 타자를 위선적으로 지배하는 행위로부터 스스로를 철저히 보호하고 나아가 도덕적 주체로 세우려는 남성적 “이기주의”의 또 다른 일면에 불과했던 셈이다.27) 이러한 인식은 김문오가 경아와 헤어져 그녀의 삶에 “방관자”임을 합리화시키고 일상적 세계로 진입하는 계기를 마련한다. 이러한 양상은 이 소설에서 김문오뿐만 아니라 남성 작중인물들이 가지는 공통적인 특징이다. 그것은 남성 작중인물의 위악성이 자연스럽게 통용되는 사회적 분위기와 맞물려 있다. 그러한 측면이 하나의 상호텍스트로 작용하여 독자들에게 전달되고 있는 것이다.

아울러 김문오와 경아의 ‘만남—이별’은 1970년대 “현대와 애정”을 형상화하려 했던 최인호의 창작동기와 맞닿아 있는 것이기도 하다. 작가는 이 소설을 “현대인의 고향없는 방황을 그린” “풍속소설”로 규정한다.28) 그것은 작가의 소재 설정 방식에 근거한다. 그는 “우리주위에서 흔히 보고 느낄 수 있는” 도시, 그러니까 “도시의 네온, 번뜩이는 술잔, 불을 밝힌 빌딩, 반추되는 신호등, 지친 발걸음, 가두 판매대에 놓인 신문지, 공중전화통, 수없이 흐르고 어깨를 부딪치고 있으면서도 실상은 혼자라는 소외감”29)을 느끼게 하는 혼탁한 도시와 “우리 주위에서 흔히 만날 수 있고 흔히 볼 수 있는 여인”30)인 경아를 소재로 설

---

27) 이종영, 『성적 지배와 그 양식들』, 새물결, 2001, 238~241쪽.
28) 최인호·김영덕·손용상·이경자, 「겨울에 죽는 “나비” 경아—좌담 「별들의 故鄕」을 끝내고」, 『조선일보』, 1973.9.9, 5면.
29) 최인호, 『별들의 故鄕』 상권, 예문관, 1974, 324쪽.

정하고 있다. 이러한 소재 설정방식이 "풍속소설"의 필요요건일 수 있어도 필요충분조건이라 보기는 힘들다. 따라서 그 이면에 숨겨진 작가의 창작 의도와 포부에 주목할 필요가 있다.

> 그리고 나는 성공하고 싶다. 어째서 우리나라에서는 주인공 이름이 기억되는 문학 작품이 없는가. 도스토예프스키의 <죄와 벌>에서는 쏘냐가 나오고 톨스토이의 <부활>에서는 카츄샤가 나온다. 체호프의 단편 <귀여운 여인>에는 올렌까가 나오며 토마스 하디의 소설에는 테스가 있다. 나는 소설의 주인공인 여자 이름을 모든 사람들이 오랜 동안 기억하도록 만들겠다. 그러기 위해서는 나는 무엇보다 살아 있는 여인의 이야기를 써야 한다. 누구나의 가슴속에 한번쯤 깃들었다 스러지는, 누구나의 호주머니에 한번쯤 소유했다 버려지는 그런 여인. 특별한 지식과 특별한 재능을 지닌 여인이 아니라 마치 체호프의 소설에 나오는 올렌까처럼 보통 여인. 그러나 평범하기 때문에 누구나의 가슴속에 살아있는 여인의 애기를 쓸 것이다.[31]

신문소설을 집필할 무렵 최인호는 자신을 "현대사회에 살고있는 소설(勞動者)"[32]로 규정하고 "사람들에게 널리 읽히는 소설"로 "성공하고 싶다"는 개인적 욕망을 분명히 밝힌다. 그것은 엘리티즘에 빠져 독자의 부재만 탓하는 당대의 문단 풍토에 역행하는 작가적 행보의 시발점이다. 최인호는 대중적 성공에 대한 개인적 욕망을 이 소설에서 "소설의 주인공인 여자 이름을 모든 사람들이 오랜 동안 기억하도록" 하겠다는 의지로 구체화시킨다. 나아가 경아를 현대 산업사회에서 "평범하기 때문에 누구나의 가슴속에 살아있는 여인"으로 전략화한다. 그녀는 첫사랑으로 가슴앓이를 하는 여인이 되었다가 불행한 결혼생활로

---

30) 최인호, 「새連載小說 별들의 故鄕—20代 新銳가 그리는 『現代와 愛情』」, 『조선일보』, 1972.9.1, 5면.
31) 최인호, 『별들의 故鄕』 상권, 샘터, 1994, 14~15쪽.
32) 최인호·김영덕·손용상·이경자, 「겨울에 죽는 "나비" 경아—좌담 「별들의 故鄕」을 끝내고」, 『조선일보』, 1973.9.9, 5면.

몸부림치는 여인이 되기도 하고 창녀로 도시의 거리를 헤매는 여인으로 살다가는 다양한 모습으로 형상화된다. 작가는 그러한 다양함 속에서 "우리들이 함부로 소유했다가 함부로 버리는 도시가 죽이는 여자"33)인 그녀가 "우리들이 가졌던 꿈과 같은 童心으로 잃어버린 순수함"34)을 가진 여성이라는 점을 독자들에게 전달한다. 더욱이 그녀의 사랑이 매번 비극적인 결말로 처리되는 점은 현실세계에서 여성들이 꿈꾸는 사랑이 좌절되는 과정을 밀도있게 그려내면서 독자들의 정서적 구조에 깊이 있게 각인된다. 대조적인 상황설정을 통해 작가가 의도한 "현대인의 고향없는 방황"을 독자들의 감정과 인식에 영향을 미친 셈이다. 이처럼 이 소설은 당대의 사회적·문화적 상황을 상호텍스트로 삼은 작가의 전략이 독자들에게 효과적으로 전달되고 있다 하겠다.

셋째, 두 소설에서 창녀가 인격적 존재나 성처녀로 격상되는 것은 죽음이나 그것에 버금가는 희생을 통해 가능하다는 점에서 유사성을 지닌다. 그것은 두 소설이 연애소설의 도덕적이고 감정적인 결말처리 방식을 상호텍스트성으로 삼는 데 연유한다. 김말봉의 『별들의 故鄕』에서 피득순의 존재적 격상은 양공주 릴리이자 여맹 위원이었던 과거의 이력을 뛰어넘을 때에만 가능하다. 한국전쟁기 한국사회에서 여맹 위원의 이력은 죽음에 가까운 위험성을 지닌다. 그러한 위험성은 그녀가 오빠 피득칠과 더불어 인민재판을 받고 감금되어 있는 최창열과 김영숙을 탈출시키는 과정을 통해 상쇄된다. 그녀는 자신의 지위를 이용해 최창열과 김영숙이 감금되어 있는 동안 생존할 수 있는 여건을 마

---

33) 최인호, 『별들의 故鄕』 상권, 샘터사, 1994, 13쪽.
34) 최인호·김영덕·손용상·이경자, 「겨울에 죽는 "나비" 경아-좌담 「별들의 故鄕」을 끝내고」, 『조선일보』, 1973.9.9, 5면.

련한다. 미군 공습이 있던 날 피득칠의 희생으로 그들은 탈출에 성공한다. 이러한 과정이 여맹 위원이었던 그녀의 이력을 지울 수 있는 가능성으로 자리매김한다. 그리고 양공주 릴리였던 이력은 동료 장미의 죽음을 목격한 후 그녀가 자기성찰과 변신을 통해 조금씩 지워진다. 그녀는 과감하게 양공주 생활을 접고 김영숙의 도움으로 국군병원의 간호사 보조로 일하게 된다. 그녀는 남들이 꺼리는 일을 마다하지 않을 만큼 새로운 삶에 대한 적극적인 의지와 희생 정신을 환자들에게 몸소 실천한다. 특히 박영주에 대한 헌신적인 간호를 통해 양공주였던 이력을 서서히 지워내면서 인격적인 존재로 거듭난다.

> 『땅우의 별이라니요? 땅우에 별이 어디있어요?』
> 하고 득순이가 이상한 듯이 물었다. 영주가 빙그래 웃으며
> 『땅우의 별은 득순선 당신이지요』
> 『녜? 저야요? 제가요?』
> 『녜— 득순씬 분명 별입니다. 그리고 영숙씨도 또 창열군도 분명 별입니다. ……나도 한 개 적은 별이구요』
> 득순의 눈에서는 눈물이 고였다. 영숙이가 득순의 손을 꼭—쥔다.
> 창밖에 먼—하늘우에는 별들이 자꾸만 눈을 뜬다. 마치 자기들의 고향에 머물러 있는 허다한 친구들을 찾는드키.
> 밤이 되면서 별들은 더욱더 찬란하게 광채를 보내고 있다. 진주알같이 금강석같이 하늘 일면에 별들은 자꾸만 돋아 난다.35)

인용문은 『별들의 故鄕』의 마지막 대목이다. 여기에서 "별"은 한국전쟁으로 희생당한 사람의 영혼뿐만 아니라 사랑하며 살아가고 있는 모든 사람을 표지한다. 현실적인 제약과 모순을 뛰어넘어 모든 이들을 포용한 것이다. 특히 득순이 "땅우의 별"이라는 점은 과거 양공주로 사회적 고립과 도덕적 낙인을 거머쥐고 살아야 했던 이력을 지우고 이

---

35) 김말봉, 『별들의 故鄕』, 정음사, 1953, 417~418쪽.

제 인격적인 대우를 받을 수 있는 평범한 여성으로 거듭났음을 의미한다. 더욱이 그녀가 박영주의 사랑을 받고 있다는 사실은 냉혹한 사회적 질서와 통념에 비추어 볼 때 실현 불가능해 보인다. 따라서 그녀의 재생은 인격적 존재로 보살핌과 사랑을 받고자 하는 제의적 소망을 표출한, 낭만적 승화인 셈이다.[36] 그것은 작가의 인류애적 사상을 이상적으로 재현한 결과로 보여진다.

이러한 맥락에서 '별들의 고향'은 기독교의 임마누엘 사상을 근저로 한 사랑의 전언에 다름 아니다. "고향"은 모든 이들의 "희망"의 원천이다.[37] 그것은 개인적인 "희망"뿐만 아니라 새로운 공동체와 도덕적 질서를 재생할 수 있는 "용기"를 북돋우는 것이다. 그렇기에 별들의 고향은 모든 사람들이 실현하고자 하는 꿈이자 목표로 실재적인 안태라기보다는 정신적인 안태를 의미한다. 창열과 영숙뿐만 아니라 영주와 득순이 현실적인 제약을 딛고 인류애적이고 도덕적인 사랑을 실천할 것임을 작가는 낭만적이고 이상적인 결말을 통해 보여주고 있다 하겠다. 이것은 김말봉 자신이 신앙심이 두터운 가톨릭 신자였다는 점과 한국전쟁을 겪은 독자들에게 새로운 희망과 용기를 안겨줄 필요가 있었던 당대 사회적·문화적 상황이 상호텍스트로 작용하고 있다. 그러니까 작가는 이 소설에서 연애소설을 즐겨 읽는 독자들 대부분이 꿈꾸는 사랑에 대한 낭만적이고 이상적인 결말을 여성 작가 특유의 감각과 필치로 값하고 있는 셈이다.

최인호의 『별들의 故鄕』에서 창녀인 경아가 성처녀로 격상하는 것은 죽음을 통해서이다. 김문오는 마지막 만남에서 "빛보다 밝은 것은

---

36) Janice Radway, *Reading the Romance: Women, Patriarchy, and Popular Literature*, London: Verso, 1987, p.13.

37) 손철성, 『유토피아, 희망의 원리』, 철학과현실사, 2003, 300~301쪽.

술, 술보다 밝은 것은 잠, 잠보다 깊은 꿈, 꿈보다 긴 잠"이라는 경아의 말에서 그녀의 죽음을 직감한다. 그녀의 자살은 그에게 "일체의 저항 감이 사라져 버"린 "깊은 잠"이자 "황홀한 꿈"이며 "서광"으로 다가선 다. 나아가 죽은 경아는 마지막 연인 김문오에게 "노랑나비"로 거듭 태어난다. 그녀는 당대 사회에서 수렴되지 못했던 순결성을 상실한 불 모성의 여성, 나아가 창녀였던 삶을 지우고 남성의 보호를 받을 수 있 는 "나비"와 같은 성처녀로 부활하는 것이다. 그것은 그녀가 훼손된 육체에도 불구하고 "요정의 마음과 얼굴"을 지닌, 순결한 영혼을 가진 여성이었기 때문에 가능한 것이다. 죽음은 순결한 영혼을 가진 그녀가 순교자라는 낭만적 형식을 통해 순결성과 모성성을 가진 성처녀로 승 화되는, 다분히 환상적인 성격을 지닌다.38) 환상성은 순수한 상상의 발현으로서 비합리적인 성격을 띠지만 정서적으로 그것이 실제로 일 어난 것처럼 포장한다.39) 성처녀로의 승화는 독자들에게 냉혹한 현실 세계에서 용납되기 힘든 사실을 실현가능한 일로 믿고 싶어하게 만드 는, 낭만적 희망과 욕망을 선사한다. 그것은 1970년대 현대 산업사회 의 공허하고 암울한 현실을 적나라하게 대면하고 저항하기보다 그것 을 부정하고 도피하고자 하는 독자들의 심리에 조응한다. 그렇기에 이 소설의 제목 '별들의 고향'은 경아가 성처녀로 승화되듯이 독자들에게 현실 세계를 살아갈 만하게 여기게 하는 희망과 유토피아를 제공한다. 이러한 당대의 사회적·문화적 상황과 독자들의 기대감이 상호텍스트 로 작용하여 소설의 비극적인 결말을 낭만적이고 환상적인 방식으로 완곡하게 처리되고 있는 것이다.

하지만 경아의 죽음이 가부장적인 남성과 사회적 통념에 의해 희생

---

38) 김현주, 「1970년대 대중소설 연구」, 연세대 박사논문, 2003, 95~96쪽.
39) 로즈메리 잭슨, 서강여성문학연구회 옮김, 『환상성－전복의 문학』, 문학동네, 2001.

된 것이라고 볼 때, 낭만적인 형식으로 포장된 환상성은 "비열하고 잔인"한 남성의 사회적 타락과 무책임을 묵인하고 면죄부를 제공하는 데 조력한다. 이로써 남성 작중인물들은 "선천적인 악인"이 아닌 셈이다. 그것은 작가가 형상화하고자 했던 남성상과 일치하는 대목이기도 하다.[40] 결국 이 소설은 가부장적인 사회적 제도와 통념을 "본질적으로 선한" 것으로 보는 사회적 통념과 남성 작가인 최인호의 의식의 편린을 상호텍스트로 삼는 한편 그것을 독자 대부분의 기대지평으로 전환시키면서 당대 가부장적 이데올로기를 강화하고 있는 셈이다.

4. 남는 문제

김말봉과 최인호의 『별들의 故鄕』은 동명 소설이다. 두 소설은 20여 년이라는 발표연대의 간극과 작가의 성차에도 불구하고 당대 사회적·문화적 상황을 각기 문맥화하면서 상호텍스트성을 보여주었다. 최인호가 김말봉의 『별들의 故鄕』을 염두에 두지 않고 창작했음은 확실해 보이는데, 두 소설은 상호텍스트적 특성에 견주어 유사성과 차이성을 드러내고 있었다.

첫째, 두 소설은 연애소설이라는 대중소설의 장르를 가장 핵심적인 상호텍스트로 사용하고 있다. 상호텍스트성이 특정 장르의 일반적인 특질이나 필요조건을 토대로 삼는다 할 때, 두 소설이 이야기를 구조화하는 방식에서 연애소설의 장르적 관습을 따르고 있었다. 두 소설에서 연애의 과정은 사랑의 완성에 대한 욕망을 그리는 낭만적 플롯을

---

40) 작가는 남성 작중인물들을 "대부분 비열하고, 잔인하지만 본질적으로 선한", 그래서 "선천적인 악인"이 아닌 인물로 설정하고 있다. 「새 連載小說 별들의 故鄕—20代 新銳가 그리는 『現代와 愛情』」, 『조선일보』, 1972.9.1, 5면.

근간에 두고 있었는데, 그것이 전달되는 방식에서 차이점을 보였다. 김말봉의『별들의 故鄕』은 전지적 서술자가 중심적 서사와 부수적 서사의 복잡한 실타래를 파노라마식으로 단일하게 풀어가고 있었다. 이에 반해 최인호의『별들의 故鄕』은 일인칭 서술자가 경아의 죽음을 회상하는 겉이야기 속에 그 서술자가 삼인칭 서술로 경아의 삶 뒤에 숨어 있는 핵심적인 속 이야기를 전달하고 있었다. 두 소설의 서술 형태와 서술자의 차이성은 낭만적 플롯을 전략화하는 작가적 특성에서 비롯된 것이었다.

둘째, 두 소설은 연애의 과정 자체에 사랑을 방해하는 요소를 개입시켜 서사적 흐름을 다각화시킬 뿐만 아니라 당대 사회적·문화적 상황을 문맥화하면서 상호텍스트성을 보여주었다. 김말봉의『별들의 故鄕』에서 작중인물들의 사랑은 자유연애를 표방하는 근대적 세계관 아래 봉건적인 신분적 질서에 대한 인식이 잔여적 가치체계로 작용하여 장애를 겪고 있었다. 그리고 작중인물들의 사랑이 좌우 이데올로기의 대립과 맞물려 처벌적인 도덕적 대립양상을 띠고 있었다. 이러한 장애요소는 단독정부수립 무렵부터 한국 전쟁기에 이르는 시기 한국 사회의 사회적 상황과 통념을 문맥화한 결과로 볼 수 있었다. 최인호의『별들의 故鄕』에서는 작중인물들의 사랑에 경제적 여건이 중요한 변수로 작용하고 있었는데, 그것은 당대 새로운 신분적 질서를 형성할 가능성을 보여주고 있었다. 그리고 여성의 육체적 순결 여부가 작중인물들의 연인 관계에 결정적인 변수로 작용하고 있었다. '경아-강영석'의 관계에서는 지속적 연인관계를, '경아-이만준'의 관계에서는 결별의 이유를, 그리고 '경아-김문오'의 관계에서는 동거를 부담없이 시작하고 끝맺는 요건으로 작용하고 있었다. 그것은 당대 한국사회에서 가부장적 이데올로기가 작중인물들의 사랑에 지대한 영향을 미치고 있었음을 보여주는 것이었다. 두 소설은 사랑이나 연애의 장애요소가 연애 과정을 전면화시킨다는 점에서 유사성을 지니지만, 그것이 표지하는 연애담은 당대의 사회적·문화적 상황과 기대지평에 따라 차이성을 드러내고 있었다.

셋째, 두 소설은 창녀라는 제재를 공통적으로 설정하여 당대 사랑의 성격과 사회적·문화적 상황을 문맥화하는 상호텍스트적 특성을 보여주고 있었다. 무엇보다 두 소설에서 창녀의 사랑이 비중있게 드러나는 것은 창작 당시 창녀들이 급증했던 사회적 상황과 밀접한 관련성을 지니고 있었다.

넷째, 창녀의 사랑이나 인격적 면모는 남성 작중인물들에게 쉽게 받아들여지지 못하고 남성의 성적 도구나 타자성을 드러내는 대상으로 자리매김하는 양상을 보여주고 있었다. 이것은 창녀가 육체적 상실을 표지하고 그것에 대한 사회적 잣대가 냉혹하게 휘둘려지는 통념이 이면에 깔려있기 때문이었다. 창녀의 사회적 처우개선에 앞장섰던 김말봉은 이러한 면모를 창녀 연심을 대하는 최창열의 이중적 태도를 통해 보여주고 있었다. 이에 비해 최인호는 교환적 가치를 가지는 경아와 김문오의 동거생활을 통해 현대인의 사랑이 진정성을 상실하고 있는 면모를 문맥화하고 있었다.

다섯째, 창녀가 인격적 존재나 성처녀로 격상되는 것은 죽음이나 그것에 버금가는 희생을 통해서만이 가능하다는 점을 드러내고 있었다. 김말봉의 『별들의 故鄕』에서는 양공주 릴리였던 피득순이 인격적 존재로 거듭나는 과정을 낭만적이고 이상적으로 그리고 있었다. 그녀는 공산치하에서 최창열과 김영숙을 목숨 걸고 탈출시키는 헌신적 행위로 과거 공산활동의 이력을 지우고 있으며 국군병원 간호원 보조사로 변신한 후의 헌신적인 봉사행위를 통해 양공주 릴리의 그림자를 걷어내고 있었다. 그 결과 박영주와 사랑을 꿈꿀 수 있는 인격적 존재, 그러니까 '별'로 거듭나는 낭만적 승화를 보여주고 있었다. 그리고 최인호의 『별들의 故鄕』에서 경아가 성처녀로 부활하는 것은 죽음을 통해서였다. 순결한 영혼을 가진 경아의 죽음은 순교자와 같은 낭만적 형식을 통해 육체적·정신적 순결성을 지닌 성처녀로 거듭나는 환상성을 지니고 있었다. 그것은 "멀리 있으니까 아름다운 별"처럼 현실세계에서 좀처럼 찾아보기 힘든 희망과 유토피아를 상징하는 것이기도 하였다. 하지만 죽음을 통한 낭만적 승화는 가부장적인 남성들의 위선적인 합리화 방식을 용인할 뿐 아니라 한층 더 강화하는 논리가 깔려 있었다. 이러한 창녀의 낭만적 승화 방식은 한국사회에 뿌리 깊이 자리매김하고 있는 가부장적인 사회적 제도와 통념을 문맥화하고 있었다.

이상에서 살펴보았듯이 동명 소설 『별들의 故鄕』의 상호텍스트성은 연애소설의 공식성을 기반으로 삼으면서도 1950년대와 1970년대의 변화하는 기대지평을 새롭게 문맥화하는 전략과 기술방식을 선보이고 있었다. 특히 작가의 성차는 연애소설의 결말처리 방식에서 상당한 차이를 노정시키고 있었다. 김말봉은 대부분의 여성들이 꿈꾸는 사랑에 대한 낭만적이고 이상적인 결말을 이끌어내고 있었다. 이에 반해 최인호는 현실세계에서 여성들이 꿈꾸는 사랑이 좌절되는 과정을 밀도있게 그려내었을 뿐 아니라 환상적이고 낭만적인 결말을 통해 가부장적인 이데올로기가 지배하는 사회와 남성들의 위악성을 교묘히 은폐하는 데 동참하고 있었다. 성차에 따른 기대지평의 차이성은 독자들에게 연애소설 읽기의 새로운 방식을 요구함으로써 낯설은 즐거움을 만끽하게 하는 데 조력할 것으로 보인다.

하지만 이상의 논의가 연애소설로 분류될 수 있는 동명소설을 대상으로 삼아 장르적 관습의 큰 틀거리 속에서만 이루어졌다는 점은 대중소설의 상호텍스트적 접근의 가능성과 한계를 함께 노정하고 있다 하겠다. 그 가능성은 장르적 관점을 작가 개인의 특성이나 독자층의 새로운 취향과 기대지평의 변화, 사회문화적 상황의 문맥화 등으로 확장시켜 좀더 면밀하게 논의를 해나갈 수 있다는 점에 있다. 그것은 특정 작가나 시기의 소설들의 새로운 경향을 대상으로 삼을 때 다른 방식의 논의를 해나갈 수 있으리라 여겨진다. 그러나 문제는 대중소설 텍스트 사이의 문학적 대화를 장르적 관습이 아닌 다른 기준과 방식으로 대체할 수 합리적인 대안이 아직까지는 요원하다는 점이다. 논의의 수준을 끌어올릴 또 다른, 무성한 논의들만 난무할 뿐 실질적인 방식을 찾지 못하는 데 그 이유가 있다. 이것은 향후 글쓴이뿐만 아니라 대중문학 연구가들의 과제로 남겨질 수밖에 없어 보인다.

제2장

대중소설의 서사전략과 이데올로기
— 정연희의 초기 장편소설을 중심으로

1. 대중적 공식과 변화의 지표들

1990년대 들어 대중소설에 대한 관심이 고조되고 이에 대한 이론들이 속속 소개되고 있다. 하지만 범람하는 이론들만 무성할 뿐 대중소설의 서사전략과 향방을 마련하는 데 미흡한 감이 없지 않다. 이것은 일차적으로 대중소설을 폄하하는 연구 태도에서 기인하지만, 아무튼 이 방면의 연구자들에게 까다로운 주제임에 틀림없다.

대중소설은 자본주의의 발전과정과 맞물려 대표적인 문화산업으로 자리매김하였다. 따라서 대중소설의 창작과 향유는 자본주의적 상업전략에 깊이 연루되어 있다. 프랑크푸르트 학파는 이러한 문화산업을 "대중기만으로서의 계몽"으로 규정한다. 그들은 문화산업의 양식이 위대한 예술작품과는 달리 '동일성'에 대한 대용물에 불과하다고 비판한다. 예술작품에서 양식이 진정한 보편성과 화해하려는 희망 속에서 지배적인 보편성의 형식 속에 들어가는 이데올로기적 성격을 지닌 것이었다면, 문화산업 아래 진정한 양식은 문화라는 이름아래 '중화'되어 있는 '지배'의 심미적인 등가물에 불과하다는 것이다.[1] 결국 문화산업은 계몽이라는 이름 아래 대중들의 유흥을 부추기는 한편 사회적 위계질서에 대한 순종을 이끌어내기 위한 기만적 책략이 된다. 이렇게 볼 때 대중소설의 창작과 향유는 자본주의 사회에서 지배적인 이데올로기에 대한 순응의 효과를 보여주는 것에 불과하다.[2] 바로 이 때문에 연구자들이 대중소설의 체계적인 연구를 기피했는지도 모른다.

그러나 대중소설의 의미작용은 그리 단순하지 않다. 홀의 지적대로 현대 자본주의 사회에서 지배적인 이데올로기에 대해 대중들의 포괄적인 합의가 어떻게 자발적으로 생겨나는가라는 문제는 정치적, 사회적, 이데올로기적 전략들이 복잡하게 얽혀 있는 그물망을 고찰하지 않고서는 쉽사리 해결될 수 없다.[3] 대중들의 합의나 일탈은 사회문화적 권력의 문제들과 연루되어 있으며, 특히 사회적 통제 역할은 대중들에게 단순히 반영되기 보다는 재현된다. 다시 말해서 대중들은 이러한 상황을 수동적으로 받아들이기 보다는 선택과 제시, 구조화와 형태 결정에 능동적으로 참여한다. 대중들이 실제 생활에서 경험하는 의식들은 지배적인 이데올로기와 잠재적인 갈등, 조정, 화해, 병합 등의 가능성을 지닌다.[4] 그렇다면 대중소설 또한 형상화된 언어 영역 속에서 자

---

1) M. 호르크하이머 & Th. W. 아도르노, 김유동·주경식·이상훈 옮김, 『계몽의 변증법』, 문예출판사, 1995, 175~183쪽.
2) 이러한 점은 프랑크푸르트학파가 관공주의적, 엘리트주의적 특성을 지닌다는 점과 무관하지 않다. 이에 대한 상세한 논의는 마틴 제이, 황재우 외 옮김, 『변증법적 상상력』, 돌베개, 1981, 제6장 참조.
3) 임영호 편역, 『스튜어트 홀의 문화이론』, 한나래, 1996, 제3장 참조.
4) 이데올로기적 구성체의 복합적 특성과 함께 그 매개를 연구할 필요성은 여러 연구자들에게 제기된 바 있다. 볼로쉬노프의 '행동적' 이데올로기와 관념의 '수립된 체계', 알튀세르의 '실제상황에서의 이데올로기'와 '이론적 이데올로기', 그람시의 '실제적 의식'과 '공식적 의식' 등으로 구별하기, 윌리엄즈의 '감정의 구조'의 생성적 형태의

본주의 체제의 지배성 뿐만 아니라 저항과 변화의 가능성을 함께 보여 준다 하겠다. 대중 소설에 작용하는 의미작용의 매개변수들을 적극적으로 고려한다면, 대중소설의 양식과 변형태들이 어떻게 계속적으로 대중을 이끌어낼 수 있었는지 밝힐 수 있을 것이다. 아울러 대중에게 작용되는 다분히 정치적인 함의 또한 비판할 수 있을 것이다. 이 글은 이러한 점을 염두에 두고 정연희의 장편소설을 대상으로 대중소설의 서사전략을 고찰하고자 한다.

정연희는 1957년 동아일보 신춘문예에 「波流狀」이 당선된 이래 당대의 열악하고 부조리한 사회역사적 상황과 한국의 전통적인 가부장적 규범 속에서 살아가고 있는 여성의 존재에 주목한 작가이다. 그러나 그녀의 소설에 대한 논의는 몇몇 작품에 대한 서평이 대부분이다. 이것은 문단에서 여성 작가들이 가지는 열악한 상황 때문이기도 하겠지만, 특히 1960년대 이후 그녀의 작품들이 대중소설적 성향을 띰으로써 논평 대상에서 멀어진 듯하다. 그렇기에 그녀의 소설에 대한 논의는 대개 초기 단편들에 국한되어 있다. 따라서 그녀의 소설 세계를 전체적으로 조망해내는 데에는 역부족일 수밖에 없다. 그러나 작가의 초기 작품들은 향후 작품 세계에 대한 이해의 단초를 제공한다는 측면에서 그 논의들에 주목할 필요가 있다.

처음으로 정연희의 작가론을 쓴 천이두는 "에고의 추구와 그 처리"가 그녀의 문학적 기조를 이루고 있다고 주장하였다.[5] 대부분 도시를

환기, 부르디외의 '아비투스' 개념 등이 그러한 예이다. 테리 이글튼, 여홍상 옮김, 『이데올로기 개론』, 한신문화사, 1995, 제2장 참조. 특히 홀이 지적한 이데올로기의 여러 측면들은 그람시의 헤게모니 개념에 힘입은 바 크다. 지배적 이데올로기는 고정된 상태라기 보다는 특정한 투쟁 현장의 일시적 정복상태로 그 지배성과 저항의 가능성이 동시에 존재한다는 점, 대중을 단순히 수동적인 대상으로 간주하고 배척하기 보다는 진보적이고 반동적인 특성에 주목한 점 등이 그의 저작에 잘 드러나 있다. 임영호 편역, 위의 책, 20쪽.

배경으로 모던한 분위기를 지닌 인물들이 인간 에고의 주체적 윤리적인 양상과 객관 현실에의 비판적 양상의 양면성을 효과적으로 보여준다는 것이다. 이상진은 이러한 평가를 1950년대에 풍미했던 실존주의 사상과 연계시켜 실존주의적 페미니즘 관점에서 접근한다. 그는 그녀의 작품들이 "존재의 근원에 대한 탐색"에 중심을 두고 1950년대의 위기상황과 접하고 있는 인간의 실존문제, 그리고 시대적 상황과 인습으로 인해 위기에 처한 여성의 실존문제를 제기하고 있다고 주장한다.[6] 여기에서 그는 여성의 위상이 다르게 나타난다는 점에 주목한다. 상황과 인습이 결합되지 않은 경우 여성은 남성 주인공 내부의 이미지형 인물로 드러나지만, 그것이 결합된 경우에는 정체성을 찾아나가는 인물로 형상화되어 있다는 것이다.

이러한 논의들은 정연희의 초기 단편소설들이 인간의 존재, 특히 여성의 자리매김 문제를 제기하고 있다는 데에 모아진다. 한국전쟁으로 사회 각 방면의 기제들이 충돌하면서 겪게 된 혼란상은, 특히 여성 주인공의 경우 인습이라는 멍에가 함께 짐지워짐으로써 더욱 문제를 다각화시켰다. 정연희는 1960년대초부터 대중적 양식을 끌어들여 여성 주인공이 지배적 이데올로기와 갈등, 대립, 조정, 화해하는 국면들에 구체적으로 접근한다. 따라서 이 글은 『목마른 나무들』, 『雅歌』, 『石女』[7]를 중심

---

5) 천이두, 「에고의 구도적 대현실적 자세—정연희론」, 『현대한국문학전집』 제13권, 신구문화사, 1981, 472~476쪽.

6) 이상진, 「존재의 근원에 대한 여성적 투시—정연희론」, 『페미니즘과 소설비평—현대편』(한국여성소설연구회), 한길사, 1997, 345~346쪽 참조.

7) 『목마른 나무들』(『여원』, 1961)과 『雅歌』(『여상』, 1963)는 여성월간지에 각기 연재되었다가 다시 단행본으로 출간되었다. 특히 『목마른 나무들』은 1963년 여원사에서 단행본으로 출간된 이래 1970년부터 1980년까지는 인문출판사에서, 1981년부터는 민예사에서 재출간되었을 만큼 대중들에게 많은 호응을 얻었던 작품이다. 그리고 『石女』는 정연희의 출세작으로 『告罪』(중앙출판공사, 1970), 『비를 기다리는 달팽이』(대운당, 1978)로 이어지는 3부작 중 첫 작품이다. 이 작품은 1960년대와 1970년대 사이 그

으로 여성의 자리매김 문제에 좀더 천착하면서 대중소설의 서사전략을 살펴보고자 한다. 이를 통해 1960년대 대중소설, 특히 여성 독자층을 대상으로 한 대중소설 읽기의 새로운 가능성을 엿보고, 나아가 한국 대중소설의 서사 전략에 관한 이론적 틀거리를 마련하는 하나의 계기가 될 수 있을 것이다.

2. 구성적 공식성과 지배적 이데올로기의 합일 전략

예술작품이 매번 새롭게 느껴지는 것은 내용만큼이나 전혀 새로운 형식의 창조에 기인한다. 그러나 형식의 경우 그 새로움은 무(無)에서 나오는 것은 아니다. 형식은 창작 초기에 저항과 약호화된 수동성의 형태로 나타나는 문화 전통과 물리적 세계가 예술가에게 제시한 일련의 암시로 구성되어 있을 뿐이다. 따라서 예술작품의 형식에 관한 작가의 창조적 모험은 참조사항과 비교기준을 갖고 있는 것이다.8) 이러한 관점에서 본다면 대중 소설은 좀더 전통적인 형식에 힘입는 정도가 크다 하겠다. 카웰티는 그것을 공식성(formulas)으로 설명한다.

공식성은 개별적인 작품 속에서 사용된 서사적이거나 극적인 관습들의 구조이다. 이것은 크게 언어적 공식성과 구성적 공식성으로 구분된다. 전자는 특정한 물건이나 사람을 취급하는 방식으로서 특정한 시대나 문화에 한정되어 사용된다. 이에 반해 후자는 보편적인 이야기 원형으로 구체화할 수 있는 보다 큰 구성의 형태에 관련된 것으로서 여러 시대에 걸쳐 다양한 문화 속에서 존재해왔던 것이다.9) 이러한 공

______

녀의 변화된 서사전략을 살펴볼 수 있는 근거가 되기에 연구대상으로 선정하였다.

8) 움베르토 에코, 조형준 옮김, 『열린 예술작품:카오스모스의 시학』, 새물결, 1995, 255쪽.

9) John G. Cawellti, *Adventure, Mystery, and Romance:Formula Stories as Art and Popular Culture,*

식성들이 대중소설에 사용될 때, 그것은 대중들을 친숙하게 다가서게 하는 효과적인 전략이 된다. 왜냐하면 모든 예술작품이 환기하는 미학적 즐거움은 모든 인식과정에 전형적으로 나타나는 통합 매커니즘과 동일한 메커니즘에 의존하고 있기 때문이다.[10] 대중소설의 서사전략은 바로 이러한 공식성과 그 효과에 초점이 맞추어져 있다. 그렇다면 대중소설, 특히 여성을 주요 독자층으로 하는 대중소설에서는 어떠한 공식성을 사용하고 있는지, 그리고 그것은 어떠한 사회적·정치적·문화적 의미를 띠고 있는지 살펴보도록 하자.

'애정의 삼각관계'는 대중소설의 대표적인 구성적 공식성으로서 서사의 발전, 대립, 조정, 화해 등의 국면들에 깊숙이 개입되어 있다. 삼각관계는 한 쌍의 남녀 사이에 다른 하나의 갈등 주체가 개입됨으로써 발생한다. 애정의 문제를 두고 인물들의 선택상의 고민, 모함과 증오, 질투와 복수 등의 다분히 감정적인 포물선들이 서사를 이끌어나가는 주요 장치로 활용된다. 더욱이 이러한 삼각관계는 한 작품 내에서 복잡하게 얽혀 있어 독자들에게 생동감과 긴장감을 부여함으로써 흥미를 유발시키는 기능을 한다.

『목마른 나무들』의 경우, 애정의 삼각관계는 약혼관계인 오성우와 서주연 사이에 김재철이 개입함으로써 발생한다. 그리고 서주연을 짝사랑하는 권영진이 오성우와 서주연 사이를 맴돌면서 서주연의 갈등은 보다 다각화된다. 뿐만 아니라 서주연의 친구 박혜숙이 권영진의 약혼자라는 점에서 애정의 삼각관계는 또 다른 국면을 맞이한다. 한편 김재철을 사이에 두고 정부인 이윤이와 서주연, 그리고 새로운 애인인 오성희와 서주연 사이에서 갈등의 포물선들은 첨예하게 대립하는 양

Chicago and London:The University of Chicago Press, 1976, pp.5~8.
10) 움베르토 에코, 앞의 책, 138쪽.

상을 띤다. 이렇듯 다섯 개의 삼각관계는 작품의 서사적 전개에서 매번 새로운 국면을 만들어내며 독자들을 유인한다.

『雅歌』 또한 『목마른 나무들』만큼 애정의 삼각관계가 복잡하다. 유세련은 북한군 부역 혐의로 체포된 한우경과 부부 관계이지만, 이미 결혼 전부터 그들 사이에 박철하가 개입하고 있어 잠재적 갈등이 내재해 있다. 한우경의 체포 이후 박철하는 보다 적극적으로 그들 부부 사이에 개입한다. 그는 강신우를 대신 내세우지만 오히려 이로 인해 애정의 삼각관계는 다각화된다. 즉 유세련을 중심으로 한 한우경과 박철하의 삼각관계는 박철하와 강진우의 관계와 중첩된다. 그리고 강진우를 짝사랑하는 딸 한명주로 인해 또 다른 삼각관계가 형성한다. 이렇듯 애정의 삼각관계는 이 작품의 서사 전개에 중심적인 역할을 담당한다. 더욱이 박철하의 음모가 밝혀지는 과정은 독자들의 호기심을 유발시키고 참여를 유도함으로써 작품을 읽어나가는 재미를 배가시킨다.

『石女』에서 안지원과 남성운의 부부관계는 출발부터 그리 원만하지 않다. 남성운은 식모 부산댁을 비롯하여 마담 플리이즈 지은경, 대학 동창 이인숙, 성우 김미라 등 그 대상을 끊임없이 바꿔가며 자신의 성적 욕구를 채워나간다. 남성운의 여성편력은 안지원의 갈등 요인들 중 하나였지만 습성화된 상황에서 이미 그것은 흥미거리일 뿐이다. 이러한 가운데 영화배우 백 민의 개입은 안지원에게 자신의 부부관계에 대한 반성적 사유를 심화시키는 계기로 작용한다. 이 작품에서 애정의 삼각관계는 안지원의 성찰적 사유와 맞물려 독자들에게 흥미를 유발시킬 뿐만 아니라 한국의 가부장적 이데올로기 속에서 여성의 자리매김이라는 문제를 제기한다.

이상에서 볼 때 애정의 삼각관계는 독자들의 흥미를 유발시키는 주요한 기제이다. 이 때문에 대중소설이 상업적 전략에 부응한다고 읽

힐 수도 있다. 그러나 정연희의 작품들에서 이러한 애정의 삼각관계
는 당대의 사회정치적 상황과 결합됨으로써 또 다른 해석의 가능성
을 열어 두기도 한다. 사실적인 사회역사적 배경은 독자들에게 현실
감을 부여하는 한편 타락한 현실을 드러내는 데 효과적인 장치이
다.11) 『목마른 나무들』에서는 이승만 정권 말기의 붕괴 징조들이 표
출되는 사회정치적 격변 상황이, 『雅歌』에서는 서울 수복 후에 북한
군에 부역한 사람들을 색출, 심문, 처형하는 상황이 각각 배경으로
설정되어 있다. 이러한 사회역사적 상황은 개인적인 일화들의 중요
성과 작중인물들의 운명에 어떠한 영향을 끼치는지에 대한 독자들의
감정을 강조한다. 여기에서 독자들의 즐거움은 명백한 혼란 속에서
전통적인 도덕적 가치를 발견하는 데 집중된다.12) 이 과정을 통해서
독자들은 전통적인 도덕의식을 확인하거나 그것을 새로운 경향의 가
치 및 태도와 통합하여 조화를 추구한다. 이것은 대중소설에 대한 독
자들의 기대와 밀접한 상관성을 가지며 마찬가지로 사건 전개나 귀
결 방식에서도 영향을 미친다.

과거의 형식적 경험에 대한 기억에 의존하는 독자들은 나름대로 해
결책의 예견을 만들어낸다. 복잡한 애정의 삼각관계 속에서 억눌려온
경향은 결국 본모습을 드러내리라는 형식에 대한 예비추정에 다름 아
니다. 그러니까 위기와 반목, 교란과 일탈 등은 문학적 관습에 따라 다
시 해결로 이어질 때 정당화된다. 왜냐하면 독자들은 위기 자체를 위
한 위기가 아니라 해결을 갈망하기 때문이다. 이러한 기대감으로 독자
들은 예견의 즐거움, 미지의 것 앞에서 느끼는 무력감을 즐긴다 하겠
다.13) 『목마른 나무들』에서 서주연이 약혼자인 오성우 대신 김재철을

---

11) John G. Cawellti, 앞의 책, pp.261~262.
12) John G. Cawellti, 위의 책, pp.264~268.

사랑함으로써 촉발되는 위기는 부정투표반대 시위현장 취재 중 김재철의 죽음으로 일단락된다. 『雅歌』에서도 유세련과 강진우의 동반 자살은 유세련이 유부녀에서 미망인으로 변화된 상황만큼이나 그들의 사랑이 박철하와 한명주의 질시 속에서 빚어내는 도덕적 위기의식을 끝맺게 한다. 물론 대중소설에서 가장 명백한 종류의 위기는 삶과 죽음의 사건을 포함하는 것이다. 따라서 죽음의 과잉(plethora)이나 위협을 발견하는 것은 그리 놀랄만한 일은 아니다.14) 그러나 다른 한편으로 이것은 대중소설이 특정한 문화적 관습에 따라 도덕적인 해결을 이끌어내는 주요한 장치이기도 하다.

공식성으로서의 문학적 관습은 사회역사적 맥락에 따라 획득된 형태, 즉 선호도와 관습, 확신과 정서의 체계를 따른다. 이것은 그람시가 말하는 '상식'에 다름 아니다. 상식은 어떤 특정한 시기에 민중이 갖고 있는 일반화된 무비판적이고 무의식적인 세계인식 혹은 이해방식이다. 과학적 철학의 입장에서 본다면 이것은 애매하고 모순적인 개념에 불과하다. 그러나 상식은 삶과 인간에 대해 갖고 있는 가장 보편화된 관념이다. 더욱이 그것은 엄격하고 불변의 것이 아니라 계속 변화하는 것으로 다양한 관념을 섭렵할 수 있다. 독자들에게 있어 상식은 사전에 구성된 것이며 이미 알려져 있는 것으로 존재한다. 따라서 어떤 주어진 장소나 시점에서 상식은 독자들에게 판단 전체에 걸쳐 분명한 이유를 제공하는 단순하고 직접적인 것이다.15) 문학작품의 독서행위는 한편으로 독자들을 친숙한 상식 속에서 스스로를 정당화시키고 그것들을 선택적으로 재생산하는 것을 돕는다.16) 그렇다면 독자들이 지니

---

13) 움베르토 에코, 앞의 책, 140~142쪽.
14) John G. Cawellti, 앞의 책, p.264.
15) 안토니오 그람시, 앞의 책, 164~196쪽.
16) 스튜어트 홀, 앞의 책, 267쪽.

고 있는 상식이란 어떠한 것이며 그 효과는 어떠한지 작품들을 통해 살펴보도록 하자.

우선 정연희의 작품에서 상식은 가부장적 이데올로기의 위반을 금지하는 정서적 체계라는 준거틀로 작용한다. 서사의 귀결부분에서 그것은 지배적인 이데올로기에 조정, 통합되는 메커니즘을 보여준다. 주지하듯 『목마른 나무들』에서 서주연은 오성우의 약혼녀이다. 1960년대 사회문화적 상황에서 보자면 '약혼녀'의 기표는 '유부녀'의 그것과 크게 다를 바가 없다. 전통적인 유교적 세계관이 강하게 작용하는 한국적 상황에서 '약혼자'가 아닌 '약혼녀'의 애정행각은 독자들에게 심각한 위기로 받아들여질 수밖에 없다. 더욱이 약혼자인 오성우는 거의 완벽한 성인군자의 성품을 지니고 있어 위기감을 배가시킨다. 따라서 서주연의 애정행각은 상식의 위반일 수밖에 없으며 그것의 금지는 김재철의 죽음으로 일단 종결된다.

마찬가지로 『雅歌』에서 유세련과 강진우의 죽음은 유세련에게 작용되는 상식의 금기체계에 다름 아니다. 남편인 한우경이 체포된 상태, 그것도 생사를 가늠할 수 없는 극단적인 상황에서 유세련이 강진우와 사랑에 빠져든다는 사실과 피난을 떠나는 급박한 상황에서 사랑 때문에 시어머니와 자식들을 내팽개친다는 사실은 독자들에게 상식의 심각한 위반으로 받아들여질 수밖에 없다. 독자들은 이러한 상식의 차원에서 위반을 촉발한 유세련에게 금기의 잣대가 휘둘려질 것을 기대하며, 그것은 유세련과 강진우의 죽음으로 나타난다. 이렇듯 상식의 준거틀은 가부장제 이데올로기에 맞춰져 있다. 독자들은 애정의 삼각관계를 통해 드러나는 금기의 위반을 즐김과 동시에 비판적 잣대를 그 메커니즘에 통합시켜 안정감을 얻는다.

한편 정연희의 작품에서 상식은 일종의 현실효과에 조력한다. 현실

효과는 재현과정 자체가 순환논리적 성격을 띤다. 그러니까 그것은 전제가 없는 데 스스로 만들어져 스스로 승인하는 가운데 형성된다.[17] 대중소설에서 현실효과는 우연의 기제가 반복되고, 특히 거대한 사회역사적 상황에 대한 운명론적 세계관이 개입하면서 형성된다. 대개 우연은 근대적인 논리적 인과율에 대비되는 전근대적인 수사학적 장치로 비판받아 왔다. 그러나 그것은 실제적 삶을 지배하고 있는 요소이다. 그렇지만 문학작품에서 우연이 하나의 현실적 가능성으로 드러내기 위해서는 필요한 요소를 골라 특정한 형국을 만들어낸 다음 복잡한 관계의 그물망을 끌어내야 한다. 다시 말해서 우연은 몇 가지 전제조건만 갖추어지면 실제 생활에서도 발생하리라고 기대되는 사건이라는 점에서 독자들에게 아주 논리적이고 자연스러운 것으로 여겨진다. 대중소설에서 작중인물들에게 반복되는 우연은 독자들에게 필연적인 것으로 비춰진다. 게다가 작중인물들이 사회역사적 상황을 운명적으로 대응하는 태도는 이러한 우연의 기제와 결합될 때 독자들에게 보다 설득력을 가진다. 이렇듯 재구성된 형태로서 우연은 실제 현실과 등가관계를 가지면서 현실을 파악하려고 하는 독자들의 요구와 기대에 부응한다.

『목마른 나무들』에서 서주연과 김재철의 만남은 우연의 기제가 반복적으로 작용함으로써 독자들에게 그것이 필연적인 것으로 비춰진다. 그리고 『雅歌』에서 유세련과 강지운의 만남은 박철하의 계략에 의한 것이라는 점에서 보다 개연성을 지닌다. 박철하와 같은 적대적 인물의 설정은 사회역사적 상황만큼이나 그들의 만남이 상식의 위반이라는 의미작용을 약화시킨다. 이렇게 볼 때 작중인물들의 사랑은 우연

---

17) 스튜어트 홀, 앞의 책, 266쪽.

의 기제에 의존하되 그것이 필연적인 것으로 비춰진다는 점에서 현실효과를 획득한다 하겠다. 이러한 현실효과는 주지하듯 실제 현실과는 동떨어진 기제와 접합되어 독자들 스스로 승인하게 한다. 그러나 그 결과는 지배적인 가부장적 이데올로기에 조정, 통합, 통제되는 데 일조한다. 하지만 여기에서 작동되는 현실효과는 상식에 의존한다는 점에서 변화의 가능성이 내재되어 있다. 그러니까 그것은 상식의 교육적 효과로서 지배적 이데올로기를 인정하고 강화시키는 한편 새로운 지배이데올로기를 수용할 수 있는 틈새를 마련해 둔다.

3. 언어적 공식성과 새로운 여성 주체의 형성 전략

흔히 대중소설의 공식성은 가장 진부하고 상투적인 것으로 간주된다. 그러나 아무리 새롭고 독창적인 작품이더라도 일단 독자들이 익숙해지는 순간 필연적으로 대중화 과정이 뒤따른다. 앞서 고찰한 구성적 공식성, 즉 애정의 삼각관계, 도덕적 결말처리 방식, 우연적 사건 등은 이러한 대중화 과정을 거친 결과물인 것이다. 다시 말해서 모든 시대에 걸쳐서 나타나는 구성적 공식성은 대중화 과정을 통해 형성되고 또 강화된다. 이것은 대중들과 친밀감을 형성하는 근거인 동시에 그들에게 교육된 상식을 지배적 이데올로기와 결합하여 받아들이게 한다. 그러나 특정 시대나 장소에서 대중소설이 지속적으로 대중들에게 공감대를 형성할 수 있는 요인은 구성적 공식성에만 있지 않다. 혹자는 대중소설이 공식성을 그대로 따르면서 세부적인 요소들만 대체하여 대중들의 취향에 영합한다고 비난한다. 하지만 대중소설은 정치적·사회적·문화적 상황의 변화에 민감하게 대응하면서 세부적인 구성요소의 변화 뿐만 아니라 공식성에 대한 변화의 징후들을 보여준다. 그 변화는 대중들이 따르는 상식의 체계가 고정적이지 않다는 점에서도 필연적이다.

대중소설에서 공식성의 변형은 무엇보다도 언어적 공식성에서 두드러지게 나타난다. 주지하듯 언어적 공식성은 특정한 시대나 문화에서 특정한 사람이나 물건을 취급하는 방식이다. 여성을 주요 독자층으로 하는 대중소설에서 언어적 공식성은 대개 작중인물들을 성차에 따라 구별짓는 관습에서 잘 드러난다. 흔히 남성은 공적 영역에서 활동하는 대사회적 존재로 부각되는 반면, 여성은 사적 영역에서 남성을 보좌하고 그의 보살핌을 필요로 하는 존재로 형상화한다. 다시 말해서 남성은 이성, 정신, 일반, 객관, 합리성, 능동성, 강인함, 문화 등 세계 <안>에서 우월적이고 중심적인 가치를 가진다. 이에 비해 여성은 감성, 육체, 직관, 미분화, 수동성, 나약함, 자연 등 종속적이고 주변적인 가치를 지닌 존재인 것이다. 이러한 남성성/여성성의 이분법적인 대립 체계는 대중소설이 근대 산업사회의 산물이라는 점과 무관하지 않다. 산업사회를 효과적으로 운영하기 위해 가부장적 이데올로기와 강하게 결탁해 왔기 때문이다. 따라서 대중소설에서 언어적 구성성은 남성성/여성성의 위계적 질서가 강하게 침윤되어 있는 상식 체계와 긴밀한 관계를 갖고 있다.

볼로쉬노프는 이데올로기적 담론이 상식적인 지식 속에서 스스로를 정당화시키고 그것을 선택적으로 재생산한다고 했을 때 그 단서를 언어 영역에서 찾는다. 그에 따르면 기호는 물질적이고 사회적인 실체로 이데올로기적 특성을 지닌 것이다. 이데올로기적 기호 속에 반영된 존재는 단순히 반영되는 것이 아니라 굴절된다. 이같은 굴절은 지향점이 서로 다른 사회적 이해관계들이 이데올로기적 기호 속에 교차함으로써 이루어진다. 여기에서 이데올로기적 기호가 사회적으로 다양한 강조점을 갖는 것은 기호를 생생하고 활동적이며 변화·발전하기 때문이다.

그러나 지배 계급은 이데올로기 내부에서 일어나는 여러 가지 사회적 가치평가에 관한 투쟁을 근절시키고 기호에 단일한 강조점을 부여하려고 한다. 단일한 강조점을 가지는 것은 곧 언어와 현실 사이에 확정된 등가 체계를 설정하는 것이다. 그것은 이데올로기적 기호에 초계급적이며 영속적인 성격을 부여함으로써 지배 계급의 존속을 도모한다.[18] 이러한 관점에서 본다면, 언어적 공식성에서 드러나는 남성성/여성성이라는 이분법적인 인식체계는 지배적인 가부장적 이데올로기의 효과적인 결과물인 셈이다.

하지만 이데올로기적 기호는 어떤 조건들이 성취되느냐에 따라 언제든지 효과적으로 연결지어진 의미들의 연결고리를 끊을 수도 있다. 따라서 최종적인 의미는 투쟁 중인 세력들의 상대적인 강도, 어떤 전략적 계기에서 그것들 사이의 세력 균형, 그리고 의미작용을 하는 정치의 효과적인 수행에 달려 있다 하겠다.[19] 따라서 신구의 상식 체계가 갈등, 조정, 화해의 국면들을 재생산해내는 과정에서 언어적 공식성은 변화의 징후들을 드러낸다. 언어적 공식성의 변화는, 특히 여성 주인공들이 여성성을 규정하는 언어적 형식들 혹은 담론에서 그 흔적을 찾을 수 있다. 그러니까 여성 주인공들에게 강요된 표상, 즉 상식체계에서 요구되는 규범적 주체성이 어떠한 방식으로 새로운 이미지를 형성하고 그 함의를 변화시켜 나가느냐는 언어적 공식성에서 엿볼 수

---

18) M. 바흐찐 & V. N. 볼로쉬노프, 송기한 옮김, 『마르크스주의와 언어철학』, 흔겨레, 1990, 35~36쪽.
19) 스튜어트 홀, 앞의 책, 269~270쪽.

있다 하겠다.[20)]

　『雅歌』에서는 상식을 오히려 강조하는 역설적 어법을 통해 여성 자신이 주체로서 당당하게 나서는 과정을 보여준다. 한우경의 체포 이전, 유세련은 상식체계에 합일되는 지배적 이데올로기에 순응한다. 그것은 사회적으로 요구된 아내이자 어머니, 그리고 며느리로서의 삶의 양식을 충실하게 따랐다는 사실에서 확인할 수 있다. 그러나 강진우와의 만남은 그녀가 유지해왔던 삶의 방식을 성찰하는 직접적 계기로 작용한다.

> 　그가 살아 있는 동안에 만들어 놓은 울타리는 너무도 너무도 견고하다. 지금까지 매사에 수동적이기만 했던 세련의 손으로 부숴버리려고 하기에는 너무도 굳은 담벽일 뿐이다.
> 　**「그렇습니다. 나는 한우경의 아내였습니다. 아직도 한우경의 아내입니다.」**
> 　**세련은 자기 자신에게 타이르고 자신을 달래고, 또 그 사실을 잊지 않도록 스스로에게 강요했다. (중 략)**
> 　그러는 동안, 그 여자는 자기가 왜 한우경의 기억에 매달려 몸부림치려 하는가를 명백하게 알았다.
> 　그실, 유세련 자기는 강지운에게서 도피하기 위하여 그 애매한 고행(苦行) 속으로 뛰어드는 것 같다.[21)]

　강진우와의 만남을 통해 유세련은 자신이 살아온 삶 속에 정작 '자기 자신'이 방치되고 제외되어 왔다는 것을 인식한다. 그녀는 상황 논리에 밀려 결혼했으나 남편이라는 사회적 안전장치에 만족하며 살아왔다. 물론 그것을 여성으로서 '당연한' 삶의 방식이라 여겨왔을 뿐 그 자체에 대한 어떠한 반성적 사유도 없었다. 그러나 강진우와의 만남

---

20) 벤 에거, 김해식 옮김, 『비판이론으로서의 문화연구』, 옥토, 1996, 339쪽.
21) 정연희, 『雅歌』, 신태양사, 1966, 233~235쪽.

그녀의 삶, 특히 한우경을 사랑하지 않았다는 사실을 직접 대면하게 만든다.

하지만 그녀는 그 사실을 승인하지 않으려 함으로써 강진우에 대한 사랑의 감정까지 거부한다. 한우경이 처형되고 박철하·강진우·한명주와의 첨예한 갈등 상황 속에서도 그녀가 한우경의 아내라는 사회적 기표를 강조하는 어법을 구사하는 것도 이 때문이다. 그렇지만 이러한 강조 어법은 역설적으로 그녀가 숨기려 하는 사실들을 더욱 부각시키는 데 조력한다. 그녀는 '당연한' 상식의 논리에 밀려 거부했던 사실들을 이미 내심 승인하고 있기 때문이다. 그녀에게 주어진 사회적 기표들, 즉 아내, 어머니, 며느리의 위치들은 효력을 점점 상실하고 있지만, 자신을 한 여성 주체로 새롭게 자리매김하는 데 주저하고 있다. 이러한 조정의 과정은 결국 그녀가 거부했던 사실들을 승인하고 강진우를 받아들이는 것으로 귀결된다. 다만 문제는 강진우와의 사랑에 대한 승인이 지배적인 가부장적 이데올로기에 대한 위반으로 도덕적 비난의 성격을 지닌다는 점에 있다. 그렇기에 그녀 자신의 사랑에 적극적이고 능동적인 그 순간 그들은 죽음을 맞는다.

> 주어진 삶을 투정없이 살아 온 셈이다. 그리고 자기를 에워싸고 있는 사물 하나 하나에 대하여 소홀히 다루는 일 없이 지내왔다. 거기에 결코 비굴이라든가 타협이 있는 것은 **아니다**. (중 략) 그 우수(憂愁)야말로 까닭이 분명치 않은……그리고 그의 가슴 깊숙이 자리하고 있다가 문득문득 소리없이 가슴을 울려 주는 것이다. 언제부터인가 그 근원조차 더 들을 수 없이 오래 전부터 숙명처럼 지정된 배우자(配偶者)가 싫어서만도 **아니다**. 생활의 어느 한 구석이 불편해서도 아니다. 이리저리 전전(轉傳)하다시피 자라온 과거가 부끄럽거나 슬픈 것도 **결코 아니다**. 그것은, 졸업을 가까이 하면서부터 예고 없이 자주 그 모습을 드러내곤 했다.[22]

---

22) 정연희, 『목마른 나무들』, 민예사, 1985, 23~32쪽.

『목마른 나무들』에서도 강한 부정의 어법을 반복적으로 구사함으로써 전통적 여성성을 부정하고 여성의 주체성을 찾아나가는 모습을 보여준다. 서주연은 아버지의 죽음으로 오성우의 집에 가게 된 후, 오성우는 아버지를 대신하여 그녀의 삶의 잣대가 된다. 이것은 오성우의 강요에 의해서라기보다는 서서히 "훈련되어 온 것"으로 서주연의 삶 깊숙히 내재되어 있다. 약혼자인 오성우에게 길들여진 서주연의 여성성은 순응적이고 규범적이다. 물론 이것은 지배적인 가부장적 이데올로기에 합일되는 여성성이다.

그러나 서주연은 "결코 아니다"와 같은 강한 부정 어법을 사용하여 자신의 여성성에 대한 갈등과 조정의 국면을 드러낸다. 그것은 그녀의 삶의 방식을 긍정하려고 하는 외양을 띠고 있지만, 이면에는 이를 부정하고 새로운 지향점을 찾아 나가려는 그녀의 의지가 감춰져 있다. 이 때 그녀의 지향점은 보다 독립적이고 자율적인 여성성이다. 특히 그녀가 이윤이의 삶의 방식을 접하면서 이러한 여성성에 대한 갈망은 증폭된다. 여기에서 그녀의 삶을 지배했던 오성우의 기준과 새로운 삶의 방식을 보여주는 이윤이의 기준이 전면적으로 갈등·대립한다.

김재철과의 사랑 또한 서주연이 자신을 지배해왔던 여성성을 해체하고 새로운 여성성을 확립하고자 하는 욕구와 무관하지 않다. 그녀가 오성우 대신 김재철을 선택하는 과정은 자신 나름의 새로운 여성성을 마련하는 과정과 병치되어 드러난다. 그러니까 그녀가 김재철을 선택하는 것은 보다 자율적인 여성으로 거듭나는 것을 의미한다. 이러한 그녀의 의지는 실현되는 듯하지만 결국 김재철의 죽음으로 무산된다. 김재철의 죽음은 바로 여성이 독립된 주체로 자리매김하고자 하는 의지가 당대의 상식 체계에서 통용되기 어렵다는 사실을 단적으로 보여주는 예일 것이다. 이렇듯 객관 현실과의 갈등 국면은 김재철의 죽음으로 조정 국면에 접어들었지만, 서주연이 사실상 오성우와 파혼을 선언함으로써 객관 현실과 화해하기 보다는 또 다른 갈등 국면을 암시해 둔다. 그러니까 그녀가 독립적이고 자율적인 주체로 거듭날 수 있는 가능성은 남겨져 있는 셈이다.

마지막으로『石女』에서는 이중적 담론을 사용하여 남성성/여성성의 경계를 해체, 전복시킨다. 이중적 담론은 여성성이 담론 내에서 스스로 결정되는 방식, 즉 여성적인 것이 결핍, 흉내냄 그리고 역전된 주체의 재생산으로서 드러나는 방식을 반복하고 해석함으로써 여성의 편에 서서 남성적 논리를 능가하고 교란시키는 것을 말한다.23) 이중적인 담론 속에서 여성은 지배적인 가부장적 이데올로기를 입증하는 동시에 자신만의 표현가능성과 경험 가능성, 그리고 자기 고유의 전복적인 공간을 창출해낸다. 그것은 지배적인 남성성을 인정함과 동시에 이를 부정, 해체, 전복한다. 이때 여성에게 내재된 전통적 여성성 또한 부정된다. 그러니까 이중적 담론은 지배적 이데올로기와의 대립, 갈등 국면과 조정, 화해 국면을 동시에 사용하는 셈이다.

여성이 이중적 담론을 구사하는 방식은 남성의 문학에서 상속한 여성의 이미지, 그 중에서도 특히 천사와 마녀라는 대립 이미지를 공격, 수정, 해체, 재건하는 것이다.24) 천사 이미지는 수동적이고 가정적이며 이타적인, '관조적 순결성'을 갖춘 이상적인 여성상이다. 이러한 천사 이미지 이면에는 마녀의 이미지가 숨겨져 있다. 마녀의 이미지는 가부장제가 요구하는 순종적 역할을 거부하는 여성상이다. 마녀는 헌신적이기를 거부하고 자신의 주체성에 따라 행동하는 여성이며 말할 거리

---

23) Toril Moi, 임옥희 · 이명호 · 정경심 옮김,『성과 텍스트의 정치학』, 한신문화사, 1994, 165쪽.
24) Sandra M. Gilbert and Susan Gubar, *The Madwoman in the Attic:The Woman Writer and the Nineteenth—Century Literary Imagination,* New Haven:Yale University Press, 1970, p.76.

가 있는 여성이다. 그렇기에 마녀는 말할 거리를 가지고 있으면서도 말하지 않거나 다른 이야기를 할 가능성을 지닌 여성이다. 이러한 마녀의 이중적 담론은 여성이 지배적인 남성적 사유에서 벗어날 수 있는 거점이 된다.[25]

> 한 여성으로서, 한 아내로서 음식을 장만하고 손님접대의 예절을 유쾌하고도 깍듯하게 해냄으로써 자기라는 하나의 여자를 보여 주고 싶은 것이 그 첫째였고, 또 하나는 무엇인가 한 가지 분명히 비어 있는 점을 갖고 있는 듯한 남편을 그러한 것으로 메워 주고, 그렇게 함으로써 남의 눈을 속이기라도 해야 되겠다는 비참한 내심(內心)이 따로 있었던 것이다.
> 그 심리를 캐고 또 캐어 보면 결국은 그 여자 자신의 자존심을 위하여 그 고된 일들을 지금까지 별로 불평없이 해냈다고도 볼 수 있다.[26]

안지원이 이중적 담론을 드러내는 방식 중 하나는 '양처'라는 천사 이미지로 가장하는 것이다. 남성운의 생일잔치가 2박 3일동안 거창하게 이뤄지는 동안 그녀는 전혀 싫은 표정 없이 음식준비에서부터 손님 접대, 그리고 뒷마무리까지 말끔하게 해낸다. 이러한 안지원의 행위는 양처 이데올로기[27]를 재현하는 것이다. 그러나 그것은 천사 이미지로 가장하고 연행(performance)하는 것에 불과하다.

남성운은 사회경제적 능력을 충분히 갖추었음에도 불구하고 가정에 대한 책임을 방기한 남성이다. 그는 "여자, 노름, 술, 그리고 실의 속을 헤매는 친구들에 대한 유난히 영웅적인 동정심" 등을 통해 자신의 남성성을 사회적으로 과시하는 데만 열중한다. 그의 생일잔치도 이러한

---

25) Toril Moi, 앞의 책, 67~70쪽.
26) 정연희, 『石女』, 문예사, 1968, 105쪽.
27) 양처 이데올로기는 자본주의화가 진행됨에 따라 한국의 여성에게 새롭게 요구한 가부장적 이데올로기의 변형태이다. 따라서 양처는 가정적으로나 사회적으로 요구되는 새로운 여성상인 것이다. 조혜정, 『한국의 여성과 남성』, 문학과지성사, 1993, 106쪽.

맥락 속에 놓여 있다. 그의 이러한 행위들은 남성성의 진정한 실현태라기 보다는 자신의 남성성에 대한 불안을 숨기려는 책략이다.[28] 그러니까 그의 남성성 과시하기는 그것의 허약성을 역설적으로 드러내는 것이다. 따라서 그의 과시적 행위가 빈번하고 심각해질수록 안지원의 양처 이미지와 극단적으로 대립되면서 그 자신의 지배적 위상은 격하될 수밖에 없다.

결국 안지원이 양처 이미지로 가장하는 행위는 표면적으로 자신을 억압된 여성으로 위치지우는 방식이지만, 그 이면에는 남성운의 지배적 지위를 격하시킴과 동시에 자신을 주체로서 정립시킬 수 있는 한 방식이 된다. 다시 말해서 그녀의 이중적 담론은 지배적인 가부장적 이데올로기를 수용하는 동시에 거부하는 것이다. 더욱이 그녀가 공영(共營)하는 주체를 지향하고 있다는 점에서 언어적 공식성의 변화 가능성이 이전의 두 작품에 비해 보다 더 잘 드러난다.

4. 대중적 서사전략의 가능성

지금까지 1960년대에 발표된 정연희 소설을 중심으로 대중소설의 서사전략을 살펴보았다. 이 글은 대중소설의 서사전략을 밝히기 위해 공식성(formulas)을 근거로 삼았다. 그리고 그것을 구성적 공식성과 언어적 공식성으로 나누어 이데올로기적 지배성과 변화의 가능성을 고찰했다.

---

28) 남성운의 행위는 다분히 마치스모적 성향을 띤다. 마치스모(machismo)는 자신의 남성 다움에 자신을 잃고 불안해진 남성들이 여성을 성적으로 정복하거나 폭력을 쓰거나 여자들이 하지 못(안)하는 무모한 짓을 함으로써 자신이 남자인 것을 과시·과장하는 행위이다. E. J. Michaelson and W. Goldschmidt, "Female Roles and Male Dominance among Peasants", *Southwestern Jornal of Anthropology* 27 (4), p.346.

먼저 구성적 공식성에서는 애정의 삼각관계의 전개과정을 주요 대상으로 삼았다. 여성을 독자층으로 하는 대중소설에서는 대부분 애정의 삼각관계를 사용하여 대중적 효과를 얻고 있었다. 복잡한 애정의 삼각관계는 인물들의 갈등과 대립의 국면들을 통해 독자들에게 생동감과 긴장감을 부여함으로써 흥미를 유발시키는 기능을 하였다.『목마른 나무들』과『雅歌』에서는 사회역사적 상황을 여기에 결합시킴으로써 독자들에게 새로운 가치체제를 수용할 수 있는 가능성을 보여주었다. 그리고 애정의 삼각관계가 대개 도덕적 결말을 취한다는 구성적 공식성은 독자들에게 예견의 즐거움을 가져다주었다. 이것은 애정의 삼각관계에서 드러나는 위반들을 즐기는 한편 독자들에게 사회적인 상식체계, 그러니까 지배적인 가부장적 이데올로기를 재생산한다는 측면에서 안정감을 얻을 수 있었다. 아울러 상식은 일종의 현실효과를 가지는데, 그것은 대중소설에서 빈번하게 나타나는 우연의 기제를 독자들이 기꺼이 수용할 수 있게 할 뿐 아니라 대중소설을 통해 현실을 인식하려는 독자들의 요구와 기대에 부응하였다. 이렇듯 구성적 공식성은 대중적 효과를 지닌 문학적 장치로서 지배적 이데올로기를 재현할 수 있는 서사전략으로 기능하였다.

그러나 언어적 공식성에서는 지배적 이데올로기를 수용하는 장치라기보다는 그 변화의 가능성을 보여주는 서사전략을 취했다. 여성을 주요 독자층으로 하는 정연희 소설에서는 이러한 변화의 가능성이 여성주체의 형성 전략으로 드러났다. 언어적 공식성은 언어적 형식과 담론을 통해 남성성/여성성의 이분법적인 대립체계를 재현하는 문학적 장치의 틈새를 공략하고 있었다.『雅歌』에서는 상식을 과도하게 강조하는 어법을 통하여,『목마른 나무들』에서는 강한 부정적 어법을 통하여 여성이 주체성을 인식하는 계기를 마련하거나 길들여진 여성성을 거부하고 새로운 여성 주체를 확립할 의지를 보여주었다. 앞선 두 작품에 비해 『石女』에서는 과거의 여성성과 남성성의 경계를 동시에 허물 수 있는 이중적인 담론을 사용했다는 점에서 한 단계 발전해 있었다. 이중적 담론은 여성성에 순응하는 과정이 곧 남성성의 허구성을 표면화시키고 격하시키는 것이었다. 그러니까 지배적인 가부장적 이데올로기를 순응하는 동시에 거부하는 전략을 사용하여 여성 주체의 형성 방식에 새로운 가능성을 제시하였다.

하지만 이러한 언어적 공식성의 변화가능성은 지배적인 가부장적 이데올로기를 전면적으로 해체시킬 수 있는 효과적인 장치로 보기에는 미흡한 점이 없지 않다. 지배적 이데올로기를 준거로 삼고 변화의 흔적들을 찾아나가는 작업은 자칫 순환론적 오류에 빠질 수 있기 때문이다. 그러나 대중소설의 전개 과정에서 이러한 가능성들을 고찰해 본다면 특정 시대에 국한되지 않는 대중적 효과를 설명하는 근거가 될 수 있다. 정연희 소설에서 이것을 더욱 효과적으로 설명하려면 1960년대 대표적인 대중소설가 박계형의 작품들을 함께 고찰해야 한다. 아울러 이것은 당대의 사회적·정치적·문화적 상황 뿐 아니라 소설 출판 현황을 고찰할 때 보다 큰 밑그림을 그릴 수 있을 것이다.

제3장

부인명(夫人名) 대중소설과 여성의식
— 정비석의 『自由夫人』과 전병순의 『賢夫人』을 중심으로

1. 부인명(夫人名) 대중소설의 변천

대중소설은 대중에게 친숙한 공식성 안에서 창작·향유된 소설이다. 공식적 문학인 대중소설이 대중성을 획득하는 데 성공하는 것은 단순히 과거의 공식을 반복·재생산하기보다 새로운 요소를 끌어들여 일정한 변형을 꾀하기 때문이다. 그것은 한 시대를 함께 호흡하는 대중들의 생활상과 가치관들이 결합하여 대중소설의 창작과 향유에 지대한 영향을 미치는 것이다. 그만큼 공식의 적절한 사용은 작품의 독창성을 강화하는 가운데 대중들의 폭넓은 공감대를 이끌어낸다 하겠다.[1] 그렇기에 대중소설의 대중성은 새롭게 조명되고 맥락화될 필요가 있다. 이때 1950년대 이후 한국소설사에서 부인명(夫人名) 대중소설이 대중화에 성공하고 있는 점은 주목할 만한 현상이다.

근대소설사에서 부인(夫人)이 대중소설의 표제에 등장한 것은 1926년

---

1) John G. Cawelti, *Adventure, Mystery and Romance : Formula Stories as Art and Popular Culture,* Chicago UP, 1976, p.9.

조선도서에서 발행한 최찬식의 『子爵夫人』이다.2) 하지만 본격적으로
대중화에 성공한 것은 1954년 서울신문에 게재 직후 출간됐던 정비석
의 『自由夫人』이다.3) 『自由夫人』 이후 부인(夫人)의 이름을 달고 나온
소설들만 하더라도 줄잡아 10여 편이 넘는다.4) 이때 부인명(夫人名) 대
중소설의 창작과 향유는 대부분 정비석의 『自由夫人』의 연장선에서
맥락화되고 풍미된 것으로 1960년대와 1970년대에 집중되는 것이 특
징적이다.5)

　부인(夫人)은 일반적으로 남의 아내, 특히 신분이나 지위가 상대적으
로 높은 사람의 아내를 지칭하는 용어이다. 그것은 결혼한 모든 여성
에게 적용되지 않는다는 점에서 부인(婦人)과 구별된다. 결혼은 남성과
여성이 새로운 가족관계를 형성하는 제의적 성격을 지니지만, 그것이
남성과 여성 모두에게 동등한 지위와 기회를 부여하는 것은 아니다.
명명방식에서 엿볼 수 있듯이 부인(夫人)의 정체성은 남성, 그러니까 남
편의 사회적 지위에 따라 위계적인 의미를 새롭게 부여받는다. 하지만
대중소설에 등장하는 부인(夫人)은 원래의 의미망과는 달리 왜곡되고

---

2) 고전소설이나 애국계몽기에 발표된 여성영웅전기는 '부인(婦人)'이나 'ㅇ씨' 등으로 명
　　명될 뿐 '부인(夫人)'으로 명명되지 않았다는 점에서 공통적이다. 장지연의 『愛國婦人
　　傳』도 그러한 예인데, 이것은 대중소설명에 등장하는 '부인(夫人)'과는 다른 맥락에서
　　사용되었음을 암시한다.
3) 최찬식의 『子爵夫人』 이후에도 '부인(夫人)'을 명명한 소설들이 창작되었다. 특히 1930
　　년대에 발표된 이무영의 『木石夫人』이나 이석훈의 『白薔薇夫人』 등이 세간에 주목을
　　끌었다. 하지만 『自由夫人』 만큼 대중적 성공을 했거나 이로 인해 아류작이 생산될
　　만큼 영향력이 컸다고 보기는 힘들다. 따라서 이 글은 본격적인 대중화 담론을 형성
　　할 수 있게 된 것을 정비석의 『自由夫人』 이후로 본다.
4) 1963년 『장미夫人』(유주현), 1964년 『나비夫人』(방인근), 1964년, 『明洞夫人』(허문녕),
　　1965년 『賢夫人』, 1968년 『안개夫人』(이상 전병순), 1973년 『江邊夫人』(김승옥), 1978년
　　『鶴夫人』(박기원), 1979년 『1980, 서울夫人』(최희숙), 1980년 『孟教授夫人』(허재원),
　　1986년 『웅담夫人』(김지연), 1994년 『퍼지부인』(최범서) 등이 대표적인 작품들이다.
5) 이것은 1980년대 영화 '애마부인' 시리즈나 1990년대 초반 비디오용 영화 '젖소부인'
　　시리즈가 '부인명(夫人名)' 대중소설들의 자리를 대신한 결과로 보인다.

있어 다분히 문제적이다.

이러한 점에서 이 글은 부인명(夫人名) 대중소설에 나타난 부인(夫人)의 정체성을 여성주의적 시각에서 살펴보고자 한다. 이를 위해 정비석의 『自由夫人』과 전병순의 『賢夫人』을 연구대상으로 삼았다. 정비석의 『自由夫人』은 의심스러운 부인(夫人)을 다룬 대중소설들을 맥락화하는 큰 틀거리를 제공한 작품이다. 아울러 전병순의 『賢夫人』은 앞선 틀거리를 변용하여 부인의 정체성을 모색하고 있다는 점에서 주목할 만하다. 두 작품을 통해 부인(夫人)의 정체성 모색을 둘러싼 사회문화적 코드와 대중화의 허실을 재조명할 수 있을 것이다.

2. 가정부인의 욕망과 도덕적 질서: 『自由夫人』

『自由夫人』은 1954년 벽두 「서울신문」에 게재된 이래 뜨거운 논쟁을 불러일으키면서 대중성과 상업성을 성공적으로 획득했던 대중소설이다. 논쟁은 작중인물을 대학교수로 설정했다는 데 대한 불만으로 비롯되었지만,[6] 세간의 이목이 집중되면서 소설집 출간과 연극화, 영화화의 상업적 성공을 이끄는 한편 신문소설의 윤리성과 창작의 자유를 제재하는 계기가 되었다.

이 소설은 장태연 교수와 그의 아내 오선영 여사의 가정불화를 다룬 이야기로, 표면적인 가정불화는 오선영의 사회적 활동에서 촉발

---

6) 논쟁의 발단은 황산덕씨가 『대학신문』에 『自由夫人』이 대학교수를 모욕하는 소설이라 비판한 데 있었다. 이에 정비석은 그가 소설을 읽지도 않고 "대학교수를 양공주에게 굴복"시켰다고 비판한 점, 문학가에게 모욕적인 언사를 퍼부은 점, 감정적 흥분으로 일관된 점 등을 들어 반박문을 썼다. 다시 황산덕씨가 더욱 격렬한 내용의 반박문을 『서울신문』에 발표한다. 하지만 이 논쟁은 변호사였던 홍순화씨가 작가를 변호하고, 백 철이 문학작품의 대중성과 예술성을 간명하게 정리함으로써 일단락되었다. 손세일 편, 『韓國論爭史』, 청람출판사, 1976, 3쪽.

된다.

오선영 여사는 쾌활한 걸음거리로 대문을 나섰다. 그에게 있어서 대문 밖
은 자유의 세계였다. (중 략) 가정을 가진 여자가 사교회에 참석하기 위하여
집을 나섰다는 것은, 남자들로 치면 세계 일주 유람 여행을 떠나는 이상으로
호화로운 일일는지 모른다. 일체의 가정적 구속을 떠나서, 창공에 나는 솔개
와 같이 자유로운 기분이었다. 집구석에 들어앉았을 때에는 연탄이 떨어졌느
니, 김장을 해야겠느니 하고 잔소리가 끊일 새가 없다가도, 일단 차려 입고
나서기만 하면 그런 걱정은 씻은 듯이 잊어버리는 것이 여자들의 습성이기
도 하다. 여자에게는 과거가 없다. 오직 눈앞의 현실이 있을 뿐이다. 실로 행
복스러운 건망증(健忘症)인 것이다. 그런 행복스러운 건망증이 있음으로 해서
어제의 악처(惡妻)가 오늘의 현부(賢婦)도 될 수 있고, 오늘의 가정 부인이
내일의 매소부로 전락할 소질도 있는 것이다.[7]

오선영이 "외출"을 대하는 태도는 "대문"이라는 상징적 매개체를
통해 드러나 있다. 이때 대문은 그녀에게 물질적·의식적 단절을 드러
내는 표지이다. "대문 밖"은 일상적인 가정사의 "걱정"과 "구속"이 부
재하는 "자유의 세계"인 것이다. 그것은 그녀가 빠듯한 봉급으로 생활
을 꾸려나가는 가정주부의 자리에서 한 걸음 물러나 "부유하고 세도
있는 집 귀부인"만 모이는 화교회에 참석하는 과정의 산물이다. 화교
회 초대는 그녀를 대학교수인 남편과 동일한 사회적 지위로 인정하여
"귀부인(貴夫人)"으로 대우함을 의미한다. 그렇기에 그녀의 외출은 남편
에 대한 자긍심과 결합되어 해방의 묘미를 부추긴다.

하지만 화교회는 여성의 지위가 배타적으로 결정되는 모임이다. 직
업으로 지위를 획득하는 남성과 달리 결혼한 여성은 남편의 부와 권력
의 정도에 따라 지위가 결정되는 것이다.[8] 화교회 모임은 결혼한 여성

---

7) 정비석, 『自由夫人』 상권, 정음사, 1954, 15~16쪽.
8) 로빈 레아콥 외, 강주헌 옮김, 『여자는 왜 여자답게 말해야 하는가』, 고려원, 1991, 58

이 자리매김하는 한 방식이자 사회적 계층의 차별화 방식을 재현한다. 화교회 회원들은 남편의 지위에 준하여 새로운 차별과 배제의 원리를 감당해야 하는 것이다. 결국 오선영은 이러한 화교회의 일원으로 만족하지 못하고 지금까지의 "현처(賢妻)"의 삶을 거부하게 된다. 화교회 모임은 그녀에게 공적 영역으로 진출하여 사적 영역의 사실과 환상의 간극을 반추하고 새로운 욕망을 자극하게 만든 것이다.9) 그녀가 화장품점 책임자로 발탁되어 돈 많은 사업가들을 상대하는 한편 대학생 신춘호와 사귀며 댄스를 배우기 시작하는 것도 이러한 맥락에서이다. 역설적으로 그것은 중년 여성인 그녀가 무미건조한 결혼생활과 부부생활을 새롭게 인식하는 계기를 마련하는 동시에 당대 풍미했던 춤바람, 곗바람, 부정(不貞)으로 치닫게 하는 결과를 낳는다. 이러한 오선영의 행적은 독자들에게 결혼한 여성의 정체성 문제를 환기하면서 은밀한 즐거움과 함께 불안감을 촉발시킨다.10)

쪽.

9) 제임슨은 이러한 현상을 가족적 텍스트와 사회적 텍스트로 나누어 설명한다. 작중인물의 특징적 행동은 대개 역사적이고 개인적인 경험의 원천인 가족 상황에 있다. 가족 상황은 대개 인물들에게 환상으로 작용하는데, 가족적 텍스트는 이러한 환상과 현실사이에서 설정된다. 사회적 텍스트는 가족적 텍스트에서 확대되어 사회적 관계 속에서 작용하는 환상과 현실의 간극을 보여주는 텍스트이다. F. Jameson, *The Political Unconscious:Narrative as a Socially Symbolic Act*, NY:Methun, 1981, pp.179~184.

10) 『自由夫人』에 대한 기존의 연구는 크게 세 가지 방향에서 이루어졌다. 첫째, 대중소설에 대한 폄하된 비판으로 일관한 경우이다. 구인환은 문학성의 부재를 문제삼아 『自由夫人』의 인기몰이를 비판한 바 있다. 구인환, 『한국문학 그 양상과 지표』, 삼영사, 1982, 165쪽. 둘째, 당대 혼란한 사회상과 부패상에 특히 주목한 경우이다. 정한숙은 『自由夫人』을 해방후 혼란한 사회상을 묘파한 세태풍속소설로 규정한다. 정한숙, 『현대한국문학사』, 고려대출판부, 1982, 173쪽. 김동윤은 혼탁한 사회상에 대한 대중들의 반응을 '순응·타협·대항'으로 나누어 고찰하면서 대중성에 접근하였다. 김동윤, 『신문소설의 재조명』, 예림기획, 2001. 그리고 조명기는 『自由夫人』의 시의성을 이데올로기적 측면에서 '은폐-노출'의 구조로 분석하였다. 조명기, 「한국현대대중소설연구」, 부산대 박사논문, 2002, 12~61쪽. 셋째, 대중성의 획득요인을 즐거움에 두고 분석한 경우이다. 김창식은 『自由夫人』의 대중성을 환상과 위안의 기능과 아울러 시

하지만 편집자적 논평은 독자들의 기대와 불안을 차치하고서라도 오선영의 행적을 여성에 대한 경계와 부정으로 급진전시키고 있다. 여성에 대한 평가는 직접적 진술형태로 여성에 대한 경계를 강력하게 권고하거나, 반어적 진술형태로 여성을 풍자적으로 격하시키는 방식이 주종을 이룬다. "여자들에게는" "오직 눈앞의 현실이 있을 뿐"인 것이 "여자들의 습성"이라는 직접적 진술은 다분히 여성 비하적인 성격을 띠는데, 특히 "실로 행복스러운 건망증"이라는 반어적 진술은 앞선 진술에 더해 부정적 성격을 강화시킨다. 이러한 논평방식은 오선영의 행적과 교묘하게 결합되어 보다 강력한 부정으로 일관된다. 오선영이 사회적 활동을 "웃음"으로 무마시키는 부분은 여성의 "연막 웃음"으로 "경계해야 할 대상"으로 논평한다든가, "아내란 무슨 일에나 배반을 하기 시작하면 아무리 하찮은 일에도 철저한 기질을 가지고 있"지만 "여자란, 워낙 반성할 줄 모르는 생물"이라는 논평 등이 그러한 예이다. 작가는 『自由夫人』이 "매우 건전하고도 확고한 신념을 가지고 쓴 작품"으로, "이성의 힘"을 통해 당시의 사회적 혼란을 "올바르고" "참된 민주주의의 상(象)"으로 인도하려 했다고 밝힌 바 있다.11) 하지만 작품에 드러난 편집자적 논평은 상당히 근원적 문제항, 그러니까 당대 한국 남성이 동등한 주체로 여성을 바라보지 않는다는 점과 결합되어 있다.12)

의성, 대중의 사회적 정체성 생산으로 분석하였다. 김창식, 「신문소설의 대중성과 즐거움의 정체」, 『대중문학을 넘어서』, 청동거울, 2000, 215~260쪽. 여기에서 이 글은 세 번째 관점, 특히 대중의 사회적 정체성 생산에 주목하고 있다.

11) 정비석, 『나비야, 청산 가자』, 신원문화사, 1988, 289~291쪽.

12) 정비석의 여성비하적 논평방식은 "작가의 時代觀, 윤리적인 태도, 그 世代觀이 엄격하지" 못했다는 비판이 제기될 만큼 이미 문제적이다. 백 철, 「文學과 社會와의 關係 −『自由夫人』論議와 관련하여」, 『대학신문』, 1954.3.29. 김동윤은 신문소설에서 제기하는 여성문제의 한계를 작가의식의 한계와 관련지어 정비석의 이러한 일면들을 분

부인(夫人)은 천사와 마녀 혹은 덕(德)과 색(色)이라는 이항대립적 항목의 오른쪽에 기울어져 형상화된다. 흔히 이상적인 여성상은 수동적이고 가정적이며 이타적인, 그래서 관조적 순결성을 갖춘 천사 혹은 덕(德)의 이미지로 형상화된다. 그러나 이것은 남성들이 여성성에 접근하는 상투적 방식, 그러니까 무정형성, 수동성, 불안정성, 폐쇄성, 경건성, 물질성, 영성, 불합리성, 굴종, 교정 불가능한 마녀와 말괄량이라는 여성성의 특성들에서 시대가 요구하는 여성상을 가려 뽑아 승화시킨 것에 불과하다.13) 천사나 덕(德), 마녀나 색(色)은 동서양을 막론하고 당대 사회의 도덕적 질서와 결합하여 여성의 악덕과 미덕에 대한 처벌적인 개념을 보여준다. 여성의 악덕이 시대에 따라 점진적인 무관심과 너그러운 방치를 허용했다 하더라도 비판의 잣대는 여전히 유효하다.14) 이러한 관점에서 自由夫人인 오선영의 일련의 행위들은 여성의 악덕을 재현하며 당대 사회의 처벌적 대상으로 부각되어 있다.

하지만 이러한 여성의 형상은 여성을 재현하는 것이 아니라 가부장의 심리 욕구를 재현하는 것이 대부분이다.15) 우선, 오선영의 형상은 활동영역에 따라 달라진다는 점이다. 사적 영역인 가정에 머물 때 그녀는 "현모양처"의 미덕을 지닌 여성이다. 하지만 그녀의 외출은 "오늘의 가정부인이 내일의 매소부로 전락할 소질"을 예견하며, 사회적 활동으로 구체화되었을 때 그녀는 "악처(惡妻)"이자 "악모(惡母)"이며 "매소부"가 된다. 그리고 사적 영역으로 복귀하는 순간, 이전의 여성상을 되찾는다. 이러한 변화는 그녀가 당대의 혼란상에 편승한 측면보다

___

석, 비판한 바 있다. 김동윤, 앞의 책, 141~144쪽.

13) Torill Moi, 임옥희외 공역, 『성과 텍스트의 정치학』, 한신문화사, 1994, 39쪽.

14) 장 클로드 기유보, 김웅권 옮김, 『쾌락의 횡포』상, 동문선, 2001, 32~34쪽.

15) C. Gledhill, *Home is Where the Heart is:Studies in Melodrama and the Woman Film*, BFI, 1987, pp.197~198.

공적 영역에 편입했다는 사실 자체에 더 비중을 두고 있음을 보여준다. 즉 自由夫人의 부정적 이미지는 여성의 사회적 활동에 대한 경계의 산물인 셈이다. 그만큼 성역할의 분리와 위계가 엄격하게 적용되고 있다.

다음으로, 부정(不貞)에 대한 형상이 남성과 여성에게 동등하게 적용되지 않는다는 점이다. 부정(不貞)한 오선영은 "교언영색"에 불과한 웃음, 거짓말, "허영", "배반"을 일삼은 "매소부"로 형상화하는 반면, 장태연은 여성의 유혹에 걸려들 만큼 "의심할" 줄 모르는 "선량한 인물"로 형상화한다. 그러나 부부의 부정(不貞)은 그들 자신보다 관련된 작중인물들의 성격에 좌우된다. 신춘호나 한태석, 백광진 등이 오선영의 숨겨진 욕망을 부추기는 인물이라면, 박은미는 장태연의 그것을 무산시키는 인물이기 때문이다. 이를테면 "애마부인"이라는 영화는 장태연에게 "마누라가 있다는 것과, 다른 여성에게 애정을 느낀다는 것과는 전연 별개의 문제"라는 "새로운 자각"을 불러일으키지만, 박은미는 넬슨 제독의 사랑을 "봉건적인 사상"의 결과물이라 비판하며 장태연이 "애정"의 대상이 아님을 분명히 한다. 장태연이 "당당한 애국자요 당당한 교육자로 자처하"는 현실로 복귀하는 것도 이 때문이지만 여전히 "꽃송이같이 아름다운" 박은미의 행동과 "구역질이 나도록 역겨워 보이는" 아내의 잠자리가 확연하게 대비되고 있다. 결국 그는 사회와 가정의 질서에 대한 "지당한" 연설의 이면에 가부장적인 가치관을 숨기고 있다 하겠다.

그러나 부정(不貞)의 형상화는 오선영에게 보다 혹독하게 적용되고 있다. 장태연의 성적 충동은 해부학적, 생리기능적, 심리적 측면에서 용인하는 반면, 여성의 성적 충동은 남성에 비해 교육되는 수동적인 충동으로 여성의 진중하고 냉정하고 끈기 있고 영속적인 태도를 요구하는 입장을 취한다.16) 이것은 남성의 도덕이 쾌락의 절제 등을 말하고 성욕을 도덕적인 영역 내에서 해소하려고 했던 반면에 여성에게 도덕과 쾌락이 이원 대립적이고 상호 배타적인 것으로 인식되는 사회적 상식이 여전히 통용되고 있음을 보여준다.17) 이러한 성차에 따른 사랑의 의미화방식은 자연적이고 명백한 것처럼 합법화되고, 그것이 정당화를 필요로 하지 않을 만큼 강력한 것으로 비춰진다.18) 하지만 그것은 당대 출간된 결혼관련 서적들에서 알 수 있듯이 여성에게만 초점을 맞춘 교육적 효과와 무관하지 않다.19) 그럼에도 불구하고 오선영 여사의 형상화방식은 독자들에게 한국전쟁 후 부패한 상류사회에 대한 비판을 '의심스러운 부인'에 대한 경계로 자연스럽게 전환시킬 위험을 함축하고 있다.

'自由夫人'은 부정(不貞)한 여성에 대한 반어적 명명방식이다. 이것은 근대적인 '자유'와 존칭어인 '부인'을 결합하여 여성을 격하시키는 역설적 효과를 지닌다. 작가는 "진정한 민주가정"의 상(象), 그러니까 "부부간의 인격을 서로 존중해 가면서 협조 정신을 발휘하는" 것을 의도했다 하더라도 그 결과는 가부장적인 질서에 순응하는 것이다. "주종(主從)의 관계"를 가지는 "봉건적인" 부부관계를 정면에서 비판하면서도 그것을 "외형적 형식"보다는 "정신적 태도"에 둔다는 점은 이러한 한계를 노정하는 셈이다. 더욱이 "민주적인" 부부관계의 확립이 당대의 혼란한 사회상을 일신하는 첩경으로 제시되었다는 점은 가부장적

---

16) 김치항, 『성교육독본』, 문창당, 1953, 82~83쪽.

17) 이숙인, 「열녀담론의 철학적 배경:여성 섹슈얼리티의 문제로 보는 열녀」, 『조선시대의 열녀담론』, 한국고전여성문학회, 월인, 2002, 48쪽.

18) 피에르 부르디외, 김용숙·주경미 옮김, 『남성지배』, 동문선, 1998, 20쪽.

19) 대표적인 관련서적으로는, 신생활연구회 엮음, 『結婚讀本』, 삼성사, 1953; 이용성, 『結婚과 性問題』, 선문사 1947; 김일수 엮음, 『결혼독본』, 경찰교양협조사, 1949 등을 들 수 있다.

인 가족적 질서와 사회도덕적 질서를 정당화하고자 의도로 읽혀진다. 질서는 애초에 몇몇 사람들을 위한 현실의 규율적 조직화라는 점에서 유희적인 혼란과 대립된다. 그러나 도덕적 질서와 욕망의 혼란이 남성과 여성의 대립항과 결합하면서 남성이 도덕적 질서를 대변하는 양 가부장적인 위계를 드러낸다. 소설이 '여성의 회개와 남성의 자비'로 끝맺는 것도 이러한 사실을 뒷받침한다.[20] 自由夫人은 지배적인 헤게모니가 강력하게 작용한 결과인 셈이다. 그렇기에 『自由夫人』이 부각시킨 새로운 의미항, 그러니까 결혼한 여성의 정체성에 대한 재인식이나 사회적 참여의 필요성 등은 가부장적인 질서 아래 쉽게 묻혀 버리고 부정적인 여성상만이 고스란히 남겨진다.

그렇다면 여기에서 『自由夫人』을 비롯한 부인(夫人)명 소설들이 지속적으로 대중성을 확보한 까닭은 무엇인가 자문해보지 않을 수 없다. 대중들은 가부장적인 질서에 대한 옹호의 일환으로 소설을 읽은 것인가? 지리멸렬한 교과서와 같은 소설들을 정말 좋아한단 말인가? 오히려 그것이 가부장적인 질서에 대한 사회적 공감대를 토대로 대중들이 만끽하는 안락함에 힘입은 바 크다고 보여진다.[21] 부인(夫人)들이 만들어내는 욕망의 즐거운 혼란은 도덕의 차가운 질서에 대한 극화된 저항이며 일탈이다. 그것은 대중들의 시선을 집중시킬 만큼 도전적이고 자극적이어서 은밀한 즐거움을 선사하기에 충분하다. 하지만 그것의 반

---

20) '부인(夫人)'명 소설들은 대개 '여성의 사회적 활동→가정의 해체→복귀 혹은 처벌'의 서사구조를 취한다. 이것은 "自由夫人" 영화들에서도 마찬가지 양상을 띠고 있다. 김유리, 「「자유부인」영화들」, 『멜로드라마란 무엇인가』(유지나 외), 민음사, 1999, 63쪽.

21) 김창식은 가부장제 이데올로기를 옹호하는 작가의 입장과 달리 여성 독자들은 오선영에 자신의 경험을 짜 넣어 새롭게 읽어내면서 은밀한 즐거움을 맛본다고 주장한다. 즉 여성 독자들은 자신들의 사회적 정체성을 확인하는 과정에서 즐거움을 느끼고, 그런 즐거움을 함께 하는 가운데 일종의 정서적 공동체를 형성하였던 것이다. 이것은 당대 특권 계층의 '권위 깎아내리기'에서 오는 즐거움과 함께 성공적인 대중성 확보에 큰 영향을 미쳤다고 주장한 바 있다. 김창식, 앞의 글, 242~248쪽.

복은 행복과 고행을 오가는 작중인물들의 대결을 구경거리로 만드는
한편 도덕과 비도덕이 서로를 이용하면서 모든 것을 표준화한다. 그
과정에서 대중들은 육체의 즐거움, 쾌락의 순진함, 위반의 특권, 진실
들과의 경쟁 속에서 아무 것도 책임지지 않고도 스스로 우쭐할 수 있
는 안락함에 길들여지는 것이다.22) 결국 가부장적인 질서도 엄격한 성
도덕도 점진적인 무관심과 방치 속에서 대중들이 부인(夫人)명 소설들
을 향유하는 게으름을 부추긴다 하겠다.

3. 직업여성의 이상과 주체의 소멸 : 『賢夫人』

　　전병순의 1960년대 가장 많은 신문소설을 발표하였던 여성 작가이
다. 그녀의 작품『賢夫人』은 1965년 1월 1일부터 10월 16일까지「매일
신문」에 발표되는 유사한 기간에「대전일보」,「전북일보」,「제주신문」
에 겹치기 연재되었다.23) 겹치기 연재는 당시 신문사의 상업화정책에
따른 신문지면의 확장의 부산물이었지만 그것은 작가의 대중적 인지
도가 보장될 때 가능한 것이다. 그만큼 독자층을 확보했던 작가는 이
작품을 1973년『여성동아』에 재게재 하여 거듭 대중적 성공을 거두었
다. 하지만 1960년대와 1970년대를 거치면서 대중에게 다가설 수 있었
던 이유는 앞선『自由夫人』과 동일하지 않다.
　　『賢夫人』은 전문직 여성인 현주가 결혼생활에서 겪는 현실과 이상
사이의 갈등을 전경화한 작품이다. 현주는 사적 영역에서 아내이자 엄
마로, 공적 영역에서 교사이자 소설가로 두루 역량을 발휘하는 슈퍼우
먼이다. 여기에서 그녀의 정체성 구성은 사회적 기표들, 그러니까 교

---

22) 장 클로드 기유보, 앞의 책, 89~91쪽.
23) 한원영,『韓國現代新聞連載小說研究』상, 국학자료원, 1999, 687쪽.

사이자 소설가라는 데 힘입는 바 크다. 교사라는 기표는 그녀가 근대적 교육의 수혜자인 동시에 경제적 능력의 소유자임을 뜻한다. 이것은 소설가라는 기표에 탄력을 부여받는데, 경제적 능력을 차치하고서라도 그녀가 근대사회에서 승인된 상당 수준의 지적 소유자임을 보여준다. 그녀가 "남달리 여권을 주장하는" 여성으로 형상화되는 것도 이러한 맥락에서이다. 그러나 여성해방의 이상은 그녀의 정체성을 위협하는 현실, 그러니까 그녀가 사적·공적 영역을 오가며 슈퍼우먼적 역량을 발휘해야하는 중압감과 이를 간과하는 남편 민수의 가부장적인 태도에 맞부딪힌다. 특히 민수의 문란한 성생활은 결혼생활 자체를 심각한 위기로 몰고 가고 있다.

민수에게 제도권 밖의 사랑은 "각계 각층의 여러 종류의 여자"들과 "새로운 쾌감"을 즐기는 취미생활이자 게임이다. 새로운 여성에 대한 "관심"에서 "맹렬한" 열정과 "정복욕"으로 급상승하는 과정이 게임의 묘미를 획득하는 과정이라면, 그 여성이 "굴복"하고 "희생이나 봉사정신"을 발휘하는 순간은 익숙한 게임에 신물나 내팽개치는 신호에 다름 아니다. 이러한 게임의 심리는 여자관계가 폭로될 때에도 유사하게 적용된다. 그는 현주가 추궁하는 여성이 누구인지 먼저 파악한 다음, "눈물로써 일차적인 용서를 빌고 이어 잠깐 여유를 되찾"으면 "육체적 공세로써 회유책을 시도"하는 것이다. 이렇듯 은폐된 성생활 즐기기와 폭로의 위기 넘기기 방식 자체는 대중에게 긴장의 묘미와 함께 희화적인 재미를 선사했을 것이다.

하지만 그의 행위는 가부장적인 결혼생활의 모순을 직시하게 한다. 문란한 성생활은 그에게 결혼생활의 "권태"에서 벗어날 수 있는 해방구인 동시에 결혼생활을 유지해나가는 "새로운 자극"으로 정당화되고 있기 때문이다. 그의 합리화 방식은 당대의 사회적 통념에 많은 부분 기대고 있다. 1960년대 한국사회에서 남성들의 축첩행위나 성생활은 음성적으로 이루어졌지만 이중적 성규범이 그것을 대체로 용인하는 분위기였다.24) 더욱이 박정희 정권의 근대화정책은 초남성적인 가부장적 권위주의를 지배적 담론으로 이끌어내면서 이러한 사회적 분위기 형성에 조력하였다.25) 때문에 민수가 자신의 행위에 대한 시시비비를 건너뛰어 당당하게 가부장적 권위만을 강조할 수 있는 것이다. 그러나 그의 행위와 정당화 방식이 모순될 뿐 아니라 결혼생활의 토대를 뒤흔든다는 사실은 대중들에게 비난을 면하기 어렵다. 특히 현주의 사직(辭職)은 이러한 상황을 단적으로 드러낸다.

> (나는 남달리 좀더 여권을 주장하는 사람이니까 민수만을 탓할 수도 없지. 민수가 특별히 못된 건 없고 세상 남자들이 다아 그런데 내 남편이라 해서 민수에게만 그것을 강요하고 인식을 고쳐주려 우긴다면 그건 내가 민수를 학대하는 셈밖에 되지 않으며 민수는 나 같은 여자와 결혼한 피해자라고 볼 수밖에 없지 않은가)
> 여권을 주장하고픈 마음은 가슴 속에 간직하고 남편인 민수에게 맞춰 살

---

24) 한국사회에서 남성들의 축첩행위는 1948년 제정된 헌법에서 법적으로 금지되었다. 그러나 1960년 7월 19일 여성단체에서 주최한 「축첩자 추방하라」는 시위나 1961년 8월 『여원』이 다루었던 「특집 : 왜 축첩을 하는가」 등에서 보듯 축첩행위는 여전히 한국사회에서 사회적 이슈가 될 만큼 음성적으로 만연해있었다. 이옥수 엮음, 『한국근세여성사화』 하, 규문각, 1985, 183~185쪽.

25) 박정희 정권의 근대화 정책은 위계적으로 성별화된 이미지를 보여준다. 근대적이고 새로운 것은 남성적인 이미지로, 제거되고 극복되어야 할 것은 여성적인 이미지로 대비시킨다. 따라서 적극적인 실천의 주체는 남성적인 이미지로 그려지면서 성별에 따른 위계적인 권력관계를 정당화시킨다. 이러한 일면은 1961년 제정된 윤락행위등 방지법에서 엿볼 수 있다. 윤락행위등 방지법은 그 대상자를 '요보호여자'에만 국한시키고 있다. 이것은 남성의 성생활을 용인하는 사회적 분위기와 이중적 성규범이 여전히 유효함을 반증한다. 그렇기에 일련의 남성의 행위는 가부장적 권위와 정당성 아래 보다 포용적인 사회적 분위기를 형성할 수 있었다고 보여진다. 황정미, 「개발국가의 여성정책에 관한 연구 : 1960~70년대 한국 부녀행정을 중심으로」, 서울대 박사논문, 2001, 29쪽, 96쪽.

아갈 수 밖에 없다.

　　<여자따위>라고 생각하는 민수는 남자의 권리를 주장하는 그만큼 처자를 먹여살리는 남자로서의 의무도 다 하겠지.

　　그가 그 능력을 발휘하는 데 지장이 없도록 도와 줄 일이 가장 중요한 일이라고 생각되었다.

　　여자로서의 의무를 다하는 동안 여권도 또한 주장되어지는 것 아닐까.

　　의무와 권리는 종이의 표리같은 것으로서 남녀가 서로 같이 지니고 있는 것이다. 현주는 이제부터 그 여자로서의 의무를 다하는 데 집중 노력하려 스스로 다짐하였던 것이다.26)

현주의 사직(辭職)은 여성의 위상을 격하시키는 동시에 격상시키는 양가적 행위전략이다. 다르게 말하면 지배적인 가부장적 질서에 순응하는 동시에 저항하는 것이다. 그녀의 사직은 사회적으로 성공한 여성의 삶 대신에 "가정을 살리는 길"을 선택한 결과물이다. 그것은 여성해방의 이상을 접고 스스로 현모양처의 예속적 지위에 귀속함을 의미한다. 아울러 민수에게 "남자의 권리를 주장하는 그만큼 처자를 먹여살리는 남자로서의 의무"를 다함으로써 가부장적인 권위를 정당하게 주장하라는 도전장에 다름 아니다.

하지만 현주의 사직은 자가당착에 봉착하며 한계를 노출시키고 있다. 우선, 사직이 민수와 합의를 도출하는 과정을 거치지 않은 채 민수의 변화를 일방적으로 기대한 것에 불과하다는 점이다. 그는 "아내를 직장에 내놓고 있는 것을 남달리 창피하게 생각"하고 그녀의 여권주장을 "<소위 고등교육을 받았다는 여자가>" 등으로 묵살하는 가부장적인 남성이다. "아내에겐 무조건 순종 봉사"하기를 원하면서도 그는 "생활의 책임을 전적으로 도맡으려 하지도 않"는 가운데 여성 편력을 즐기는 남성이다. 그가 현주에게 기대하는 것은 근대적인 열녀(烈女)에

---

26) 전병순, 『賢夫人』 하권, 자유문학사, 1978, 123~124쪽.

가까운 현모양처(賢母良妻)의 여성상인 것이다. '능력있는 남성의 내조적 동반자'27)로서 아내에게 정서적 기능과 지위 재생산의 역할을 요구할 뿐 아니라 "본처의 위치에 흔들림이 없을" 인고(忍苦)를 기대하는 것이다. 그러니까 그녀는 남편을 출세시키고 자녀를 일류학교에 입학시키며 사업 빚을 떠안고서도 재산을 증식하는 일 뿐만 아니라 여성편력에 열중하는 남편의 행위들을 감내해야 한다. 이러한 상황에서 사직은 민수의 가부장적인 남성성을 인정함과 동시에 실체를 드러내는 양가적 전략이지만, 여전히 그는 가부장적 남성성 과시하기에 여념이 없으며 창작활동을 통해 그녀가 예전처럼 경제적 책무를 떠안기를 기대하고 있을 뿐이다. 따라서 사직이라는 결단만으로 오랫동안 체화된 가부장적인 남성관이 변화할 것이라는 것은 그녀의 환상에 불과하다. 따라서 사직은 허구적 남성성을 격하하는 효과보다 그녀의 정체성과 존재감각을 모두 상실할 위험을 더 크게 껴안고 있다.

  다음으로, 그녀의 사직은 자신이 내면화한 가부장적 질서의 커다란 그림자를 확인하고 재순응하는 과정을 보여준다는 점이다. 사직은 그녀가 여성 해방의 이상을 사적 영역에서 성취하고자 하는 결과물이다. 그것은 "아내"이자 "인간"으로서의 삶을 성공하는 길로 의미화된다. 하지만 실제적으로는 새로운 여성의 정체성을 해체시키고 가부장적인 질서와 사회적 통념에 순응하는 과정에 불과하다. 그녀는 민수의 가부장적인 언행을 "아내를 소유물이나 노예처럼 생각하는" "한국 남성들의 전통적인 봉건성"과 "이기주의"의 소산이라 규정한다. 하지만 그 원인은 "여자들 자신이 개인주의의 한계를 가릴 줄 모르고 독립된 인격을 주장할 줄 모르기 때문에 조장시킨 <버릇>"이라는 데 둔다. 그

---

27) 조혜정, 『한국의 여성과 남성』, 문학과지성사, 1993, 103쪽.

러니까 민수의 언행은 남성 자신의 문제가 아니라 여성의 "무지"가 빚어낸 결과물인 것이다. 해결책 또한 "남자들한테 항의하는 것 보단 우리 여자들 자신이 서로 정신을 차려 앞을 똑바로 바라보고 제 위치를 잘 생각해서" "인간다운 대접"을 받아야 할 여성에게 둔다. 이러한 맥락에서 사직은 "여권을 주장하는" "여자와 결혼한 피해자"인 민수에게 그가 기대하는 "여자로서의 의무를 다"하기 위한 절차에 불과하다. 그것은 그녀가 내면화한 가부장적 질서를 확인하고 재순응하는 과정에 다름 아니며 양가적 전략의 의미항을 비켜나 실패를 노정할 수밖에 없다.

결국 '賢夫人'인 현주는 마녀의 이미지와 천사의 이미지를 결합시키는 데 실패한 여성이다. 일련의 여권 주장들은 그녀를 가부장제가 요구하는 순종적이고 헌신적 여성 대신 자신의 주체성에 따라 말하고 행동하는 여성으로 곧추세운다. 그러면서도 "그를 탓하기 전에 내 잘못을 먼저 반성하고 시정하려 노력"하고 사직까지 감행하는, 가부장제가 요구하는 현모양처라는 천사의 이미지가 강하게 내재화되어 있다. 하지만 "여권을 주장하는 사람"이든 "아량 넓고 이해성 있는" "현명한 부인"이든 그녀의 여성의식은 모순적이다. 이것은 '賢婦'가 아닌 '賢夫人'을 자기규율적인 잣대로 삼고 있다는 점에서 예측가능한 결과이다. 賢婦가 가정 내에서 가부장적인 질서를 수용하고 순종하는 여성이라면, 賢夫人은 결국 "본처"인 "민수의 아내로서의 위신"을 지켜내기 위한 여성의 대사회적 몸부림을 역설적으로 표현한 것이기 때문이다.

한국사회에서 결혼한 여성이 긍정적으로 명명되는 방식은 전통적인 열녀(烈女) 담론과 맥락을 같이 한다. 열녀(烈女)는 남편을 따라서 혹은 남편을 위해서 죽은 여인을 말하며, 그것의 입전은 특정 개인의 행위를 찬양하기 위한 것이었다. 하지만 그 이면에는 여성이 가족의 일원

에서 나아가 사회적인 교화와 통제의 대상이었음을 보여준다.28) 여성
은 독자적 인간이 아닌 그녀를 둘러싼 관계들 속에서 주체성과 자발성
을 스스로 포기하는 과정을 자연스럽게 학습하여 가부장적인 결혼제
도와 사회체제를 지속시키는 데 일조했다 하겠다. 이러한 사상적 영향
은 1960년대에도 여전히 유효하다. 특히 1960년대 부녀정책은 '현모양
처'를 목표로 입안되었고, 가족계획사업 등을 통해 여성의 몸마저 제
도적인 관리의 대상으로 삼았다.29) 그것은 여성 일체를 사회적 통제
아래 둠으로써 강력한 가부장적 질서를 제도화하고 정당화하는 방식
이다. 그렇기에 『賢夫人』에서 사회적 시선을 간과할 수 없는 현주의
삶은 이율배반적이고 양가적인 방식으로 점철되어 있다. '부인(夫人)'의
명명 위에 덧붙인 '현(賢)'은 여성 스스로 '賢婦'를 "여권 주장" 아래 놓
게 할 뿐 아니라 주체의 소멸까지 부추긴다 하겠다. 현주의 종교 귀의
는 아내이자 어머니로서의 삶을 포기하는 동시에 주체적인 여성으로
서의 삶을 포기하는 것과 다를 바 없다. 종교는 그녀를 포용할지언정
삶의 주체로 당당하게 일어서게 하는 방편이 될 수 없기 때문이다. 이
렇듯 그녀는 사회적 시선에 스스로 갇혀 주체가 소멸되고 있다. 이것
은 한국사회의 사회도덕적 질서와 통념을 내재화한 여성 작중인물 현
주가 지니는 여성의식의 한계이다.

　　그렇다면 이 작품이 1960년대에서 1970년대에 이르기까지 매체를
달리하면서도 대중적인 관심을 끌었던 까닭은 무엇인가? 그것은 『賢
夫人』이 당대 결혼생활의 모순을 체감하는 독자층을 불러내는 데 성
공한 결과라 하겠다. 독자들은 결혼생활에서 남성과 동등한 인격체로

---

28) 이혜순, 「열녀전의 立傳意識과 그 사상적 의의」, 『조선시대의 열녀담론』(한국고전여
　　성문학회 엮음), 월인, 2002, 10~16쪽.
29) 황정미, 앞의 글, 9~10쪽.

인정받지 못하는 문제들을 재확인하는 동시에 선망하는 전문직 여성이 여성의 정체성을 새롭게 구성하는 과정에서 즐거움을 느꼈을 것이다. 그리고 남편의 축첩행위나 문란한 성생활을 대체로 용인하는 사회적 분위기 속에서 속병 앓던 많은 여성들을 위무하였을 것이다. 이러한 가운데 독자들만의 가상적 공동체를 형성하여 여성의 정체성을 확인하고 정서적 유대관계를 도탑게 했을 것이다.[30) 이는 지리멸렬한 결혼생활과 불편 부당한 여성의 지위에 대한 새로운 각성이 점진적으로 이루어졌을 가능성을 엿볼 수 있게 한다.

그럼에도 불구하고 여성의 성공된 삶을 현모양처에 두는 것은 작가와 독자 모두 당대의 사회도덕적 질서와 통념에 자유롭지 못함을 시사한다. 1960년대 여성의 고등교육 비율이 꾸준히 증가하였음에도 불구하고 당시 대학교육을 받은 기혼 여성들조차 여성의 역할을 현모양처에 두는 경우가 대부분이었으며, 그의 딸에게도 이러한 관점은 유지되고 있었다.[31) 그만큼 사회보다 가정에, 여권주장보다 현모양처라는 여성상을 내면화시켜왔던 독자들은 여성 주인공의 강력한 여권주장에서 해방감을 만끽하면서도 내심 불안해하였을 가능성이 농후하다. 그 불안은 종교 귀의라는 결말을 통해 종식된다. 이것은 대중소설의 공식성이 당대 독자들의 기대지평을 수렴한 결과이지만 여전히 작가 전병순과 독자들의 한계로 남겨져 있다.

4. 여성의식의 변화와 한계

부인명(夫人名) 대중소설들의 양산은 한국사회의 가부장적인 질서에

---

30) 김창식, 앞의 글, 231쪽.
31) 이효재, 「여성과 대학교육」, 『여성과 사회』, 정우사, 1989, 228~229쪽.

대한 담론들과 결부되어 있었다. 여성 주인공들은 사회적 반론을 제기할 여지가 있는 부정적 여성상으로 형상화되어 있었다. 그녀들은 활동 영역을 바꿔가며 자신의 정체성을 재구성하고 있었지만, 그것은 사회적으로 부정적인 결과를 낳았을 뿐이었다. 특히 여성의 사회적 활동은 부인(夫人)을 격존칭할 수 없게 만드는 중요한 동인으로 작용하고 있었다. 사회적 활동은 가정부인을 춤바람 나게 하거나 여권을 과도하게 주장하는 이유로 자리매김되고 있었기 때문이다. 한국사회의 근대화가 가부장적인 질서를 제도화해왔다는 점을 감안한다면, 결혼한 여성의 사회적 활동은 사회 전반에 끼칠 수 있는 위험 혹은 불안 요소로 부각될 가능성은 충분하였다. 부인명 대중소설들은 존칭어인 부인(夫人)에 사회적 위험의 징표들을 덧씌워 역설적으로 대중의 관심을 불러일으켰던 것이다.

하지만 부인명 대중소설들은 여성의 정체성에 대한 새로운 시각을 제기했음에도 불구하고 대중들이 다르게 향유했을 가능성을 안고 있었다. 특히 결혼한 여성이 부정(不貞)에 치닫게 되는 과정은 당대의 성도덕으로 용납하기 힘들었던 노골적인 성애묘사로 줄달음치고 있었다. 그것은 대중들에게 자극적이지만 은근한 즐거움을 가져다주는 요인이 되었을 것이다. 다른 한편으로 그것은 부인(夫人)명 대중소설을 저급한 소설로 규정하는 심정적인 이유로, 그리고 여성에 대한 도덕적 규제를 강화시키는 사회적 공감대를 형성하는 데 조력하였을 가능성이 농후하였다. 결국 가부장적인 질서가 도덕적인 것으로 대중들에게 다가섰을 것인 만큼 여성의 제자리 찾기는 요원한 일로 남겨지고 말았다.

부인(夫人)은 이제 상류계급의 아내를 지칭하는 격존칭도 부패한 상류사회에 대한 고발도 아닌 마녀적인 여성에 대한 경계를 함축하고 있

을 뿐이다. 더욱이 부인명 대중소설들이 공략했던 부인(夫人)들은 1980
년대 이후 소프트 포르노성 영화의 주인공들로 자리를 옮겨 앉으면서
부정적인 여성의 이미지를 고착시키고 말았다. 여성, 그 성의 도구화
는 대중들의 관심과 뭇매를 함께 이끌어내면서 여성의 정체성에 대한
심각한 위험을 초래하고 있다.

제4장

당대 대중소설과 수용자의 취향 변화

1. 당대 대중소설의 지형

대중소설은 대중에게 친숙한 공식성과 사회적 기대지평 안에서 창작되고 향유되어 온 근대적 문학양식이다. 참조틀로서의 공식성이 특정 장르의 대중소설을 창작하고 향유하는 소설의 내적 자질이라면, 사회적 기대지평은 미완성의 텍스트가 같은 시대의 수용자들이 공유하는 정서구조를 조정하고 전략화하는 근거이다. 그렇기에 대중소설의 창작과 향유는 매체의 발달에 기대어 생산·분배·소비되는 자본주의 사회의 메커니즘 속에서도 단순히 상업적이고 말초적인 것으로 치부될 수 없다. 그것은 당대 대중들이 공유하는 가치관과 규범, 꿈과 희망을 표상하기 때문이다.

그러나 대중소설의 창작과 향유는 균질적으로 이루어지지 않는다. 로버츠에 따르면 대중소설은 성격에 따라 향유방식이 다르게 나타난다.[1] 베스트셀러 소설은 창작과정에서 이종 장르(cross-genre)의 성공을 계산하거나 대중들에게 특이한 하나의 장르적 전통을 따르는 소설로, 당대에 평범한 독자층들에게 널리 읽힌다. 이에 비해 정크 픽션(junk fiction)은 하나의 공식성의 전통에만 기대어 쓰여진 소설로, 특정 장르를 선호하는 독자층에게만 향유된다.[2] 하지만 베스트셀러 소설과 정크 픽션의 구분은 본격소설과 대중소설의 잣대만큼이나 논란의 여지가 많다. 일례로 베스트셀러 소설만 하더라도 단기간에 명멸하는 책이 있는가 하면 꾸준히 팔리는 스테디셀러도 있다. 이것은 베스트셀러 소설을 상업적 성공에만 치중해서 폄하해서는 안 된다는 점을 암시한다. 그렇기에 대중소설은 보다 유연하고 다양한 각도에서 접근할 필요가 있다 하겠다.

우리는 흔히 1990년대 이래 대중문화의 시대가 열렸다고 말한다. 하위문화로만 치부되었던 대중문화는 대중이라는 집단적 주체를 한국사회의 전면에 호출하였다. 외형적으로는 물질적 풍요와 근대적 매체의 대중화에 힘입고 있지만, 그것은 한국사회의 지배세력과 범주에 대한 비판의 한 방식으로 읽을 수 있다. 이미 한국사회는 지배세력을 가시화된 공동의 적으로 규정지을 수 없는 상황에 직면하여 역사와 민족, 이상이나 이념을 다루는 거대 담론이 점점 후퇴하고 있었다. 대신 동구권의 몰락을 기점으로 편재화된 세계시장주의의 연장선에서 후기산

---

1) Thomas J. Roberts, *An Aesthetics Junk Fiction*, Athens and London;Georgia UP, 1990, pp.2~4.
2) 로버츠는 베스트셀러 소설과 정크 픽션의 향유방식을 구체적으로 다음과 같이 설명한다. 베스트셀러 소설의 평범한 독자들은 책을 선택할 때 북클럽이 추천한 기준을 염두에 두고, 시드니 셸던과 같은 작가들, 『대부』와 같은 작품들, 사회적 멜로드라마와 같은 양식을 선호한다. 그들은 작품을 통해 새로운 정보를 제공받기를 원하며, 잡담 등으로 자신들의 생각을 개진하고 작가의 보상은 돈이라고 생각한다. 이에 반해 정크 픽션의 독자들은 특정 장르의 책을 선호하기 때문에 제목이나 장정(裝幀)에 자극 받아 책을 선택하고, 앨러리 퀸과 같은 작가들, 『Y의 비극』과 같은 작품들, 미스터리와 같은 양식을 선호한다. 이들은 혼자 작품 속의 열정에 감명 받는 데 만족하며 작가가 그러한 사랑으로 보상받는다고 생각한다. Thomas J. Roberts, 위의 책, p.32.

업사회의 면모들이 속속 드러났다. 특히 근대적 사유체계에서 주변화된 타자들, 그러니까 자연, 감성, 여성, 객체, 혼돈 등이 대중문화 시대의 미시 담론을 형성하는 주축이 되었다. 그리고 개인컴퓨터의 확대와 고속 통신망의 보급에 따른 인터넷의 일상화는 대중들에게 과거와는 다른 체험과 새로운 상상력, 숨은 일상의 욕망을 불러일으키고 있었다. 이제 대중은 획일화된 기계적인 개인도, 무능하고 무기력한 대상도 아닌 다양한 요구를 표현하고 고정된 조직의 틀을 넘어서 활동하는 유연한 존재로 자리매김하기 시작하였다. 당대의 대중문화, 특히 대중소설의 향유 또한 이러한 변화된 상황과 무관하지 않다.

　이러한 점을 감안하여 이 글에서는 2000년 이후 대중들에게 큰 반향을 일으켰던 대중소설을 대상으로 삼아 수용자의 취향을 구체적으로 살펴보고자 한다.[3] 대중소설의 기대지평이 변화된 수용자들의 취향을 어떻게 소설화하고 있으며, 변화 양상이 어떠한지를 고찰할 수 있을 것이다. 이를 통해 당대 대중소설이 드러내는 새로움의 자장을 가늠할 수 있으리라 기대한다.

2. 희생적 부성과 소환된 가족

　『가시고기』는 실제 모델을 극화한 소설이다. 작중인물 다움이는 경

---

[3] 이 글에서는 2000년 이래 연간 종합 베스트셀러목록에 오른 소설을 선정기준으로 삼았다. "교보문고 연간 종합 베스트셀러목록" 중 2000~2003년 참조(프린트물). 여기에서 학교나 방송사에서 선정한, 기획된 베스트셀러들과 TV 드라마나 영화의 원작을 일방향적으로 풍미한 베스트셀러들은 당대 수용자들의 취향을 가늠하는 데 부적합하여 연구 대상에서 제외하였다. 텍스트의 구체적인 서지는 다음과 같다. 조창인, 『가시고기』, 밝은세상, 2000; 김하인, 『국화꽃 향기』 1·2, 생각의나무, 2000, 김하인, 『국화꽃 향기 그 두 번째 이야기』 1·2, 생각의나무, 2002; 김하인, 『국화꽃 향기 그 마지막 이야기』 1·2, 생각의나무, 2003; 귀여니, 『그놈은 멋있었다』 1·2, 황매, 2003.

기도 일산에 살고 있는 '임해성'이라는 실제 인물을 모델로 삼았지만, 실제 현실과는 상당한 간극이 존재한다.4) 더욱이 실제 인물을 모델로 삼았다는 사실이 수용자들의 즉각적인 관심을 불러일으킬 수 있을 지 몰라도, 일약 베스트셀러로 떠올라 장기간 인기를 끌었던 요인이라고 단정짓기는 곤란하다. 따라서 이 소설의 어떠한 코드가 수용자들의 반향을 불러일으켰는지 좀더 세밀하게 살펴볼 필요가 있다.

첫째, '가시고기'라는 미지의 제재를 통해 수용자들의 관심을 환기하고 리얼리티를 새롭게 확보하고 있다는 점이다. 가시고기라는 제재는 평범한 수용자들에게 익숙하지 못한 대상이다. 그것은 수용자들의 호기심을 자극하여 작품을 대하게 한다. 미지의 정보에 관한 호기심과 새로운 경험은 수용자들이 간직한 리얼리티의 이미지를 보다 익숙한 것으로 변화시키며 작품에 몰입시킨다.5)

> 내가 무척 아끼는 어린이 과학백과가 있는데, 12권 중에서 제8권이 민물고기 편이에요. 거기에 가시고기라는 쬐그만 물고기가 나오죠.
> 가시고기는 이상한 물고기입니다.
> 엄마 가시고기는 알들을 낳은 후엔 어디론가 달아나 버려요. 알들이야 어찌되든 상관없다는 듯이요. 아빠 가시고기가 혼자 남아서 알들을 돌보죠. 알들을 먹으려고 달려드는 다른 물고기들과 목숨을 걸고 싸운답니다. 먹지도 잠을 자지도 않으면서 열심히 알들을 보호해요. 알들이 깨어나고 새끼들이 무럭무럭 자라납니다. 그리고 새끼 가시고기들은 아빠 가시고기를 버리고 제 갈 길로 가버리죠. 새끼들이 모두 떠나고 난 뒤 홀로 남은 아빠 가시고기는

---

4) 해성이는 백혈병이 아니라 SMA(spinal muscular atrophy), 즉 척수성 근육위축증을 앓고 있는 희귀병 환자이다. 생후 3개월에 발병하여 아직도 투병 중이다. 아울러 해성이네 가족들은 이혼한 다움이네와는 달리 서로 사랑하며 지낸다. 해성이의 투병은 어머니의 지극한 보살핌과 건강한 아버지의 정성 속에서 한 달을 넘기지 못할 것이라는 의사의 진단에도 불구하고 13여년 동안 지속되고 있다. http://www.mgasi.co.kr("만화 가시고기") 참조.

5) Thomas J. Roberts, 앞의 책, pp.21~24.

　돌 틈에 머리를 처박고 죽어버려요.
　아빠 가시고기는 왜 죽어버리는 걸까요. 그 이유가 책에는 설명되어 있지 않아요. 하지만 뻔한 거 아니겠어요?
　가시고기는 언제나 아빠를 생각나게 만듭니다.
　그래서 가시고기가 있는 페이지를 넘길 때마다 내 마음속에는 슬픔이 뭉게구름처럼 피어올라요.
　아, 가시고기 우리 아빠.6)

　인용문은 다움이가 백과사전에서 읽은 '가시고기'의 삶을 "아빠"인 정호연과 연관시키고 있는 대목이다. 여기에서 가시고기는 큰가시고기목 큰가시고기과의 담수어인 잔가시고기(Pungitius sinensis Kaibarae)를 일컫는데, 다움이의 설명처럼 "엄마 가시고기는 알들을 낳은 후엔 어디론가 달아나 버"리는 것이 아니라 죽는다. 이것은 작가가 작품의 극적 전개를 위해 사실과 다른 정보를 제시한 것으로 보인다. 더욱이 10살 짜리 다움이의 언술을 통해 그것을 제시하고 있다는 점에서 정보의 정확성 여부는 크게 문제되지 않는다. 수용자들은 다움이네의 삶이 가시고기의 삶과 어떻게 일치하는가를 확인하는 데 주목하기 때문이다. 이 과정에서 수용자들은 경험된 리얼리티를 획득하고 공감대를 형성한다. 경험된 리얼리티는 작중 상황에서 현실세계로, 작중인물에서 수용자 자신으로 자리를 옮겨 현실세계에서 당면한 한계상황을 극복할 수 있는 여지를 제공한다.
　둘째, 시점의 변화를 통해 수용자들의 소설에 대한 접근을 용이하게 할 뿐 아니라 폭넓은 공감대를 조성하는 데 조력한다는 점이다. 일반적으로 투병소설은 지난한 투병생활 속에서 겪는 고통과 절망, 그리고 그것을 뛰어넘는 사랑과 희망을 이야기한다. 수용자들은 이러한 투병

---

6) 조창인, 『가시고기』, 밝은세상, 2000, 156~157쪽.

소설을 통해 복잡한 감정의 카타르시스를 얻기도 하지만, 서사전개의 지리멸렬함을 떨쳐내기란 쉽지 않다. 이 소설에서는 시점의 변화를 통해 수용자들의 공감대를 보다 확대시키고 있다.

다움이와 아버지 정호연의 교차된 시점은 이야기의 내용에 변화를 줄 뿐만 아니라 작중인물들의 감정묘사를 핍진성있게 전개한다. 이 소설이 정호연의 시점으로만 쓰여졌다면 "속수무책인 아이의 고통을 지켜보"는 다른 투병소설들과 크게 다를 바 없을 것이다. 하지만 백혈병을 앓고 있는 다움이의 시점이 교차되면서 어린이다운 참신한 시각과 함께 투병의 어려움을 내밀하게 전달하고 있다. 이를테면 정호연이 "아무것도 아이를 대신할 수 없는" "아버지란 사실에 분노"하고 "절망하며" 심지어 "모멸감"을 느끼고 있을 때, 다움이는 "빈털털이 아빠를 위해서" "빨리 그곳으로 가고 싶"다 하면서도 여자친구에게 줄 꽃핀을 사고 싶어한다. 이러한 다움이의 시각은 투병생활로 메말라버리기 쉬운 정서를 환기시키는 역할을 담당한다. 이렇듯 두 작중인물의 교차된 시점은 사건보다는 사건을 둘러싼 작중인물들의 내밀한 감정들을 묘파함으로써 수용자들의 다양한 감성을 환기시키며 공감대를 형성하고 있는 것이다.

셋째, '가시고기'와 같은 희생적인 부성이 작중인물의 한계상황을 극복하는 대안으로 제시되고 있다는 점이다. 일반적인 투병소설에서 흔히 발견할 수 있는 것은 희생적인 모성이었다. 그러나 이 작품은 모성 대신 부성을 부각시킨다.

(1)
　　하지만 아들의 믿음과, 아버지의 기원으로 당신에게 말합니다. 아이를 살려주십시오……. 믿음 없는 자에게 대가를 요구한다면 차라리 내 목숨을 거

뒤가십시오. 기꺼이 아이를 대신하겠습니다. 아이 외에는 세상에 소망 둘 곳
을 잃은 자입니다. 하지만 아이는 다릅니다. 꿈이 얼마나 많은지 모릅니다.
그리고 세상을 사랑합니다. 대단히 영리하고 맑은 영혼을 소유하고 있습니
다. 나를 대신하십시오. 그리고 아이를 살려주십시오. 부디, 부디……7)

    (2)
    박인석이 슬금슬금 그의 눈치를 살피다가 말했다.
    "솔직히 말하자면 다움이의 재능에 욕심이 생기오. 아내 역시 나와 비슷
한 생각을 하고 있소. 그래서 더더욱 아이의 문제에 집착하는 것일 테구."
    아이가 자신을 더 많이 닮았다고 말한 아내의 저의를 비로소 짐작할 만했
다. 그러나 어처구니없는 논리였고, 불순한 의도였다. 아이의 재능이 아니라
면 딱히 관심을 기울일 까닭이 없다는 뜻인가. 박인석이야 그렇다고 치자.
그러나 아내마저 그런 생각을 갖고 있다면 참으로 서글픈 노릇이었다.8)

    (1)은 정호연이 중환자실에 재입원한 다움이를 위해 하나님께 기도
하는 대목이다. 그의 기도는 다움이를 위해 자신의 목숨을 대가로 지
불하겠다는, 숭고하고 희생적인 부성의 표현이다. 이러한 희생적 부성
은 다움이의 골수이식 수술비를 마련하기 위해 자신의 몸과 마음을 모
두 병원비와 맞바꾸는 데에서도 확인된다. "삶의 깊은 성찰을 통해 우
러나온" 시에 대한 고집을 버리고 출판사가 요구하는 "간질간질한 시"
를 쓰는가 하면, 자신의 안구를 팔아 병원비에 보태고 자신의 항암치
료를 거부하기까지 한다. 결국 그의 희생적인 부성은 기도처럼 아들의
죽음을 대신함으로써 승화된다.
    이에 반해 모성은 본연의 의미항과 사뭇 다르게 표출된다. (2)에서
보듯이 아내는 병원비를 담보로 다움이를 건네 받기를 희망한다. 하지
만 그것은 다움이에 대한 애정보다 재능에 대한 욕심을 앞세운 "불순

---

7) 조창인, 앞의 책, 140쪽.
8) 조창인, 위의 책, 197쪽.

한" 행위이다. 이러한 이기적인 면모는 그녀에게 제도적 모성을 탈각시킨다. 그것은 그녀가 자신의 사랑과 사회경제적 성공을 위해 다움이 대신 프랑스 유학을 선택한 이력을 검증하는 절차이기도 하다. 다움이조차 그러한 엄마에게 희생적인 모성을 기대하지 않는다. 이렇듯 희생적인 부성과 이기적인 모성은 다분히 선악의 이분법적 대립구도를 띤다. 이것은 긴장감있게 극적 전개를 이끌어내는 소설적 장치로 효과적이다. 소설에서 선악의 대립만큼 수용자들의 감정을 고조시키는 데 효과적인 안전장치는 없어 보인다. 그것은 도덕적인 결말에 대한 수용자들의 요구가 어떠한 방식으로든 소설의 의미매김에 영향을 끼칠 것을 짐작하게 한다. 이러한 점에서 수용자들이 감동하는 희생적인 부성이 모성을 훼손시킨 다음에 획득되는 우월성이라는 점은 쉽게 간과될 수 없다.

남성지배의 방식은 부르디외에 따르면 상징자본에 의한 상징폭력의 효과에 따라 결정된다. 남성이 남성이라는 이유 때문에 얻는 상징자본의 양과 효과는 그가 속한 사회의 남성중심성의 구조와 분위기에 의해 결정되는 것이다. 이때 남성중심성의 힘은 드러내놓고 휘두르는 것이 아니라 부드러운 표현이며 심지어 약자가 강자에게 바치지 않을 수 없는 충성을 통해 제도화되는 것으로서 대개 약자 자신조차도 인식하지 못할 정도로 교묘하고 포괄적으로 행사된다.[9] '가시고기'라는 상징물을 통해 대변되는 희생적인 부성은 가부장적 성격이 강한 전통적인 가족을 소환하지만, 그것은 강압이 아닌 희생이라는 이름으로 이루어진다. 이러한 변화된 방식은 수용자들에게 남성지배에 대한 자발적 동의를 유도하고 있다는 점에서 보다 교묘하다고 하겠다. 이는 1990년대

---

9) 김영민, 「열정은 어떻게 분배되는가—현재의 혼인과 혼인의 미래」, 『비평과 전망』 제6호, 2002년 하반기, 405쪽.

한국사회에서 타자화된 여성이 주체로 거듭나기 위한 수많은 노력을 일거에 되돌리면서 가부장적 가족과 사회 제도를 공고히 할 위험마저 안고 있다. 이미 희생적인 아버지 정호연의 시각으로 아내를 모성을 탈각한 이기적인 여성으로 형상화함으로써 『가시고기』의 수용자들 또한 이러한 위험에 전면적으로 노출되어 있다고 여겨진다.

그러나 『가시고기』가 베스트셀러가 되었던 것은 이러한 희생적인 부성의 코드가 당대 사회적 분위기를 불안해하는 수용자들을 이끌어내는 원동력으로 작용하였다는 점에 크게 힘입는다. 이 소설이 발표되었던 2000년 한국사회는 현대·대우 사태와 각종 경제비리 사건이 터지면서 제2의 IMF에 대한 위기감이 고조되고 사회분위기 또한 침체되어 있었다. IMF 당시처럼 아버지는 여전히 명예퇴직의 위험과 실추된 부권의 가장자리를 맴돌고 있었다. 이러한 분위기 속에서 『가시고기』는 아버지의 '힘'이 아닌 '사랑'이라는 코드를 사용하여 수용자들의 눈물샘을 자극하였다. 수용자들의 반향은 1996년 김정현의 『아버지』 이후 계속된 '아버지 신드롬'보다 강력하였다. 이러한 점은 권위적이고 강한 아버지보다는 부드럽고 친밀한 아버지를 갈망하는 수용자들의 변화된 취향을 반영한 것이기도 하다. 이것은 한국 근현대문학에서 '아비결손' 혹은 '아비상실'의 코드가 근대사회의 비극성을 반영했던 것과는 여실히 대비된다 하겠다.

그리고 『가시고기』의 성공은 사회적 분위기만큼 대중매체의 영향력이 컸다는 사실을 간과할 수 없다. 이 작품이 베스트셀러로 진입한 얼마 후 MBC 9시 뉴스에서 『가시고기』의 성공담을 직접 소개한 바 있다. 그것은 『가시고기』가 『아버지』를 뛰어넘어 밀리언셀러로 자리매김하는 데 간접적인 영향을 미쳤다고 볼 수 있다. 더욱이 이 작품은 2000년 연말 MBC 방송국에서 4부작 연속드라마로 제작되기도 하였다. 그것은 『가시고기』가 당시 침체된 사회적 분위기와 훈훈한 정을 강조하는 연말 프로의 성격을 함께 소화시키기에 충분했기 때문이다. 작품의 드라마화는 새로운 수용자층을 이끌어내는 데 효과적이었다. 대중들이 『가시고기』의 열풍을 이어가자 이제는 다큐멘터리로 제작하여 '가시고기'의 생태에 대한 수용자들의 욕구를 달래주기도 했다. KBS 제1방송에서 2001년 6월 27일 방송되어 세인의 관심을 끌었으며, MBC 또한 2003년 7월 방학특선 자연다큐멘터리 8부작의 하나로 '가시고기'의 생태를 방영하였다. 아울러 『가시고기』의 성공은 다른 문화 영역에도 영향을 미쳐 「가시고기」라는 연극으로 공연되는가 하면,10) 2002년에는 『만화 가시고기』, 『동화로 읽는 가시고기』가 각각 출간되어 수용자의 연령층과 향유방식에 변화를 꾀하기도 하였다.11)

　출판시장의 '아버지 신드롬'은 2004년 지금 현실에서도 여전히 유효하다. 아버지와 관련된 서적들, 새롭게 변화된 지형도와 관련된 서적들이 출판가에서 여전히 좋은 호응을 얻고 있다.12) 우리 시대의 아버지는 대중매체를 통해 증발하고 없는 부권부재시대를 부각시키면서 새로운 감동을 주지만, 소환되는 아버지의 이름은 우리에게 또 다른 불안을 가져다주기도 한다.

---

10) 연극 「가시고기」는 임영웅 연출로 2001년 3월 27일부터 소극장 산울림에서 공연되었다. 다움이 역에는 공개 오디션에서 뽑힌 이동근(당시 창서 초등학교 6학년, 12)이, 정호연 역에는 연극 「남자충동」의 배우 안석환이 각각 맡았다.

11) 『만화 가시고기』(전3권)는 2002년 4월에 손재수 그림으로 기탄출판에서 출간되었으며, 『동화로 읽는 가시고기』(전2권)는 같은 해 6월에 이원민 각색, 박철민 그림으로 파랑새어린이 출판사에서 출간되었다. 이외에도 '가시고기'와 관련된 문학작품들이 속속 출간되었다. 김미경 저, 김희연 그림의 동화 『가시고기 아빠의 아기사랑』(아이누리, 2002)과 송화선의 시집 『가시고기 아비의 사랑』(이회문화사, 2002)이 대표적인 예이다.

12) 「미디어 시장 '아버지 신드롬' 재연」, 『미디어 오늘』, 2003.7.7.

3. 감성의 서사와 영원한 사랑의 신화

『국화꽃 향기』는 『가시고기』와 더불어 2000년부터 베스트셀러에 올랐던 대표적 연애소설이다. 연애소설이 친숙한 공식성과 사회적 기대 지평에 따라 쓰여진다는 사실을 감안한다면, 우리는 사랑을 둘러싼 이야기를 통해 당대의 수용자들이 체험하는 사회문화적 상황과 욕망들을 효과적으로 읽어낼 수 있다. 한국사회에서 연애소설은 연령과 성에 따라 다소 배타적인 면모를 띤다 하더라도 고정적인 수용자층을 형성하고 있는 대중소설의 대표적인 장르임에 틀림없다. 여기에서는 『국화꽃 향기』 연작을 통해 영원한 화두인 사랑이 수용자들과 어떻게 조우하고 있는지 살펴보기로 한다.

첫째, 남녀 주인공이 대칭적인 사회적 능력과 자질을 갖추고 있다는 사실은 수용자들이 선망하는 남성상과 여성상의 변화된 일면을 보여준다는 점이다. 이 소설의 주인공들은 여느 연애소설들처럼 선남선녀이다. 그러나 그들 모두가 현대사회에서 선망하는 능력과 자질을 고루 갖추고 있다는 점에서 차별성을 지닌다. 남성 주인공 승우는 "180센티미터의 훤칠한 키에 수려한 이목구비와 표정, 깨끗한 살결"을 갖추고 있으며, "실력도 있는데다 성격도 밝고 긍정적이면서 노력하는 자세를 끝까지 잃지 않는, 게다가 인간성까지 좋은" 완벽한 남성이다. 여성 주인공 미주 또한 "상큼한 얼굴과 날씬한 몸매"를 지녔지만 외양보다는 "여자라는 성에 갇히지 않고 당당하게" 살아갈 열정과 신념을 갖춘 현대적 여성이다. 더욱이 승우는 라디오 PD로, 미주는 영화감독으로 활동한다는 사실은 최근 대중매체의 전면에 나서기를 희망하는 젊은층에게 선망의 대상으로 자리매김하기에 충분하다. 연애소설의 주요 수용자가 여성이라는 점에서, 이러한 동등한 사회적 능력과 자질을 갖춘 남녀 주인공은 미혼 여성들이 소망하는 완벽한 남성상과 여성상에 걸맞은 자질을 갖추고 있다.13) 더욱이 평범한 일상생활에서 쉽사리 접할 수 없는 인물이라는 점은 그들을 영원한 연인으로 부각시키는 데 조력한다.

둘째, 순정파 남성의 영원한 사랑이 신세대적 사랑방식과 대비되면서 수용자들에게 사랑에 대한 대리만족과 환상을 선사하고 있다는 점이다. 완벽한 남성인 승우의 사랑법은 현실세계에서 있을 법하지 않는 희귀한 것이다. 승우는 미주의 핍박에도 불구하고 그녀에 대한 사랑을 포기하지 않는다. 7년이라는 오랜 기간 동안 그녀를 제외한 다른 여성들에게 눈길 한 번 주지 않으며 고스란히 그 사랑을 간직한다. 그리고 그 사랑이 받아들여지는 순간 그녀를 절대적 존재로 받들며 살아간다. 고전을 면치 못하는 그녀가 세인이 인정하는 영화감독으로 우뚝 설 수 있도록 물신양면으로 도울 뿐 아니라 가사에서도 더 많은 부분을 자진해서 분담해 나간다. 그리고 그의 사랑은 그녀가 죽은 이후에도 다른 여성들이 그녀를 대신하지 못할 만큼 절대적인 것으로 승화된다. 이러한 점에서 볼 때 승우는 "여성을 절대적 존재로 받들고 여성에 대한 사랑을 예찬하는 순정파 남성"14)이라 할 수 있으며, 그러한 남성의 영원한 사랑은 사랑을 삶의 절대적인 가치준거로 승화시키는 데 모자람이 없어 보인다.

이러한 승우의 사랑법은 절대적이고 영원한 연인이기를 바라는 수용자들의 욕망을 고무시키며 환상을 제공한다. 여기에서 주목할 만한

---

13) 이 소설은 20·30대 직장 여성들을 주요 수용자층으로 삼고 집필되었다. 이정옥, 「감상주의 연애소설의 상품화전략」, 『여성문학연구』 제6집, 한국여성문학회, 2001, 230쪽.
14) 이정옥, 위의 글, 235쪽.

점은 절대적이고 영원한 연인이라는 항목이다. 이것은 후기 산업화시대 이래 만연되고 있는 신세대의 사랑법, 그러니까 순간적이고 감정적이며 이기적인 사랑법과는 배리된다. 만남과 이별이 자신의 감정에 기대어 쉽게 이루어지는 만큼 신세대들에게 사랑은 순간적으로 스쳐 지나가는 가벼운 일상사이다. 이러한 상황에서 승우의 사랑법이 수용자들에게 폭넓은 공감대를 획득했다는 사실은 신세대의 사랑법에 숨겨진 수용자들의 욕망을 여실히 보여준다. 즉 사랑하는 연인이 상대방에게 절대적인 존재로 인정받고 그 느낌을 삶의 과정에서 영원히 확인하고 싶어하는 것은 여전히 당대 모든 연인들의 희망사항이라는 점이다. 신세대의 사랑법을 선호했던 수용자들이라 하더라도 그 반복적 행위 속에서 사랑의 진정성을 재고할 가능성이 높다. 현실세계에서 있을 법하지 않은 승우의 사랑법은 희귀한 것인 만큼 많은 수용자들에게 사랑에 대한 가치와 환상을 재구성하는 데 조력한다 하겠다.

그리고 승우의 사랑법은 한국사회에서 숨죽여 살아온 수용자들을 위무하는 데에도 일조한다. 문학이 현실을 반영하는 매개체라는 점을 감안한다면, 경직된 한국사회의 체제가 수용자들의 환상을 더욱 강화시켰다고 보여지기 때문이다. 한국사회는 정치적으로는 유교주의로, 경제적으로는 독점자본주의로, 사회적으로는 가부장적 금욕주의로, 문화적으로는 씨족 이기주의로 이루어져 있다.15) 한국사회 현실은 "완강한 벽"처럼 "안 되는 건 안 되고 못하는 건 못하게 되어" 있는 것이다. 그렇기에 "부족하고 모자라는 건 그대로 인정하는 게 세상 사는 일"이되어 버린다. 더욱이 한국사회에서 사회적 약자로 살아가고 있는 여성들에게 삶의 질곡은 더욱 무겁고 버거운 것일 수밖에 없다. 이러한 상

---

15) 박설호, 「스웨덴에는 연애소설이 없다」, 『문학사상』 318호, 1999년 4월호, 66쪽.

황에서 승우의 사랑법, 특히 여성에게 부드럽고 배려를 아끼지 않으며 헌신적이기까지 한 사랑은 일상적 삶에 지친 수용자들을 위무하고 나아가 환상을 심어주기에 충분해 보인다. 아울러 그것은 과거 연애소설에서 권위적인 남성성을 과시하는 일방적인 사랑법과는 사뭇 달라진 측면이다. 이것은 사랑법에 있어서도 수용자들의 변화된 기대지평을 엿볼 수 있는 대목이라 하겠다.

하지만 이 소설에서 승우의 사랑법은 수용자들에게 위계적인 한국 현실을 도피하려는 성향과 맞물려 성 차별적인 현실을 인정하고 순응하는 면모를 감추고 있다. 결혼 후 미주는 도전적이리만큼 당당했던 삶의 주체에서 조금씩 물러나 전통적인 여성상을 복원시키고 있다. 그녀는 혼자 힘으로 영화감독의 길을 모색하겠다는 의지를 버리고 승우의 배려로 영화감독에 데뷔한다. 가사일에 문외한인 그녀가 무난하게 결혼생활을 영위할 수 있는 것도 승우 덕분이다. 그러나 이러한 승우의 끊임없는 배려와 식을 줄 모르는 사랑은 그녀를 전통적인 여성적 삶에 타협하고 안주하게 하는 원인이기도 하다. 이제 그녀는 사회적으로나 가정적으로나 감당하기 힘겹고 까다로운 문제들을 그에게 의존한 채 안락한 삶 속에서 소극적인 여성으로 되돌아가고 있는 것이다. 이러한 변화는 작품 속에서 그다지 중요하게 부각되지 않기 때문에 그녀의 삶이 당연하고 나아가 선망하는 모습으로까지 비춰질 수 있다. 결국 수용자들의 환상은 전통적으로 강요되어 온 여성의 삶을 다시 강화시켜 갈 위험마저 안고 있는 것이다.

셋째, 연애소설의 구성적 원리, 그러니까 장애를 둘러싼 갈등의 발전단계보다는 수용자들의 감성과 정서를 파고드는 방식으로 이야기를 이끌어 나가고 있다는 점이다. 멜로드라마의 구조가 도덕적 갈등, 복잡한 행동노선, 감정의 고조에 있다는 카웰티의 지적에 기대어 본다면,[16] 이 소설은 사건보다는 사건을 둘러싼 작중인물들의 미묘한 감정들이 이야기를 이끌어 나간다. 즉 공식성인 멜로드라마의 특징을 느슨하게 적용시키고 있는 셈이다. 이것은 『국화꽃 향기』 연작에서 연애의 삼각관계가 부재하거나 무화되어 있다는 점에서도 쉽게 확인할 수 있다.

『국화꽃 향기』(이하 1편)에서 승우와 미주의 사랑을 방해하는 것은 다름 아닌 미주의 선입견, 그러니까 '연상녀 연하남' 커플이 불가능하다는 점이다. 그렇기에 미주의 선입견이 깨지는 순간 그들은 7년간의 공백기를 가뿐하게 뛰어넘으며 사랑을 성취할 수 있었던 것이다. 그들에게 찾아온 두 번째 장애는 미주의 위암 투병과 죽음이다. 이때 그녀는 자신 대신 아이를 선택함으로써 희생적인 모성과 승우에 대한 지극한 사랑을 표현한다. 그녀의 죽음은 남녀 주인공의 희생적이고 영원한 사랑에 대한 도덕적 환상을 불러일으키기에 충분하다. 결국 1편은 남녀 주인공 내부의 문제가 사랑의 장애요인으로 작용하고 있다 하겠다. 뒤이어 발표된 『국화꽃 향기-그 두 번째 이야기』(이하 2편)는 승우가 첫사랑인 영은에게 청혼을 받고 미주의 친구인 정란의 사랑을 직감하면서 내적 갈등을 겪는 이야기이다. 그런데 그 갈등이 영원한 연인인 미주를 사이에 두고 이루어진다는 점에서 연애의 삼각관계는 무화될 수밖에 없다. 이때 미주는 승우 내부의 또 다른 타자이지만 실재하는 인물처럼 부상되어 있다. 이러한 구도는 『국화꽃 향기-그 마지막 이야기』(이하 3편)에서 승우가 새로운 연인 정경은을 받아들이는 과정에서도 마찬가지로 드러난다.

이렇듯 『국화꽃 향기』 연작은 다른 작중인물들의 개입으로 외부적

---

16) John G. Cawelti, *Adventure, Mystery, and Romance:Formula Stories as Art and Popular Culture*, Chicago and London: Chicago UP, 1976, pp.101~103.

인 사건들을 긴장감 있게 만들어 나가기보다는 이루어질 수 없기에 더욱 애절하고 또 잊혀지지도 않는 남녀 주인공의 비극적인 사랑을 보여준다. 여기에서 비극적 정서는 이야기를 날줄과 씨줄로 밀도있게 이어나가면서 수용자들에게 영원한 사랑을 지속적으로 환기시키고 승화시켜 나간다.

그리고 작중인물들이 편지라는 서정적이고 낭만적인 코드를 활용하여 사랑을 표현함으로써 수용자들에게 극적 감동을 안겨주고 있다는 점이다. 승우가 라디오 PD라는 점은 그가 담당하고 있는 라디오 프로그램에 올리는 편지를 통해 작중 인물들이 자신의 사랑을 자연스럽게 표현하도록 만든다. 1편에서 승우는 "복권 긁는 사내"가 "아홉 번 전화해도 한 번도 만나 주지 않는 여자"라는 우스꽝스러운 제목으로 청혼을 한다. 물론 편지의 제목과 내용은 승우와 미주만이 알아챌 수 있는 것이다.

연애소설에서 편지는 연인들의 내적 경험과 심리적 정황을 탁월하게 묘사할 수 있는 매개체로 자주 활용되어 왔다.[17] 편지를 통해 사랑하는 사람은 자신의 내적 경험이 사랑받는 사람에게 포착되고 확인되기를 기대한다. 편지는 내적 경험의 비대칭성으로 인한 연인 사이의 불가능한 소통을 가능하게 할 수 있다. 가장 고통스러운 감정의 진행을 고백함으로써 서로간의 감정에 대한 진정성을 획득하고 강력한 정서적 공감대를 형성하는 데 기여하는 것이다. 승우의 편지 또한 미주의 마음을 되돌려 승우를 후배에서 연인으로 받아들이게 하는 극적 매개물이다.

『국화꽃 향기』 연작은 승우가 미주를 향한 "불변"의 사랑을 지켜내

---

17) Shari Benstock, "Discourse of Desire:Gender, Genre and Epistolary Fictions by Linda s. Kauffman", *Criticism* XXX, No.4. Fall, Wayne State UP, 1988, p.518.

려 하고 또 갑작스러운 헬기사고로 영원히 완성된다는 점에서 수용자들을 매번 현실과 비현실의 위기적 지점에 놓이게 한다. 대중소설의 수용자들이 관여하는 세계는 단순히 현실의 허상도, 현실을 뒤집어 놓은 세계로서의 끝없는 꿈도 아니다. 현실과 꿈의 등가가 필수 불가결한 지점에서 수용자들은 실제 현실과는 다른 별개의 방식으로 현실 그 자체를 구성한다. 그럴 때 수용자들은 소설 속의 사건들이 자기 자신의 마음에 지금 당장 와 닿고 그것이 다른 수용자들과도 연결된다고 여긴다. 이로써 수용자들은 능동성과 공동성을 획득하게 되는 것이다.[18] 그만큼 픽션을 단순한 픽션으로만 두지 않는 대중소설의 현실성은 그 현실 속에서 살고 있는 수용자들과 함께 생생하게 살아갈 수 있는 셈이다. 그렇기에 『국화꽃 향기』 연작의 느슨한 서사구조와 실현 불가능해 보이는 사랑이 오롯하게 수용자들의 마음을 적실 수 있는 것이다.

그렇다면 2000년이래 『국화꽃 향기』 연작이 베스트셀러로 성공할 수 있었던 이유는 무엇인가. 우선, 『국화꽃 향기』 연작의 성공은 IMF 이래 만연된 복고적이고 서정적인 문화적 분위기에 힘입었다는 점이다. IMF 이래 경제위기는 한국사회를 이끌어가던 성장제일주의에 큰 혼란을 가져다주었다. 그것은 대중들에게 자신의 삶을 되돌아보고 옛날을 그리워하는 현실도피적 성향을 강하게 드러내었다. 이러한 심리적 기조는 문화적 측면에도 영향을 끼쳐 전통적인 멜로드라마가 크게 각광을 받았는데,[19] 『국화꽃 향기』 연작 또한 이러한 맥락에 놓여 있다. 『국화꽃 향기』 연작은 신세대들의 사랑법과는 다른, 그러니까 복

---

18) 이께다 히로시, 정한기·김광수 옮김, 「대중소설의 세계와 반세계」, 『대중문학이란 무엇인가?』(대중문학연구회 엮음), 평민사, 1995, 106~107쪽.
19) 한미화, 「달라진 삶, 변화된 소설」, 『우리시대 스테디셀러의 계보』, 한국출판마케팅연구소, 2001, 47쪽.

고적인 성향이 강한 서정적이고 영원한 사랑을 강화시켜 당대 수용자들의 감성을 자극하는 데 성공했다. 더욱이 『국화꽃 향기』 연작의 수용자들이 대부분 20대 전후의 미혼 여성들이라는 점에서 이 소설의 사랑법은 감성에 예민하게 반응하는 영상세대의 특성과 유효적절하게 맞물려 연작의 성공을 이끌어내는 데 조력했다고 보여진다.

그리고 『국화꽃 향기』 연작은 자본주의적 메커니즘과 대중매체의 효과를 십분 활용하여 소설의 성공을 이끌어냈다는 점이다. 특히 이 소설은 자본주의적 메커니즘에 따라 창작되고 향유하는 데 성공한 대표적인 예이다.

승우는 그때 뉴요커인 그녀로부터 약간의 문화적 충격을 받았었다. 음악을 다루는 한국의 뮤직 관련 분야에 있어서 음악은 단순히 감상용이거나 분위기를 만드는데 사용하는, 청취자들로 하여금 기분을 변화시키는 1차원적인 정서 조합 목적이랄 수 있었다. 하지만 그녀 애기를 죽 들어본 결과 구미 유럽이나 미국 방송 음악은 분명한 목적을 향해 날아가도록 쏘아지는 일종의 화살 메커니즘 체제로 변모해 있었다. 철저히 상업적이란 거다. 록음악에서는 듣는 이의 가슴에 상처를 입히는 은빛 총탄 냄새가 난다. 청취자들은 이어폰을 귀에 꽂고 아무렇게나 몸을 흔들며 듣지만 그 음악이 틀어지는 배경에는 철저하게 계산된 기획과, 청취자들에게 무의식적으로나마 한결같이 어떤 동일한 상품 이미지를 떠올리게 만든다는 것이다. 물론 그렇지 않은 음악 프로그램이 대부분이지만 세계적으로 각광받는 메이저급 전문 음악프로그램은 여론이나 대중의 일상 의식이나 정서를 선도하거나 점령한다는 표현을 쓸 만큼 고급 재질의 강력한 음악으로 사람의 특정 욕구를 자극하고 가시화시킨다는 것이다. 즉 음악이 정서적인 쪽이 아니라 욕망 쪽에서 제작되고 배급된다. 까닭에 욕망을 향한 감성수치는 측정 불능이 아니며 정확하게 파급효과며 범위, 위력을 잴 수 있는 단계에서 음악이 제작되고 방송을 탄다는 거였다. (중 략) 마음을 적시는 데 쓰이는 음악이 상업성의 정점으로 치닫는 게 좋고 나쁘냐는 원론적인 애기는 그 자리에서 거론할 필요는 없었다. 단지 승우가 생각했던 것 이상으로 세계의 음악시장을 선점하는 음악은 첨단 메커니즘 속에서 통계와 확률에 의해 소비된다는 것. 반면 아직 한국은 전반적

인 음악방송 경향이 좋게 말해 낭만적이고 순수하고, 나쁘게 말한다면 유아
기적이고 자폐적이라는 거다.[20]

　인용문은 자본주의의 거대 메커니즘에 대한 승우의 놀라움을 제시
하고 있다. 상업성의 좋고 나쁨을 차치하고 그는 음악이 "여론이나 대
중의 일상 의식이나 정서를 선도하거나 점령한다"는 사실과 "파급효
과며, 범위, 위력을 잴 수 있는 단계에서 음악이 제작되는" 미국 대중
음악 프로그램의 치밀성에 문화적 충격을 받는다. 이러한 승우의 내적
진술은 『국화꽃 향기』 연작의 창작·분배·소비 과정에 대한 작가의
변론으로 읽혀진다. 이 소설은 출판사와 작가의 사전 협의를 통해 작
중상황을 설정한 후 창작에 들어가고, 그것이 불안한 사회적 상황에서
서정적인 이야기를 선호하는 한국인의 특성과 잘 맞아들면서 성공한
대표적 경우이다. 『국화꽃 향기』 연작의 성공은 승우가 말한 "첨단 메
커니즘 속에서 통계와 확률에 의해" 계획된 결과라 하겠다.

　그리고 『국화꽃 향기』는 인기 드라마 「가을동화」가 이 소설의 일부
를 차용했다는 사실이 알려지면서 드라마의 인기에 힘입어 상승효과
를 거두었다. 「가을동화」가 대만과 중국본토, 일본 등지에서 한류열
풍을 일으키면서 드라마의 소설화가 진행되는 동안,[21] 『국화꽃 향기』
는 「가을동화」를 통해 수용자층을 더욱 두텁게 형성하였던 것이다.
이에 힘입어 『국화꽃 향기』는 영화화에도 성공하였을 뿐만 아니라
잇달아 발표된 연작들 역시 인기를 이어나갈 수 있었다. 특히 영화
화 이후 『국화꽃 향기』는 각 장의 모두를 장식하는 팝송들이 '희재'

---

20) 김하인, 『국화꽃 향기─그 마지막 이야기』 1권, 생각의나무, 2003, 30쪽.
21) 『가을동화』는 시나리오가 소설로 다시 쓰여진 영상소설이다. 이것은 드라마 「가을동
　화」의 성공이 소설화와 그 성공으로까지 이어진 대표적인 사례에 해당된다. 오연수,
　『가을동화』Ⅰ·Ⅱ, 생각의 나무, 2001, '사랑을 위하여' 참조.

라는 이름의 O.S.T로 출시되어 음반시장에서도 많은 이들에게 사랑을 받았다. 이렇게 볼 때『국화꽃 향기』의 성공은 창작과 향유과정이 자본주의적 메커니즘에 따라 치밀하게 계획되고 다른 대중매체의 강력한 영향력이 뒷받침한 결과물이라 하겠다.

『국화꽃 향기』 연작은 급변하는 시대를 살아가는 수용자들의 불안한 자화상을 반대급부적으로 보여 준 소설이다. 순정파 남성의 지고지순한 이야기는 억눌린 수용자들의 눈물샘을 자극하면서 서정적이고 영원한 사랑에 대한 환상을 이끌어내었다. 그것은 신세대가 아닌 옛날의 사랑법에 현대적 문맥을 결합하여 당대 수용자들에게 모든 연인의 희망사항을 보다 강조시키는 것이다. 하지만 연작의 성공 이면에는 여전히 한국 사회의 현실이나 자본주의적 메커니즘에 자유롭지 못한 대중들의 우울한 자화상을 담고 있다. 대중소설이 대부분 안고 있는 한계를 지나 이제 우리 사회는 글쓰기 환경조차 상업주의적 마케팅 전략의 일부분으로 점차 변화되고 있는 것이다.

4. 인터넷 소설과 10대끼리의 문화형식

최근 대중소설에서 주목을 받고 있는 것은 단연 인터넷 소설이다. 인터넷 소설은 말 그대로 인터넷 매체와 특정한 문학 양식이 결합한 새로운 문학장르이다. 전세계로 뻗어 있는 거미줄(World Wide Web), 즉 인터넷은 현대 과학기술문명이 배태한 새로운 매체이다. 하지만 이제 그것은 과학기술의 차가운 매체적 속성을 넘어서 그 자체의 고유한 생산구조로 거듭 태어나고 있다. 그렇기에 인터넷 소설은 현실세계나 종이책, 심지어 과거의 통신문학과는 다른 방식으로 사유하고 공감하며 자신들의 욕망을 표출한다. 특히 귀여니의 작품들은 2003년 상반기부터 10대 청소년층에게 폭발적인 인기를 얻고 있다. 『그 놈은 멋있었다』가 출간된 지 20여 일만에 판매량이 15만부를 넘어서고, 뒤이어 『늑대의 유혹』, 『도레미파솔라시도』, 『내 남자친구에게』가 성공 가도를 이어나가면서 귀여니 열풍이 계속되고 있다.22) 이러한 열풍을 이끌어 내고 있는 이유가 무엇인지 『그 놈은 멋있었다』를 대상으로 살펴보기로 하자.

첫째, 『그 놈은 멋있었다』는 로망스의 공식만을 사용한 정크 픽션이라는 점에서 로망스에 친숙한 수용자들이 인터넷 매체와 발빠르게 조우하거나 창작하는 일까지 가능하게 했다는 점이다. 로망스는 보통 한 쌍의 남녀 사이에 일어나는 연인 관계의 발전에 초점을 두는 문학적 공식이다.23) 로망스의 주인공들은 부유하고 높은 사회적 지위를 갖춘 남성과 젊고 아름다운 여성이 대부분이다.24) 그러나 이 소설의 주인공들은 이러한 공식성을 수용자들의 취향에 맞게 조정된 인물들이다.

남성 주인공 지은성은 "흰 얼굴, 짧게 올려 세운 노란 머리, 쌍꺼풀은 없지만" "눈 땡그랗고 가스나들 보다 더 이쁜" 반항아 꽃미남으로 상고의 "4대 천왕 짱"이다. 이에 비해 여성 주인공 한예원은 "귀 밑으로 단정하게 넘긴 머리, 펑퍼짐한 교복치마, 줄줄 흐르는 마이, 70퍼센트 가량은 안경 착용"하는 도일여고에서 "희귀 동물"로 취급받을 만큼

---

22) 『그 놈은 멋있었다』는 귀여니의 첫 번째 인터넷소설이지만 출간은 두 번째 소설인 『늑대의 유혹』이 먼저 이루어졌다. 귀여니 소설들의 출판 시기를 구체적으로 살펴보면, 『늑대의 유혹』은 2002년 12월, 『그 놈은 멋있었다』는 2003년 3월, 『도레미파솔라시도』는 2003년 6월, 『내 남자친구에게』는 2003년 12월로 짧은 기간 동안에 집중되어 있다. 그것은 인터넷 소설의 출판이 인터넷상에 연재된 이후에 이루어진다는 특성 때문에 가능한 것이지만, 다른 한편으로는 귀여니 소설의 열풍이 그만큼 크게 영향을 끼쳤다고 볼 수 있다.

23) John G. Cawelti, 앞의 책, pp.41~43.

24) 재크린 살스비, 박찬길 옮김, 『낭만적 사랑과 사회』, 민음사, 1985, 234쪽.

공부에는 도통 관심이 없고 "곰대가리"라 불릴 만큼 평범한 외양을 가진 여학생이다. 이처럼 주인공들은 상고와 여고, 꽃미남과 평범녀, 부유층과 소시민층이라는 비대칭적인 사회적 조건들을 두루 지니고 있다. 이러한 비대칭성은 10대 수용자들의 관심 영역을 반영함과 동시에 반향을 이끌어내는 요인으로 작용한다. 그러니까 비대칭적인 인물 설정방식은 주인공들의 만남을 보다 극적이고 낭만적으로 받아들이게 한다. 그들이 낭만적 사랑을 성취해 나가는 과정에 몰입하면서 수용자들은 자신들이 꿈꾸는 사랑을 대리 만족하게 되는 것이다.

주인공들의 사랑은 로맨스의 구조적 특징이 그러하듯 사회적이거나 심리적인 장애를 극복하는 과정에 초점화된다. 이 소설에서는 주인공들 사이의 오해, 다른 작중인물들의 질투, 지은성이 지닌 과거의 상처 등이 뒤얽혀 사랑의 장애를 겪는다.

> "은성이가 왜 김효빈의 그런 요구를 받아들였을 거라고 생각하는데……?"
> "……."
> "너 때문이라고! 병신아! 아빠가 에이즈로 죽었다는 사실이 알려지면 떠나버릴지도 모르는 너 때문에, 그게 두려워서 그렇게 헛소문 퍼질 때도 가만히 있었던 거라고! 알기나 해?! 근데 고작 그런 이유라고?"
> "……나 그런 이유로 아니, 아니! 은성이가 에이즈 걸렸다 해도 은성이 안 떠나. 절대로 안 떠나. 그러니까 나 이제 김효빈한테 가봐도 되는 거지? 김효빈은 내가 떠날 거라고 생각해서 나한테 말하려고 나 찾는 거잖아. 근데……지구 멸망한다 해도 그럴 일 없으니까 이젠 나 김효빈한테 가 봐도 되는 거지? 맞지, 그런거?"[25]

인용문에서 지은성의 친구 현성은 오해의 실마리를 제공하고 있다. 예원이 은성의 생일잔치에 가지 못한 후, 은성은 예원의 소꿉친구 정

---

25) 귀여니, 『그 놈은 멋있었다』 1권, 황매, 2003, 196쪽.

민과의 관계를 의심하고 예원은 그날 은성의 옛 연인 김효빈과의 불미스러운 일에 대해 발끈한다. 이러한 상황에서 예원은 공고 학생들과 패싸움을 하고 입원한 은성에게 김효빈의 부탁대로 결별을 선언한다. 하지만 정민이 도미한 후 그들은 화해하고, 예원은 바뀌 간 은성의 핸드폰에서 현성의 이상한 문자메시지를 확인한다. 이를 계기로 현성을 만나 김효빈의 계책과 거기에 숨겨진 은성의 비밀, 그러니까 "아빠가 에이즈로 죽었다는 사실"을 알게 되면서 주인공들의 사랑은 새로운 국면에 접어든다. 이처럼 주인공들의 장애는 복잡하게 얽힌 연애의 삼각관계보다는 은폐된 지은성의 상처들이 갈등의 국면을 심화시키는 근본적 요인으로 부각되어 있다. 김한성의 개입 또한 신해빈 사건을 예원에게 알려줌으로써 지은성이 우정 때문에 김효빈과 사귀게 되었음을 알려주기 위한 장치이다.

이처럼 주인공들의 갈등은 지은성이 감추고 있는 상처들을 사랑을 통해 극복하는 과정의 산물이다. 지은성의 상처는 복잡한 삼각관계로 얽혀 있는 작중인물들의 오해와 질투를 심화시키는 동시에 해결의 실마리를 제공한다. 주인공들의 사랑은 이러한 과정을 통해 보다 견고해지며, "5년 후"까지도 지속된다. 이러한 해피앤딩이라는 결말은 부수적 인물들, 그러니까 주인공들의 친구 경원과 김승표, 정민의 누나 이정은과 예원의 오빠 한승표가 사랑을 성취하는 과정을 그린 '번외편'에서도 확인할 수 있다.26)

---

26) 경원과 김승표의 사랑은 「비밀일기」와 「오랜만에」에서, 그리고 이정은과 한승표의 사랑은 「어느 바보의 사랑」에서 각각 다루고 있다. 이처럼 귀여니 작품들은 대부분 「번외편」을 따로 두고 있다. 「번외편」은 롤플레잉게임처럼 부수적 인물들이 사랑을 성취하는 과정을 담거나 앞선 이야기에서 미진했던 결말을 해피앤딩으로 처리하는 등 다분히 이야기 이어나가기의 성격을 지닌다. 이것은 『그 놈은 멋있었다』를 시작으로 귀여니의 작품들이 모바일 게임으로 전환될 수 있는 근거이기도 하다.

이렇듯 로망스의 공식성은 이 소설의 구조적 특질과 성격을 가늠하는 기준이다. 그것은 로망스의 공식성만을 사용하는 정크 픽션이 인터넷 매체와 발빠르게 조우하여 창작될 수 있는 요인이다. 정크 픽션 작가들은 특정한 공식성만을 사용하기 때문에 많은 작품들을 단 시간 내에 창작할 수 있다. 수용자들 또한 특정 장르에 익숙한 경우가 대부분이고 그것을 배타적으로 선호하기 때문에 그러한 작품들을 소화해내는 데 무리가 없다. 이러한 점은 인터넷 매체 자체의 특성에 기대어 사유하고 공감하는 10대 청소년층을 소설의 주요한 창작층으로 이끌어내었다. 인터넷 소설 대부분은 전문적인 작가수업이나 비평가의 검증을 거치지 않은 아마추어 작가들에 의해 창작된다. 다음카페의 연애소설창작실, 유머나라, 소설나라 등 인터넷 소설방만 보더라도 독자로 머물기를 거부하는 신인작가들이 대거 등장하고 있다. 그만큼 작가들의 평균 나이도 낮아지고 있는데, 귀여니(본명 이윤세)의 경우도 고등학교 2학년 재학시절부터 다음카페의 유머나라(cafe.daum.net/noveloflove)를 통해 소설을 써온 아마추어 10대 작가이다.[27] 이처럼 인터넷 소설은 새로운 매체인 인터넷에 익숙한 세대가 평이한 로망스의 장르적 관습을 수용하는 데 그치지 않고 그들의 취향에 맞게 변용하여 창작하는 적극적인 수용자의 면모를 보여준 소설이라 하겠다.

둘째, 놀랄만한 우연의 일치나 충격적인 사건들을 가볍고 경쾌하게 접근하려는 수용자들의 취향에 맞게 다룸으로써 과도한 서사의 반전을 오히려 무리없이 소화해내고 있다는 점이다. 인터넷 소설은 온라인 상에서 연재 형식으로 상재되고 조회 수에 민감하게 반응하면서 향유된다. 그러나 인터넷 소설은 신문소설처럼 집필계획을 철저하게 세우

---

27) 작가의 연령층 하락은 인터넷상에서조차 소설적 완성도나 문학성에 대한 논란 을 부추기는데, 이는 인터넷 소설의 놀이문화적 특성을 간과한 결과라 하겠다.

고 연재하는 경우가 드물다. 오히려 조회 수를 통해 수용자들의 반응을 확인하고 또 그들의 요구에 적절하게 대응하며 이루어진다. 인터넷의 쌍방향적인 소통구조가 창작과 향유과정 전반에 영향을 미치는 것이다. 그렇기에 인터넷 소설은 과도할 만큼 극적 변화들을 꾀해서라도 속도감 있는 사건을 전개해 나가야 한다.[28] 그리고 그것은 이야기의 긴장감과 재미를 추구하는 것이어야 한다. 따라서 인터넷 소설에서 극적 변화들은 많은 부분 우연한 사건이나 인물의 등장을 통해 이루어지며, 곧잘 지나친 폭력성을 동반하기도 한다.

> 헙. -_-^ 털 세 가닥이 내 입을 막고 날 끌고 가려 했다. 엄니! 막내딸 예원이 털 세 가닥한테 겁탈 당하게 생겼시유. ㅠㅠ 눈물이 마구 쏟아졌다. 그 털 세 가닥은 날 자신의 차 앞좌석에 집어던졌다. ㅜㅜ 그 털 세 가닥의 차는, ㅜㅜ 차는, ㅜㅜ 화물 트럭이었다.
> "아저씨 왜 그러는데요. 살려주세요. ㅠㅠ"
> "누가 죽인댔나. ^.^"
> 허억. 그 미.친.놈.이 차에 시동을 걸었다. 부릉릉릉. 한예원의 꿈 많던 10대여 안녕. 털 세 가닥에게 붙들려 꿈을 잃는구나. ㅠ.ㅠ 으헝.
> "뭐야, 저거."
> ㅎ.ㅎ 털 세 가닥이 흠칫 놀랜 목소리로 중얼거렸다. 유리창에 비친 니 얼굴이겠지. -_-^
> "어? 은성이 여자친구 맞다!"
> >_< 촐랑아! 그랬다. 깡충깡충 발돋움하며(운전석이 높았다) 창문을 통해 차안을 보고 있는 촐랑이었다. 우리 귀여운 촐랑이 왔구나!! ㅠ.ㅠ[29]

인용문은 한예원이 납치를 당할 뻔한 대목이다. 그녀는 인터넷 카페

---

28) 이것은 컴퓨터의 지각방식이 속도를 중시하는 점과 관련이 있다. 인터넷 상에서 지각은 일종의 스캐닝처럼 작용함으로써 그러한 지각에서는 세계의 사물의 재현이 아니라 관계들의 검토가 중시된다. 최문규, 『문학이론과 현실인식』, 문학동네, 2000, 418쪽.
29) 귀여니, 앞의 책, 35쪽.

다모임에 리플을 달았다가 지은성에게 위협을 당한다. 이를 피해 자율학습을 빼먹고 담장을 뛰어넘다 이뤄진 첫 키스 때문에 그의 여자 친구로 "낙점"된다. 그러나 지은성의 일방적인 결정은 예원이 순순히 따를 수 없을 만큼 타당성과 신빙성이 결여되어 있다. 이러한 상황에서 한예원 납치사건이 일어난다. 밤중에 공중전화박스 앞에서 "털 세 가닥"은 원조 교제를 요구하다가 그녀를 납치하기에 이른다. 이때 지은성과 친구들이 우연히 그 자리에 나타나고 시동이 걸린 트럭에 돌을 던져 "겁탈 당"할 위험에 빠진 예원을 구해준다. 이 사건은 지은성이 그녀를 여자친구로 여기고 있으며 나아가 끝까지 '수호천사'의 역할을 할 것임을 보여준다. 이로써 그녀는 지은성을 남자 친구로 인정하게 되는 것이다. 이처럼 한예원 납치사건은 납치라는 비합법적 의미보다는 그들이 관계를 상호 인정하는 과정의 산물이다. 그러므로 납치사건을 둘러싼 우연성과 폭력성은 그들의 만남을 보다 극적이고 운명적이게 만드는 데 조력하는 서사적 장치에 불과하다 하겠다.

여기에서 사건의 심각성에 비해 가벼운 접근태도는 주목할 만하다. 납치는 개인을 위험으로 내모는 급박한 상황이다. 그러나 납치를 당하는 상황에서도 한예원의 태도는 납득하기 힘들 만큼 진중하지 못하다. "엄니! 막내딸 예원이 털 세 가닥한테 겁탈 당하게 생겼시유"라든가 "한예원의 꿈 많던 10대여 안녕" 등의 진술은 상황의 심각성을 제대로 실감하지 못할 만큼 여유있는 태도이다. 이것은 인터넷 소설의 서사를 추동시키고 향유하는 중요한 자질로 보여진다. 인터넷 소설에서는 사건 정황을 객관적으로 접근하여 무겁게 진술하기 보다는 작중인물의 내적 진술이나 대화를 중심으로 가볍고 경쾌하게 이끌어나간다. 이러한 가벼움과 경쾌함은 과도한 극적 전환이 속도감 있게 거듭되는 사건 전개방식을 수용자들이 대수롭지 않게 받아들이게 한다. 그것은 영상

매체에 익숙한 수용자들의 발랄한 감수성을 자극하고 환기시키는 데 조력하기 때문이다. 이러한 특성은 인터넷 소설 작가가 짧은 기간 동안 연재 분량을 감당해가며 창작할 수 있는 근거이기도 하다.

셋째,『그 놈은 멋있었다』는 10대들만의 체험들을 재제로 삼아 소망의 기제로 풀어내는 '10대들끼리의 문화형식'를 형성하고 있다는 점이다. 이 소설에서는 10대들이 일반적으로 가지는 세대적 특성, 그러니까 기성 세대에 대한 반항, 이성에 대한 호기심, 변화하는 외모에 대한 관심, 학교 생활로부터 일탈하고 싶은 마음, 계산적이지 않은 치기와 건방진 태도, 거칠고 껄렁껄렁한 행동에 대한 숭배 등이 그대로 묘사되어 있다.[30] 이러한 세대적 특성들은 인터넷 소설에서 여과없이 드러내면서 10대들만의 수용 코드이자 문화로 형성시키는 데 조력한다.

『그 놈은 멋있었다』는 학교 제도의 일탈과 도전을 서사적 배경으로 삼는 특성을 보여준다. 한국사회에서 10대들의 지배적 주거공간은 집이 아니라 학교이다. 학교는 학생들에게 획일적이고 강압적인 형태로 제도 교육을 수행하는 장으로 자리매김하고 있다. 그러나 1990년대 말부터 문제가 된 학교폭력이나 왕따 현상은 제도교육에 대한 심각한 도전의 양상으로 자리잡고 있다. 이것은 제도교육이 학생들을 계몽의 대상으로 규정짓고 그들의 삶을 강제하는 것을 주저하게 한다. 인터넷 소설은 이러한 상황을 극대화시킴으로써 수용자들에게 폭발적인 인기를 얻고 있다고 보여진다.

더욱이 인터넷 소설의 수용자들 대부분은 차가운 기계인 컴퓨터와 따뜻한 대화를 시도하고 즐기는 데 익숙한 세대이다. 그들은 종이책을 한 장 한 장 넘기는 대신 온라인상에서 스크롤 바를 따라 내려가며 텍

---

30) 김외곤, 「사이버 문학과 국어교육」,『국어교육학연구』제17집, 국어교육학회, 2003, 224쪽.

스트와 따뜻한 대화를 욕망한다. 금기와 규제로 가득 찬 오프라인상의 세계를 가로질러 그들만의 사유방식과 감성들이 자유롭게 교감할 수 있는, 온라인상의 새로운 질서를 만들어나가는 것이다.

따라서 인터넷 소설은 대부분 학생 신분인 10대 청소년층이 새로운 가상공간 속에서 스스로 계몽의 대상이기를 거부하고 해방의 주체로 나서고자 하는 갈망을 전면화시킨 결과로 볼 수 있다. 이때 해방의 정신은 무거움 대신에 가벼움을, 우울함 대신에 경쾌함을, 합리적 이성 대신에 혼란한 감성을 근저에 둔다. 그렇기에 인터넷 소설은 당면한 현실을 치열하게 고민하고 진지하게 접근해야 한다는 미학적 명제보다는 지배적 문화를 탈영토화한 10대들끼리의 놀이문화로 접근할 필요가 있다.31) 놀이는 시공간적으로 실제적 삶과 현실적 이해관계에서 벗어나 순수하게 자발적인 행위로 성립하는 가상세계의 창조행위이다. 놀이의 총체성은 이러한 놀이의 독립성과 함께 그 자체로 완결된 자족적 세계라는 데에서 찾아야 한다.32) 10대들끼리의 놀이문화로서 인터넷소설은 학교제도로부터 이탈하는 탈영토화와 접속과 탈코드화를 통해 가상 공간에서 현재의 자아를 갈망하는 새로운 자아로 재구성하여 즐기는 특성을 보여주는 것이라 하겠다.33)

이러한 점에서 『그 놈은 멋있었다』는 주인공들의 사랑과 성취에 대한 갈망만을 문제삼고 그만큼 도드라져 있다. 특히 지은성은 제도교육의 장에서 원하든 원하지 않든 피해자로 살아가는 10대 청소년층에게

---

31) 이러한 맥락에서 인터넷 소설을 소설이라는 문학성이 아니라 컨텐츠라는 측면에서 접근해야 한다는 주장은 경청할 만하다. 문현정, 「인터넷 소설, '소설'이라 부르지 마라」, 『미디어다음』, 2003.7.29.
32) J. 호이징하, 김윤수 옮김, 『호모 루덴스』, 까치, 1998, 12쪽과 최유찬, 『컴퓨터게임의 이해』, 문화과학사, 2002, 22~24쪽 참조.
33) 고길섶, 『소수문화들의 정치학』, 문화과학사, 1998, 86~87쪽.

선망의 대상으로 재구성되면서 부각된다. "학주"의 존재를 위협적으로 느끼고 피하기보다는 당당하게 맞서 자신의 의견을 피력한다는 점, 수려한 미모에도 불구하고 학교폭력에 유연하게 대처할 수 있는 힘과 능력을 갖추고 있다는 점, 한예원을 보호하는 일을 제 목숨처럼 여긴다는 점에서 다분히 '반항아'와 '수호천사'의 자질들을 성공적으로 결합시킨 인물이다. 이러한 인물은 실제 현실에서는 좀처럼 찾아보기 힘들다는 점에서 10대 청소년층, 특히 여학생들에게 선망의 대상으로 자리매김하기에 충분하다. 수용자들은 작품 속에서 학교를 둘러싸고 겪는 억압적 현실에 대한 도전의 묘미와 일탈의 해방감을 즐기며 자신의 사랑을 실현하는 작중인물을 통해 대리만족하는 것이다.[34]

이러한 인터넷 소설『그 놈은 멋있었다』의 인기몰이는 우선, 대중문화의 세례를 흠뻑 받고 자라난 수용자들이 욕망하는 사회문화적 기호에 부응함으로써 급물살을 타는 특성을 보여준다. 인터넷소설의 전사로 평가되는 '팬픽 인터넷소설'은 실재하는 특정 연예인을 소설의 주인공으로 삼은 소설이다. 이와 유사한 형태로 인기작품이나 TV 쇼, 영화 등에 기반해 창작된, 원본에 필적할 복사본인 '팬 픽션(fan fiction)'이나 게임 속에 등장하는 캐릭터들을 주인공으로 한 소설인 '겜픽(gamefic)' 등도 온라인 상에서 창작·향유되고 있다. 이러한 사실은 문화적 기호가 현실세계에서 잠재된 독자들의 욕망을 불러일으키는 아이콘이자 서사를 추동하는 원리로 작용하고 있음을 보여준다.『그 놈은 멋있었다』의 경우, 요코 카이오(Yoko Kamio)의 만화『꽃보다 남자』(원제:花よノ男子)[35]를 표절했다는 논란이 제기될만큼 작중인물의 설정과

---

34) 여기에서 그들의 사랑은 '수호천사'의 이미지를 지나치게 강조하고 비약시키는 일면을 보인다. 이것은 사랑이 본연의 의미를 탈각하고 상대방을 소유하는 과정인 양 비쳐질 위험까지 안고 있다. 하지만 인터넷 소설의 묘미를 살려내는 과정에서 그것은 크게 문제되지 않는다.

서사 전개방식에 유사성을 보여준다. 그것은 대중문화의 기호들이 인터넷 소설의 창작과정에 영향을 미치고 있음을 보여준다. 그렇기에 인터넷 소설의 인기는 수용자들의 잠재된 욕망을 해석하고 설명해줄 수 있는 동시대의 사회문화적 맥락 속에서 존립 가능한 것이라 하겠다.

더욱이 오프라인 상에서 인터넷 소설의 성공은 이러한 사회문화적 기호를 영화, 드라마, 만화, 게임 등 다양한 매체들과 발빠르게 결합하면서 10대끼리의 문화 카르텔을 형성하고 있다. 『그 놈은 멋있었다』가 일약 베스트셀러로 부상하자 곧 영화 제작(송승헌, 정다빈 주연)에 들어갔으며, 뒤이어 『늑대의 유혹』(조한선, 강동원 주연) 뿐만 아니라 연재 중이던 『내 남자친구에게』까지 영화 제작을 이끌어냈다. 이러한 양상은 다른 대중매체에도 영향을 미쳐 『그 놈은 멋있었다』는 만화와 모바일게임(연애시뮬레이션)으로도 선보이게 되었다. 이러한 측면에서 볼 때 인터넷 소설은 고유한 문학적 영역을 뛰어넘어 문화적 콘텐츠로 부상하고 있다 하겠다.

그리고 오프라인 상에서 『그 놈은 멋있었다』의 성공은 자본주의적 메커니즘 속에서 분배 · 소비되는 특성을 강하게 보여준다. 인터넷 소설은 창작물을 인터넷에 올리는 순간 방문회수와 조회수를 통해 수용자들의 즉각적인 반응을 확인할 수 있다. 사이버 공간에서 숫자 자체는 이미 해석이고 평가이다. 익명적 수용자가 드나든 숫자들은 인터넷 소설을 평가하고 작가들을 고무시켜 다음 글쓰기로 이끌며, 글 또한 특정 웹페이지에 권위를 부여하기도 한다.36) 귀여니의 경우처럼 성공

---

35) 『꽃보다 남자』는 일본에서 만화, 애니메이션, 극장판 등을 통해 인기를 끌었으며, 대만에서는 「유성화원」이란 제목의 드라마로 제작되었다. 우리나라에서는 만화로 제37집까지 출판 · 보급되었으며, 대만 드라마가 지난 2003년 중앙방송을 통해 방송된 바 있다.
36) 서동욱, 「인터넷 시대의 소통과 책임성」, 『세계의 문학』 95호, 2000년 봄호, 42쪽.

적인 인터넷 소설은 팬(fans)이라는 특정한 수용자층을 쉽게 형성한
다.37) 팬은 특정한 대중소설이나 장르를 선호하는 수용자들의 소모임
이다. 그들은 쉽게 결성되지만 강력한 협조력을 발휘하는 부정형적(不
定型的) 존재이다. 팬은 특정 장르에 문외한인 수용자들에게는 유용한
정보를 제공하고 반대입장에 선 팬에게는 자신의 목소리를 분명하게
밝힌다. 그렇기에 팬은 대중소설의 적극적인 수용자로 특정 장르소설
의 발전에 일정 부분 기여하고 있다.38) 그러나 성공적인 인터넷 소설
의 진입은 지배 문화에 대한 역능적 기능과 해방의 정신을 간직한 놀
이문화의 특성을 상실하고 속물적인 성공의 계기로만 작용할 수 있다.
인터넷상의 수용자들은 웹페이지를 떠다니는 익명적 대중이라는 점에
서 그들의 호흡은 짧다. 때문에 그들은 심각하고 진지한 글을 원하지
않는 경우가 대부분이다. 인터넷 소설은 이러한 수용자들의 기질과 취
향에 걸맞게 오락성과 선정성을 강화시킨다. 이것은 오프라인으로 출
간된 인터넷 소설이 상업적인 출판사의 전략과 쉽게 조우할 수 있는
이유가 된다.

인터넷 소설의 상업적 성공은 1994년 이우혁의 『퇴마록』의 열풍 이
후 새로운 출판경향을 이미 예고하고 있었다. 최근 인터넷 소설들은
출판사들이 제시하는 등급화 기준에 따라 출판여부가 결정되고 있다.
출판사들은 인터넷 소설의 조회수가 50만이 넘으면 A급, 10~50만 사

---

37) 귀여니 소설은 팬(fans)과 안티팬(anti-fans)이 대별되는 양상을 보여준다. 대표적인 팬
　　카페는 '귀사모(cafe.daum.net/rnlduslsla)'로 2001년 10월 22일 개설된 이래 933,344명
　　의 회원이 이에 동참하고 있다. 이에 반해 안티 팬들은 '귀여니 안티동맹
　　(http://www.antilee.lil.to)'을 결성하고 있으며, 대표적인 안티팬 카페는 2003년 5월 3
　　일에 개설되어 19,994명의 회원이 등록되어 있는 '안티 귀여니(cafe.daum.net/antigy)'
　　와 2002년 7월 27일에 개설되어 4,653명의 회원을 가진 '이모티콘소설 안티
　　(cafe.daum.net/crazycafeda)'가 있다.
38) Thomas J. Roberts, 앞의 책, pp.77~79.

이를 B급, 그 이하를 C급으로 분류하고 있다. 지금까지 출간된 책의 작가는 대부분 1급과 2급이다. 이들 작가들에게는 팬이 만든 수많은 동호인 카페가 있으며, 팬 카페의 회원 수도 보통 10만 명을 상회한다. 출판사들은 이러한 팬 카페의 상당수가 책을 살 것을 상정하고 책을 출간한다. 수용자들이 이제까지 보지 못했던 작품을 읽기 위함이 아니라 온라인 상에서 이미 보았던 작품을 책의 형태로 소장하기 위해 인터넷 소설을 구입하는 것이다. 즉 인터넷의 조회수는 곧 출판사의 상업적 성공을 담보한다. 이것은 1990년대 후반 인터넷 출판시장의 확대로 열악한 재정 상황에 직면한 출판사들이 인터넷 소설을 안전한 상업적 성공의 디딤돌로 삼는 가장 큰 이유이기도 하다. 더욱이 인터넷 소설이 다양한 매체들과 발빠르게 결합하면서 성공하고 있다는 점은 이러한 상업적 성향을 더욱 부추기고 있다 하겠다.

『그 놈은 멋있었다』를 비롯한 인터넷 소설은 그들만의 언어들, 이를 테면 통신어와 이모티콘, 욕설, 은어, 비문법적인 문장 등으로 쓰여지고 향유되지만, 그것이 오히려 10대들끼리는 충분한 재미와 공감을 느끼는 코드로 작용하고 있다.[39] 인터넷이라는 새로운 매체와 상상력으로 창작·향유되는 인터넷 소설은 그야말로 '10대들의, 10대에 의한,

---

[39] 인터넷 소설에서 사용되는 언어, 특히 이모티콘 문제는 '한글파괴냐 개성이냐'를 놓고 여전히 논란을 거듭하고 있다. 사용을 반대하는 네티즌들 사이에서 '이모티콘 안티(cafe.daum.net/crazycafeda)'가 활성화되고 '외계어출판소설불매서명운동'이라는 카페에서 서명운동을 벌이고 있으며, 정부에서도 '국어기본법' 제정이라는 대책을 마련하고 있다. 반면 '외계어는 10대들의 개성이자 인터넷 문화'라는 기치 아래 외계어를 소개하고 외계어를 만드는 법을 알려주는 '외국어를 퍼가세요2%'라는 카페까지 생길 정도로 찬성하는 견해 또한 만만치 않다. 이러한 상황은 설문조사에서도 비등한 결과를 도출하고 있다. 학교 커뮤니사이트 다모임(www.damoim.net)이 2003년 12월 1일부터 4일까지 회원 16,483명을 대상으로 설문조사를 한 결과, 55%가 '맞춤법을 지켜야 한다'고 답한 반면, 45%는 '맞춤법은 중요하지 않다'고 응답했다. 이처럼 네티즌들조차 인터넷 소설의 언어문제에 대한 입장은 논란거리라 하겠다. 강희중, 「네티즌 45%, '인터넷소설 맞춤법 중요하지 않다'」, 『inews24』, 2003.12.5.

10대들이 원하는 사랑이야기'인 것이다. 하지만 고유한 문학성에 대한 재기발랄한 도전을 보여주고 있는 그들만의 세대 문화가 속물적 성공만을 노리고 창작될 위험을 배태하면서 놀이문화의 본질과 문화적 콘텐츠로서의 가능성을 어떻게 조우시킬 지는 추이를 지켜봐야 할 일이다.

5. 당대 대중소설의 새로운 지평을 위하여

이 글은 2000년 이후 대중들에게 큰 반향을 일으켰던 대중소설들을 대상으로 삼아 수용자의 취향을 고찰하는 데 목적을 두었다. 그 결과를 요약하면 다음과 같다.

조창인의 『가시고기』가 수용자의 폭넓은 반향을 이끌어낸 이유는 우선, '가시고기'라는 미지의 제재를 통해 수용자들의 관심을 환기함으로써 리얼리티를 새롭게 확보하고 있다는 점이었다. 그리고 정호연의 시점뿐만 아니라 다움이의 시점을 교차시킴으로써 수용자들에게 소설적 접근을 용이하게 할 뿐 아니라 폭넓은 공감대를 조성하는 데 조력하고 있었다. 마지막으로 작중인물들의 한계상황을 극복하는 대안으로 '가시고기'와 같은 희생적인 부성을 새롭게 부각시켰다는 점이었다. 여기에서 희생적인 부성은 모성을 탈각한 이기적인 여성과 선악의 이분법적 대립을 보여주는데, 이것은 한국사회에서 전통적인 가족을 소환하는 남성지배의 변화된 방식을 짐작하게 하였다. 아울러 소설 외적으로 IMF 이후 경제적 위기의식 속에서 실추된 부권을 되살려내는 '아버지 신드롬'의 영향권에 있었으며, 중앙 방송매체를 통해 다양한 형식으로 제작·방송되면서 수용자의 연령층과 향유방식을 다양하게 이끌어냈다는 점을 지적할 수 있을 것이다.

둘째, 김하인의『국화꽃 향기』연작이 연애소설을 선호하는 수용자들, 특히 20대 전후의 미혼 여성층에게 어필한 이유는 우선, 남녀 주인공이 대칭적인 사회적 능력과 자질을 갖춤으로써 수용자들이 선망하는 남성상과 여성상에 조응하고 있다는 점이었다. 그리고 순정파 남성의 영원한 사랑이 신세대적 사랑방식과 대비되면서 수용자들에게 사랑에 대한 대리만족과 환상을 선사하고 있다는 점을 지적할 수 있겠다. 여기에서 순정파 남성인 승우의 사랑법은 수용자들이 욕망하는 남성상과 사랑의 실체에 접근하여 영원한 사랑에 대한 절대적 승화를 이끌어내고 있었다. 마지막으로 연애소설의 구성적 원리보다는 수용자들의 감성과 정서를 파고드는 매개와 방식을 활용하여 서사를 무리없이 전개시키고 있었다는 점을 들 수 있다. 아울러 소설 외적으로 IMF 이후 만연한 복고적이고 서정적인 문화적 분위기에 힘입고 있었다. 특기할 만한 일은 이 소설이 자본주의적 메카니즘에 따라 창작되고 향유하는 데 성공한 경우라는 점이었다. 그것은 인기드라마「가을동화」가『국화꽃 향기』의 일부를 차용함으로써 수용자들의 관심을 더욱 불러일으켰다.

셋째, 귀여니의『그 놈은 멋있었다』가 인터넷 매체 자체의 특성에 기대어 사유하고 공감하는 10대 청소년층에게 어필했던 이유는 첫째, 로맨스의 공식만을 사용한 정크 픽션이라는 점에서 로맨스에 친숙한 수용자들이 인터넷 매체와 발빠르게 조우하고 창작하는 일까지 가능하게 했다는 점이었다. 그리고 놀랄만한 우연의 일치나 충격적인 사건들을 가볍고 경쾌하게 접근하려는 수용자들의 취향에 맞게 다룸으로써 과도한 서사의 반전을 오히려 무리 없이 소화해내고 있었다. 마지막으로 10대들만의 체험들을 제재로 삼아 소망의 기제로 풀어내는 '10

대들끼리의 문화형식'을 형성하고 있었다는 점을 들 수 있다. 이러한 인터넷 소설의 인기몰이는 대중문화의 세례를 흠뻑 받고 자라난 수용자들이 욕망하는 사회문화적 코드에 부응하는 동시에 다양한 매체들과 발빠르게 결합하면서 10대끼리의 문화 카르텔을 형성한 데 힘입고 있었다. 그리고 오프라인 상에서는 자본주의적 메커니즘 속에서 분배·소비되는 성공의 이면을 보여주었다.

이상의 결과를 통해 볼 때 2000년 이후 한국 대중소설의 특성은 첫째, 작중인물의 설정방식이 수용자들의 변화된 취향을 반영함과 동시에 반향을 이끌어낸 주요한 요인으로 작용하고 있다는 점이다. 『가시고기』의 희생적인 아버지, 『국화꽃 향기』의 순정파 남성, 『그 놈은 멋있었다』의 반항적인 수호천사형 남성은 모두 수용자들이 갈망하는 이시대의 남성상을 대변하고 있었다. 특히 권위적이고 강력한 남성상보다는 부드럽고 배려할 줄 아는 남성상을 욕망하는 수용자들의 변화된 취향이 도드라져 보였다. 그러나 이러한 취향의 코드 속에 여성상은 여전히 전통적인 제도적 관념을 함축하고 있었다.

둘째, 당대의 사회적 분위기를 맥락화함으로써 수용자들의 관심을 이끌어내는 데 성공하고 있다는 점이다. IMF 이래 한국사회의 불안한 사회적 분위기가 『가시고기』에서는 '아버지 신드롬', 『국화꽃 향기』에서는 서정적이고 복고적인 사랑에 대한 갈망으로 코드화되고 있었다. 그리고 『그 놈은 멋있었다』에서는 학교 폭력이나 왕따 등 제도교육에 대한 도전 현상을 소설적 제재로 삼아 10대들의 문화 코드로 형상화하고 있었다.

셋째, 창작이나 향유과정에서 자본주의적 메커니즘의 개입이 두드러지고 있다는 점이다. 대중소설이 생래적으로 상업적 성격을 띠고 있지만, 2000년 이후 한국 대중소설은 그러한 자본주의적 메커니즘을 창작 과정에서부터 노골적으로 드러내기 시작하였다. 『국화꽃 향기』가 그 대표적인 예이지만, 『그 놈은 멋있었다』과 같은 인터넷 소설 또한 그러한 영향에서 자유롭지 못할 것임을 예측하기란 어렵지 않았다. 아울러 소설의 인기몰이에 다양한 대중매체의 영향을 받고 있음도 주목할 만한 현상이었다.

넷째, 수용자들의 폭이 상대적으로 국한되고 있다는 점이다. 2000년 이후 대중소설은 점점 특정한 성과 연령층을 대상으로 한 향유방식이 두드러지고 있었다. 『가시고기』가 폭넓은 성과 연령층을 아우르고 있었던 반면, 『국화꽃 향기』는 20대 전후 미혼 여성을, 그리고 『그 놈은 멋있었다』는 10대 청소년층, 특히 여학생층을 집중적인 공략하고 있었다. 이러한 사실은 앞으로의 대중소설이 특정 계층과 성을 공략하는 전략 상품으로 변질될 위험을 보여주는 것이기도 하다.

앞서 살폈듯이 수용자들의 취향은 대중소설을 전략화하는 기대지평의 중요한 자질이었다. 그것은 이미 시대적 흐름을 타고 변화된 지표들을 보여주면서 폭발적인 향유를 이끌어내고 있었다. 그러나 그 취향의 지표들을 다양하고 심도 있게 접근하지 못한 것은 수용자 연구가 지니고 있는 한계이다. 이 글을 통해 2000년 이후 대중소설이 드러내는 새로움의 자장을 가늠함으로써 앞으로 대중소설의 수용자 연구의 한 디딤돌을 놓을 수 있을 것으로 기대한다.

제2부

대중소설, 오래된 유혹의 심층

제1장

1930년대 후반 연애소설의 가능성과 한계
— 박계주의 『殉愛譜』를 중심으로

1. 1930년대 후반의 문학지형과 대중소설

1935년 카프의 해산 이후 한국 문단은 위기의 국면을 맞는다. 카프 해산은 프로 진영의 실질적 와해에만 그치지 않고 대립적 위치에 놓여 있던 민족 진영의 세력 약화를 초래하였다. 실제로 그것은 더 이상 이념적 문제나 현실적 문제를 문학작품에 형상화할 수 없음을 의미한다. 따라서 작가, 비평가들은 새로운 문학적 탈출구를 모색해야만 했다. 그러나 그것은 일제의 강압적 통제와 검열정책 아래에서 이루어져야 하는 한계를 지닐 수밖에 없다.

이러한 상황과 신문의 상업주의가 맞물려 당시 소설계에서는 대중 소설이 범람하게 된다. 이미 순수 소설과 대중 소설의 분화 현상은 1930년대 초반에 본격화되었으나, 1930년대 후반에 이르면 대중 소설 의 우위 현상이 두드러진다. 이광수, 김동인 등이 대중 소설의 창작에 매진하였고, 김래성은 본격적인 추리소설을 문단에 선보이기도 하였다. 특히 이 시기에는 신문 현상 공모를 통해 대중 소설, 특히 연애소설로 등단하는 신진 작가들이 많았다. 박계주는『매일신보』현상 공모에『순애보』가 당선, 연재됨으로써 당대의 독자들로부터 선풍적인 인기를 끈 대표적인 작가이다.

『순애보』에 대한 기존의 논의는 대부분 대중 소설이 지니는 부정적 함의에서 크게 벗어나지 않는다. 먼저 정한숙은 우연한 사건전개와 기독교적 윤리에 의한 사건 해결방식, 작중인물이 민족정신의 소유자라는 점 등을 들어 이 소설을 기독교적 사랑에 의한 인간의 절대적 애정을 다룬 작품으로 규정하였다.1)『순애보』를 순정과 애욕에만 초점을 둔 순통속 소설로 분류한 조동일의 견해는 같은 맥락에서 이해할 수 있다.2) 홍정선은 이 작품이 이광수의『사랑』을 베낀 것에 불과할 뿐만 아니라 작품 상에서 보여 준 정서의 과잉상태, 우발적인 사건 남용, 보편적인 휴머니즘은 작가가 당대의 사회정치적 상황을 의도적으로 회피하고 자신의 세계 속에서 안이하게 독자들을 끌어들이기 위한 것이었다고 혹평했다.3) 이보영도, 박계주의 기독교정신과 작품과의 관련성을 분석·고평했던 임영천4)과는 대조적으로 작가의 이기적인 기독교정신이 위선적인 성격을 보여주고 있다고 평가했다.5) 이러한 평가들은 대중 소설이 지니는 독자추수적·현실도피적·상업지향적 성격 등에 대한 비판이라는 점에서 공통적이다. 다시 말하면 대체로 기존의 연구는『순애보』의 미적 구조나 연애소설적 특성에 대해서는 소홀하

---

1) 정한숙, 「대중소설론」, 『현대한국소설론』, 고려대출판부, 1993, 132~139쪽.
2) 조동일, 「통속 연애소설의 기본형」, 『한국문학통사』 제5권, 지식산업사, 1997 3판.
3) 홍정선, 「한국 대중소설의 흐름」, 『역사적 삶과 비평』, 문학과지성사, 1986, 145~151 쪽.
4) 임영천, 「이용도와 한국문학과의 관계─박계주의 『殉愛譜』에 나타난 이용도의 기독교 사상을 중심으로」, 『인문과학연구』 11집, 조선대 인문과학연구소, 1989.
5) 이보영, 「기독교문학의 가능성」, 『한국소설의 가능성』, 청예원, 1998, 20~33쪽.

게 취급하였다. 최근 김영찬이 『순애보』를 애정통속소설로 보아 그것
의 내적 원리와 이데올로기적 성격을 분석한 바 있다.[6] 그는 한국 연
애 소설의 관습적 서사문법을 조일제의 『장한몽』에서 찾고, 『순애보』
는 그 변형태로서 욕구와 사랑의 이분법적 구조를 보여주고 있다고 분
석하였다. 그리고 그 서사구조 이면에는 당대 사회정치적 상황에 대한
작가의 현실순응적이고 대중추수적인 이데올로기가 은폐되어 있다고
평가했다. 하지만 그가 말한 연애 소설의 관습적 서사문법은 적용 가
능한 대상 시기와 작품이 제한적이고, 그 서사문법의 긍정적 기능 또
한 도외시되었다. 더욱이 일제강점기 말기라는 상황 논리에 치우친 나
머지 연애 소설이 독자들에게 제공할 수 있는 긍정적 기능[7]을 간과하
였다.

따라서 이 글은 이러한 점을 인식하여 박계주의 『순애보』를 연애소
설적 특성과 관련지어 그 대중성의 획득 방식, 그리고 그것의 형성배
경을 고찰하고자 한다. 먼저 연애소설로서 『순애보』의 멜로드라마적
도식과 대중적 특성을 살펴보고, 이를 통해 그것이 궁극적으로 지향하
고 있는 사랑의 성격과 독자들의 기대지평을, 그리고 그러한 도식과

---

6) 김영찬, 「1930년대 후반 통속소설 연구-『찔레꽃』과 『殉愛譜』를 중심으로」, 성균관대
   석사논문, 1994.12.
7) 김창식은 신문 소설이 대중성을 획득하게 된 요인을 다섯 가지로 정리한 바 있다. 그
   는 ①신문소설이 연재 당시 하나의 사회적 이슈로 부각된 문제들을 소재로 삼아 이
   를 대담하게 그리고 노골적으로 표현한다는 점, ②독자들에게 친숙한 문학적 도식을
   사용하여 그들에게 기본적인 안정감을 주며 그 결과 작품과 독자와의 거리를 좁히는
   데 성공하고 있다는 점, ③독자들에게 환상과 위안을 제공함으로써 현재의 삶을 보다
   견딜만하게 만들어 준다는 점, ④신문소설이 대중적 성공을 거둘 경우, 그것이 집단
   적으로 공유된 경험과 어떤 식으로든 관련되어 있다는 점, ⑤그것이 대중의 사회적
   정체성을 생산한다는 점을 들고 있다. 이는 독자들이 신문소설을 통해 느끼는 즐거움
   의 정체를 규명하여 기존의 대중소설에 대한 부정적 관점을 해소하고 있다는 점에서
   대중소설의 연구지평을 넓혀 놓았다고 생각한다. 글쓴이는 이러한 관점에 기대어 논
   의를 전개하였다. 김창식, 「신문소설의 대중성과 즐거움의 정체」, 『오늘의 문예비평』
   1997년 봄호, 책읽는사람, 1997.

사랑을 가능하게 했던 배경을 사회사적으로 점검해 볼 것이다. 이를
통해 연애소설에 대한 평가를 객관화하고, 나아가 1930년대 후반 연애
소설의 소설사적 의의를 재조명할 수 있을 것이다.

2. 애정의 삼각관계와 멜로드라마적 도식의 대중성

연애소설은 사랑의 성취를 목표로 하는 남녀 작중인물들 간의 갈등
을 작품의 전면에 극화해 놓은 소설이다. 남녀 주인공의 자연스러운
만남과 장애요인의 등장, 사랑의 성취8)라는 연애관계의 발전 과정, 그
리고 그 과정에서 드러나는 감상적이고 도덕적인 성격 등은 연애소설
의 특징적 요소들이다. 이것은 연애소설이 일종의 문학적 도식들9), 그
러니까 로망스나 멜로드라마의 특징들을 적극적으로 수용한다.

로망스10)는 한 쌍의 남녀 사이에서 벌어지는 연애를 주된 관심으로
삼고 그러한 연애관계의 발전을 서술한다. 여기에서 종종 활용되는 모
험이나 미스테리의 요소들은 대개 그들의 연애관계를 공고히 하는 수

---

8) 박태상, 『조선조 애정소설 연구』, 태학사, 1997, 37~38쪽.
9) 문학적 도식은 일반적으로 수많은 개별 작품 속에 채용된 서사적 또는 극적 관습의
   구조를 가리키는 것이다. 카웰티는 문학적 도식의 의미를 두 가지로 구분하면서 그것
   들을 대중문학에 적용할 때 지니게 될 긍정적인 기능에 주목하고 있다. 그가 말하는
   문학적 도식의 의미는 한편으로는 어떤 특정한 사물이나 사람을 취급하는 관습적 방
   식을, 다른 한편으로는 보다 보편적인 이야기 원형으로 구체화할 수 있는 보다 큰 플
   롯 유형에 적용된다. 전자는 특정한 문화나 시기에 한정시켰을 때만 그 의미를 분명
   히 파악할 수 있다면, 후자는 전자의 제한성으로부터 벗어나 있다는 점에서 특징적이
   다. 따라서 문학적 도식은 사람들이 공유하는 집단적 환상에 대한 역사적 추론이나
   그 차별성을 명백히 하는 수단이 될 뿐만 아니라 특정한 도식 형태의 예술적 한계와
   그 가능성을 고려하는 데에도 유용한 지표가 될 수 있다는 것이다. John G. Cawelti,
   Adventure, Mystery, and Romance:Formula Stories as Art and Popular Culture, Chicago and London
   : The University of Chicago Press, 1976, pp.5~8. 이 글에서는 카웰티의 관점을 적극
   수용하여 『순애보』의 작품 분석에 활용하고자 한다.
10) John G. Cawelti, 앞의 책, pp.41~42.

단이다. 따라서 로맨스의 도덕적 환상은 사회적·심리적인 장애들을 극복하는 과정에서 사랑이 승리하며 그것이 또한 영원하다는 특징을 지닌다.

그러나 멜로드라마(melodrama)[11]는 로맨스의 특성을 포함하고 있으면서도 그것과 본질적인 차이를 지닌다. 멜로드라마는 연애관계의 발전에 중점을 두는 것이 아니라 그 도덕적 환상에 주된 관심을 둔다. 멜로드라마의 도덕적 환상은 로맨스와 달리 세계 질서가 본질적으로 정당하다는 것을 나타낸다. 이는 선행이 보상받고 악행은 응징당한다는 시적 정의(poetic justice)의 실현에 등가되는 것으로, '행복하거나 도덕적으로 만족스런 결말의 형식'을 드러낸다. 이러한 도덕적 환상은 기본적으로 감정의 고조, 도덕적인 갈등, 복합적인 행동노선이라는 특성을 지닌다. 그리고 그것들은 멜로드라마를 더욱 감동적이고 호소력 있는 것으로 만드는 역할을 한다.

『순애보』[12]는 로맨스보다는 멜로드라마의 도식을 적극적으로 채용하고 있는 연애 소설이다. 논의의 편의를 위해『순애보』의 서사 단락을 개관하면 다음과 같다.

---

11) John G. Cawelti, 앞의 책, pp.45~47. 이 글에서는 이외에도 멜로드라마의 특성에 대해서 James L. Smith의 *Melodrama*(London : Methuen Co, Ltd., 1973)와 Peter Brooks의 *The Melodramatic Imagination*(New York : Columbia UP, 1985)을 부분적으로 참고하였다.

12) 글쓴이는 박계주가『순애보(殉愛譜)』를『매일신보』에 연재(1939. 1.1~6.17)한 후 적어도 두 번의 개작하였다고 본다. 이러한 사실은 먼저 연재 직후 매일신보사에서 단행본으로 출간할 때 "發刊에 際제하여 著者는 全篇에 宜하여서 修正하고 새로이 加筆하였다"(『매일신보』, 1939. 10. 29일 광고)는 그의 진술을 통해 알 수 있다. 그리고 그는 해방 직후 이 작품을 다시 개작하여 1958년 성문사에서 재출간하였는데, 이를『매일신보』연재본과 비교해 볼 때 그 내용이나 형식적 측면에서 상당한 변모양상을 보인다. 특히 반일적, 민족주의적 성격을 강하게 띠는 내용들이 삽화 형식으로 많은 부분 가필되어 있다. 강옥희, 「대중의 위무와 현실순응의 그림자—박계주의 「순애보」론」, 『자하어문논집』 11집, 상명대, 1996. 이 글은『매일신보』연재본을 기본 텍스트로 삼았다.

1. 원산해수욕장에서 문선이 익사 직전의 인순을 구출한 후, 인순은 그를 연모해 따라다님

2. 비치볼 사건으로 문선은 소꿉친구였던 명희와 재회하고, 인순은 삼방약 수터로 떠남

3. 명희는 운림폭포로 떠나지 않고 갑자기 병세가 악화된 문선을 간호, 수혈까지 함

4. 명희는 인수의 연애편지로 고민하던 중 자신을 찾아온 그에게 명근의 일에 힘쓰도록 설득함

5. 명근,혜순과 함께 금강산 유람을 떠난 문선과 명희는 여행 중에 그들의 사랑을 확인함

6. 서울에서 우연히 문선과 재회한 인순은 그의 하숙집을 자주 드나들기 시작함

7. 인순의 간청으로 그녀의 집을 방문한 문선은 괴한의 급습으로 실명하고 강간살인혐의로 구속됨

8. 문선은 자신을 찾아온 진범(眞犯)을 용서하지만, 결국 문선은 사형을 구형받음

9. 명희를 위로하러 왔던 혜순은 몸살을 앓던 중 그녀를 찾아온 남편 철진에게 오해를 받음

10. 급히 평양으로 돌아간 혜순은 친구 옥련과 남편의 관계를 알고 이혼함

11. 사형집행에 즈음해 진범의 자수로 풀려난 문선은 함경도 영호의 집으로 떠남

12. 뒤늦게 문선의 소식을 접한 명희는 그를 찾아 헤매지만 결국 실패함

13. 멜폰 여사에게 성악을 배우던 혜순은 멜폰, 명희와 함께 구룡포 해수욕장으로 피서를 떠남

14. 평양에서 교통사고를 당한 혜순 일행은 그 당사자가 철진과 옥련임을 알고, 혜순이 그들에게 수혈함

15. 혜순의 수혈사실을 알게 된 철진은 참회하는 반면, 옥련은 그런 철진을 못마땅하게 여김

16. 혜순에게 용서를 구하러 갔다 그냥 돌아온 철진은 친구 명석과 옥련의 관계를 알게 됨

17. 한편 피서중이던 혜순 일행은 남빈의 주선으로 이뤄진 혜순의 독창회 때문에 급히 귀경함

18. 다시 혜순을 찾아간 철진은 그녀에게 면박을 당하고, 빗속을 헤맴
19. 문선은 영호의 집에 머물며 동네 아이들에게 이야기나 노래 등을 가르치며 지냄
20. 철진은 낙동강 수해복구지역에 자원하여 희생적인 봉사활동을 하던 중, 물에 빠진 사람을 구하려다 크게 다침
21. 혜순의 독창회날, 철진의 사고소식을 접한 혜순은 부산으로 내려갔으나 그의 임종을 못봄
22. 철진의 장례식날, 혜순은 옥련으로부터 그녀가 수도원으로 들어갈 것임을 전해 들음.
23. 명희의 약혼소식을 접한 문선의 태도를 보고 영호는 혜순에게 편지를 보냄
24. 명희와 문선이 극적으로 재회한 후 명희 어머니가 부재하는 가운데 결혼식을 올림
25. 혜순은 영호에게 명희와 문선의 근황을 알리고 곧 영호집으로 피서갈 것임을 알림

『殉愛譜』는 크게 두 개의 서사로 이루어져 있다. 중심적 서사는 소꿉동무였던 최문선과 윤명희가 원산의 송도원 해수욕장에서 재회한 후 서로 사랑하게 되지만, 최문선의 피검과 사형선고로 시련을 겪으면서 헤어졌다가 김영호의 도움으로 결혼에 이르게 된다는 내용이다. 중심적 서사에 삽입되어 있는 부수적 서사는 장혜순과 이철진의 결혼이 혜순의 친구 신옥련과 이철진의 애정행각으로 위기를 맞지만, 장혜순의 수혈 후 이철진이 장혜순에 대한 사랑을 재추구하게 되면서 신옥련과의 관계를 청산하고 봉사활동에 매진하다가 결국 죽음에 이르게 된다는 내용이다.

여기에서 부수적 서사는 작품에서 큰 비중을 차지하고 있다. 그것은 중심적 서사의 곳곳에 개입함으로써 중심적 서사보다도 복잡한 사건 전개 양상을 보인다. 이는 멜로드라마의 기본적인 특징인 '복합적인 행동노선'에 해당하는 것으로, 애정의 삼각관계의 여러 양상과 특징을

중심적 서사와 비교해 볼 때 보다 구체화될 수 있을 것이다. 애정의 삼각관계는 중심적 서사와 부수적 서사에서 동일한 방식으로 드러나지 않고 구조적인 면에서 차이를 보인다. 무엇보다도 그것의 기능이 차이를 노정함으로써 독자들을 소설세계로 몰입시킨다.

먼저 중심적 서사의 애정의 삼각관계를 살펴보자. 중심적 서사에서 애정의 삼각관계는 남녀 주인공 최문선과 윤명희가 서로의 사랑을 확인하는 단계에서만 나타나며, 무엇보다도 그것의 기표로 작용하고 있다는 점에서 특징적이다. 즉 그것은 최문선과 윤명희가 소꿉동무에서 연인으로 발전하는 과정의 개연성을 확보하고, 사랑의 성격을 확인·고무시키기 위한 장치로 사용된다. 이를 위한 전제로 작가는 두 남녀 주인공을 재자가인(才子佳人)이라는 이상적인 인물로 설정하고 있다. "그림과 성악에 천재적 재질을 가젓슬 뿐만 아니라 글을 잘 짓기에 비범한 천분을 가지고 잇"는 최문선과 "인물 잘 생기고 얌전하고 공부 잘 하고 글 잘 짓는" 윤명희는 실재의 인간이라기보다는 양식화된 인물, 즉 인간 심리의 원형을 나타내는 인물[13]에 해당한다. 이러한 인물들의 결합은 독자들의 암묵적 동의를 확보한 상태에서 이루어지며, 그들의 결합 또한 가장 이상적인 방식을 취할 수 있을 것이다.

애정의 삼각관계의 구체적인 양상을 보면, 우선 최문선과 윤명희 사이에 개입되는 인물로 황인수를 들 수 있다. 황인수는 윤명희의 오빠인 윤명근이 운영하고 있는 농민복음학교의 교사이다. 평소 윤명희를 "열렬히 사랑하고 잇"던 그는 그녀에게 사랑을 고백할 기회만 엿보다가 뜻밖에 원산해수욕장에서 그녀가 최문선을 사랑하고 있다는 사실을 눈치챈다. 더욱이 위궤양의 악화로 입원한 최문선을 그녀 혼자 간

---

13) N. 프라이, 임철규 옮김, 『비평의 해부』, 한길사, 1983, 432쪽.

호하자 황인수는 조바심을 감추지 못하고 극단적인 방식으로 사랑을 고백한다. "사랑을 주시지 안흐려면 죽엄을 달라"는 그의 편지에서 알 수 있듯이, 문제는 그의 구애 방식이 단순한 고백의 차원이 아니라 협박의 형식을 취한다는 점이다. 윤명희의 심리적 갈등은 여기에서 촉발된다.

그러나 윤명희의 갈등 과정과 결말은 황인수의 그것에 비해 단선적이다. 윤명희의 갈등은 최문선과 황인수 사이에서 방황하는 선택의 문제가 아니라 황인수가 죽음이라는 극단적 선택을 하지 않도록 해야 한다는 도덕적 차원에 근거한다. 더욱이 윤명희는 황인수를 사랑의 방해자가 아니라 "훌륭한 존재"로 간주하고 있다. 이것은 윤명희가 사랑의 대상으로서 황인수를 이상적 인물로 인정한다는 의미는 아니다. 애정의 삼각관계에서 윤명희의 심리적 갈등은 오히려 "남의 단점보다 장점을 보기를 즐겨하"는 그녀의 이상적인 인물상을 더욱 부각시키는 기능을 한다. 뿐만 아니라 그녀를 사랑할 수 있는 대상 또한 황인수가 아니라 이상적인 인물, 즉 최문선이라는 사실을 간접적으로 시사한다. 따라서 황인수가 윤명희의 단 한 번의 설득으로 그녀를 단념하는 것은 최문선에 대한 그녀의 사랑을 간접적으로 승인하는 형식에 다름 아니다.

황인수 못지 않게 최문선과 윤명희 사이에서 애정의 삼각관계를 형성하는 인물은 인순이다. 그녀는 서울에서 유치원 교사로 활동하는 신여성이다. 그녀는 원산 해수욕장에 피서를 가서 최문선을 만난다. 보트 전복으로 물에 빠진 그녀를 최문선이 구해 주었고, 그 사건 이후 그녀는 그를 사랑하게 된다. 소설적 재미는 인순의 사랑의 방식이 윤명희와는 다르다는 데서 발생한다. 즉 그녀의 사랑의 자세는 상당히 적극적이다. 이는 해변가에서 그림을 그리는 최문선에게 다가가 농담을

건네거나 삼방약수터로 놀러와 달라고 부탁한다든가, 삼방약수터로
가기 전에 사랑의 징표로 선물을 건네는 행위를 통해 엿볼 수 있다. 그
녀의 구애 행위는 서울에서 최문선과 재회한 후 더욱 노골적으로 표출
된다.

> 「오늘밤에 야학이 파한뒤에 제집에쏙 들려주세요. 열두시가 되어도 자지
> 안코 기다리겟습니다. 밤을 새워서라도 기다릴터이오니 그리 아시고 쏙 와주
> 세요. 인순올림.」
> 편지의 사연은 간단하엿다.
> 인순은 오늘밤에 자기의정조를 문선에게 제공하기를 결하엿든 것이다. 이
> 리하므로써 문선은 자기와 드듸여 결혼하리라는 것을 문선의 인격을 통하여
> 서 미덧기째문이다. 자기의 정조를 빼앗기만 하고 자기와 결혼하지안흘 그라
> 고는 밋지 안헛다.14)

그러나 최문선은 인순에게 전혀 관심을 보이지 않는다. 때문에 그녀
는 문선의 인격을 신뢰하여 자신의 정조를 담보로 결혼하겠다는 극단
적인 선택을 한다. 그러나 이러한 선택은 결국 그녀가 괴한에게 피살
당함으로써 실패로 끝난다. 여기에서 그녀의 죽음은 세 가지 측면에서
의의를 부여할 수 있다.

첫째, 그녀의 죽음은 최문선의 이상적인 인물상을 손상시키지 않으
면서 인순의 구애행위를 종결지을 수 있는 효과적인 방법이다. 인순은
최문선이 애인이 없으며 다만 사랑에 소극적일 뿐이라고 믿었고, 더욱
이 최문선의 인격을 믿었기 때문에 그에게 더욱 적극적일 수 있었으며
극단적인 선택까지 할 수 있었다. 그러나 최문선은 인순의 구애행위를
은인에 대한 고마움의 표시 이상으로 받아들이지 않는다. 윤명희에 대
한 사랑을 인식한 이후 그는 고마움 이상의 감정을 표현하는 인순의

---

14) 『매일신보』 1939.2.17.

태도를 의식적으로 허락하지 않았다. 하지만 최문선이 인순과 만나는 과정에서 윤명희에 대해 전혀 언급하지 않았다는 점은 독자들이 그의 인물됨을 의심할 수 있는 충분한 이유가 될 수 있다. 따라서 그녀의 죽음은 이러한 의심을 무화시키는 동시에 최문선의 이상적인 인물상을 그대로 유지할 수 있게 한다. 특히 그가 그녀의 집으로 가기 전에 며칠째 결석 중인 제자 병칠의 집을 몸소 찾아보는 대목을 삽입시킨 것은 스승으로서의 이상적인 면모를 독자들에게 재확인시키기 위한 의도로 생각된다.

둘째, 인순의 죽음은 그녀의 적극적인 구애행위가 독자들에게 초래한 거부반응을 효과적으로 일소시키는 장치로 기능한다. 주지하다시피 아직까지도 한국 사회에서는 정숙하고 순결하고 순종적인 여성을 이상적인 여성상으로 규정하는 경향이 있다. 인순이 아무리 신교육을 받은 여성이고 적극적인 성격의 소유자라 하더라도 당시의 사회통념을 고려할 때, 남성보다 더 적극적인 구애행위는 독자들에게 부정적인 반응을 초래하였을 것이다. 특히 그녀가 순결을 담보로 대담한 애정행각을 도모했을 때 극단적으로 부정적인 공감대를 형성하는 것은 어쩌면 당연할 지도 모른다. 이 경우 인순의 이미지는 쉽게 비도덕적인 여성상으로 고착될 수밖에 없다. 따라서 인순의 죽음은 세계질서가 본질적으로 정당하다는 독자들의 도덕적 환상을 계속 유지시키기 위해서도 피할 수 없는 소설적 장치였다.

셋째, 인순의 죽음은 사건 전환의 계기를 제공해 줄 뿐만 아니라 그 사건을 운명적인 것으로 만든다. 인순의 죽음은 어느 누구도 예측할 수 없었던, 필연성이 결여된 우연한 사건이다. 이 사건으로 애정의 삼각관계는 해체되지만, 다른 한편으로 두 남녀 주인공이 앞으로 겪게 될 시련의 성격을 규정짓는다. 최문선은 실명과 피검으로 윤명희와 결별해야 하는 정신적·육체적 고난을 겪고, 윤명희 또한 외압에 의해 그와 지속적인 결별의 상태에 처한다. 이러한 상황 설정은 그들의 사랑을 굳히고 승화시키는 계기가 된다는 점에서 독자들의 관심을 끌기에 충분하다. 더욱이 그들의 고난이 내부적인 원인에서 비롯된 것이 아니라 타인에 의한, 그것도 우발적인 사건에 기인한다는 점에서 그들뿐만 아니라 독자들은 그러한 상황을 운명적인 것으로 받아들일 수밖에 없다. 특히 독자들은 이를 통해 실제적 상황보다도 확대된 슬픔과 분노를 느끼게 된다. 이것은 멜로드라마의 감상주의적 경향과 결부되는 것으로 독자들의 공감을 확보하기 위한 전략적 장치로 볼 수 있다.

중심적 서사에서 애정의 삼각관계가 최문선과 윤명희가 사랑을 확인하는 단계에서 단발적으로 드러난데 비해 부수적 서사에서 애정의 삼각관계는 보다 복잡하고 역동적인 양상을 띤다. 먼저 부수적 서사에서 애정의 삼각관계는 중심적 서사와는 달리 작중인물들 사이에서 '숨김—드러남'의 구조를 보여 준다. 중심적 서사에서 두 남녀 주인공이 겪는 애정 갈등은 서로가 알지 못하는 가운데 시작되고 귀결됨으로써 복잡하게 전면화되지 않는다. 그러나 부수적 서사에서 애정의 삼각관계는 두 작중 인물의 애정행각이 내밀하게 진행되다가 그 사실이 다른 한 작중인물에 의해 폭로됨으로써 극적 전환을 맞는다. 이러한 점은 긴장과 이완을 통해 독자들에게 소설적 재미를 느끼게 하는 기능을 한다.

장혜순과 이철진의 결혼은 중심적 서사와 마찬가지로 정숙한 신여성과 전도유망한 유학생의 만남이라는 점에서 이상적인 결합임을 전제로 한다. 그러나 그들의 결혼은 이철진이 장혜순의 친구, 신옥련과 애정행각을 벌임으로써 파경을 초래한다. 이철진은 장혜순이 최문선의 피검으로 힘들어하는 친구 윤명희를 만나러 간 사이 애정행각을 벌인다. 그러면서도 그는 몸살을 앓고 있던 장혜순과 그녀를 보살펴주고 있던 윤명근 사이를 오해하고 그녀를 난폭하게 대한다. 이는 사실상 이철진이 자신의 애정행각을 숨기고 파혼의 책임을 장혜순에게 떠넘기려는 의도적인 행위에 불과하다. 이러한 그의 위악성은 독자들이 이철진에 대해 가졌던 기대지평을 약화시키는 한편 장혜순에 대한 공감대를 강화시킨다. 뿐만 아니라 은폐된 애정행각은 독자들에게 소설적 긴장과 재미를 느끼게 하는데, 그것은 오래 지속되지 못한다.

> 혜순은 밤을 세워서 울엇다. 싯박엣일이오 넘어도 큰 오해엿다. 그럿케도 자기를 아껴 사랑해주든이가 이럿게 한폭하게 쌔리리라고는 천만 쯧박이오 그보다도 자기를 밋어주지 안는 것이분하고 슬펏다. (중 략) 사정을 알기전에 이럿케 노하고 쌔린다는 것은 암만하여도 무슨 곡절이 잇는것만 갓탓다. 자기를 극진히 사랑하는 까닭으로 분노가 폭발되엿다면 모르겟거니와 그럿지 안타면 왜 한마듸의 대답도 드러보지 안코 랑폭한행동을 하엿슬가.[15]

장혜순은 이철진의 폭력적 언행에 의구심을 품은 채 귀가를 서두른다. 그리고 그 의구심의 실체는 귀가 직후 남편과 신옥련 사이의 애정행각이라는 사실로 드러난다. 은폐된 사실이 폭로되자 그녀는 "사랑이 업고 마음이 업는 결혼생활"의 위악성을 역설하면서 곧 이혼을 결정한다. 그러니까 은폐된 사실이 폭로된 순간 이혼이라는 극적 전환을 맞는다. 이로써 애정의 삼각관계는 종결되고 이철진은 신옥련과 결합한다. 이러한 사건의 급박한 전개과정은 최문선과 윤명희의 애정관계의 느린 진행에서 이완되어 있던 독자들에게 작품에 대한 관심과 흥미를 부여하는 데 어느 정도 도움을 준다. 이 애정의 삼각관계의 특징들은 신옥련과 이명석의 애정행각에서 더욱 복잡한 양상을 보여준다.

---

15) 『매일신보』 1939.3.5.

이철진과 신옥련의 결합은 그녀의 애정행각을 통해 그 불안정한 면모가 노출된다. 신옥련은 친구의 남편인 이철진을 차지한 데 만족하지 못하고, 이철진의 친구인 이명석과 애정행각을 벌인다. 그녀의 애정행각은 이철진의 부재한 틈을 타 은밀하게 계속적으로 반복되지만 폭로의 순간은 극적으로 지연된다. 신옥련은 이철진이 서울로 출장을 간 사이 이명석을 유혹하여 애정행각을 벌인다. 그러나 그것은 이철진에게 폭로되지 않는다. 특히 교통사고를 계기로 그녀의 애정행각이 종결될 가능성을 보여준다. 하지만 교통사고 후 이철진이 장혜순을 그리워한다는 것을 그녀가 눈치챔으로써 반전된다. 결국 그녀의 애정행각은 노골적으로 표면화되지만 이철진에게 은폐된 상태로 지속된다.

방마다 전등이 꺼젓다.
철진은 아닌 밤중에 옥련이나 식모를깨우기가 미안해서 더욱히 놀리지나 안흘까 하는 염려를 가지고 발 자국소리를 죽여가면서 현관문을 사르르 열고 침실문압페 이르럿다.
철진은 한편 손으로 침실문을 열면서 다른 한손으로 벽에 걸려잇는 스윗지를눌은다. 캄캄한든 방안은 동시에 환하여진다.
방안에 들어서는 철진은
『응?』
하고 의외의 광경에 깜짝 놀란다.
이 밤중에 철진이 들어오리라고는 꿈에도생각지안엇든 일이라 안심하고 잠자든 옥련이와 명석은 마른한늘의 벼락을 맛난사람가티 대경실색하야 일어난다.
겁결에 일어난 옥련은 어찌할줄을 모르고덜덜썬다.
철진의 온 몸에서는 피가곤두박질을한다. 그리고 눈에서는 번개불이번쩍인다.
『에익!』16)

---

16)『매일신보』1939.4.18.

교통사고 후 이철진의 부재가 장기간 지속되는 가운데 신옥련은 집에서 이명석과 애정행각을 벌일 만큼 대담해진다. 하지만 이철진의 부재가 언제까지 지속될 지 알 수 없는 것이기 때문에 그녀의 애정행각은 독자들에게 긴장과 재미를 배가시킨다. 이것은 이철진이 한밤중에 갑자기 귀가를 함으로써 결국 그녀의 애정행각이 폭로될 때 가장 극대화된다. 이로써 이철진과 신옥련의 관계는 파경에 이르게 되는데, 이것은 다른 한편으로 이철진이 부담감없이 장혜순을 흠모할 수 있는 극적 계기를 제공해준다. 여기에서 애정의 삼각관계는 불안정한 남녀의 결합이 와해되는 과정을 신옥련의 애정행각이라는 긴장과 이완의 반복적 구조를 통해 역동적으로 보여준다 하겠다.

둘째, 부수적 서사에서는 중심적 서사와는 달리 애정의 삼각관계에서 선정적인 요소가 두드러진다. 선정적 요소는 독자들의 감정구조를 직접적으로 자극하여 희로애락 뿐 아니라 선악에 대한 극단적인 반응을 유도한다. 이것은 멜로드라마의 감상주의적 경향을 반영하는 것으로, 대체로 신옥련의 애정행각을 중심으로 나타난다. 신옥련이 애정행각을 벌일 수 있는 것은 전적으로 그녀의 육체적 매력 때문이다. 그녀의 "아름다운 얼굴 애교에 넘치는 우슴 불룩한 젓가슴 양장한 몸맵시"는 남성을 유혹하는 수단이다. 더욱이 그녀의 적극적이고 노골적인 구애행위는 남성과의 관계를 급진전시킨다. 이것은 속박하고 파괴적인[17] 특성을 지닌 것이기 때문에 독자들을 쉽게 감정의 흥분상태로 이끌어 낸다. 더욱이 신옥련의 애정행각은 장혜순의 정신적 사랑의 양상과 대비됨으로써 독자들에게 선악에 대한 극단적인 반응을 이끌어 낸다.

---

17) 진 쿠퍼, 이윤기 옮김, 『세계문화상징사전』, 까치, 1994, 122쪽.

> 옥련이도 싸라 일어서서 명석의 몸에 다히면서 박글 대여다 본다. 그것은
> 넘어도계획적인 육박이엿다. 이 육박에 명석은 다시 일어서는 충동의 불길을
> 금할길이업섯다.
> 　가즈런히 서서 달을 우러러보는 그들. 그러자 옥련의강한 제의의 육박에
> 명석은 전광석화격으로 쩌안는다.
> 　명석의 가슴에서 색색 거리는 옥련은 머리를 명석의 가슴에 파무더 버리
> 고만다.[18]

뿐만 아니라 신옥련의 애정행각은 한 남성에게 머물지 않는다. 친구인 장혜순의 남편 이철진을 자신의 성적 욕구의 대상으로 만드는 데 성공했음에도 불구하고 그녀는 또다시 이철진의 친구 이명석을 유혹한다. 여기에서 그녀의 애정행각의 대상이 상대방이 평소 신뢰하던 인물이라는 점은 그녀에 대한 독자들의 반감을 현실세계에서 체감하는 것보다 증폭시킨다. 결국 그녀를 둘러싼 선정적 요소는 독자들에게 감정적이고 윤리적인 반응을 효과적으로 유도하는 장치로 사용된다 하겠다.

이상에서 살펴보았듯이 중심적 서사에서 애정의 삼각관계는 최문선과 윤명희가 서로의 사랑을 확인하는 단계에서만 나타나며, 귀결방식도 황인수의 단념이나 인순의 죽음에서 보듯이 단선적이고 우발적인 양상을 띤다. 따라서 애정의 삼각관계는 최문선과 윤명희 사이의 사랑을 강화하기 위한 장치이자 그들의 사랑이 일상인과는 다르다는 점을 강조하는 역할을 한다. 반면에 부수적 서사에서 애정의 삼각관계는 멜로드라마적 도식의 대중성을 잘 보여준다. 작중인물들 사이의 애정행각은 '숨김—드러남'의 역동적이고 복합적인 구조를 통해 드러나며,

---

18) 『매일신보』 1939.3.30.

독자들은 긴장과 이완의 반복 속에서 극적 재미를 느낄 수 있다. 더욱이 선정적 요소는 독자들의 감상주의적 성향을 추동하는 계기로 작용하며, 나아가 세계질서가 본질적으로 정당하다는 인식을 극단적으로 노출시킨다.

대중적 재미를 이끌어 내는 애정의 삼각관계는 작중인물들 간의 사랑이 정신적인 합일을 결여한 상태로 이루어진다는 점에서 공통적이다. 따라서 그들의 애정행각은 쉽게 시작된 만큼 쉽게 종결될 수밖에 없으며, 극적 전환의 계기가 외부적으로 주어졌을 때 그것에서 벗어날 수 있다.

3. 아가페적 사랑과 도약적 특성

애정의 삼각관계에서 연애는 정신 세계와 물질 세계 양쪽에서 모두 소정의 성과를 올리게 되어 있다. 그것은 인생을 최대한 향유하고 싶은 갈망으로부터 출발하며, 모든 구성원 사이에서 사랑을 지향하는 연민을 기반으로 유지된다.[19] 따라서 애정의 삼각관계는 작중인물들 사이의 갈등을 극화시키는 장치이자 그들의 삶을 보다 풍요롭고 가치있게 만드는 기능을 한다.

이처럼 작중인물들의 갈등이 애정의 삼각관계를 통해 극화된다면, 그것의 궁극적인 지향점은 성숙한 사랑을 성취하는 데 있다. 로버트 스턴버그에 의하면 성숙한 사랑은 친밀감과 열정, 헌신이라는 세 요소가 모두 충족될 때 이루어진다.[20] 『순애보』의 경우도 마찬가지여서 성

---

19) 바바라 포스터·마이클 포스터·레다 해더디, 원재길 옮김, 『욕조 속의 세 사람』, 세종서적, 1998, 26쪽.
20) 로버트 스턴버그, 「사랑의 삼각이론」, 『사랑의 심리학』(로버트 스턴버그 외, 고선주·이경희·조은숙·최연실 편역), 하우, 1994, 67~82쪽.

숙한 사랑의 세 요소를 포괄하고 있다. 특히 '헌신'이 다른 요소에 비해 전경화된다. 작중인물들이 성취하고자 하는 사랑은 기독교적 사랑의 윤리를 결합한 아가페적 사랑(Agapic Love), 그러니까 신적·은총적 사랑이라 할 수 있다. 아가페적 사랑은 감각적·본능적 사랑인 에로스(Eros)나 정신적·인격적 사랑인 필리아(Philia)와 밀접한 관계를 맺고 있다. 하지만 에로스나 필리아에 비해 보다 완전하고 성숙한 사랑이다.21) 다시 말하면 에로스는 필리아를 통해서 정화되고, 필리아가 다시 아가페를 통해 고양될 때에만 비로소 인간은 성숙한 사랑을 성취할 수 있다. 이때 아가페적 사랑을 성취하기 위해서는 필연적으로 '도약(leap)'을 수반한다.

『순애보』의 작중 인물들이 벌이는 사랑도 헌신의 요소가 두드러지는 만큼 도약적이다. 말하자면 도약은 종교적으로 정화되고 고양된 사랑으로의 전화(轉化)를 일컫는다. 따라서 도약은 실제 경험 세계의 영역에서는 쉽게 이해할 수 없는, 종교적 영역에서 해명 가능한 성격을 띨 수밖에 없다. 현실 세계의 체험과 상당한 거리감을 내재하고 있음에도 불구하고 도약은 우리의 삶을 보다 다양하고 유의미한 것으로 받아들이게 한다.22) 따라서 도약이 가치의 체계와 밀접한 상관성을 가진다는 점에서 멜로드라마가 지닌 도덕적 환상의 성격을 명확하게 규정짓는다.

『순애보』에서 드러나는 작중인물들의 도약의 특징을 구체적으로 살펴보자. 먼저 작중인물들의 도약은 기독교적인 신념과 그것의 실천을 전제로 한다. 최문선과 윤명희, 장혜순은 기독교적 신념을 생활 속에

---

21) 요한네스 로쯔, 심상태 옮김, 『사랑의 세 단계—에로스, 필리아, 아가페』, 서광사, 1985, 19~27쪽.
22) Alfred Schutz & Thomas Luckmann, *The Structure of the Life-World*(Northwesten UP, 1973), p.24.

서 적극적으로 실천하는 인물이다. 그들의 기독교적 신념 표출, 그러니까 작중인물들의 기독교적 헌신은 종교적 교리나 이념을 강조하거나 옹호하기 위한 것이 아니다. 그것은 연애의 과정에서 그들 앞에 놓인 장애요인을 극복하게 하고 완전한 사랑에 이르도록 한다. 이런 점에서 종교는 사회적·도덕적 관념을 강하게 결합시킨다. 헌신적이고 희생적인 작중인물들의 생활태도는 윤리규범과 결합함으로써 독자들에게 여주인공의 신에 대한 믿음이, 그녀가 악당에게 당하는 고난과 역경을 견디게 하는 데 도움을 줄 뿐만 아니라 그녀와 깊은 믿음을 나눌 수 있는 훌륭한 남주인공에 대한 낭만적 선택을 할 수 있도록 한다. 더욱이 남녀 주인공의 기독교적 헌신은 그들의 유대를 정당화하고, 그것이 공손하며 존경할 만한 것임을 확신시킨다.23)

최문선과 윤명희, 장혜순을 독자들이 이상적인 인물로 받아들이는 것도 기독교적 헌신이 전통적인 윤리규범과 강하게 결속되어 있기 때문이다. 그들의 희생적이고 헌신적인 생활태도를 통해 독자들은 바람직한 인물상과 삶의 방향, 세계질서에 대한 사회윤리적 감각을 명확하게 정립할 수 있다. 이것이 종교와 멜로드라마의 도덕적 환상이 만나는 지점이다.

둘째, 작중인물들의 도약은 고난과 시련을 통해 구체화된다. 이는 종교적 고행의 과정에 비견되는 것으로 그들이 추구하는 사랑의 성격을 암시한다. 즉 신산한 고난의 과정을 통해서 성취한 사랑인만큼 고귀하고 종교적으로 승화된 사랑이다. 최문선의 고난은 괴한의 습격으로 실명하고 인순의 강간살인혐의로 검거됨으로써 시작된다. 이것은 그의 사회적 지반을 상실시키고, 윤명희와의 사랑을 성취하는 최대의

---

23) John G. Cawelti, 앞의 책, pp.269~270.

걸림돌로 작용한다. 그러나 중요한 사실은 최문선이 자신의 고난을 대하는 태도가 일상인의 그것과는 거리를 지닌, 기독교적 헌신이라는 점이다. 그것은 비의적(秘儀的) 체험을 통해 이루어진다.

최문선은 경찰에게 진범인 이치한을 고발하기 보다는 오히려 자신의 친구라고 소개한다. 물론 그가 실명의 고통을 주고 살인자라는 누명을 씌운 치한을 원망하지 않는 것은 아니다. 그러나 치한을 원망하기 보다는 연민과 사랑으로 대하려 한다. 이처럼 그가 개인적 감정에서 벗어날 수 있었던 것은 기독교적 신념 때문이다. "십자가에 달린 예수"는 신앙인이 추구하는 이상적인 자아상이다. 따라서 그러한 환영의 현시는 치한에 대한 세속적 감정을 종교적으로 승화시키는 결정적인 계기가 된다. 즉 그는 "원수를 사랑하라"는 예수의 말씀을 구체적으로 실천한다. 이 사건을 계기로 고난을 수용하는 그의 태도는 달라진다. 고난이 비록 타인에 의한 것이라 할지라도 그것을 회피하지 않고 스스로 선택하게 된다. 사형선고를 "신이 내리신 은혜요 선물"이라고 오열을 터뜨린 그의 행위는 이를 반증한다. 최문선의 이러한 태도 변화는 신앙인의 고난을 통한 자기 수행에 등가되는 것이다. 이는 종

---

24) 『매일신보』 1939.2.21.

교적 실천의 가장 이상적인 형태이다. 이를 통해 문선은 가장 이상적인 인물로 격상된다. 즉 치한의 사건의 통한 문선의 종교적 도약은 그를 경건하고 거룩한 인물로 정위시키고 그의 삶 또한 이상적인 모방의 대상으로 만든다.

이러한 점은 최문선의 연인인 윤명희에게서도 발견된다. 최문선의 피검 이후 윤명희의 태도는 그에 대한 사회적 비난이나 아버지 윤목사의 냉담한 태도와는 구별된다. 그녀는 실명한 장애인이자 강간살인범이라는 문선의 현실적 상황에 연연하지 않는다. 오히려 그녀의 사랑은 문선의 "얼굴도, 눈도 아닌 그 사람의 인격"이라고 믿으며, 그것은 문선이 사형선고를 받은 후 더욱 강화된다. 이는 "사랑은 죽엄보다 강하다"는 아가서의 교의를 구체적으로 실천하는 것이다. 그가 항소하도록 계속 설득하거나 변호사를 구하러 백방으로 뛰어 다니는 등 그녀는 그의 고통뿐 아니라 죽음까지도 함께 하려고 한다. 이것은 물론 문선의 자기 희생적인 종교적 자세와는 다소 구별된다. 하지만 그녀의 이러한 도약은 일상인에게서는 쉽게 엿볼 수 없는 것으로 종교적으로 승화된 가장 숭고한 형식을 취한다. 결국 독자들은 최문선과 윤명희의 도덕적 순수성과 기독교적 헌신을 통해 세속적 현실 세계와는 차별화된 세계를 경험한다. 다시 말하면 최문선의 고난은 동정과 연민을 불러일으키기도 하지만 그를 이상적인 인물로 도약시킨다. 그것은 윤명희의 믿음과 사랑을 통해서도 확인되는데, 이때 윤명희도 최문선에 버금가는 이상적인 인물로 도약된다. 이를 통해 독자들은 최문선의 무죄가 꼭 밝혀져야만 하고, 또 그렇게 될 것이라는 기대감으로 소설에 몰입하게 된다.

셋째, 작중인물들의 도약은 소설 속에서 빈번하게 드러나는 우연적 요소들을 통해 이루어진다. 일반적으로 소설에서 우연성은 전근대적인 수사적 장치로서 논리적 인과율에 대비되는 결점을 지닌 것으로 간주되어 왔다. 그러나 일반적으로 연애 소설에서 우연성은 작중인물들이 자신의 신념이나 의지를 실현시킬 명백한 기회로 작용한다.25) 『순애보』에서 우연성은 한 작중인물의 신념이나 행동을 강화시키는 계기로 작용할 뿐만 아니라 다른 작중인물들에게도 그러한 기회를 제공하는 소설적 장치이다. 그리고 우연성에서 촉발된 작중인물들의 도약은 희생적이고 헌신적인 사랑, 즉 아가페적 사랑을 가능하게 한다. 윤명희와 장혜순의 수혈행위는 대표적인 예이다.

최문선의 갑작스러운 위궤양 악화로 수혈이 필요했을 때, 윤명희는 의사에게 수혈할 의사를 밝힌다. 이때 그녀의 혈액형이 최문선과 동일한 A형이라는 점은 우연의 일치에 불과하다. 하지만 윤명희의 수혈행위는 독자들의 의심을 일소시키는 기능을 한다. 그녀는 자신의 건강을 돌보지 않는 자기희생을 수행하는데, 이를 통해 최문선을 대하는 그녀의 태도가 단순한 연애감정 이상이라는 사실을 알 수 있다. 최문선의 갑작스러운 입원과 윤명희의 수혈행위라는 우연의 카테고리는 그들의 관계를 확인시키고 동시에 그들의 사랑을 보다 고양된 형태로 발전시키는 기능을 한다.

장혜순의 수혈행위도 이러한 우연성이 중첩되는 과정에서 이루어진다. 장혜순은 이철진과 이혼한 이후 평양에서 교통사고를 당한다. 사고의 상대편이 이철진과 신옥련이라는 점은 우연의 일치이다. 그리고 중태에 빠진 그들에게 수혈이 필요했을 때 수혈할 의사를 밝힌 장혜순의 혈액형이 그들과 동일한 O형이었다는 점 또한 마찬가지이다. 이러한 우연성의 중첩은 우선 장혜순의 그들에 대한 애증(愛憎)을 직접적으

---

25) John G. Cawelti, 앞의 책, pp.270~274.

로 확인할 수 있는 계기를 제공한다. 즉 그녀가 수혈행위를 "원수에게 복수할 수 있는 기회"로 인식한 것은 그들에 대한 사랑과 우정의 확인에 다름 아니다. 또한 이러한 우연성의 중첩은 이철진과 신옥련에게 반성의 계기를 제공한다. 특히 이철진의 경우는 이 사건이 태도의 변화뿐만 아니라 행동의 변화를 초래하는 도약의 계기가 된다.

> 「자기의 재산을 쌔앗기고…그나 그뿐인가. 애매한 누명까지 쓰고 리혼까지 당한그가 그러한비참한 자기를 만들어준 원수들인 나와 옥련에게 피를 쏩아주다니?…죽어가는 원수인우리에게 자기의 생명인 피를 쏩아주다니?」
> 아모리 생각해도 미들 수 업는말이다. 미들 수 업다는것보다도 사람으로서는 원수를 향하야 그러케 할 수가 잇슬 것 갓지안타.
> 그러나 철진은 이러한 리유를 캐기보다도 혜순이 사는 세계를 바라보면서 지금 자기가 살고잇는 세계를 응시하지 안흘수가 업섯다.[26]

이철진은 혜순의 수혈 사실을 알게 된 이후, 육욕적인 사랑에서 벗어나 희생적인 사랑과 진정한 자유를 추구한다. 이는 장혜순이 그들에게 보여 준 사랑과 동일한 성질의 것이다. 따라서 장혜순의 희생적 사랑을 모방하고 그것에 도달하려는 그의 의지는 낙동강 수해지구의 봉사활동으로 구체화된다. 결국 그는 장혜순의 수혈행위를 계기로 희생적인 사랑을 실천하는 인물로 도약한다.

그러나 장혜순의 수혈 행위가 신옥련에게 도약할 수 있는 계기를 제공했음에도 불구하고 이러한 이철진의 변모는 그녀가 도약할 수 있는 계기를 차단해 버린다. 신옥련은 이철진과 마찬가지로 교통사고를 당하고, 또 장혜순에게 수혈을 받았다는 사실에 몹시 당혹스러워 한다. 그녀는 이 사건을 자신의 애정행각에 대한 "심판의 예고편"이라

---

26) 『매일신보』 1939.4.7.

여기며, 이를 계기로 "새로운 출발이 잇어야겠다"는 결심을 한다. 그러나 이철진의 사랑이 자신에게서 장혜순에게로 향하고 있음을 눈치챈 이후, "새로운 출발" 대신에 질투심에 사로잡혀 애정행각을 노골적으로 벌인다. 따라서 이철진의 도약은 역설적으로 신옥련의 도약을 방해하는 기능을 한다.

이상에서 살펴보았듯이 애정의 삼각관계를 통해 극화된 갈등의 귀결은 기독교적 사랑의 윤리를 결합한 아가페적 사랑이었다. 그것은 필연적으로 작중인물들의 도약을 동반하고 있었으며, 대체로 기독교적 헌신을 통해 이루어지고 있었다. 작중인물들의 도약은 기독교적인 신념과 그것의 실천을 전제로 하고 고난과 시련을 통해 구체화되었으며, 우연성에 지배되고 있었다. 특히 이러한 도약의 과정에서는 종교가 멜로드라마의 도덕적 환상과 결합됨으로써 독자들의 기대지평을 충족시키고 있었다. 그렇다면 도약을 통해 성취된 아가페적 사랑의 의미를, 더 나아가 연애소설로서 『순애보』의 소설사적 의미를 단순히 '연애'의 문제에 치중하여 해명한다면 상업성에 귀착됨으로써 이념적인 성향은 탈각될 수밖에 없다. 따라서 『순애보』의 사회사적 의미는 일차적으로 소설을 통해서나 가능한 아가페적 사랑을 극화할 수밖에 없었던 박계주의 작가의식이나 내면풍경을 고찰함으로써 파악할 수 있다. 그것은 또한 그러한 소설 세계를 가능하게 했던 당대의 시대상황과 연계시키는 것이 바람직할 것이다.

4. 아가페적 사랑의 형성 배경과 그 영향 관계

앞에서 글쓴이는 독자들이 아가페적 사랑을 지향하는 작중인물들을 통해 바람직한 인간상과 삶의 태도를 모색할 수 있다고 했다. 이 경우 독자들은 현존하지는 않지만 '기대된 목표로서의 희망'27)이 존재하는 현실세계를 체험하게 되는 것이다. 더욱이 그들의 체험은 특정 개인에게 국한되지 않고 사회 성원들이 공유하는 사회적인 것이기 때문에28), 독자들은 실제 현실세계에 대한 질서감각을 공통적으로 재구성한다고 볼 수 있다. 따라서 작중인물들의 도약이 실제 현실을 지지하는 '환상—구성'29)으로 작용한다고 볼 때, 독자들이 실제 현실을 살아갈 만한 가치가 있는 가능성의 세계로 받아들이는 이유는 무엇일까? 『순애보』가 실제 현실이 아닌 당위적 현실을 형상화하고 있다면 독자들이 경험한 환상을 어떻게 당대의 현실적 문제와 연결시킬 수 있을까? 일반적으로 연애소설에서 작중인물들의 사랑이 당대의 사회 문화적 풍속도를 간접적으로 반영하고 있다는 점을 감안한다면 이러한 물음에 대한 해명은 『순애보』가 실제 현실의 알레고리가 아니라 당위적 현실로 도약해야만 했던 이유를 고찰함으로써 가능하다. 이는 크게 세 가지 관점에서 접근할 수 있겠다.

우선, 이것은 무엇보다도 박계주의 종교적 입장과 밀접한 관련이 있다. 박계주는 1932년 영신중학교를 졸업한 후 사설 수도원인 신학산(神學山)에 들어갔고, 백남주 목사의 권고로 평양 예수교회 중앙선도원으로 옮겨 『예수』를 창간하여 편집책임자로 일했다. 『예수』는 당시 이용도 목사의 영향을 받아 설립된 '예수교회'30)의 기관지이다. 예수교회

---

27) 백승균, 「블로흐의 미래지향적 희망의 철학사상」, 『희망의 철학자 블로흐』, 계명대출판부, 1982, 220~225쪽.
28) R. Williams, *Marxism and Literature*, Methuen, 1979, pp.128~135 참조.
29) Sigmund Freud, *Civilization and its Discontents, in Sigmund Freud : Civilization, Society and Religion,* Harmondsworth, 1985, p.125.
30) 1930년대 초반 평양시내의 기도운동을 평양노회에서 무교회 사상 혐의로 금지시키자 이에 불만을 품은 기도파 사람들이 소속 교회를 탈퇴하고 이용도 목사와 연관을 맺

가 표방한 기독교 정신은 '고난과 사랑의 신비주의'로 요약할 수 있으며, 이는 이용도 목사의 기독교 정신이기도 하다.31) 『예수』의 편집책임자였던 박계주의 당시 사정을 감안한다면 그는 이러한 분위기로부터 결코 자유로울 수 없었을 것이다.32) 이를 인정한다면 『순애보』 또한 그것의 문학적 반영이라 해도 지나치지 않다.33) '고난과 사랑의 신비주의'라는 기독교 정신은 작품의 곳곳에서 쉽게 발견할 수 있다. 그리고 이것은 작중인물들의 도약이 이루어지는 곳과 거의 일치한다. 최문선이 진범 이치한을 원수가 아닌 친구로 받아들이면서 "원수를 사랑하라"는 누가복음 6장 27절의 예수의 말씀을 떠올린 점이나, 사형선고를 언도받고서도 항소하지 않았을 뿐 아니라 그것을 "신이 주신 선물이오 은혜"이라고 오열을 터뜨린 점 등은 이러한 기독교 정신의 구체적 발현이라고 해야 할 것이다. 윤명희의 사랑 또한 같은 맥락에서 이해할 수 있다.

> 「그는 세상에서 가장 중하고 무서운죄명을 쓰고 이 세상을 싯맛추런다. 이것은 암만하여도 미들 수 업는 쑴만갓고나. 만일 그가 과연 이러한 죄악을 지엇다면?지엇다고 헐지라도 그는 나의나이다. 나는 그의그다.」 (중 략) 「사랑은 죽엄과 가티 강하다.」34)

으면서 1933년 6월 6-8일 '예수교회'를 설립하였다. 그러나 기독교 내에서는 예수교회를 이단 혹은 신비파로 규정, 비판적 입장을 취했다. 윤춘병, 『한국기독교 신문·잡지 백년사 1885-1945』, 한국기독교출판사, 1984, 217~218쪽.

31) 임영천, 앞의 글, 110~111쪽.

32) 『예수』 제1호에서 박계주는 「無題」편에 '나래펴는', 「명상록」 편에 '瞑想錄', 「참회록」 편에 '愛曲'과 '선다싱', 그리고 '心鳥'라는 글을 각각 싣고 있다. 이것은 박계주가 『예수』의 편집자였다는 사실 이외에도 그가 사상적 측면에서 이용도 목사의 영향을 간접적으로 받았음을 시사한다. 윤춘병, 위의 책, 215~216쪽.

33) 이러한 관점의 연구로 임영천의 「이용도와 한국문학과의 관계연구」(『인문과학연구』 제11집, 조선대 인문과학연구소, 1989, 110~119쪽)가 대표적이다. 박계주의 종교적 입장에 관한 본고의 논의는 위의 연구를 크게 참고하였다.

34) 『매일신보』 1939.6.10.

앞서 살펴보았듯이 윤명희는 최문선이 피검되었음에도 불구하고 사랑과 죽음을 그와 함께 할 것을 고백한다. "사랑은 죽음과 같이 강하다"는 아가서의 한 대목이 윤명희의 사랑의 신비주의적 성격을 규정짓는 것이라면,35) 최문선의 피검과 사형선고는 그녀에게 사랑의 한계로 인식될 수 없다. 이러한 신비주의적인 측면은 다른 작중인물들에게서도 발견할 수 있다. 장혜순이 외도했던 전남편에게 수혈하는 것이나 이철진이 수혈을 받은 이후 낙동강 수해지구의 이재민들을 위해 살신성인의 자세로 투신한 것, 신옥련이 철진의 죽음 이후 참회하고 수도원으로 들어가는 것을 통해 박계주의 종교적 입장을 확인할 수 있다. 『순애보』 이후에 창작된 그의 여러 작품들이 이러한 기독교 정신을 다루고 있다는 사실도 이와 무관하지 않을 것이다.

둘째, 당시의 시대상황과 『순애보』가 연재되었던 『매일신보』의 성격을 염두에 두어야 할 것 같다. 『순애보』는 『매일신보』가 1938년 상금 천 원을 걸고 모집한 현상공모당선작이다. 『매일신보』는 일문(日文)으로 된 『경성일보』와 함께 조선총독부 기관지이다. 이러한 성격 탓에 『매일신보』의 구독은 관공서 위주로 이루어졌으며, 우리 민족은 총독부의 기관지라 하여 기피하였다. 때문에 운영상의 적자를 면할 수 없었다. 그래서 『매일신보』는 1938년 4월 29일 『경성일보』와 분리, 독립하면서 상업적 노선을 고집하기 시작하였다.36) 이미 민족지인 『조선

---

35) 임영천이 인용한 '그녀의 일기 속의 한 구절', 즉 "범죄하지 않은 때만 골라서, 그리하여 범죄하기 전까지만 내 마음과 몸을 바쳐서 사랑한다는 그러한 규정이나 한계가 사랑엔 있을 수 없다"는 사실상 최문선의 꿈속에서 이루어진 그와 윤명희의 대화의 한 대목이다. 이것은 당시의 윤명희의 심적 상태를 살필 수 있는 근거라기 보다는 최문선의 그녀에 대한 사랑, 그 속성을 고찰해 볼 수 있는 근거가 될 것이다. 임영천, 앞의 글, 115~116쪽.
36) 최 준, 『한국신문사』, 일조각, 1990, 294~296쪽; 한원영, 『한국근대신문연재소설연구』, 이회, 1996, 47~51쪽.

일보』나『동아일보』가 일제의 엄격해진 검열정책으로 인해[37] 1937년
이래로 신문의 사회 계몽적 기능보다는 상업성을 강조하였는데,[38] 이
러한 측면에서 신문연재소설은 소정의 성과를 거두고 있었다.『매일신
보』또한 독자들의 관심을 끄는 신문연재소설을 현상공모 하였으며,
그 상금이 천 원으로 당시로서는 거액이었기 때문에 문학지망생 뿐 아
니라 사회의 여러 계층에서 관심의 대상이 되었다.『매일신보』의 전략
은 그 심사기준에서 분명하게 드러나 있다.

> 一, 읽기 쉬운 文章이어야 할 일, 二, 每日每日 興味를 끄을고 나가야 할
> 일, 三, 大衆이 理解하기 쉬운 事件이 展開되어야 할 일, 四, 할머니 하라버
> 지 어머니 누나 等 온家族이 한자리에 가치안저서 읽을 수 잇도록 美風養俗
> 에 背踐됨이 업서야 할 일, 五, 現實을 淨化하야써 讀者로 하여금 高尙한 感
> 情을 把持하도록 할 일, 6. 文學的 創造的이어야 할 일—以上의 몃가지는 基
> 本的으로 必要한 條件이라 할 수 잇다 그리하야 以上의 基準에 빗치어 그
> 가장 優秀한 者가 當選作될것임에 틀림업는 일이엇다『殉愛譜』는 …注文에
> 가장 適合하는 作品이엇다.[39](띄어쓰기—인용자)

심사기준은 대체로 신문의 상업주의적 성격과 밀접한 관련성을 지
닌다. 아가페적 사랑의 추구와 관련하여 주목할 것은 "現實을 淨化하
야써 讀者로 하여금 高尙한 感情을 把持하도록"해야 한다는 다섯째
항목이다.『순애보』가 기독교에 바탕을 둔 희생적이고 헌신적인 사랑
을 통해 선풍적인 인기를 누릴 수 있었던 것도 이러한 심사기준과 무
관하지 않을 것이다. 이 작품을 "全人類의 根本問題, 個人生活의, 家庭
生活의, 國家生活의, 世界平和의 根本問題를 捕捉하랴는 小說"[40]이라

---

37) 이해창,『한국신문사연구』, 성문각, 1983, 141~147쪽.
38) 최 준, 위의 책, 277~293쪽.
39)「長篇小說先後感」,『매일신보』1938.12.29.
40) 이광수,「人間의 根本問題를 論하는 小說」,『매일신보』1939.12.17『殉愛譜』재판 출

는 이광수의 상찬도 같은 맥락에서 이해할 수 있다.

그렇다면 이광수의 지적대로 "사랑은 주는 것이오 가지는 것이 아니기 때문에 限量업시 주고주어 마침내 自己목숨까지 주어버리는것으로서 사랑을 이루는 것이 이 小說의 精神"[41]이라면 이 소설의 사회사적 의의는 어디에서 찾을 수 있을까? 원고마감 이전의 투고안내광고를 살펴 보면, 내용면에서 "題材는 現代의 朝鮮에서 取할 것으로 歷史小說을 取치 안흠"[42]으로 명확하게 규정되어 있다. 이 경우 애초부터 민족주의적 색채가 끼어 들 여지는 없다. 이념의 상실로 인한 모색의 시기에 자기 희생적인 사랑의 소설화가 비록 "讀者로 하여금 高尙한 感情을 把持"한다 하더라도 비의적인 사랑의 논리로 현실을 은폐하여 독자의 현실감각을 탈각시키는 것은 부인할 수 없는 사실이다. 이것은 소설의 전반적인 통속화 경향과 맞물리는 것이다. 통속소설이 당대를 가장 무난하게 통과하려는 경향으로 표현된 것이며 현대의 상업주의적인 저널리즘을 배경으로 탄생된 근대 정통문학의 한 붕괴 과정의 표현[43]이라는 지적에서 『순애보』의 문학적 논리를 엿볼 수 있다.

셋째, 『순애보』와 1930년대 후반 연애소설들과의 관련성을 들 수 있다. 주지하다시피 1930년대 초반의 연애소설들은 남녀 작중인물들의 애정관계를 다루면서도 그 이면에 민족주의적 이념지향성이나 식민지 자본주의 경제의 논리를 내포하고 있었다. 이것은 당시 연애소설이 오락적 기능에만 그치는 것이 아니라 사회 비판적 기능을 함께 수행하고 있었다는 사실을 환기한다. 그러나 1930년대 후반의 연애소설들은 전대의 사회 비판적 기능을 탈색하고 보다 보편적이고 윤리적인 사랑을

___

간 광고 중에서.
41) 이광수, 위의 글.
42) 「文藝作品懸賞募集」, 『매일신보』 1938.10.22.
43) 백 철, 『신문학사조사』, 신구문화사, 1992, 527~528쪽.

형상화하는 데 치중한다. 이러한 사실은 『순애보』가 발표되기 이전부터 세간의 주목을 받았던 김말봉의 『찔레꽃』이나 이광수의 『사랑』과 비교해 보면 구체적으로 확인할 수 있다.

『찔레꽃』의 남녀 주인공 이민수와 안정순은 재자가인으로 도덕적이고 순결한 인물들이다. 이러한 인물들의 결합에 있어서 장애는 그들의 가난에서 비롯된다. 서울로 유학 온 고학생인 이민수만큼이나 안정순은 아버지의 병원비와 가족의 생계비를 벌어야만 하는 열악한 환경에 처해 있다. 그러한 그들의 애정 갈등은 안정순이 은행 두취인 조만호 집에 가정교사로 들어가면서 시작되고, 작중인물들의 삼각관계가 중첩적으로 얽혀 복잡한 양상을 보여준다.

여기에서 주목할 것은 작중인물들의 애정 갈등의 양상이 돈과 사랑의 이분법에 기초하고 있음에도 불구하고 정작 이민수와 안정순의 갈등은 그것이 간접화된 오해에서 배태된 것으로 처리되고 있다는 점이다.44) 두 주인공들은 돈의 논리와 무연한 태도를 보여주며, 다만 상대방이 그러한 논리에 이끌려가고 있다고 오해하는 데에서 갈등이 발생한다. 이것은 두 주인공들의 이상적 성격을 반증한다. 특히 안정순의 이미지는 작품 전편에서 '찔레꽃'으로 비유되는데, 그것은 그녀의 순결성뿐 아니라 가족들과 애인인 이민수에 대한 자기희생적이고 헌신적인 사랑을 드러내는 기표이다. 이러한 그녀의 이미지는 이민수와의 갈등이 해소된 이후 보다 분명해진다.

> 가지 위에 나부끼는 눈송이 다음 송이가 와서 앉을 동안 자취없이 스러지는 눈송이! 그것은 하염없이 흩어지는 찔레꽃화변의 하나하나이다. 아니 덧없는 인생행복⋯⋯정순의 가슴을 길이 가시처럼 할퀴어주고 간 민수의 사랑

---

44) 김영찬, 앞의 글, 16~19쪽.

이 아닐까?[45)]

　작품의 결말에서 안정순은 이민수와 약혼한 조경애를 위해서 그를
포기한다. 즉 이민수와 안정순의 사랑은 패배의 양상을 띤다.[46)] 하지
만 그것이 외부적인 강압에 의해서 주어진 것이 아니라 안정순 스스로
의 선택에 의한 것이라는 점에 주목할 필요가 있다. 그녀의 선택은 이
전의 '찔레꽃'의 이미지를 "덧없는 인생행복"과 같은 존재론적인 차원
으로 도약시킨다.[47)] 이로써 그녀의 이미지는 단순히 비유적인 데에서
벗어나 신비적인 성격을 가진다. 이러한 성격은 『순애보』의 아가페적
사랑과도 상통한다. 그것은 또한 『사랑』에서 분명하게 드러난다.

　『사랑』에서 안 빈과 석순옥은 『찔레꽃』의 두 남녀 주인공보다도 이
상화된 성격을 지닌 인물들이다. 안 빈은 전도유망한 문학가의 길을
포기하고 인류에게 직접적 도움을 줄 수 있는 의사로 변모하여 그들의
육체적 고통뿐 아니라 정신적 고통까지도 치료하기 위해 헌신하는 인
물이다. 즉 그는 예수나 부처에 비견될 정도로 개인적이고 세속적인
가치를 초월한 인물이다. 그리고 석순옥은 이러한 그를 흠모하여 교사
생활을 포기하고 간호사가 되어 직접 그를 돕고자 하는 인물이다. 이
때 석순옥의 안 빈에 대한 사랑은 현실세계의 남녀간의 사랑에서 드러
나는 "이기적이고 본능적인" 성격과는 구분된다.[48)]

---

45) 김말봉, 『찔레꽃』, 대일출판사, 1974, 450쪽.
46) 김강호, 「1930년대 한국 통속소설 연구」, 부산대 박사논문, 1994, 107～108쪽.
47) 서영채, 「1930년대 통속소설의 존재방식과 그 의미」, 『민족문학사연구』 제4호, 창작
　　과비평사, 1993, 286～287쪽.
48) 논자들은 안 빈과 석순옥이 추구한 사랑을 춘원의 정신사적인 측면에서 분석, 평가
　　한 바 있다. 당시 춘원의 사상적 궤적에 주목하여 기독교적 입장에서 아가페적 사랑
　　으로 평가하거나(백 철, 「春園文學과 基督教-「사랑」을 중심한 확인-」, 『기독교사상』
　　75호, 1964); 전대웅, 「春園의 作品과 宗教的 意義」, 『동서문화』 1호, 계명대, 1967), 불
　　교적 입장에서 대승적 사랑으로 평가하였다. 이화형, 「春園小說에 나타난 佛教思想」,

『언니는 참 나를 몰라 보아. 어쩌면 언니두 그렇게 나를 몰라 주어. 내가
어디 혼인의 대상으루 안 선생을 사모허는 게요? 그이가 내 남편이 되구 내
가 그 아내가 되구 싶어서, 그래서 내가 그이를 사모허는 게요? 아니야, 난
정말 아니야. 내가 안 선생을 사모하는 사랑은 연애라든지 혼인이라든지보다
훨씬 높은 사랑이라구 나는 믿어요. 도리어 내 사랑에 연애라든지 혼인이라
든지 그런 생각이 티끌만치라도 섞이면 그것은 내 사랑의 타락이라고 믿어
요.』[49]

다시 말해서 석순옥의 사랑은 연애나 혼인을 목표로 하지 않고, 다
만 안 빈을 "존경하구 사모하는" 데 있다. 더욱이 그녀는 안 빈을 위
해 무조건적이고 자기희생적이며 헌신적인 태도로 자신의 사랑을 실
천한다. 이러한 측면들은 그녀의 사랑이 현실적인 남녀의 애정관에서
벗어나 종교적이고 성스러운 것으로 도약되어 있음을 보여준다. 이것
은『순애보』의 아가페적 사랑에 다름 아니다.

이 아가페적 사랑의 실천자로서 석순옥의 이상적 면모는 안 빈과의
관계를 오해하는 일상적이고 세속적인 인물들로 인해 시련을 겪음으
로써 더욱 강화된다. 옥남이 그녀와 남편 안 빈과의 관계를 의심하자
순옥은 그들, 특히 안 빈을 위해 사랑하지도 않는 허 영과 결혼한다.
그러나 그녀의 결혼생활은 허 영의 의심과 그의 방탕한 생활 때문에
결코 평탄하지 못하다. 결국 그녀는 이혼하지만 그녀의 시련은 여기에

『어문논집』 10집, 고려대, 1967); 최정석, 「作品 「사랑」의 사랑 分析」, 『연구논문집』
8·9집, 효성여대, 1971; 김용태, 「「사랑」의 思想的 硏究」, 『수련어문논집』 2집, 부산
여대, 1974. 그리고 불교사상은 춘원의 이상주의적 성향과 결부되어 애정의 이상주의
를 보여주고 있다고 평가하기도 하였다. 조연현, 「李光洙의 文學」, 『한국현대문학사』,
성문각, 1974; 구인환, 「李光洙思想의 淵源」, 『이병주선생주갑기념논총』, 이우출판사,
1981. 이러한 평가들은 안 빈과 석순옥이 추구한 사랑이 종교적이고 초월적인 성격을
대변한다는 점에서 공통점을 지닌다.
49) 주요한·박종화·백철·정비석·박계주 엮음, 『이광수전집』 10-사랑·꿈, 삼중당,
1966, 28쪽.

서 끝나지 않는다. 이혼 후 낳은 딸 길림을 허 영과 그의 어머니가 안 빈의 딸로 오해하고 병든 허 영의 간호를 자청한 그녀를 박대한다. 뿐만 아니라 직장동료인 이의사의 관계를 오해함으로써 그녀를 더욱 힘들게 한다. 이렇듯 석순옥의 시련은 일상적 인물의 오해에서 촉발되지만 그녀는 자신의 시련을 내면화시키고 그들을 희생적이고 헌신적인 태도로 대한다. 이러한 측면은 그녀의 인물됨을 보다 비의적인 국면으로 도약시킨다.

그러한 석순옥의 도약은 자신에게만 국한된 것이 아니라 다른 작중인물들을 도약시키는 중간자적 역할을 담당한다.50) 순옥의 사랑에 대해 반신반의하던 인원·영옥·이의사는 그녀의 시련을 통해 그 사랑의 본질을 깨닫는다. 그 사랑은 곧 안 빈의 사랑과 등가적 성격을 가진 것이다. 그러니까 그들은 그녀를 통해 안 빈의 인물됨과 사랑의 본질을 깨닫고 그의 사업에 동참하게 된다. 안 빈이 운영하는 북한의료원은 그 사랑이 구체적으로 실현되는 이상적인 공간이다. 그 곳에서 그들의 사랑은 희생적이고 헌신적으로 실천된다. 이로써 석순옥과 안 빈의 사랑은 『찔레꽃』의 안정순이나 『순애보』의 최문선, 윤명희, 장혜순의 아가페적 사랑보다 한 차원 더 승화되어 있는 모습을 보여준다.

이처럼 1930년대 후반 연애소설들의 작중인물들이 지향하는 궁극적인 사랑은 대체로 자기 희생적이고 헌신적이다. 작중인물들의 고난이나 시련이 그러한 사랑의 바탕 위에서 극복될 때, 그 사랑은 더욱 신비적인 성향을 띤다. 물론 이러한 점 때문에 독자들이 감동을 받긴 하지만 그 이면에 노정되어 있는 비현실적인 측면을 결코 간과해서는 안 된다. 그러나 당대의 연애소설이 보여주는 이러한 사랑의 방식은

---

50) 진헌재, 『이광수 소설의 분석적 연구—작중인물을 중심으로』, 삼지원, 1986, 203~220쪽.

당시로서는 문학 초년생이었던 박계주에게 하나의 규범으로 작용했을 것이라 여겨진다. 왜냐하면 『순애보』가 박계주의 처녀작이고, 대개 처녀작은 당대의 소설적 경향에 대한 모방의식이 강하게 작용하기 때문이다.

5. 1930년대 후반 연애소설의 특성과 한계

연애소설은 여전히 많은 독자들이 관심을 가지고 즐겨 읽는 소설이다. 최근 베스트셀러로 기록된 몇 안 되는 소설들이 대개 연애소설이라는 점은 결코 간과할 수 없는 사실이다. 그러나 연애소설을 대한 연구자들의 시선은 여전히 비판적이며 연구 성과도 극히 미미한 실정이다. 따라서 대중문화시대를 살고 있는 지금, 연애소설이 대중들의 저급한 취향에 영합하거나 현실도피적이고 오락적인 소설이라고 비판하기 보다는 대중적인 인기를 끌 수 있었던 작품 내외적 의미를 적극적으로 고찰하고, 나아가 소설사적으로, 사회문화사적으로 조망하는 작업이 절실히 요청된다. 이러한 시각에서 이 글은 1930년대 후반 대중들의 관심을 모았던 『순애보』를 중심으로 연애소설적 특성과 그 의미를 살펴보았다. 논의 결과를 요약해 보면 다음과 같다.

『순애보』는 멜로드라마적 도식을 사용하여 대중성 확보에 성공한 연애소설이었다. 그 특징적 면모를 애정의 삼각관계를 통해 살펴보았는데, 중심적 서사보다는 부수적 서사에서 대중성의 장치들이 분명하게 드러났다. 중심적 서사에서 애정의 삼각관계는 이상적인 남녀 주인공의 이상적 결합을 향한 과정적 의미에 지나지 않았다. 즉 남녀 주인공이 서로의 사랑을 확인하는 단계에서만 애정의 삼각관계가 나타나고 있었으며, 이를 우발적이고 단선적으로 종결짓고 있었다. 이에 비해 부수적 서사에서 애정의 삼각관계는 작중인물들의 애정행각을 복합적이고 역동적으로 구조화시키고 선정적 요소를 차용하여 독자들에게 소설을 읽는 재미를 배가시키고 있었다.

그리고 이 소설은 대중성의 다른 한편에 아가페적 사랑을 정신적 지주로 포함하고 있었다. 아가페적 사랑은 멜로드라마가 기독교의 논리와 결합함으로써 희생적이고 헌신적인 사랑의 실천이라는 사회윤리적 관념을 독자들에게 고무시키는 소설적 장치였다. 이것은 작중인물들이 겪는 고난에서, 그리고 우연성의 장치에서 작중인물들의 도약을 통해 효과적으로 보여주고 있었다. 이러한 작중인물들의 도약은 아가페적 사랑에 대한 독자들의 도덕적 환상에 기여하고 있었다. 즉 아가페적 사랑을 지향하는 작중인물들은 독자들에게 당대 현실적 삶의 질곡 속에서 바람직한 인간상과 삶의 태도를 모색할 수 있는 가능성을 보여주었다.

이러한 아가페적 사랑에 대한 지향은 크게 세 가지 측면에서 그 원인을 찾을 수 있었다. 우선 박계주가 이용도 목사의 '고난과 사랑의 신비주의'를 정신적 지주로 삼았던 시기에 이 작품을 창작했다는 점, 『매일신보』 현상공모 당선작이었던 만큼 신문사의 심사기준에 맞춰 쓰여졌다는 점, 그리고 1930년대 후반 연애소설들의 대부분이 현실탈각적인 희생적이고 헌신적인 사랑을 보인다는 점이다. 따라서 『순애보』는 신문사의 상업성 확보전략에 부응하기 위해 박계주가 종교적·문학적 체험을 감상적이고 도덕적인 경향의 아가페적 사랑으로 형상화한 소설이라 하겠다. 물론 독자사회학적 관점에서 긍정적 의미를 지님에도 불구하고, 당대 현실의 논리에 암묵적으로 순응했다는 점에서 여전히 비판의 여지가 남는다.

제2장

한국전쟁기 김말봉 소설의 대중성
─『별들의 故鄕』을 중심으로

1. 근대 대중소설과 김말봉

김말봉은 대중소설가임을 자처했던 여성 소설가이다. 1937년『찔레꽃』이『조선일보』에 연재된 이래 대중들의 폭발적인 관심을 불러일으켰지만, 소설에 대한 평가는 대중적 관심에 비해 소홀한 편이다. 순수문학이 맹위를 떨치던 당대 문학계에서는 '신문연재소설=장편소설=대중소설'이라는 인식 아래『찔레꽃』의 대중성을 부정적으로 평가하였다. 이러한 인식은 근대소설사 기술이나 작가나 작품 연구의 가늠쇠 역할을 하면서 대중소설에 대한 정당한 평가를 가로막는 잣대로 작용하였다. 김말봉 또한 대중적 명망과 활발한 창작활동에 견주어 뚜렷한 연구성과가 부족한 편이다.

그동안 김말봉의 소설 연구는 전반적인 검토가 답보된 상태에서 간헐적으로 이루어졌다. 근대소설사에서 김말봉은 1930년대 대중소설의 폄하 분위기와 맞물려 당대 약진을 거듭한 여성 문인으로서도 명함을 내밀지 못하거나 겨우 이름 석 자만을 올려놓는 데 만족해야 하는 실정이다.[1] 이러한 상황은 개별 소설에 대한 연구들에서도 마찬가지이다. 논의의 대부분은 김말봉의 출세작 『찔레꽃』을 중심으로 대중소설의 특성이나 한계를 검토하는 데 치중해 있다.[2] 최근 들어 『찔레꽃』을 대중소설의 관점에서 접근하려는 시도가 이어지고 있는 것은 다행한 일이다.[3] 더욱이 『찔레꽃』을 포함하여 연구의 외연이 후기 소설까지

---

[1] 근대소설사에서 1930년대는 여성 문인들이 제약적 환경에서 뚜렷하게 약진한 시기이다. 연구자에 따라 다소 편차는 있지만, 이 시기 비중 있게 거론되는 여성 소설가로는 박화성, 강경애, 백신애, 최정희, 장덕조 등이다. 여기에서 김말봉의 이름만을 언급한 경우는 김우종의 『한국현대소설사』(선명문화사, 1974)와 이재선의 『한국현대소설사』(홍성사, 1976)이다. 그러다가 백철이 『한국신문학발달사』(박영사, 1975)에서 그의 작품을 언급하면서 김말봉을 최초의 대중소설가로 밝힌 이래, 조동일이 『한국문학통사』 제5권(지식산업사, 1994)에서 통속연애소설의 맥락에서 김말봉을 구체적으로 다루었다. 대중소설에 대한 폄하가 오랜 기간 지속되었음을 엿볼 수 있는 사례라 할 만하다.

[2] 『찔레꽃』을 연구대상으로 한 글을 대략적으로 살펴보면 다음과 같다. 천상병, 「사회와 윤리:김말봉의 '찔레꽃'론」, 『한국장편문학대계』 제13권, 성음사, 1970; 정한숙, 「대중소설론」, 『인문논총』 제21집, 고려대, 1976; 전영태, 「한국근대소설의 대중성에 관한 고찰:멜로드라마적 성격을 중심으로」, 『한국학보』 제33집, 일지사, 1983; 안창수, 「'찔레꽃'에 나타난 삶의 양상과 그 한계」, 『영남어문학』 제12집, 영남어문학회, 1985; 정영자, 「김말봉 소설의 양면성」, 『부산문학』, 1986; 유문선, 「애정갈등과 통속소설의 창작방법:김말봉의 '찔레꽃'에 관하여」, 『문학정신』 1990년 6월호; 서영채, 「1930년대 통속소설의 존재방식과 그 의미」, 『민족문학사연구』 제4호, 민족문학사연구소, 1993; 이상진, 「대중소설의 반페미니즘적 경향:김말봉론」, 『페미니즘과 소설비평:근대편』(한국여성소설연구회 엮음), 한길사, 1995; 홍성암, 「한국여류소설의 두 경향」, 『한민족문화연구』 제5집, 한민족문화학회, 1999; 김한식, 「김말봉의 「찔레꽃」과 '본격통속'의 구조」, 『한국학연구』 제12집, 고려대 한국학연구소, 2000; 박종홍, 「김말봉의 「밀림」의 통속성 고찰」, 『어문학』 제76권, 한국어문학회, 2002.

[3] 이러한 관점 변화는 1990년대 이후 논문에서 두드러지며 대략 살펴보면 다음과 같다. 김강호, 「1930년대 한국 통속소설연구」, 부산대 박사논문, 1994; 김영찬, 「1930년대 후반 통속소설 연구-『찔레꽃』과 『殉愛譜』를 중심으로」, 성균관대 석사논문, 1994; 이종호, 「1930년대 통속소설 연구」, 경북대 석사논문, 1995; 이미향, 「일제강점기 애정갈등형 대중소설 연구」, 숙명여대 박사논문, 1998; 이경춘, 「1930년대 대중소설 연구-김말봉의 『찔레꽃』을 중심으로」, 경성대 석사논문, 1998; 이정옥, 「대중소설의 시학적 연구-1930년대를 중심으로」, 서강대 박사논문, 1999; 정희진, 「김말봉의 『찔레꽃』연구-서사기법과 독자 흥미유발 요소를 중심으로」, 공주대 석사논문, 1999; 강옥희, 『한국

한층 넓어졌다.

김말봉의 광복 후 작품을 논의에 포함시킨 경우는 약간의 변화를 보여준다.[4] 신동욱은 김말봉의 전기 단편들과 후기 장편소설 『화려한 지옥』, 『푸른 날개』, 『생명』을 대상으로 김말봉의 문학적 특징을 통시적으로 고찰하였다.[5] 그는 김말봉의 문학적 특징을 현실에 대한 탐구정신과 인도주의 사상의 실현에 있다고 보았다. 이것은 김말봉 문학의 대중성의 원천을 새롭게 볼 수 있게 한다. 그리고 홍근희는 김말봉의 대표적 장편소설들을 두루 아울러 작가의 생애와 작품의 상관성을 거론하면서 주제론적으로 접근하였다.[6] 여기에서 김말봉이 대중문학적 특성을 살리면서 나름대로 시대상을 반영하고자 했음을 밝혔다. 그러나 대중문학의 한계로서 쾌락적 기능과 문학적 의의로서 교시적·종교적 기능을 구분하는 이중적인 태도를 보여주었다. 그런데도 김말봉의 소설이 오락적이고 위안적인 문학에 그치지 않는다는 지적은 눈여겨볼 만하다. 이러한 연구성과를 통해 볼 때 김말봉은 광복 후 대중소설을 창작하면서 새로운 변화를 꾀하고 있었음을 짐작할 수 있다.

근대 대중소설 연구』, 깊은샘, 2000; 장두식, 「근대 대중소설 연구—1930년대 후반기 '연애소설'을 중심으로」, 단국대 박사논문, 2001; 조명기, 「한국 현대 대중소설 연구」, 부산대 박사논문, 2002; 류진아, 「1930년대 후기 장편소설에 나타난 통속성의 양상—『찔레꽃』과 『탁류』를 중심으로」, 한국외대, 석사논문, 2004.

4) 여기에서 김동윤과 양동숙의 글은 논외로 한다. 우선 김동윤의 「1950년대 신문소설 연구」(제주대 박사논문, 1999)는 1950년대 신문소설의 양상을 살피는 자리에서 김말봉의 후기 소설을 다루고 있어 김말봉의 소설 세계를 뚜렷하게 파악하기는 힘들다. 그리고 양동숙의 「해방 후 공창제 폐지 운동과 김말봉의 '화려한 지옥'」(『함께보는 우리 역사』 제46호, 역사학연구소, 1998 가을)은 『화려한 지옥』을 광복 후 공창폐지운동의 전개과정과 연계시켜 역사학적 입장에서 접근한 글이다.

5) 신동욱, 「여성의 운명과 순결미의 의식」, 『김말봉의 문학과 사회』(정하은 엮음), 종로서적, 1986.

6) 홍근희, 「김말봉 소설 연구」, 대구카톨릭대 석사논문, 2002.

　이 글은 한국전쟁기에 발표된 김말봉의 『별들의 故鄕』을 대상으로
광복 후 김말봉의 문학적 특질을 새로운 공식성, 그러니까 사회적 멜
로드라마의 특성과 관련지어 살펴보는 데 목적을 둔다. 대중소설의 읽
는 재미를 가로질러 사회적 멜로드라마라는 공식성이 사회 역사적 현
실과 결합하는 효과를 검토하는 계기가 될 것이다. 아울러 사회적 멜
로드라마를 통해 대중에게 다가선 후기 소설의 성과와 한계를 가늠하
는 주요한 단서를 제공하리라 본다.

2. 『별들의 故鄕』과 사회적 멜로드라마

　『별들의 故鄕』은 1953년 정음사에 출간된 장편소설이다.[7] 이 소설
은 광복 후 단독정부수립 무렵부터 한국 전쟁기에 이르는 역사적 격랑

---

7) 『별들의 故鄕』의 발행시기와 연재 여부는 그동안 혼선을 빚었던 부분이다. 우선, 발행
　시기는 최근 이상진이 김말봉의 작품연보를 정리하면서 처음으로 1953년임을 밝혔다.
　그동안 이 소설의 발행시기는 문덕수가 엮은 『세계문예대사전』 상권(성음사, 1973)을
　근거로 한 1956년과 김항명이 쓴 실화소설 『찔레꽃 피는 언덕』(명서원, 1976)에 바탕
　을 둔 1950년으로 나뉘어져 있었다. 그러나 소설의 내용이 1951년 1월 3일 서울 재수
　복 당시 정확한 날짜까지 밝히며 전개되고 있다는 점을 고려할 때, 1950년 발행은 사
　실상 불가능하다. 이 소설은 1953년 서울신문사에서 인쇄하고 정음사에서 처음으로
　발간했다고 볼 수 있다. 하지만 여전히 문제로 남은 부분은 연재여부이다. 이상진은
　작품연보에서 소설명과 발표매체를 밝히지 않은 채 발행시기에 "1953.1~1953.6(미확
　인)"이라는 것만을 기술하였다.(이상진, 「대중소설의 반페미니즘적 경향－김말봉론」,
　『페미니즘과 소설비평－근대편』,(한국여성소설연구회), 한길사, 1995, 315쪽). 이것이
　『별들의 故鄕』일 가능성을 짐작할 뿐이다. 그런데도 홍근희는 『별들의 故鄕』을 연재
　후 단행본으로 묶은 소설에 포함시키고 있는데, 그 근거를 밝히고 있지는 않다. 연구
　자는 『별들의 故鄕』이 서울신문사에서 인쇄된 점을 감안하여 『서울신문』의 연재여부
　를 확인하였다. 그러나 1952년 『太陽의 眷屬』이 연재된 이후 김말봉의 작품은 찾을
　수 없었다. 결국 『별들의 故鄕』의 연재여부는 연구 과제로 남을 수밖에 없다. 다만
　이 소설의 시대적 배경이 1947년 크리스마스 무렵부터 1951년 3월 서울을 재수복한
　봄까지이고, 초판 발행일이 1953년 6월 15일인 점을 감안할 때, 『별들의 故鄕』은 한
　국전쟁기에 쓰고 발표한 것으로 보인다.

속에서 작중인물들이 겪는 삶의 질곡을 전면화시킨 작품이다. 작중인물들의 소박한 삶을 파괴하고 생존조차 위협하는 역사의 파고들은 소설의 내적 이야기를 사실성 있게 재현한다. 그러나 서사를 구조화하는 기본적인 이야기는 주인공 최창열이 겪는 애정의 추구 과정이다.

최창열은 여대생 유송난을 사랑하지만 번번히 퇴짜를 맞는다. 그 와중에 창녀 연심에게 정을 주었다가 성병에 걸린다. 친구를 대신한 공창 폐지 연설을 한 후, 유송난과 교제하게 되지만 그녀와 사상 노선이 다르다는 사실을 알게 된다. 한편 연심의 유서를 받은 창열은 묘지에 찾아갔다가 혼인 말이 있었던 이영숙을 우연히 만나 그녀의 새로운 면모에 눈뜬다. 유송난의 생일날, 입법위원을 가장했던 적 철 일행이 포주 오덕수와 소란을 일으키는 것을 본 창열은 유송난을 단념하고 자신을 뒤돌아본다. 한편 소란 이후 송난은 번민하다 사랑을 선택하지만 반공사상을 고취하는 학생웅변대회를 계기로 사상에 급격하게 경도된다. 그것은 남로당원 적 철을 받아들이는 계기로 작용한다. 그 즈음 친구 봉희는 경찰학교 사감인 박국진과 약혼하는데, 그것을 빌미로 박국진의 동생 박경진이 그녀의 비밀독서회 퇴출을 주도하고 송난은 이를 묵인한다. 그리고 숙명적 결별을 받아들인 창열은 예배당에서 영숙을 만나 서로의 사랑을 확인한다.

국회의원 선거 후 최창열은 투표함 수류탄 투척 사건으로 피검된 송난과 연루되었다는 의심을 받고 검거된다. 다행히 참고인으로 출석한 영숙 덕분에 창열은 풀려나지만 송난은 1년 6개월의 감옥생활을 한다. 이때 남로당원 홍철호는 피득순의 남편이자 퇴기 난주의 정부를 자처하며 동지들의 생활을 뒷받침하는 한편 마작과 주색에 빠져든다. 옥고를 치른 송난은 어머니의 죽음을 알게 된 후 최창열과 이영숙에 대한 복수를 결심한다. 그때 난주의 정부 부탁으로 적 철과 홍철호는 우일모의 피격을 감행했다가 언더우드 부인만 피살한다. 이 사건으로 적 철과 유송난은 월북하고 홍철호는 옥고를 치룬다.

예일대 동반 유학을 위한 비자 수속 중 한국전쟁이 발발하자 창열과 영숙은 집을 옮겨다니며 숨어 지내다 정치보위부로 끌려간다. 이때 인민군 간부가 되어 나타난 송난이 인민재판을 주관하여 최창열과 이영숙은 고초를 겪으나 피득칠 남매의 도움으로 도망친다. 서울수복 후 창열은 연락장교로, 영숙은 후방 간호장교로 일하다 전속되어 부산에서 다시 만난다. 영숙은 양공주로 변한 송난을 아는 체 하나 송난은 외면한다. 송난은 홍철호 일행과 일본에 밀입국하려다 어선이 침몰되어 죽고 만다. 그리고 창열과 영숙은 방위군 제대 후 폐병을 앓는 친구 박영주의 생일날 간호원으로 헌신하는 득순의 사랑을 지켜보며 서로를 위무한다.

『별들의 故鄕』에서 최창열의 애정 추구는 사랑의 진면목을 찾아나가고 그것을 지켜내는 과정을 보여준다. 거친 역사의 소용돌이는 최창열의 애정 추구를 원하지 않는 방향으로 이끌어 가는 주요한 요인이다. 이 소설은 사회적 멜로드라마라는 공식8)을 사용하고 있는 것이다.

하지만 사회적 멜로드라마는 멜로성과 사회성을 단순히 결합하기만 하면 완성되는 공식이 아니다. 무엇보다 사회적 멜로드라마의 사회 역사적 배경은 이야기의 밑그림에 불과한 것이 아니라 어떤 사건이나 제도에 숨겨진 동기들이나 은밀한 폐풍(弊風), 그리고 인간의 잠재적인 어리석음 등에 대한 통찰을 다룬다. 그것은 운명 지워진, 도덕적으로 가치 있는 숙명에 중요성을 부여함으로써 개인적 사건의 중요성과 세계

---

8) 사회적 멜로드라마에 대한 논의는 카웰티의 관점을 적극적으로 수용하였다. John G. Cawelti, Adventure, Mystery and Romance : Formula Stories as Art and Popular Culture, Chicago UP, 1976, pp.261~268.

의 도덕성을 사실성 있게 맥락화한다. 그리고 사회적 멜로드라마는 멜로드라마의 본질인 도덕적 환상을 복잡한 도덕주의 속에 휘몰아 넣는 특징을 보여준다. 사회적 멜로드라마는 멜로드라마의 고유한 본질이나 예측가능성을 완전히 깨뜨리는 것이 아니라 선(善)이 실패할 가능성을 보여주는 작중인물들의 시험과 시련을 묵인하도록 극화된다. 이로써 동시대의 제도적 흐름과 가치에 부합되는 도덕성의 내용을 재구성한다. 이렇듯 사회적 멜로드라마는 멜로드라마의 구조와 동시대의 사회역사적 배경을 결합시킨 독특한 공식이다. 이제 『별들의 故鄕』이 재현하는 사회적 멜로드라마적 특성을 구체적으로 살펴보자.

3. 공창폐지운동, 애정갈등의 다각화와 인습적 도덕의 재인식

『별들의 故鄕』에서 작중인물들의 애정 추구 과정은 기본적인 내적 이야기이다. 그것은 멜로드라마처럼 복합적인 사건 구성을 통해 작중인물들의 애정관계가 복잡하게 교차하고 있다. 특히 소설의 전반부는 주인공 최창열의 애정 추구 과정이 다각적으로 드러나 있다. 작중인물들의 사랑을 둘러싼 욕망과 이데올로기, 그리고 인습의 의미항들이 뒤엉켜 드러난다. 그러한 의미항들을 가로지르는 주요한 사회적 배경이 바로 공창폐지운동이다. 광복 후 좌우 이데올로기의 대립과 사회적 혼란, 그리고 작중인물들의 애정 갈등을 배경화하는 주요한 사건이다.

광복 후 공창폐지운동은 이데올로기적 갈등을 뛰어넘어 여성운동가들의 공통적 관심사였다.9) 1916년 3월 31일 <경무총감부령> 제4호

---

9) 이에 관한 글은 다음과 같다. 한국부인회 총본부, 『한국 여성운동 약사』, 한국부인회 총본부, 1985; 문경란, 「미군정기 한국여성운동에 관한 연구」, 이화여대 석사논문,

'대좌부창기취체규칙'이 공포됨으로써 공창제도가 확립된 이래 한국 사회에서 창기는 노예와 다름없이 생활해야 했다. 창기들 대부분은 가난 때문에 매춘을 시작했지만 광복 후에도 인신매매대금, 그러니까 전차금이라는 부채 때문에 업주들에게 인신 구속의 상태에서 수입의 4할 정도를 허용 받았을 뿐이다. 더욱이 광복 후 급증한 성병과 정조를 강조하는 사회적 분위기가 맞물리면서 창기들의 비인격적인 상황은 악화되었다. 이에 '조선부녀총동맹'을 비롯한 여성 단체들이 공사창폐지운동을 벌였고, 그 결과 1946년 5월 17일 법령 제70호 <부녀자의 매매 혹은 그 매매계약의 금지>가 미군정에 의해 공포되었다. 그러나 미군정 당국은 인신매매만 금지하였을 뿐 개인의 자유의사에 의한 매춘은 인정하려 하였다. 더욱이 창기의 생활대책이 마련되지 않은 상태에서 이루어진 조치였기 때문에 창기들 스스로가 매춘 지원자로 되돌아오면서 비인격적인 상황은 거의 개선되지 못했다. 이에 여성단체들은 법 제정을 추진하는 한편 공창 폐지를 여론화하는 데 주력하였다. 그 결과 1947년 3월부터 1948년 2월 12일에 이르는 신고(辛苦)의 기간을 거쳐 1948년 2월 14일 공창폐지령이 공포되었다.[10]

김말봉은 광복 직후 "노예의 굴레에서 신음하는 여자들을 해방시켜야"한다는 일념으로 공창폐지운동에 적극적으로 가담한 바 있다. 그녀

1989; 이승희, 『한국현대여성운동사』, 백산서당, 1994; 이배용, 「미군정기 여성생활의 변모와 여성의식 1945~1948」, 『역사학보』 제150호, 역사학회, 1996.

10) 양동숙, 「해방후 공창제 폐지과정 연구」, 『역사연구』 제9권, 역사학연구소, 2001, 210~239쪽 참조. 공창폐지령이 공포되었지만 창기들의 탈매춘을 위한 현실적인 대책이 마련되지 않은 상태이었기 때문에 행정당국이 매춘여성을 형식적으로 관리하는 수단으로, 그리고 업자들이 밀매춘을 묵인·보장하는 수단으로 사용될 여지가 다분하였다. 창기들 또한 밀매춘을 하는 범법자이자 성병치료, 직업알선, 교화지도 등 사회적 계몽의 대상으로 전락하여 사회적 고립과 도덕적 낙인에서 벗어나기 더욱 힘들어졌다.

는 아나키스트 유림이 주도하던 한국독립노농당의 중앙위원이자 부녀부장으로 일하면서 공창폐지운동의 선봉에 섰다.11) 1946년 8월 10일 조선부녀총동맹을 비롯한 14개 좌우익 여성단체가 만든 '폐업공창구제연맹'의 회장을 맡기도 하였다.12) 공창폐지운동을 여론화하기 위해 『화려한 地獄—名 카인의 市場』(문연사, 1951)을 썼을 뿐 아니라13) 실질적인 대책이 마련되지 않는 상황에서 창녀들을 계몽하고 박애원을 운영하는 일에 힘썼다.14) 이러한 그녀의 행보와 신념은『화려한 地獄』에 이어『별들의 故鄕』에도 지속적으로 이어지고 있다.

우선,『별들의 故鄕』에서 공창폐지운동이라는 사회적 배경은 작중인물들의 애정갈등을 다각화하는 계기로 작용하면서 창녀나 기생에 대한 작중인물들의 인식 변화를 초점화한다. 특히 주인공 최창열이 두 번이나 사랑에 좌절하는 시점은 광복 후 공창폐지운동이 지향했던 사회적 인식의 한계와 맞닿아 있다. 그러니까 정조를 강조하는 인습적인 도덕과 사회적 인식들이 주인공의 의식세계를 지배함으로써 사랑을 성취하는 데 걸림돌이 되고 있는 것이다. 최창열은 사랑이 좌절될 때마다 자신을 "탈피(脫皮)" 하는 과정을 통해 부정적인 이미지를 표면적으로 일신하고 있다.

최창열은 자신을 "천재"나 "코리안 레오날드 따빈치"로 여길 만큼 지적 허영과 자만에 가득 찬 정치지망생이다. 그는 자신에게 걸맞은 결혼 대상자를 물색하던 중 세종대 국문과에 다니는 유송난의 외양과

---

11) 정하은, 「반속정신의 금자탑을 세운 「화려한 지옥」」,『김말봉의 문학과 사회』(정하은 엮음), 종로서적, 1986, 122~126쪽.
12) 양동숙, 앞의 글, 2001, 221쪽.
13) 양동숙, 「해방 후 공창제 폐지운동과 김말봉의 '화려한 지옥」,『함께보는 우리 역사』 제46호, 역사학연구소, 1998.
14) 김항명, 앞의 책, 431~433쪽.

자신만만한 태도에 매료된다. 그것이 유송난에게 수 차례 연애편지와 쪽지를 건네는 계기이다. 여기에서 창열의 사랑은 자신의 나르시시즘을 만족시켜줄 수 있는 대상을 사랑하는 것에 불과하다. 창열에게 드러난 나르시시즘은 송난의 사랑을 받을만한 존재로서의 자신을 사랑하는 것이자 송난의 사랑을 받을 만하게 자신을 장식하는 것이다. 그렇기에 송난으로부터 사랑의 획득은 창열의 나르시시즘의 무의식적 목적을 구성한다. 이때 창열이 바라는 것은 사랑 그 자체라기보다 사랑의 한 형태로서의 여성적 사랑, 그러니까 흠모하고 인정하는 사랑이라 할 수 있다.15) 그러나 송난이 인정하지 않음으로써 깊은 상처를 받는다. 창열이 자신을 인정해 주고 흠모하는 창녀 연심을 받아들이게 되는 중요한 계기이다.

> 창열은 찬물을 끼얹는듯한 오한을 느끼면서 그는
> 『도대체 누구에게서 배상을 받아야 옳으냐 이 치명적 손실을……의리도없고 진실도없는 창기를 따져도 쓸데없는일이다. 병이있는 연심이를 공공연하게 매음을 하도록 손님앞에 내놓는 유곽의 포주들이 죽일놈들이지, 그보다도 이런 불완전한 제도를 못본척하고 가만이 방임하는 정부가 썩은놈들이야……그런 곳에로 날 끌고간 피덕칠이가 괴심하거든, 빌어 먹을 놈의 자식! 종놈의 종자란 하는수가 없어』
> 이렇게 지껄이면 지꺼릴수록, 그의 고통은 점점 더하여졌다. 그는 신음소리와 함께
> 『갈빗대……갈빗대를 누가 맨들었어, 아담의 갈빗대를 뽑아서, 이브를 맨들어 낸 여호와가 결국 이 모든 책임을 저주어야 할 것이 아닌가』
> 용기를 내여 의사를 부른다 하더래도 돈이 없다.16)

---

15) 이종영, 『성적 지배와 그 양식들』, 새물결, 2001, 27쪽.
16) 김말봉, 『별들의 故鄉』, 정음사, 1953, 37~38쪽. 이하 인용문은 같은 책의 쪽수만을 밝힌다.

인용문은 최창열이 연심 때문에 성병에 감염된 후 분노하는 대목이다. 그는 모든 사회적·종교적 대상을 "저주"한다. 연심에게 데려간 "종놈" 피덕칠, 성병인 줄 알면서도 영업을 시킨 포주, 그러한 사회적 제도를 방임한 정부, "이브를 맨들어 낸 여호와" 모두가 그에게는 분노의 대상이다. 특히 연심은 단 하루만에 "아주 순결한 인간성"을 가진 "쏘니아"에서 "의리도없고 진실도없는 창기"로 전락하고 만다. 이러한 인식은 창녀를 비인격적인 대상으로 대하는 사회적 인식과 맞닿아 있다. 그리고 "종놈의 종자란 하는수가 없"다는 그의 푸념은 봉건적 신분에 대한 사회적 인식이 당대 한국사회의 잔여적 가치로 작용하고 있음을 보여준다.

이러한 인식의 틀거리는 공창폐지운동을 전개하던 당대 사회에 숨겨져 있는 폐풍과 인간의 잠재적인 어리석음에 대한 작가의 통찰을 보여준다. 사회적 멜로드라마는 사회적 배경의 이면들을 들추어냄으로써 이야기의 사실성을 독자들에게 확신시킨다. 그것은 기존 사회에 대한 개혁이나 안주를 가로지르는 유효한 의미항으로 작용하기보다는 운명지워진, 도덕적으로 가치 있는 숙명에 중요성을 부여함으로써 개인적 사건의 중요성과 세계의 도덕성을 사실성 있게 맥락화한다.[17] 그것은 인습적 사회적 질서에 고착된 인물인 최창열의 "탈피" 과정을 통해 드러난다.

최창열의 탈피는 일차적으로 연심의 자살을 통해 일어난다. 그는 연심의 자살이 "그녀의 순정"을 표현하는 방법이었음을 깨닫고 "잔인한" 자신을 책망한다. 연심이라는 창녀를 비인격적으로 접근했던 이전의 관점과는 다른 변화이다. 그러나 그것은 그의 인식의 틀거리를 완전히

---

17) John. G. Cawelti, 앞의 책, p.262.

사상한 것이 아니라 연심이라는 창녀에게 국한시킨다. 더욱이 인식 변화의 이면에는 여전히 연심을 비인격적인 대상으로 접근하는 시각이 남겨져 있다. 연심은 창열에게 "우연한 기회에 나타난, 말하자면 나의 청춘의 타오르는 정화(情火)를 꾹—눌러준 젖은걸레의 역할"을 한 존재이기 때문이다. 그러니까 연심은 창열이 육체적 정념에서 탈피하여 정신적으로 정화되는 도구적 존재에 불과한 셈이다. 이렇듯 창열은 창녀에 대한 당대의 사회적 인식을 쉽게 거두어내지 못하고 이중적으로 접근하고 있다 하겠다.

그리고 창열의 이차적 탈피는 유송난과 절교를 계기로 이루어진다. 유송난과 절교는 인습적인 사회적 인식과 이데올로기적 갈등의 결과물이다. 유송난은 기생의 딸이기 때문에 감내해야 하는 인습적인 사회질서에 대응하기 위해 좌익 사상을 선택한다. 그러나 포주인 외삼촌 오덕수와 그에게 뒷돈을 대주는 기생 출신인 어머니의 역학관계에서 자유롭지 못하다. 공창폐지를 연기하기 위해 오덕수는 입법의원을 가장한 남로당원에게 뇌물을 건네고, 그것이 송난의 생일날 폭로되면서 그녀는 전향을 권고하던 최창열과 결별하게 된다. 여기에서 유송난과 절교는 공창폐지령이 공표되기 직전의 사회적 상황을 사실적으로 맥락화하는 데 조력한다. 오덕수의 행적은 포주들이 공창제 폐지법 제정 반대를 위한 700만원 정치자금을 모금하고 입법의원이나 고위관리들을 매수하여 뇌물을 준 실제 사건을 바탕에 두고 있다.[18] 그 사건은 공창제 폐지법이 시행되기 전날인 1948년 2월 13일 언론에 의해 드러나 사회적으로 큰 파문을 일으킨 바 있다. 소설에서는 그 사건을 인습적인 사회적 질서와 좌우 이데올로기의 대립을 결합시켜 당대 혼란상

---

18) 「廢娼七百萬圓事件 入議서問題化」, 『서울신문』, 1948.2.19.

의 이면을 독자들에게 보다 사실성 있게 전달하고 있다. 결국 생일날의 소란은 유송난에 대한 최창열의 태도를 급변하게 하는 결정적인 계기이자 창열 자신을 성찰하는 근거로 초점화되어 있다.

> 『한참 까불었지 그러나 본래가 좀 건전하지 못했던거야』
> A의 평가가 지나가면
> 『좌우간 자신(自信)이 너무 지나친 애였어……그반동에서 오는 자기 파멸이야 직접 동기는 유송난에게 채인 까닭이구 힝』
> B의 소리가 A의 소리와 함께 귀ㅅ가에서 반복되고 있다. 이렇게 자기맘속에서 머리를 치켜드는 가혹한 적과 몇날몇일을 싸운 창열은 비로소 오늘 새벽에 한줄기의 광명을 발견하였다. 진실로 그에게있어 이것은 죽엄의 그늘을 벗어나온 한 개의 「빛」이었다.
> 『나는 완전히 새로 출발하여야 한다』
> 부르짖고 자리를 차고 일어났던 것이다.
> 『나는 나를 알았다. 나는 천재가 아니다. 지극히 평범한 인간이다.』(172~173쪽)

인용문은 최창열이 유송난의 절교 편지를 받은 후 자기성찰을 다루고 있다. 과거의 자신을 "수치신경을 상실한 바보", "과대망상광(誇大妄想狂)"으로 여기고 자살을 생각할 만큼 그는 심각한 자기성찰을 감행한다. 그것은 마지막까지 유송난을 포기하지 못했던 자신을 추스려내는 과정과 맞물려 있다. 최창열의 자기성찰은 자기 부정과 재인식을 통해 자신을 추스려낼 뿐 아니라 사회역사적 문제까지 확대된다. 이로써 그는 "마술"에 불과한 정치가 아니라 "한 가지씩 조그마한 것"부터 실천하는 사회계몽주의자와 인권가로 변모한다. 이렇게 그의 자기성찰은 비약적이다. 자신을 냉철하게 성찰하는 순간, 당대 사회에서 가장 작은 것이지만 중요한 것, 그러니까 "바른 것", "희망", "용기"를 가져다줄 수 있는 것을 자신이 직접 실천함으로써 대중들을 고무해야 한다는 인식을 거듭하고 있다. 하지만 이러한 최창열의 탈피는 "천재"에서 사회적 계몽운동가로 거듭나는 데에서 그친다. "평범한 인간"임을 자처하고 겸양하는 데에까지 나아가지 못하고 있는 것이다. 이러한 한계는 최창열이 지닌 인식틀이 잔존하는 가치체계로 작용하여 이중적인 태도를 보여줄 것임을 암시한다.

다른 한편으로 최창열의 탈피는 작중인물들의 애정갈등을 복잡하게 얽히게 하는 계기로 작용한다. 최창열은 유송난 대신 "보다 강렬한 사랑의 대상"인 이영숙과 연인관계를 형성한다. 그것은 부수적인 작중인물들이 잠재적인 애정갈등의 삼각관계를 복잡하게 형성시킨다. '최창열-이영숙-유송난', '적 철-유송난-최창열', '백 웅-박경진-적철' 등이 바로 그것이다. 이러한 애정갈등의 구도는 인습적인 사회적 질서와 이데올로기의 대립이 밀접하게 맞물려 있다. 공창폐지운동이라는 사회적 배경은 작중인물들의 애정갈등을 다각화시키는 계기로 작용하여 이야기의 재미를 불러일으키는 데 효과적으로 작용하고 있다 하겠다.

공창폐지운동이라는 역사적 사건과 그것을 둘러싼 문제적 의미항은 작중인물들의 사랑 추구방식과 행위를 결정하는 데 중요한 역할을 담당한다. 그것은 작중인물들의 애정관계를 다각화하거나 잠재적인 애정갈등이 자기성찰의 계기를 마련하고 있다. 아울러 작중인물의 사회적 인식의 변화와 연계된다. 여기에서 작가는 공창폐지운동을 계기로 창기를 대하는 비인격적인 상황이나 잔여적 가치로 작용하는 봉건적인 신분적 인식틀이 지니는 문제적 상황을 은근히 들추어낸다. 그러나 그것은 사회적 멜로드라마의 특성상 사회역사적 사건 자체에 대한 깊이 있는 숙고를 보여주지 않는다. 숨겨져 있는 듯이 보여지는 사회적 역사적 사실의 이면을 알아 가는 재미는 이야기를 사실적으

로 맥락화할 뿐 아니라 낯설음과 낯익음이 교차하는 대중소설의 묘
미를 더해 준다.

4. 한국전쟁, 애정갈등의 극화와 이데올로기의 분화

『별들의 故鄕』에서 한국전쟁은 작중인물들의 개인적·사회적 삶을
뒤흔드는 거대한 사회적 배경이다. 주지하다시피 한국전쟁은 해방 후
좌우 이데올로기의 대립과 사회적 혼란, 그리고 국제적 냉전 논리가
극단적으로 표출된 것이었다. 그것은 인구변동, 계층이동, 사회조직의
교란과 변질, 가치체계의 혼란 등 사회 전반에 걸쳐 영향을 주었다. 이
러한 거대한 사회적 사건은 작가들이 사회와 개인을 바라보는 독특한
시각과 결합하여 새로운 가치와 의미를 부여하는 주요한 장치로 사용
되어 왔다. 그렇다면 『별들의 故鄕』에서 작가는 한국전쟁을 어떻게 바
라보고 있으며 사회적 멜로드라마의 특장과 어떻게 연계시키고 있는
지 살펴보기로 하자.

우선, 작가는 한국전쟁의 전개과정을 정확하게 재현함으로써 이야
기의 사실성을 확보하는 한편 이면의 사실들을 통해 독자들의 현실감
각을 일깨우는 데 조력한다. 김말봉은 한국전쟁의 전개과정을 정확한
날짜와 더불어 정황을 비교적 소상하게 전달한다. 1950년 6월 25일 한
국전쟁이 발발한 직후부터 28일 오전 인민군이 서울을 점령한 시기, 9
월 18일 유엔군의 서울 탈환작전이 개시된 시점부터 38선을 넘는 과정
과 10월 19일 중공군의 등장으로 총퇴각하는 시기, 그리고 1951년 1월
3일 인민군이 서울을 재점령하고 전선이 교착되는 시기까지 작가는
한국전쟁의 전개과정을 정확하게 재현한다.[19] 이러한 역사적 사건의

전개과정에 대한 정확한 정보는 독자들에게 이야기를 보다 사실적으로 받아들이게 한다. 소설 속의 이야기가 사회적으로나 역사적으로 중요한 사건들과 연관되어 있다는 것을 독자들이 직접 느낄 수 있도록 하는 것이다.

이에 더해 작가는 한국전쟁의 이면적 사실을 알려줌으로써 독자들의 현실감각을 일깨운다. 특히 한국전쟁 발발 직후부터 인민군이 서울을 점령하기까지의 정황은 한국전쟁기 독자들에게 비교적 정확하게 알려지지 않았던 역사적 사실이다. 작가는 그것을 주인공 창열과 영숙의 행보를 통해 당시의 정황을 접근한다. 6월 26일은 창열과 영숙이 미국 대사관에서 비자를 받기로 약속한 날이었다. 그들은 25일 전쟁이 발발한 사실을 알았지만 26일까지도 "우리 국군 괴뢰를 완전 격퇴"와 같은 방송 보도를 근거로 안이하게 대처한다. 비자발급이 무기한 연기된 27일 밤에 이르러서야 사태가 보다 심각하다는 사실을 직감하지만 이미 다음날 28일 인민군이 입성하는 것을 지켜볼 수밖에 없다. 그제서야 피난을 서두르지만 인민군이 들어오기 전 한강 철교가 붕괴되어 피난민들의 사상이 심각할 뿐만 아니라 입성한 후에는 인민군의 통제로 피난 자체가 불가능하다는 사실을 깨닫는다. 결국 피난하지 못한 창열과 영숙은 서울에서 고통의 나날을 보낼 수밖에 없게 된다. 여기에서 창열과 영숙의 행적은 당시 전쟁상황을 정확하게 알지 못해 민첩하게 대처할 수 없었던 시민들의 혼란과 죽음, 그리고 고통스러운 삶과 맞물려 있다. 그것이 다름 아닌 정부가 공언했던 방송 때문이었다는 사실은 작가의 비판적 시각이 고스란히 묻어 있는 대목이다. 그러

---

19) 김말봉이 밝힌 한국전쟁의 전개과정은 후일 한국전쟁의 이면적 사실까지 정확하게 검증했다는 박명림의 연구결과와 거의 다를 바가 없었다. 그만큼 작가가 한국전쟁의 실상을 정확하고 비판적으로 접근하고자 했음을 알 수 있다. 박명림, 「한국전쟁의 전개과정」, 『한국현대사의 이해 I : 한국전쟁연구』(최장집 엮음), 태암, 1990, 85~130쪽.

니까 작가는 전쟁 발발 후 정부의 안일하고 무책임한 대처방식이 무고한 시민들의 사상을 증폭시켰다는 사실을 작중인물들의 행적을 통해 비판하고 있는 것이다. 이러한 작가의 시각이 고스란히 녹아 있는 이야기는 독자들에게 알지 못했던 역사적 사실에 대한 현실감각을 일깨우기에 충분하다 하겠다.

둘째, 한국전쟁은 작중인물들의 애정갈등을 극화시키는 결정적인 계기로 작용함으로써 이야기를 읽는 재미를 배가시킨다. 사회적 멜로드라마의 전체적인 형태는 복잡하고 산만하기 때문에 개별적인 에피소드가 독자들의 마음을 사로잡도록 하는 작가의 능력이 절실히 요구된다. 효율적인 멜로드라마적 사건은 복잡한 탐색보다는 단일하고 직접적인 감정을 강조한다. 그러니까 개별적인 이야기가 독자들의 직접적이고 즉흥적인 감성을 불러일으켜야 하는 것이다. 그것은 단순함과 강화에 대한 축적이라는 기술적인 측면을 요구한다. 그것을 통해 작가는 있을 법한 위기를 고안하고 설득력 있게 서사를 전환시켜야 하는 것이다. 이 소설에서 한국전쟁은 작중인물들을 죽음이나 죽음에 대한 위협과 같은 극단적인 위기로 치닫게 하는 배경으로 작용한다. 위기의 순간들은 독자의 감성을 자극하면서 이야기에 몰입하게 한다.

> 마침내 뚜벅뚜벅 무거운 구두발 소리가 층층대에서 들려왔다. 무장한 군인 세사람에게 압송되어 최창열과 김영숙이가 결박되어 왔다. 창열은 잡힐 때 인민군 칼에 찔린 다리를 절룸거린다. 송난의 얼굴에서 살작 핏기가 물러 갔다. 재글재글 질투가 파—란 불이되어 송난의 혈관을 태우기 시작한 때문이다.
>
> 비록 결박되어있는 두 남녀지만 그들은 서로 사랑하고 애끼고, 그리고 영원을 맹세 하였을 그들이다. 생각하니 송난은 아금니가 딱물리도록 분노가 치밀었다.(339쪽)

인용문은 최창열과 김영숙이 인민재판을 받으러 압송되어 가는 대목이다. 한국전쟁기 인민군은 "인민의 생명과 질서를 보장해주는 평화의 사도"(327쪽)를 자처했지만 실상은 인민재판을 통해 많은 우익 인사들이 즉결 처형되거나 피북, 실종되는 일들이 허다했다.[20] 그만큼 인민재판은 형식적인 절차로서 기능했다. 따라서 창열과 영숙이 인민재판장에 끌려가는 순간은 그들의 연인관계뿐만 아니라 생존 자체를 위협하는 극단적인 위기상황임을 암시한다. 이러한 있을 법한 위기의 순간은 독자들의 관심을 집중시켜 감정을 가장 강렬하게 자극한다. 사회적 멜로드라마에서 위기의 순간은 죽음이나 죽음에 대한 위협뿐만 아니라 사랑, 성공, 다양한 도덕적 유혹, 친구들의 배신, 깊은 헌신과 소외, 결혼이나 이혼 등 삶에 있어서 결정적인 순간을 포함한다.[21] 그것은 삶에 있어서 있을 법한 사건이라는 점에서 독자들의 현실감각을 무력화시키지 않는다. 그러면서도 독자들의 감정을 직접적으로 자극해 이야기를 읽는 재미를 느끼게 한다.

더욱이 송난이 인민재판을 주재한다는 점은 이데올로기적 측면보다 애정적 측면에서 작중인물들간의 갈등을 극화시키는 데 조력한다. 송난은 표면적으로 적 철과 연인관계이지만 이면에는 아직까지 "재글재글 질투"와 "어금니가 딱물리도록 분노"를 느낄 만큼 최창열을 사랑하고 있다. 송난의 이러한 감정은 숨겨져 있는 듯이 보여지면서 애정의 삼각관계가 극단적으로 치달을 가능성을 암시한다. 결국 젊은 장교가 송난이 주재한 인민재판을 "인민재판도 아니고 군법도 아"닌 "치정 연

---

20) 작가는 사찰계주임이었던 박국진 부부가 인민재판을 통해 즉결 처형되는 과정을 현실감있게 그려놓고 있을 뿐 아니라 "명망있는" 우익인사들과 문화예술인이 대거 체포되거나 납치 당했음을 소상하게 밝히고 있다. 이 소설에서 작가는 "청년들이 강제로 인민의용군으로 증용"되는 등 당시의 혼란했던 정황을 사실적으로 재현하고 있다.
21) John G. Cawelti, 앞의 책, p.264.

극”이라 비판할 만큼 인민재판의 본래적 의미는 윤색되고 만다. 그것
은 인민재판 자체가 좌우 이데올로기의 대립을 극명하게 보여주는 것
임에도 불구하고 창열과 영숙의 인민 재판은 죽음을 담보로 한 극단적
인 애정갈등의 양상을 보여주고 있음을 의미한다. 인민재판이 거듭되
고 또 그들의 죽음이 지연될수록 애정갈등의 진폭은 극대화되며 그만
큼 죽음에 대한 위협도 고조된다. 그것은 독자들의 관심을 집중시키는
한편 도덕적 질서를 요구하고 발견하는 즐거움을 강화시킨다. 거대한
역사적 사건은 개별적인 에피소드의 중요성과 등장인물의 운명에 결
정적으로 영향을 미치는 방법에 대해 독자들의 감정을 강화시키기 때
문이다. 역사적 사건들이 도덕적으로 적절히 운명이 배분되고 있다는
사실을 보여준다. 그러니까 명백한 혼돈 가운데에서 도덕적 질서를 발
견하는 즐거움을 독자들에게 강화시켜 주는 것이다. 송난이 주재하는
인민재판이 “치정 연극의 해”를 극단적으로 드러내는 순간 미군의 공
습이 감행된다. 그리고 창열과 영숙은 모두가 피신한 사이를 틈타 피
득칠 남매의 도움을 받아 도망치는 데 성공한다. 이로써 창열과 영숙
이 생존을 위협받고 애정관계가 무산될 위기적 상황은 일단락된다. 반
복된 인민재판에서 강화된 독자들은 급작스럽지만 설득력 있는 서사
의 전환, 그러니까 도덕적 결말을 자연스럽게 받아들이게 된다.

셋째, 작가는 한국전쟁을 광복 후 지속된 이데올로기적 대립을 선과
악이라는 처벌적인 도덕적 대립구도로 설득력 있게 전환시키는 계기
로 설정하고 있다. 공창폐지운동을 전후한 작중인물들의 애정갈등은
이미 개인적인 감정의 교류를 지나 사상의 선택과 배제의 논리로 전환
되었다. 그러나 그것이 선악의 처벌적인 개념으로 분화되고 극단화되
는 결정적인 계기는 한국전쟁이다. 그것은 이 소설이 한국전쟁기에 발
표되었던 만큼 선취한 이데올로기에 대한 성찰보다는 사선(死線)을 넘

나드는 대립적 상황에서 빚어진 불가피한 선택이라는 데 기인하는 바 크다. 당대 독자들이 공감할 수 있는 도덕성은 전쟁의 상황 속에서 복 잡한 가치체계의 혼란을 재현하거나 성찰하는 순간보다는 즉각적이고 처벌적인 질서를 더욱 요구했을 것이다. 아울러 작가 개인적으로는 중 공군 개입 당시 친아들 영이가 전사하는 등 아픔을 감내해야 했다는 점도 일정 부분 작용한 듯하다.22)

소설에서 처벌적인 도덕적 대립구도는 광복 후 남로당원들의 지하 운동에서 예견된 측면들을 한국전쟁이라는 결정적 사건에 집중시키고 강화시키는 방식으로 이루어진다. 이미 작가는 주인공 최창열을 통해 '자유민주주의'가 '전체주의'보다 우위에 있음을 주장한 바 있다. 최창 열은 유송난과 동생 창민에게 '전체주의'에서 개인은 "기계"에 불과하 나 '자유민주주의'에서 개인은 현실적 모순을 개선할 수 있는 "자유" 를 가진다며 전향을 설득한다. 그러나 그것은 독자들에게조차 계몽적 인 구호로 공명할 뿐 설득력 있게 다가서지 못한다. 그의 주장은 이데 올로기가 극단적으로 대립하던 한국전쟁에서 좌익 이데올로기를 따르 는 인물들의 위악성과 직면하면서 작중인물들에게 보다 설득력 있게 다가서도록 구조화되어 있다.

> 『그러니까……그러니까 죄악은 있을수 없다. 웨냐 하면 세계 적화(赤化)의 단우에 올려질때는 모든 행위는 선으로 돌아가고 마는 때문이다.……사기나 횡령이나 아니 절도나 강도까지도 그 궁극의 목적이 세계 적화를 위하여 행 하여진다면』
> 철호는 언제나 이것을 선이라고 해석하는 것이다. 그는 오늘저녁에는 마 음속으로 생각하고 있는 중대문제를 이리 따지고 저리따져도 그는 『선』이라 해석하고 싶었다. 이밤이 새여 새벽 네시만 되면 나는 이곳을 떠난다.(399쪽)

---

22) 김말봉, 「내 아들 영이」, 『문예』 1953년 9월호와 김항명, 앞의 책, 441~442쪽 참조.

인용문은 홍철호가 밀입국하기 전날 과거 자신의 행적을 평가하는 대목이다. 홍철호는 "세계 적화(赤化)"의 궁극적인 목적을 위해서 동원되는 일체의 수단을 "선"으로 해석한다. 그것은 최창열이 주장했던 것처럼 개인은 "기계", 그러니까 그의 행위는 "수단"으로 기능함을 반증하는 것이다. 여기에서 "세계 적화" 자체가 "선"하지 못함을 드러낼 경우 홍철호의 일체의 행위 또한 '악'으로 규정될 수밖에 없다. 이미 홍철호는 이러한 전제를 "『선』이라고 해석하고 싶"어할 만큼 회의하고 억지스럽게 다짐을 반복하고 있다. 그것은 "세계 적화"가 "선"이 아님을 자인하는 것에 다름 아니다. 아울러 과거 홍철호의 지하운동이 가지는 모순적이고 위악적인 측면을 인정하는 것이기도 하다.

과연 과거 홍철호는 적 철을 돕거나 자신이 주도해 지하운동을 지속적으로 벌였던 인물이다. 그는 적 철과 함께 공창폐지령이 결정되기 직전 입법위원을 가장해 포주 오덕수에게 천만 원을 받아내고, 5·10 국회의원 선거일에 송난과 죽실의 투표함 수류탄 투척사건을 도왔다. 여기까지 그를 비롯한 남로당원의 지하운동은 사상노선을 크게 거스르지 않는다. 그러나 홍철호가 주사(主使)한 피득칠의 예금 갈취사건은 지하운동이라기보다 자신의 마작 군자금과 정부 장미의 화장품값을 마련하는 데 목적을 둔 것이었다. 그것은 이미 지하운동의 본질을 벗어나 있다. 더욱이 적 철과 함께 한 우일모 살해기도 사건은 남로당원들의 사상 자체를 의심하게 한 것이었다. 난주의 정부 곽봉섭이 개인적 원한을 가지고 있었던 우일모를 살해하도록 사주하자 그들은 "모리배의 원한을 풀어준다는 것이 아니라"는 점을 강조하면서 그것을 즉각적으로 받아들인다. 그리고 계약금으로 배불리 먹을 생각부터 하는가 하면 연애자금 등 개인적으로 유용할 계획을 세운다. 그들의 지

하운동은 이미 본래의 목적과 의의를 상실함과 동시에 그 자체의 위악
성을 여실히 드러내고 있다 하겠다. 이렇듯 작가는 지하운동의 위악성
을 단계적으로 심화시켜 독자들에게 처벌적 결말을 강화시킨다. 그러
한 강화는 한국전쟁을 계기로 독자들에게 이데올로기적 대립을 선악
이라는 처벌적 대립구도를 설득력 있게 받아들이게 한다. 반공인사를
즉결 처형하는 데 앞장서고 난주를 차지하기 위해 곽봉섭의 살해를 기
도하는 홍철호는 결국 수장되고 만다. 이처럼 한국전쟁이라는 극단적
인 상황은 광복 후 이데올로기적 대립구도를 선악의 처벌적 대립구도
로 설득력 있게 전환시키고 예견된 결말을 독자들이 확인할 수 있도록
하는 데 조력한다.

5. 도덕적 질서로서의 종교와 사랑의 승화

사회적 멜로드라마는 개별적인 사건들에 초점을 두기 때문에 구조
적 산만함과 도덕적 본질로부터 야기되는 어려움을 지니고 있다. 그것
은 순수문학의 입장에서 대중소설의 한계로 누누이 지적되어 왔다. 그
러나 대중소설에서 산만한 멜로드라마적 구조는 단순함과 강화의 축
적이라는 기법을 통해 독자들에게 이야기의 재미를 불러일으키는 데
조력한다. 그리고 도덕적 본질, 그러니까 시적 정의는 독자들에게 현
실세계에 대한 질서 감각을 환기시킨다. 그것은 예견된 결말을 확인함
으로써 안락한 즐거움을 만끽하게 하는가 하면 도덕적 질서의 틈새를
교정해가며 바람직한 질서 감각을 형성하기도 한다. 사회적 멜로드라
마에서 시적 정의는 이러한 두 가지 속성을 동시에 끌어안는다.
　『별들의 故鄕』에서 작가는 한국전쟁이라는 역사적 사건의 의미망을

기독교라는 종교를 통해 극복하고 있다. 한국전쟁은 기존의 가치체계의 혼란을 가중시키는 동시에 이데올로기적 갈등이 극단적이고 처벌적인 의미로 작용시킨다. 그것은 소설에서 애정 갈등과 이데올로기적 갈등의 이항대립적 구조를 통해 이미 확인한 바 있다. 당대 사회역사적 상황과 기대지평이 그만큼 경직되어 있었음을 드러낸다 하겠다. 작가는 이러한 한계상황을 사랑과 정의를 본질로 하는 기독교라는 종교를 통해 포용하고 있다.

> 영숙은 창열의 손을 잡고
> 『우리 최후의 기도를 올립시다』
> 하고 손을 모은다. 환―한 불빛에 반사된 영숙의 얼굴은 주검을 앞에둔 사람만이 가질수 있는 거룩하다 할까 엄숙하다 할까 그러한기분이 아로삭여져 있다. 머리카락이 두어오래기 내려덮인 영숙의 이마위에 창열은 손을 얹고
> 『마음을 단단히 먹읍시다. 파편만 피하면 직격탄은 여기에 오지 않으리다. 국련군의 목표는 남산인것 같애요』
> 이불을 댕겨 영숙의 이마를 가리고 자신도 이불속으로 얼굴을 넣었다.
> 그순간이다.
> 『쾅―찻』
> 하는 소리가 바로 귀옆에서 났다. 영숙은 창열의 가슴에 얼굴을 쳐 막고 창열은 영숙의 어깨를 안고 땅에 엎으렸으나 배알이 금시로 쏟아질 듯이 한 참동안 출렁거렸다. 신학교 강당에 직격탄이 떨어진 것이다. 이상하게도 화재는 일지않았다.(360쪽)

인용문은 창열과 영숙이 기도를 통해 유엔군의 폭격을 피하는 대목이다. 그들이 있었던 "신학교 강당에 직격탄이 떨어"졌음에도 불구하고 "이상하게도 화재는 일지않았다." 그것은 그들의 기도가 보여준 기적적인 힘이다. 그것은 그들에게 생존의 위협을 벗어나게 할 뿐 아니라 사랑을 지속시킬 수 있는 믿음을 강화시킨다.

더욱이 창열이 종교를 받아들이고 진실하게 믿게 하는 결정적인 계기를 마련한다. 과거 그는 당대 한국사회에서 기독교가 본질을 벗어나 속물적이고 권력 지향적인 이익단체로 부패하고 있다고 통렬하게 비판한 바 있다. 영숙을 통해 종교가 인간의 영혼을 교화시키는 힘이 있음을 알게 되지만 그는 그것을 쉽게 믿지 못한다. 그러나 한국전쟁의 포화 속에서 그는 종교의 기적적인 힘을 체감한 것이다. 그것은 개인적인 재생과 기본적인 도덕적 질서의 원리로서 의심하지 않는 종교적 신념을 획득했음을 의미한다. 이때 "기도"의 맥락적 의미는 남산 일대에 숨어 있던 박경진을 비롯한 인민군들이 유엔군의 폭격에 처참하게 사망한 것과 대조됨으로써 보다 극화된다. 이렇듯 납득하기 힘든 화해로운 결말은 '사랑'으로, 그리고 부정적 인물들의 파멸적 결말은 '정의'로 드러나는 것은 기독교적 윤리가 멜로드라마의 시적 정의의 특성과 결합한 결과라 하겠다.23) 이때 도덕적 질서의 개념과 보상과 처벌의 시스템은 당대 독자들의 생각과 가까울수록 이야기를 더욱 개연성 있게 하고 독자들 또한 만족시킬 수 있다. 때문에 작가는 경직된 기독교의 교리보다는 '사랑'과 '정의'라는 보편적이고 인류애적인 기독교의 윤리를 당대의 도덕적 질서로 내세우고 있다.

> 『별들이 다 임자가 있는것이라면』
> 창열이가 말을 시작하였다.
> 『저 하늘에 피어나는 별 하나 하나가 다 어떤 사람의 혼령이라면 六·二五후부터 확실히 별들은 더많이 생겨 났을꺼야』
> 창열은 무엇을 생각하는 듯이
> 『S박사며 R박사며 그리고 P여사 유태명씨 또 영숙씨 어루신네 허다한 정치인 예술가 사회사업가 끌려가고 맞어죽고 전장에서 죽고 기차에서 죽고……확실히 별은 六·二五후에 더많이 돋아났을꺼야』

---

23) 홍근희, 앞의 글, 127쪽 참조.

『별들이 만약 마음이 있다면 자기들의 고향을 생각할까요?』

하고 영숙이가 물었다.

『물론이죠 생각하길래 저렇게 다정히 이야기를 보내고 있지않어요?』

영주가 진심으로 대답하는것이다.

『무슨 이야기인지 들려요?』

하고 득순이가 물었다.

『녜—들려요 내귀에는……지금은 밤이다 밤이다 하지만 조금후에 밤이 가면 새벽이 오고 그리고 태양이 떠오른다고』

하고 영주가 대답을 하였다. 한참만에 그는 다시 말을 이어

『별들은 부릅니다. 땅우에 있는 별들을 부르고 있어요. 친구여 하고 별들은 소리칩니다. 고향을 지키자! 어둠이 사면을 삼키는 우리 고향을, 친구야 너와 나만은 태양이 떠올동안 비록 적은 광명이라도 한데 모아 어두운 고향에 비춰보자』

『땅우의 별이라니요? 땅우에 별이 어디있어요?』

하고 득순이가 이상한 듯이 물었다. 영주가 빙그래 웃으며

『땅우의 별은 득순선 당신이지요』

『녜? 저야요? 제가요?』

『녜— 득순씬 분명 별입니다. 그리고 영숙씨도 또 창열군도 분명 별입니다. ……나도 한 개 적은 별이구요』

득순의 눈에서는 눈물이 고였다. 영숙이가 득순의 손을 꼭—쥔다.

창밖에 먼—하늘우에는 별들이 자꾸만 눈을 뜬다. 마치 자기들의 고향에 머물러 있는 허다한 친구들을 찾는드키.

밤이 되면서 별들은 더욱더 찬란하게 광채를 보내고 있다. 진주알같이 금강석같이 하늘 일면에 별들은 자꾸만 돋아 난다.(417~418쪽)

인용문은 『별들의 故鄕』의 마지막 대목이다. 여기에서 "별"은 한국 전쟁으로 희생당한 사람의 영혼뿐만 아니라 사랑하며 살아가고 있는 모든 사람을 표지한다. 현실적인 제약과 모순을 뛰어넘어 모든 이들을 포용한 것이다. 득순과 같이 과거 양공주였다 하더라도 사회적 고립과 도덕적 낙인을 거머쥐지 않고 인격적인 대우를 받을 수 있는 인류애적인 사상을 내포하고 있는 것이다. 이것은 '하나님이 우리와 함께 계시

다'는 작가의 임마누엘 사상을 보여주는 대목이기도 하다.24) 작가가
주장하는 임마누엘 사상은 창열처럼 기도의 힘을 발견한 개인에게 국
한되는 것이 아니라 보다 많은 이들을 포용하고 함께 나누는 공동체적
성격을 띤다.

이러한 맥락에서 "고향"은 모든 이들의 "희망"의 원천이다.25) 그것
은 "밤"과 같은 혼란한 사회적 현실 속에서 "어둠"을 걷어내는 "태양"
과 같은 존재이기 때문이다. 그것은 "내년에는 평양에서 생일밥을 먹
고 싶다"는 영주의 개인적이고 사회적인 "희망"뿐만 아니라 새로운 공
동체와 도덕적 질서를 재생할 수 있는 "용기"를 북돋우는 것이다. 물
론 그것은 이데올로기에 휘둘리지 않고 인류애를 현실화할 수 있는
"바른 것"이다. 따라서 고향은 모든 사람들이 실현하고자 하는 꿈이자
목표로 실재적인 안태라기 보다는 정신적인 안태를 의미한다.

따라서 별들의 고향은 기독교의 임마누엘 사상을 근저로 한 사랑의
전언에 다름 아니다. 모든 이들에게 희망과 용기를 북돋우어 "새벽"을
열고자 하기 때문이다. 그렇기에 창열과 영숙뿐만 아니라 영주와 득순
은 현실적인 제약을 딛고 인류애적이고 도덕적인 사랑을 실천하고 승
화시킨다. 결국 작가는 이 소설을 통해 한국전쟁이라는 극단적인 사회
적 상황 속에서 좌절감과 패배감에서 벗어나 새로운 삶과 미래, 그리
고 희망을 이야기하기를 바라고 있다 하겠다.

6. 김말봉 소설의 대중성과 사회성

이 글은 한국전쟁기에 발표된 김말봉의 『별들의 故鄕』을 대상으로

---

24) 정하은, 앞의 글, 126~129쪽.
25) 손철성, 『유토피아, 희망의 원리』, 철학과현실사, 2003, 300~301쪽.

광복 후 김말봉의 문학적 특질을 사회적 멜로드라마의 특성과 관련지어 살펴보는 데 목적을 두었다. 『별들의 故鄕』은 작중인물들의 애정추구라는 기본적인 이야기와 배경적 요소로서 사회역사적 사건을 결합하여 독특한 이중적인 효과를 드러내는 사회적 멜로드라마를 공식성으로 삼고 있었다.

사회적 멜로드라마에서 사회역사적 배경은 중대한 사건에 숨겨진 혼란한 이면들에 대한 작가의 통찰력을 보여준다. 하지만 기존 사회에 대한 개혁이나 안주를 가로지르는 유효한 의미항으로 작용하거나 개인적인 도덕성과 복잡한 변증법적인 관계로 발전하지는 않는다. 그것은 개별적인 사건의 중요성과 세계의 도덕성을 사실성 있게 맥락화한다. 결말 또한 선(善)이 실패할 가능성을 보여주는 작중인물들의 시험과 시련을 묵인하도록 극화된다. 이로써 사회적 멜로드라마는 동시대의 제도적 흐름과 가치에 부합되는 도덕성의 내용을 재구성한다 하겠다.

『별들의 故鄕』에서 우선, 광복 후 공창폐지운동은 작중인물들의 사랑이나 행위에 결정적인 계기로 작용하였다. 그것은 작중인물들의 애정관계가 다각화하거나 잠재적인 애정갈등이 자기성찰의 계기를 마련하고 있었다. 특히 공창폐지운동이라는 사회적 배경은 작중인물의 사회적 인식의 변화를 초점화하여 다루고 있었다. 여기에서 작가는 공창폐지운동을 계기로 창기를 대하는 비인격적인 상황이나 잔여적 가치로 작용하는 봉건적인 신분적 인식틀이 지니는 문제적 상황을 은근히 들추어냈다. 그러나 그것은 사회적 멜로드라마의 특성상 사회역사적 사건 자체에 대한 깊이 있는 숙고를 보여주지 않았다. 다만 숨겨져 있는 듯이 보여지는 사회적 역사적 사실의 이면을 사실적으로 맥락화하여 읽는 재미를 배가시키고 있었다.

　다음으로 한국전쟁이라는 사회역사적 배경은 이야기의 사실성을 확보하는 한편 역사 이면의 사실을 통해 독자들의 현실감각을 일깨우는 데 조력하고 있었다. 한국전쟁 발발 당시 정부가 흘려 보낸 잘못된 정보 때문에 시민들의 사상이 컸다는 작가의 시각이 작중인물들의 행적을 통해 자연스럽게 재현되어 역사적 사실에 대한 독자들의 현실감각을 불러일으키고 있었다. 아울러 한국전쟁은 작중인물들의 애정갈등을 극화시키는 결정적 계기로 작용함으로써 이야기를 읽는 재미를 배가시키고 있었다. 단순성과 강화의 축적이라는 기술을 통하여 독자들의 감성을 즉각적이게 자극하는 한편 서사 전환을 설득력 있게 받아들이게 하고 있었다. 게다가 작가는 한국전쟁을 광복 후 지속된 이데올로기 대립을 선악이라는 처벌적인 대립구도로 설득력 있게 전환시키는 계기로 설정하고 있었다.

　『별들의 故鄕』에서 사회역사적 배경은 멜로드라마적 구조의 특성과 결합하여 사회성과 대중성이라는 이중 화음을 형성하고 있었다. 그것은 멜로드라마적 한계를 직시하는 동시에 가로지르는 방식을 취하고 있었다. 특히 소설의 결말은 그러한 양상을 잘 보여주었다. 선취한 이데올로기와 도덕적 신념이 선악이라는 처벌적인 대립구도를 띠면서도 그것을 가로질러 인류애적인 종교의 윤리로 통합하고 있었다. 결국 작가는 인습이나 이데올로기에 휘둘리지 않고 모든 인간과 영혼을 "별"로 상정하면서 그들에게 새로운 희망의 원천인 "고향"에서 갱생하고 부활하기를 희망하고 있다. 이러한 작가의 종교적 신념은 한국전쟁기 독자들에게 사회역사적 사건의 혼란함을 극복하는 "지혜로운" 방법으로 대두시키고 있다 하겠다.

　『별들의 故鄕』에서 사회적 멜로드라마라는 공식성은 대중소설의 읽는 재미를 가로질러 의미있는 사회역사적 현실을 사실적으로 맥락화

하고 은폐된 역사적 사실이나 간과했던 사회적 인식틀에 일정한 충격
을 가하고 있었다. 그것은 광복 후 작가의 관심이 공창폐지운동에 직
접 관여하여 창녀들의 실질적인 대책을 마련하기 위해 고심했던 사실
과 무관하지 않다. 특히 공창폐지운동은 광복 후 펴낸 『화려한 地獄』,
『푸른 날개』, 『生命』과 함께 『별들의 故鄕』에서도 중요하게 다루어지
고 있었다. 그만큼 광복 후 김말봉이 대중성과 사회성을 견지한 사회
적 멜로드라마를 통해 문학적 성과를 높이고 있었다 하겠다.

그러나 공식문학의 특성상 통찰된 사회역사적 사실은 독자들의 감
성을 단순하게 자극해야 하기 때문에 복잡하거나 깊이 있게 접근하지
는 못한다. 그리고 멜로드라마적 작중인물의 설정이 지니는 반페미니
즘적 경향도 간과할 수 없는 부분이다. 그것은 여전히 김말봉 문학의
한계로 남아 있으며 사회성조차 거의 사상된 말기의 작품들이 이러한
점을 대변해주고 있다.

제3장

사회적 멜로드라마의 역사성과 대중성
― 전병순의 『絶望 뒤에 오는 것』을 중심으로

1. 문제적 소설, 『絶望 뒤에 오는 것』

『絶望 뒤에 오는 것』은 전병순의 작가적 행보에서 시금석인 된 작품이다. 1951년 「준교사(準敎師)」를 『신문학』 2집에 발표한 후 1960년 「뉘누리」로 『여원』의 신인상을 받기 전까지 뚜렷하게 작품활동을 한 흔적을 찾아보기 힘들다. 그러나 『絶望 뒤에 오는 것』이 1961년 『한국일보』에 입선된 이후, 다양한 매체를 넘나들면서 1960년대 대표적인 여성작가로 자리매김한다. 당시 여성잡지와 중앙·지방 신문사에 두루 발표한 장편소설만도 7편에 달하는데, 이를 통해 왕성한 작품활동에 값하는 두터운 독자층이 존재했음을 엿볼 수 있다.[1]

---

[1] 1960년대에 발표한 장편소설만 살펴보면 대략 다음과 같다. 「絶望뒤에 오는 것」, 『한국일보』 1962.3.6~1962.10.19; 「피는 꽃 지는 꽃」, 『서울신문』 1964.4.1~1964.9.30; 「賢夫人」, 『매일신문』 1965.1.1~10.16; 「獨身女」, 『부산일보』 1966.1~ ; 「회전무대」, 『여원』 1966.1~1967; 「안개夫人」, 『서울신문』, 1968.6.17~1969.3.15; 「人生同業」, 『중도일보』 1968.10.16~1969.8.3. 권영민, 『韓國現代文人大事典』 하, 아세아출판사, 1991, 2593~2594쪽과 한원영, 『韓國現代新聞連載小說硏究』 상·하, 국학자료원, 1999, 1~1322쪽 참조. 아울러 당시에 발표된 그녀의 작품들 가운데 「賢夫人」과 「人生同業」을 겹치

하지만 『絶望 뒤에 오는 것』을 비롯한 전병순의 작품들에 대한 연구는 매우 미진한 편이다. 본격적인 연구성과를 찾아보기 힘들 만큼 대부분 소설집에 대한 서평이나 해설 수준에 그치고 있다.[2] 최근에 이르러서야 전병순에 대한 논의가 간헐적으로 이루어지고 있는데,[3] 특히 여순사건에 대한 재평가와 병행하여 이루어진 전흥남의 연구성과는 주목할 만하다.[4]

전흥남은 소설의 배경인 여순사건을 작가가 중립적인 시각에서 역사적 진실을 수용하고 있으며 인간다운 삶의 복원의지를 형상화하고 있다는 점을 들어 높이 평가한다. 하지만 이 소설이 당대 정치권력에 대한 비판의식 없이 민족의식을 강조하는 원론적인 접근방식에 그치고 있을 뿐 아니라 인물들간의 상호 모순적인 갈등상을 부각시켜 작품 전체의 탄탄한 구성력을 확보하는 데 미흡했다고 지적한다. 이러한 주장은 여순사건이라는 역사적 사실을 지나치게 초점화한 결과로 보여진다. 임헌영이 지적하듯 이 소설의 집필 동기는 신문사의 소설 응모에 있었기 때문에 신문사의 상업적 정책에 부응할 수 있는 대중적 취향의 현실인식적 차원을 간과해서는 안될 것이다.[5]

기로 연재하고 있음을 주목할 만하다. 겹치기 연재는 당시 신문사의 상업화정책에 따른 신문지면 확장의 부산물이었지만, 그것 또한 작가의 대중적 명망이나 인지도가 보장될 때 가능한 것이기 때문이다. 그만큼 전병순은 1960년대 이르러 왕성한 창작열을 드러내며 대중에게 다가서고 있었다 하겠다. 한원영, 위의 책, 687쪽.

2) 소설집에 대한 서평이나 해설 또한 모든 소설집에서 찾아볼 수 있는 것은 아니다. 각종 전집에 쓰여진 해설을 제외하고 살펴보면, 최인훈의 「正統을 찾아서」, 『江原道 달비장수』(창작과비평사, 1977)와 임헌영의 「학대와 고난의 세월」, 『絶望뒤에 오는 것』(중앙일보사, 1987) 등이 고작이다.

3) 1960년대 발표된 전병순의 신문소설 몇 편을 가려 뽑아 대중소설의 관점에서 접근한 최미진의 「1960년대 대중소설의 서사전략 연구」(부산대 박사논문, 2003.2) 등을 들 수 있다.

4) 전흥남, 「『절망 뒤에 오는 것』에 나타난 '여순사건'의 수용양상과 의미」, 『국어국문학』 127집, 국어국문학회, 2000.

이러한 점에서 이 글은 신문매체의 본질적 특성을 고려하여 『絶望 뒤에 오는 것』의 대중성과 역사성을 살펴보고자 한다. 사회적 멜로드 라마로서 이 소설이 대중소설의 공식성을 어떻게 활용하고 있으며 그 의미가 무엇인지를 고찰할 수 있을 것이다. 이를 통해 한국 대중소설 사의 지평 속에서 큰 명망을 얻었던 전병순의 소설세계를 이해하는 디 딤돌을 놓을 수 있을 것으로 기대한다.

2. 여순사건의 문학적 형상화와 신문소설의 새로운 지평

『絶望 뒤에 오는 것』의 시대적 배경은 여순사건의 진압 직후부터 한국전쟁이 휴전된 시점까지이다. 이 작품에서는 여순사건의 발생 배 경이나 전개 과정이 전면에 부각되어 있지 않지만, 작가가 여순사건을 소재로 삼았다는 점은 특기할 만하다. 여순사건은 1948년 10월 19일부 터 10월 27일까지 여수·순천을 중심으로 한 전남 동부지역에 일어난 일련의 사건을 말한다. 그러나 이 사건에 대한 역사적 평가는 다양한 명칭만큼이나 지금까지도 논란이 거듭되고 있는 실정이다.6) 이는 이

5) 임헌영, 앞의 글, 350~351쪽.
6) 여순사건에 대한 연구 성과를 개관하면 다음과 같다. 첫째, 1948년 사건 당시 정부의
공식입장으로, 제14연대 오동기 소령의 반란 주동설(육군본부 전사감실, 『共匪討伐史』,
백화사, 1954)이 공론화되었으나 이후 남로당 직접 관련설(국방부 전사편찬위원회, 『韓
國戰爭史』 1권, 동아출판사, 1968)로 수정된 경우이다. 둘째, 과잉진압으로 희생된 민
간인들의 목격담과 자료들을 토대로 정부 책임론을 제기한 현지 향토사학자들의 시각
이다(여수지역사회연구소, 『여순사태 실태조사 보고서』 제1집, 여수지역사회연구소,
1998). 셋째, 학자들의 다양한 입장을 들 수 있다. 김정곤과 김남식은 사건 당시 진
압과정이나 남로당에 직접 참여했던 인사들에 대한 연구를 통해 남로당 직접 관련
설 대신 군 내부의 극좌세력의 모험주의적 투쟁설을 내세우고 있다. 김정곤, 『한국
전쟁과 노동당 전략』, 박영사, 1972; 김남식, 『남로당 연구』 1권, 돌베개, 1984. 황남
준은 사회구조적·총체적 차원에서 여순사건의 발생원인을 제1공화국의 사회경제적
조건과 정치적 모순에서 찾으며(황남준, 「全南 地方政治와 麗順事件」, 『解放前後史의

승만 정권 이래 반공을 국시로 삼아 정치권력의 정통성을 확보하고 무소불위의 권력을 휘둘러왔던 정치사회적 분위기와 무관하지 않다. 그만큼 이데올로기적으로 경직된 한국사회의 풍토가 역사적 진실을 왜곡하고 은폐하는 데 조력해왔던 셈이다.

이러한 상황에서 전병순이 여순사건이라는 구체적인 역사적 사건을 굳이 들춰내고 있는 이유는 무엇인가. 무엇보다도 작가가 몸소 여순사건을 체험하였고 그 과정에서 왜곡된 역사적 사실에 대한 부채의식을 껴안고 있었다는 데 있다. 여순사건이 발발했던 1948년 당시, 전병순은 여수여자중학교 교사로 일하고 있었다. 그런 까닭에 훗날 그녀는 당시 여순사건의 주동자로 언론에 보도되었던 송욱 여수여자중학교 교장 선생이나 이 사건에 적극 동참했다고 알려진 여중생들의 행적들이 사실무근이었음을 증언하고 있다.[7] 갓 스물의 나이에 겪었던 여순사건이 허위 소문에서 역사적 사실로, 나아가 역사적 진실로 왜곡되고 은폐되는 과정을 목도해야 했음을 밝히고 있는 것이다. 이러한 정황이 작가 자신의 부채의식으로 작용하여 여순사건에 대한 문학적 형상화를 이끌어냈다고 보여진다.

그러나 역사적 사실과 문학적 상상력의 관계는 언제나 작가의 균형감각을 요구한다. 여순사건처럼 변방의 특수한 역사적 사건은 특정 개인의 체험이나 증언만으로 그 진실을 쉽게 가늠할 수 없다. 증언은 시

認識』 3권, 한길사, 1987), 박명림은 여순사건의 결과 반공국가의 틀을 공고하게 다질 수 있게 되었다고 보았다. 박명림, 「韓國戰爭의 勃發과 起源」, 고려대 박사논문, 1982. 이렇듯 여순사건은 접근하는 태도에 따라 시각이 다르고, 명칭 또한 "군여순반란사건", "여수 14연대 반란사건", "여순반란사건", "여순병란", "여수·순천 10월 19일 사건", "여순봉기" 등으로 다양하게 불려지고 있는 셈이다. 이효춘, 「여수군란연구—그 배경과 전개과정을 중심으로」, 고려대 석사논문, 1996.
7) 김득중, 「이승만정부의 여순사건 대응과 민중의 피해」, 『여순사건 제52주년 기념세미나발표문』(2001)과 전병순, 『絶望 뒤에 오는 것』(중앙일보사, 1987), 12~13쪽 참조.

간의 흐름을 타고 점차 윤색되기 마련이고, 그 과정에서 내재화한 정치적 입장이 개입되기 쉽다. 따라서 증언 자체를 신빙성 있는 역사적 사실로 무턱대고 단정짓기는 어렵다.[8] 문학작품에서 역사적 사실은 사실 그 자체보다는 작가의 주체적인 역사의식과 풍부한 문학적 상상력을 통해 걸러질 때 더욱 빛을 발한다.[9] 다르게 말하면 왜곡된 역사적 사실을 다양하게 접근할 수 있는 작가의 균형 있는 역사의식이 문학적 상상력을 통해 제대로 형상화되었을 때 역사적 사건에 대한 객관성을 확보할 수 있을 것이다.

그렇다면 전병순이 여순사건을 어떠한 시각에서 바라보고 있는가를 살펴보자.

⑴
　국군제×연대가 항만을 봉쇄하고 제××연대가 육로를막아 밀고 들어올때 독안에 든 쥐처럼 꼼짝 못하게 되어버린 반란도배들. 그 안에서 모두 개새끼처럼 새까맣게 타서 죽어버리거나 두 손들고 항복해 나오라는 국군의 작전계획이었을까? 아니면 열흘밖에 차지해 보지 못하고 다시 내어 놓을수 밖에 없는 이 시가를 못먹는 감 찔러나 보자는 격으로 불질러버린 반란도배들의 마지막 발악이었을까?
　그러나 그것은 어느편이건 너무나 처참한 일이 아닐 수 없다. 이미 바다 저편에 군함이 정박했을 때부터 반란군 저희들은 모조리 육로를 뚫고 도망치다 막히면 산줄기를 타고 입산해 버린 것이다. 남은 건 어수룩한 시민들과 그밖에 주책없이 협력한 무리뿐이었다. 텅 빈 도시를 에워싸고 무슨 승리고 진압이고 말할 것도 못된다. 군의 정찰부족으로 희생은 일반시민에게만 컸다.(49쪽)[10]

---

8) 정찬영, 『한국 증언소설의 논리』, 예림기획, 2000, 29〜41쪽.
9) 이상신, 「역사와 문학과의 관계」, 『文學과 歷史』(이상신 엮음), 민음사, 1982, 35〜38쪽.
10) 이 글에서는 1963년 국제문화사에서 발간한 『絶望 뒤에 오는 것』을 기본 자료로 삼았다. 이후 인용문은 쪽수만을 표기하기로 하겠다.

(2)

> 죄의 유무는 문제 밖이다. 일단 몰리면 빨갱이요 처벌 앞에 단 한마디도 변명할 겨를이 주어지지 않는 판국이다. 무력만이 인간을 지배하는 세상을 상상할 때 그것은 절망 그 자체였었다. 동정이나 이해란 손톱만큼도 없고 거칠대로 거칠어버린 감정이 횡포하게 남을 규탄한다. 억울하다고 몸부림치며 쓰러진 주검들이 선하게 떠올랐다.
> 『저놈!』하고 손가락질하는 순간 그 사람의 가슴 속엔 이전에 품었던 앙심이 꿈틀거리고 있었다면 얼마나 무서운 일이냐. 우매하고 추악한 『인간』이라는 이름이 스스로 슬퍼진다. 왜 세상에는 이다지도 갑갑한 사람들만 횡행하는 것일까?(54~55쪽)

인용문들은 "광란의 현장"이었던 여순사건의 진압 과정을 형상화하고 있다. (1)에서는 반란군들이 철수해버리고 "텅 빈 도시"였던 여수지역을 진압군이 탈환했다는 역사적 사실을 보여준다. 1948년 10월 24일 진압군이 여수탈환을 위한 1차 공격에 실패하고 철수한 뒤 14연대 주력부대와 전투능력이 있는 가담자들은 대부분 입산해 버린다. 이 사실을 몰랐던 진압군은 10월 26일에서 27일까지 여수지역의 무차별적 탈환작전을 전개하였고 그 과정에서 무고한 민간인들만 크게 희생되었던 것이다. 그러나 "일반 시민"의 희생은 여기에서 그치지 않는다. (2)에서는 진압군의 좌익세력 색출작업이 얼마나 폭력적으로 이루어졌는가를 드러내고 있다. "빨갱이"로 지적되는 순간 "변명의 겨를"도, 진압군의 "동정이나 이해"도 기대할 수 없을 만큼 즉결처형이 이루어졌다. 그만큼 객관적 근거 없이 이루어진 색출작업은 개인적인 "앙심"을 개입시킬 여지가 다분했다.[11] 이미 여수 시민은 보호의 대상이 아니라

---

11) 진압군의 부역자 색출 작업은 '손가락 총'이라는 말이 나돌았을 정도로 협조자들이 지적한 색출대상을 대부분 총살하는 방식으로 이루어졌다. 때문에 무고한 희생자를 양산하였을 뿐 아니라 희생의 주체조차 애매한 경우가 허다하였다. 이효춘, 앞의 글, 34쪽.

진압의 대상이었기 때문에 진압군의 혹독한 처벌방식은 시민의 과잉 진압에 대한 불만들을 묵살한 채 정당화되었던 셈이다.

그러나 소설에서 형상화된 여순사건의 정황들은 당시 정부 발표에 의존한 언론의 보도내용과는 상당부분 배리된다. 언론은 여순사건의 전개과정을 반란군의 경찰이나 우익인사에 대한 흉악한 처단, 소요와 혼란을 부추기는 좌익활동, 진압군인에 대항한 학생들의 극렬한 저항, 이에 대한 정부나 진압군의 정당한 응징 조치라는 다분히 정부의 입장에서 보도하고 있었다.12) 그것은 1948년 제정된 보도지침에서 자유롭지 못한 언론이 여순사건 발발 직후인 10월 20일 공보처의 보도금지령으로 발이 묶여 있었고, 이러한 상황에서 10월 22일 여순 지역에 내려진 계엄령이 이승만 정권의 각본대로 여순사건을 몰아갈 수 있는 빌미를 제공했다.13)

그렇다면 전병순이 여순사건에 대한 정부적 시각과 다른 입장을 문학적으로 형상화하고 한국일보사가 그것을 받아들일 수 있었던 까닭은 무엇인가? 그것은 전병순이 작품활동을 다시 시작한 1961년이라는 시점에서 단서를 찾아야 한다. 1961년은 4월혁명 이후 제2공화국이 들어섰던 시기인 동시에 5·16군사쿠데타로 얼룩졌던 시기이다. 4월혁명이 이승만 정권의 권위주의적 지배체제에 항거했던 민권의 승리이

---

12) 김득중, 「이승만정부의 여순사건 왜곡과 국회논의의 한계」, 『역사연구』 7집, 역사학연구소, 2000, 153쪽.

13) 정지환은 당시 언론을 장악했던 이승만 정권이 여순사건의 주체세력을 조작함으로써 자신들의 정치적 의도를 관철시키기 위한 전화위복의 수단으로 활용했다고 본다. 이승만 정권은 '오동기→최능진→김구'라는 허구적 삼단논법을 통해 여순사건을 '우익과 공산주의자 연합에 의한 반란'으로 조작하는 데 실패하자 반란의 주체세력을 '민간인 공산주의자'로 몰아갔다. 그것은 '민간인 주동설'과 '북한 사주설'을 내세운 이승만 정권이 여순사건의 진압과정에서 발생한 민간인의 희생을 정당화시키는 방식이었다. 정지환, 「여순사건 왜곡보도의 과거의 현재」, 『여수사회과학연구소 세미나 발표 논문집』, 2002.

자 자유와 평등이라는 정신의 승리를 보여주었다면, 5·16군사쿠데타
는 그것을 일체 부인하는 군사적 행동이었다. 전병순의 집필과 발표는
4월혁명의 승리로 민권이 되살아나던 바로 이 시기에 이루어졌다.
1961년 1월 『여원』에 발표한 「뉘누리」만 하더라도 9년 만에 남파간첩
으로 돌아온 남편의 존재를 "빨갱이"이라는 처벌적 개념으로 접근하
고 있지 않다. 남편의 변신을 남편의 "사상" 때문이 아니라 "일신의 보
장 안일한 가정 생활을 영위할 수 있는 조건을 찾고자 헤매는 선량한
생활인"14)의 소박한 바람의 결과로 본다. 남한에 두고 온 처자식에 대
한 그리움과 미안함이 남편을 남파간첩으로 만들었다고 형상화하고
있는 것이다. 이러한 해석은 작가들에게 표현의 자유를 허용했던 시기
였기에 가능할 수 있었다. 장편소설의 집필기간을 차치하더라도 『絶望
뒤에 오는 것』이 당선된 것이 1961년이었다는 점은 새로운 시대적 흐
름을 타고 있던 언론사의 분위기와 여순사건을 제재로 한 소설을 내놓
을 수 있다는 작가적 판단이 적절히 들어맞은 셈이다.

　그러나 연재기간이 쿠데타 정권 하인 1962년 3월 6일에서 10월 19일
까지였다는 점은 이 소설이 당시 언론에 대한 검열과 통제에서 어떻게
자유로울 수 있었던가 하는 의문을 남겨놓는다. 5·16 군사혁명위원회
는 1961년 5월 18일 검열방침을 발표하고 언론에 대한 대대적인 정비
작업을 감행하였다. 이러한 언론 정비작업은 1962년 6월 28일 공포된
'언론정책'과 7월 31일 공포된 '언론정책시행기준'을 통해 일단락된
다.15) 『絶望 뒤에 오는 것』의 연재기간은 5·16 군사혁명위원회가 언

---

14) 전병순, 「뉘누리」, 『江原道 달비장수』, 창작과비평사, 1977, 230쪽.
15) 5·16 군사혁명위원회의 언론정비작업을 살핀 연구는 다음과 같다. 송건호, 「한국 현
　　대 언론사론」, 『언론과 사회』, 민중사, 1983; 『韓國 新聞協會 二十年』, 한국신문협회,
　　1982; 정진석, 『한국현대언론사론』, 전예원, 1987, 최 준, 『韓國新聞史』, 일조각, 1990;
　　강상현, 「1960년대 한국언론의 특성과 그 변화」, 『1960년대 사회변화연구 : 1963~

론정책을 정비하는 기간과 맞물린다. 따라서 이 소설의 신문연재는 5·16군사쿠데타 이후 언론이 재정비되는 과정에서 검열의 대상에서 제외되었을 가능성을 시사한다. 당시 언론정책이 연재가 확정된 대중소설까지 시시비비를 가릴 필요를 느끼지 않았을 것으로 보이기 때문이다. 그것은 국가권력이 대중소설을 관심을 기울일 만큼의 가치가 없는 것으로 간주해 온 전례들에서 예측가능한 일이다.[16]

둘째, 이 소설은 여순사건만을 전경화한 소설이 아니다. 앞서 언급했듯이 이 소설의 배경은 여순사건 진압 직후부터 한국전쟁의 휴전까지 두루 걸쳐 있다. 이를 통해 분단시대를 살아가고 있는 독자들과 함께 호흡할 수 있는 시의성을 확보하고 있다. 그리고 그 시의성은 가까운 역사적 사건의 진실을 규명하기보다는 여순사건을 배경으로 삼아 독자들의 관심을 이끌어내는 데 주목한 측면이 크다. 『한국일보』 응모작인만큼 신문사측의 요구에도 부응해야 했기 때문이다.

3. 사회적 멜로드라마의 역사성과 대중성

『絶望 뒤에 오는 것』은 광복기 여순사건에서부터 한국전쟁, 그리고 휴전에 이르는 역사적 격동기 동안 작중인물들이 겪는 삶의 질곡을 전

1970』(한국정신문화연구회 엮음), 백산서당, 1999; 김진홍, 『언론통제의 정치학』, 전예원, 1983.

16) 아놀드 하우저는 사회정치적 격변기에 대중소설, 특히 멜로드라마가 검열대상에서 제외되어 온 연원을 밝힌 바 있다. 그는 멜로드라마가 현실문제나 지배계급의 도덕풍속을 묘사하기보다는 대중의 요구에 맞게 선정성, 감상성, 오락성 등을 강조한 시민들의 도덕극이었다는 점과 그러한 멜로드라마를 지배계급이 무가치한 것으로 간주하여 검열대상에서 제외해왔다는 점을 구체적으로 논증한다. Arnold Hauser, 염무웅·반성완 옮김, 『문학과 예술의 사회사』 제3권, 창작과비평사, 2000, 260~261쪽. 이러한 하우저의 관점에 기대어 볼 때, 대중소설이 검열 대상에서 제외되었을 가능성이 다분하다.

면화시킨 작품이다. 작중인물들의 소박한 삶을 파괴하고 생존조차 위협하는 역사의 파고들은 소설의 내적 이야기를 사실성 있게 재현한다. 그러나 서사를 구조화하는 기본적인 이야기는 주인공 강서경이 겪는 애정의 추구과정이다.17) 거친 역사의 소용돌이는 강서경의 애정 추구를 원하지 않는 방향으로 이끌어가는 배경적인 요인인 것이다. 이처럼 이 소설은 사회적 멜로드라마라는 공식18), 그러니까 멜로드라마적 구조와 사실적인 사회역사적 배경을 결합시킨 독특한 공식을 사용하고 있다 하겠다.

하지만 사회적 멜로드라마는 멜로성과 사회성을 단순히 결합하기만 하면 완성되는 공식이 아니다.19) 무엇보다 사회적 멜로드라마의 사회역사적 배경은 여순사건에 접근하는 작가의 관점에서 엿보았듯이 중대한 사건에 숨겨진 혼란한 이면들에 대한 통찰력을 보여준다. 사회역사적 배경은 이야기의 밑그림에 불과한 것이 아니라 어떤 사건이나 제도에 숨겨진 동기들이나 은밀한 폐풍(弊風), 그리고 인간의 잠재적인 어리석음 등에 대한 통찰을 다룬다. 하지만 그것은 기존 사회에 대한 개혁이나 안주를 가로지르는 유효한 의미항으로 작용하기보다는 이야기

---

17) 전홍남은 이 작품에서 작중인물들의 애정은 살벌한 역사적 현장과 대비된 인간애를 부각시키기 위한 방략의 일종일 뿐 서사의 큰 줄기를 형성하고 있지 않다고 본다. 이러한 관점은 여순사건의 역사적 수용이라는 측면을 지나치게 강조한 결과라 하겠다. 전홍남, 앞의 글, 407쪽.
18) 사회적 멜로드라마에 대한 논의는 카웰티의 관점을 적극적으로 수용하였다. John G. Cawelti, Adventure, *Mystery and Romance : Formula Stories as Art and Popular Culture*, Chicago UP, 1976, pp.261~268.
19) 카웰티는 '멜로드라마'와 '베스트셀링 사회적 멜로드라마'(bestselling social melodrama)를 구분 짓는다. John G. Cawelti, 위의 책, pp.261~268. 베스트셀링 사회적 멜로드라마를 멜로드라마의 한 유형이 아니라 멜로드라마의 발전적 형태로 상정하고 있으나, 초점은 사회성(sociality)과 대중성(popularity)의 조화로운 결합에 놓인다. 카웰티가 사회적 멜로드라마의 대중적 공식을 밝히기 위해 형용사 '베스트셀링'을 구가하고 있으므로, 이 글에서는 '사회적 멜로드라마'로 통칭하여 논지를 전개시키고자 한다.

의 사실성을 독자들에게 확신시키는 데 조력한다. 사회적 멜로드라마의 사회역사적 배경은 운명 지워진. 도덕적으로 가치 있는 숙명에 중요성을 부여함으로써 개인적 사건의 중요성과 세계의 도덕성을 사실성 있게 맥락화한다. 그렇기에 사회적 멜로드라마에서 사회역사적 사건과 개인적 도덕성의 관계는 복잡한 변증법적 관계로 발전하지 않는다.[20]

그리고 사회적 멜로드라마는 멜로드라마의 본질인 도덕적 환상을 복잡한 도덕주의 속에 휘몰아 넣는 특징을 보여준다. 두루 알다시피 멜로드라마는 고정적이고 상투적인 작중인물의 설정방식이나 복잡한 사건 전개방식, 그리고 누구나 예측 가능한 결말이라는 다분히 인습적인 공식이다. 더욱이 멜로드라마의 도덕적 환상은 '도덕적 비학'[21]으로 일컬어질 만큼 인간적 한계가 결핍되어 있다. 그러나 사회적 멜로드라마는 이러한 멜로드라마의 한계와 어느 정도 거리를 둔다. 그것은 멜로드라마의 고유한 본질이나 예측가능성을 완전히 깨뜨리는 것이 아니라 선(善)이 실패할 가능성을 보여주는 작중인물들의 시험과 시련을 묵인하도록 극화된다. 이로써 사회적 멜로드라마는 동시대의 제도적 흐름과 가치에 부합되는 도덕성의 내용을 재구성할 수 있다. 따라서 사회적 멜로드라마는 인습적인 도덕적 질서의 내용과 구조를 뛰어넘는다.

이렇듯 사회적 멜로드라마는 멜로드라마의 본질을 깨뜨리지 않으면서도 그 한계들을 동시대적 문맥을 통해 보완하는 독특한 공식이다. 그렇다면 『絶望 뒤에 오는 것』이 재현하는 사회적 멜로드라마적 특성

---

20) 이 지점이 바로 본격적인 역사소설이나 고발소설과 사회적 멜로드라마의 희미한 경계이기도 하다.
21) Peter Brooks, *The Melodramatic Imagination:James, Melodrama, and the Mode of Excess*, Columbia UP, 1985, p.5.

을 구체적으로 살펴보자.

우선, 우연성과 사회성을 병치시켜 강서경의 복잡한 애정관계를 신빙성 있게 구축하고 있다는 점을 들 수 있다. 애정관계의 새로운 국면이 기대될 때마다 그녀는 매번 역사의 격랑에 휘말리고 있다. 그녀가 평소 연모의 정을 키워가던 동료교사 원동휘와 돌산 식물원에 가기로 약속한 날 여순사건이 발발하고, 이병수의 연인으로 거듭 나 병문안을 가려고 다짐했던 날 한국전쟁이 일어난다. 여기에서 일련의 역사적 사건들은 작중인물들을 죽음이나 죽음 이상의 공포로 내모는 충격적인 것이다. 서사 전개과정에서 가장 명백한 위기의 순간은 삶의 근저를 뿌리째 뒤흔드는 죽음의 제재를 포함할 때이다. 이는 사회적 멜로드라마에서 과다할 만큼 자주 사용되는데, 독자들의 감정을 직접적이고 즉각적으로 이끌어내는 데 효과적이기 때문이다. 죽음을 동반하는 역사적 사건은 독자들의 공감대를 빠른 시간 안에 구축할 수 있는 사회적 멜로드라마의 장치로서 기능한다 하겠다. 그리고 그것이 반복될수록 주체의 선택적 행위에 운명적 성격을 강화시킨다.

거대한 역사적 격랑은 강서경의 애정관계를 충격적으로 반전시키는 계기이자 운명적 사랑을 이끌어내는 설득력 있는 장치이다. 여순사건 당시 좌익세력으로 몰려 죽음의 공포 속에 내던져진 원동휘 때문에 그들의 애정관계는 심각한 위기를 맞는다. 다른 한편으로 그것은 원동휘의 과거 애정 편력, 그러니까 혜련의 연인이라는 사실이 여실히 드러나게 되는 계기이기도 하다. 때문에 강서경은 원동휘의 애정을 의심할 뿐 아니라 친구인 혜련을 두고 사랑과 우정 사이에서 끊임없이 갈등한다. 그녀에게 여순사건은 죽음의 공포뿐 아니라 애정에 대한 절망을 함께 체감하게 한 사건이라 할 수 있다. 그만큼 여순사건은 원동휘와의 애정관계를 다른 국면으로 옮기는 과정으로서의 성격이 짙다. 그러나 독자들은 긴장감과 불안감을 가득 안고 그들의 관계가 지속되기를 염원하기보다는 제3의 인물들, 이병수나 임형규를 주목한다.

이 소설에서 역사적 사건은 강서경의 애정 추구를 매번 무산시키면서도 새로운 연인관계를 예견하게 하는 결정적인 계기로 작용한다. 특히 일련의 역사적 사건은 임형규를 강서경의 운명적 연인으로 만드는 데 효과적으로 기여한다. 임형규과의 만남이나 이별은 두 작중인물의 적극적인 노력 없이 위급한 역사적 사건이 발발한 시기에만 이루어진다. 이때 역사적 사건은 작중인물의 성격화에 영향을 미치면서 두 작중인물을 연인으로 발전시켜나가는데, 놀랄만한 우연의 일치가 그들의 관계를 운명적으로 만들고 있다.[22] 첫 번째 만남에서 임형규는 "끝없는 악당"이자 "파렴치한"에 불과한 진압군으로 형상화된다. 여순사건 당시 그는 강서경을 직접적으로 위협하고 겁탈하려 했던 진압군 대대장이었다. 그러나 "어딘지 마음 한구석에 부정할 수 없는 관심이 쏠리는" 인물로 그녀에게 다가선다. 이별의 순간 갑작스럽게 이루어진 임형규의 청혼이 "불안"과 "전율"이라는 양가적 감정을 불러일으키는 것도 그러한 맥락 속에 놓인다. 이것은 그녀의 미묘한 감정변화에 보다 주목하도록 독자들을 이끈다. 두 번째 만남에서 임형규는 강서경의 믿음직한 조력자로 형상화된다. 서울 수복 후 임형규와의 재회는 즉결처형될 위기에 놓인 동생 훈과 임형규의 부하 김하사의 구명이 절실하게 요구되는 시점에 이루어진다. 그리고 그는 서경의 가족이 생존의 위협과 막막한 생계의 불안에서 벗어나도록 도와준다. 이렇듯 가장 극적인 위기의 순간과 그의 등장이 겹쳐지는 것은 다분히 우연의 일치라 하겠다. 멜로드라마적 구조는 서사 전개를 위한 단서들을 이야기 속에

---

22) John G. Cawelti, 앞의 책, p.262.

준비해두지 않기 때문에 원인에 비해 결과가, 그리고 일상적인 것에 비해 비정상적인 것이 과도하게 부각된다. 그만큼 우연, 운명, 숙명이 주인공의 삶을 지배하는 힘으로 작용하는 셈이다.23) 강서경이 임형규와 세 번째 만남을 스스로 마련하고 결혼하게 되는 것도 이러한 맥락에서 이해할 수 있다.

강서경의 복잡한 애정관계는 악독한 음모나 격렬한 행위가 뒤섞여 있는 삼각관계의 애정갈등과 거리를 둔다. 이 소설에서 애정의 삼각관계는 감정적이고 도덕적인 갈등의 성격을 띠고 눈에 드러나지 않을 정도로 느슨하게 장치화되어 있다. 강서경의 애정관계가 역사적 격랑을 넘나들면서 새로운 애정의 국면을 형성하고 있는 것이다. 그만큼 우연성과 사회성을 함께 병치시켜 독자들에게 신빙성 있게 다가가고 있는 셈이다.

다음으로, 역사적 통찰력을 갖춘 인물들을 내세워 개인적 사건과 역사적 사건을 조화시키는 데 성공하고 있다는 점을 들 수 있다. 사회적 멜로드라마는 개인적 사건과 사회적 사건이 적절하게 보조를 맞추어 소설의 사실성과 재미를 동시에 추구한다. 그러나 개인적인 사건에 지나치게 치중함으로써 사회역사적인 상황을 통찰하는 힘을 잃게 되는 결함을 보여주는 경우가 많다. 이를테면 작중인물들이 생존에 대한 위협, 생계에 대한 불안, 애정문제에 대한 갈등 등을 전면화하여 역사적 사건을 제대로 형상화해내지 못하는 경우이다. 하지만 이 소설에서는 산만해진 멜로드라마의 구조적 문제를 강서경과 원동휘가 번갈아가며 보완해나가고 있다.

여순사건이 전경화되어 있는 소설의 전반부에서는 강서경이 비판적

---

23) 정은하, 「멜로드라마 영화장르의 즐거움(Pleasure)에 관한 연구」, 동국대 석사논문, 1995, 31~32쪽.

인 역사적 시각을 견지하는 반면 원동휘는 개인적 문제에 함몰되어 있다. 원동휘는 생존의 위협을 받으며 쫓기는 상황에서도 강서경에게 사랑을 고백하지 못했다는 사실 때문에 더욱 갈등한다. 그리고 '체포→고문→석방→탈출→재체포→고문→투옥→사형 언도→15년형 언도 수감'이라는 삶의 이력에서 볼 수 있듯이, 여순사건의 진압 직후 그는 자신의 문제를 해결하는 데 급급한 상황이다. 이것은 독자들에게 긴장감과 불안감을 가지고 소설에 몰입하게 한다. 하지만 그것은 원동휘가 당시의 사회적 상황을 거시적으로 통찰할 수는 없음을 의미하는 것이기도 하다. 이러한 측면을 보완해주는 것이 강서경이다. 진압작전 초기의 폭력적인 상황을 경험했던 그녀의 시각을 통해 진압과정에서 빚어진 민간인들의 희생과 수난상이 고스란히 드러난다. 여순사건의 숨겨진 이면들에 대한 비판적 통찰력을 견지한 것이라 하겠다.24)

소설의 후반부에서는 원동휘가 강서경의 역할을 대신한다. 여순사건 이후 강서경은 역사적 니힐리즘에 빠져 급변하는 정세에 소극적이고 관조적인 태도로 일관하기 때문이다. 그녀에게 시급한 일은 기본적인 생계의 방편을 마련하고, 원동휘에 대한 미련과 이병수에 대한 새로운 감정, 임형규에 대한 심경 변화 등의 복잡한 애정갈등을 모두 종식함으로써 "경애(敬愛)"할만한 인물과 결혼하는 것이다. 그러나 임형규와 결혼한 후에도 여전히 개인적 문제에서 쉽게 벗어나지 못하고 있다. 피난지 부산에서 풍족한 생활을 하기 위해 전장을 지키는 남편을 탓하며 마약밀매를 서슴지 않는다. 이때 원동휘는 이러한 강서경을 보

---

24) 이러한 통찰력이 은폐되었던 여순사건에 대한 독자들의 관심을 환기하는 것은 분명하다. 하지만, 기본적으로 멜로드라마적 원리에 충실함으로써 여순사건이 재현되는 정도에 그친다. 이런 점에서 『絶望 뒤에 오는 것』은 실제 역사에 대한 인식의 탐구를 집중적으로 보여주는 역사소설이나 역사적 오류를 비판하고 개정을 요구하는 고발소설과 거리가 있다.

다 건강한 생활인으로 변모시키는 동시에 한국전쟁의 이면을 통찰하
는 비판적인 인물로 부각된다.

> 원 동휘는 담배를 꺼내 물었다. 한모금 깊이 빨아서 옆으로 훅 쏟는다.
> 『그게 말이죠, 나두 요즘엔 이상한 마음이 생기려 하는데요…… 결국 이
> 게 뭡니까. 동족상잔 뿐이지. 뭣때문에 남침하고 전쟁을 일으켜 놓았느냐 말
> 입니다. 이 좁은 땅에 북엔 중공, 남엔 미군과 연합군, 이렇게 많은 군대가
> 집결해서 「롤러」나 「불도저」처럼 이 땅을 밀고 올라갔다 내려왔다 하는 동
> 안 망하는건 결국 우리 민족뿐이 아닙니까. 기름진 땅은 폐허가 되고 좌우간
> 전쟁은 이 땅에서 중지시키고 볼 일인지 모른다, 이런 마음이 들때도 있어
> 요.』
> 『………』
> 『더구나 일선장병의 가족들은 더 절실하겠지요. 물론 전쟁엔 이겨야 합니
> 다. 그러나 우리가 이기더라도 뒤에서 밀어준 우방에게 점점 빚만 지고 들어
> 가는 결과가 되지않습니까. 그러나 아뭏든 휴전은 될거니까요.』
> 서경은 찻잔을 냉큼 내려놓고,
> 『어떻게 아세요?』
> 했다.(307~308쪽)

인용문은 원동휘의 언술을 통해 한국전쟁의 상흔이 현재뿐만 아니
라 미래의 한국사회에 미칠 영향을 보여주고 있다. 그에 따르면 한국
전쟁은 우리 민족에게 씻을 수 없는 "동족상잔"의 상흔과 복구 불가능
할 정도로 "폐허"만을 남겨 놓았다. 특히 한국전쟁이 "이기더라도 뒤
에서 밀어준 우방에게 점점 빚만 지고 들어가는 결과"가 될 것이라는
예견은 전쟁 후 한국사회의 사회경제적 문제까지 통찰한 결과이다. 실
제로 전후복구는 원조를 기축으로 하는 대미 의존적인 성향을 강하게
띠었고 그 결과 한국 경제는 점차 미국자본주의에 종속적으로 편입되
었다.[25] 그렇기에 원동휘의 통찰력이 보다 돋보이는데, 그것은 국방부

---

25) 이병천, 「전후 한국자본주의 발달사」, 『한국사회론』, 한울, 1990, 21~22쪽.

정훈장교의 지위에 있었기 때문에 가능한 일이다. 이렇듯 이 소설은 강서경과 원동휘가 번갈아가며 비판적 통찰력을 보여주면서 역사적 사건과 개인적 사건들을 조화시켜 이끌어나가고 있는 것이다.

마지막으로, 이 소설은 도덕적 환상을 새롭게 재구성하고 있다는 점을 들 수 있다. 그것은 처벌적인 선악의 이분법에 경도되지 않고 동시대적 윤리관을 함께 끌어안음으로써 이루어지고 있다. 멜로드라마의 도덕적 환상은 대부분 경직된 권선징악의 이분법적 논리를 보여준다. 그러나 사회적 멜로드라마는 그것을 뛰어넘어 깊이와 다양성을 갖춘 동시대적 윤리관을 제시한다. 그것은 사건에 호의적으로 접근하는 독자들의 감각을 깨뜨리지 않으면서도 작중인물의 시련에 작용하는 복잡다단한 형태의 도덕적 질서를 극화할 때 가능하다.26) 따라서 사회적 멜로드라마는 독자들에게 친숙한 공식성을 크게 깨뜨리지 않으면서도 신선한 충격을 가져다 줄 수 있다.

이 소설은 작중인물의 형상화 측면에서 볼 때 근원적으로 선한 인물도 악한 인물도 존재하지 않는다. 진압군으로서 고문을 지휘하고 퇴역 후 이중 스파이에다 마약밀수까지 한 한상철만 해도 아내 박옥순에 대한 사랑 앞에서는 자신의 욕망을 자제할 줄 아는 선량함을 드러낸다. 임형규 또한 강서경을 강간하려 했던 파렴치한인가 하면 휴전 무렵 북한 소년병을 용서했다가 도리어 부상을 당할 정도의 선량함을 보여주기도 한다. 이렇듯 이 소설에서는 권선징악적 이분법적 논리를 끝까지 적용시킬 수 있는 작중인물을 찾아보기 힘들다.

그리고 이 소설은 독자들이 고유한 멜로드라마적 예측가능성에 대한 균열을 새로운 해석가능성을 지닌 도덕성과 조화시키고 있다. 멜로

---

26) John G. Cawellti, 앞의 책, p.267.

드라마의 대중성이 도덕성에 있다는 브룩스의 지적처럼 멜로드라마는
인습적이라 할만큼 도덕적 결말을 선호한다. 하지만 사회적 멜로드라
마는 인습적인 도덕적 관념에 대한 확신과, 새로운 가치와 태도를 지
닌 동시대적 흐름을 동시에 조화시킬 수 있는 지혜를 요구하는 공식이
다. 그렇기에 독자들이 인습적이라 느낄 만한 결말을 처벌적 개념이
아닌 다양한 의미항으로 접근할 수 있도록 배려한다. 이 소설에서 한
상철의 죽음이나 임형규의 부상 등이 독자들에게 권선징악적인 결말
이라 단정하기 미진한 부분을 남겨놓는 것도 이러한 맥락에서 고찰해
야 할 부분이다.

　한상철의 죽음의 경우, 한국전쟁의 아수라장에서 마약밀매를 통해
세속적 욕망만을 추구하던 인물의 인과응보적 결말이라는 강서경의
판단은 상당 부분 설득력을 지닌다. 하지만 그의 죽음이 공비의 갑작
스러운 습격에 의한 것이었다는 점에 주목할 필요가 있다. "아니다. 그
것이 아니었다"라는 강서경의 강한 부정의 어법에서 엿볼 수 있듯이,
공비의 습격은 한국사회 내부에 소요가 끊이지 않으며 그것이 여전히
평범한 사람들의 생존조차 위협하고 있다는 이면의 사실성을 강화한
다. 한상철이 합법적이고 도덕적인 주체나 제도에 의해 처단되지 않고
공비라는 한국사회에서 용인하기 힘든 집단적 주체에 의해 처벌되었
다는 점은 권선징악적인 처벌적 성격보다 누구에게나 닥칠 수 있는 갑
작스러운 사고 가능성을 부각시킨다. 따라서 독자들이 강서경의 판단
을 고스란히 받아들이기에는 곤란할 정도로 복합적인 여지를 남겨놓
는다. 오히려 한상철의 과거 행적은 부도덕하였을지라도 그 자체는
"인간적인 이해"를 구할 수 있다는 여지를 독자들에게 남겨둔다 하겠
다. 따라서 한상철의 죽음은 권선징악적 결말이라는 의미항을 크게 벗
어나지 않으면서도 그것을 "인간적인 이해"라는 차원에서 경직되지

않게 재구성하고 있다고 볼 수 있다.

그리고 임형규의 부상 또한 복잡한 의미망을 지닌 결말을 이끌어내고 있다. 강서경은 그의 부상을 자신이 마약밀수에 가담한 "죄의 대가"라고 자책하며 인과응보적 고리를 다르게 연결짓는다. 그러나 독자들이 충분히 수긍할 만큼 임형규의 과거 행적이 도덕적이었던가를 꼼꼼하게 살펴봐야 한다. 여순사건 당시 진압군 대대장이었던 임형규는 강서경을 강간하려 했던 "파렴치한"이자 좌익세력 색출과정에서 드러난 민간인들의 희생을 계엄하의 급박한 상황 탓으로 돌리는 "끝없는 악당"이었다. 뿐만 아니라 한국전쟁 동안 성실한 군인으로 전방을 진두 지휘했다는 점은 그가 원했든 원하지 않았든 북한군 소년병처럼 뚜렷한 선악의 논리로 단정 지을 수 없는 무수한 희생자들을 양산하였을 것임을 전제한다. 그렇기에 그의 부상은 강서경의 자책과 무관한, 자신의 과거 행적에 대한 권선징악적인 결말이었음을 부인하기 힘들다.

하지만 그의 부상은 권선징악적 성격을 의심하게 하는 예측 불가능한 삶에서 돌출된 사고의 성격이 강하다. 그는 막바지에 이른 휴전협상의 분위기와 달리 마지막 경계선을 두고 치열한 교전을 벌이던 전장에서 부상을 당한다. 정황을 볼 때, 그는 당시 전장의 긴박함과는 달리 이례적인 행위를 했다. 무엇보다 생포된 북한군 소년병을 살려 보내준 일은 전장에서 즉결심판을 자행한 과거의 행적에 비추어 볼 때 매우 예외적인 일이었다. 이것은 소년병을 죽은 처남 훈과 동일시한 순간적이고 감정적 판단에서 연유했지만, 결국 부상을 당하는 계기로 작용한다. 소년병이 겁에 질려 쏜 총에 크게 부상을 입는 것 또한 항시 총검을 무장해 온 그가 자신의 감정에 치우쳐 긴장을 풀고 있을 때 일어난다. 따라서 그의 부상은 상황적 논리를 두고 볼 때 인과응보적 성격을 완전히 지울 수 없는 일종의 사고라 할 수 있다. 그러나 그것이 인간적인 이해와 동정에서 비롯되었다는 점에서 앞선 권선징악적 의미항과 결합하게 되면 의미의 진폭은 매우 다양해진다. 더욱이 평소 그의 인물됨이나 군인으로서의 성실함을 고려할 때 상식적인 도덕적 질서는 보다 복잡한 내용을 가질 수밖에 없다. 이렇듯 그의 부상은 권선징악적인 결말구도를 크게 벗어나지 않으면서도 그 의미항들을 새롭게 구성해야 할 필요성을 독자들에게 요구하고 있는 것이다.

아울러 임형규의 부상은 소설의 결말을 확정짓지 않고 열어두게 하는 결정적 사건이다. 그것은 불구로 살아갈 자신뿐만 아니라 가족들에게도 새로운 지평을 요구하고 있기 때문이다. 이 소설의 결말이 원동휘의 편지에 감화되는 강서경을 부각시키고 있지만, 작중인물들의 전정은 여전히 불투명하다 하겠다. 다만 강서경이 "불구의 남편과 무능한 가족들"을 부담으로 받아들이기보다 "강한 삶에의 의욕"으로 함께 아픔을 헤쳐 나갈 수 있기를 내심 기대하는 수준에서 마무리되고 있다.

그렇다면 처벌적인 선악의 이분법에 경도되지 않는 동시대적 윤리관은 어떻게 제시되고 있는가를 살펴보자. 이것은 전병순이 사회적 멜로드라마라는 공식을 통해 보여준 새로운 의미항을 엿볼 수 있는 지점이기도 하다.

(1)
　서경은 솔직히 털어 말한게 잘못이었을까 뉘우쳤다. 숙희가 그동안 받은 고난은 물론 필설로 다하지 못할만한 것이었었다. 그러나 서경이나 훈 역시 그러했다.
　본의로서 저지른 소동이 아니었고 어쩔 수 없는 세력에 밀리어 누구나가 다 겪은 수난이 아니었던가. 물론 서로가 선 위치는 달랐을망정 누구나 다 원해서 이루어진 것이 아니었었다.
　고생하기란 좌 우 간에 그러했다. 아니 좌도 우도 아닌 존재가 설령 있었다면 그네들 역시 함께 부대긴 것이다. 피해자들끼리 서로 눈을 부릅뜨고 뭐

있느냐 싶은 서경의 심정이었던 것이다. 혜화동 로타리께에 쓰러져있던 인민군의 소년병 시체가 떠올랐다.

　　(모두다 불쌍한 민족들이었다.)(232쪽)

(2)

　어인 운명의 희롱일까요. 휴전의 직전에. 그러나 우리 서로 재생의 용기를 쥐어 짜 봅시다. "희망은 절망의 밑바닥에서 부터" 속된 말이지만 그대로 우리에겐 들어 맞는 것이라 생각합니다.

　국가나 사회가 우리를 아무리 학대할 지라도 우리는 그것을 빙자해서 안일하게 타락해 버릴순 없지 않습니까. Y시에서 부터 우리는 얼마나 많은 학대를 받아 왔읍니까. 그러나 우리는 이 민족 이 땅을 등지고는 살 수 없어요. 모두가 제각기의 이득만을 노리고 날뛸망정 나혼자 만이라도 옳은 길을 찾아 살아 가야 하지 않겠읍니까. 우리는 이 민족 이 땅에서 더 크게 무엇인가를 바라자는게 아닙니다. 오직 우리의 민족적 양심이 가리키는 길만을 꾸준히 걷고자 할 따름이지요.(338쪽)

　인용문 (1)은 강서경이 친구 숙희에게 훈의 병원비를 빌리며 자신의 생각을 서술한 대목이다. 여기에서 강서경은 한국전쟁의 상처를 보편적인 인류애적 관점에서 재조명하고 있다. 그것은 그녀가 질곡의 역사적 현장보다는 그 후면에서 감내해야 했던 수난이나 상흔들과 보다 직접적으로 관련되어 있었다는 점에서 이해 가능하다. 강서경은 여순사건을 거치면서 급변하는 역사적 현실과 당당하게 맞서 적극적인 삶을 영위하는 주체로서의 삶을 포기하고 모든 "사태를 방관하고" "죽지 않고 지혜대로" 살아남는 것에만 열중하는 인물로 변화한다. 하지만 그것은 오히려 역사적 현장과 거리를 둠으로써 "피해자들끼리 서로 눈을 부릅뜨고 서로 미워"하기보다는 "모두 다 불쌍한 민족"이라는 인류애적 관점을 부각시키는 데 조력한다. 이를 통해 볼 때 작가는 치열한 이념대립이나 감정적인 처벌행위에서 한 발 물러나 인류애적 화해를 요청하고 있음을 알 수 있다.

이러한 관점에서 나아가 인용문 (2)는 원동휘의 시각을 빌어 새로운 삶의 복원의지를 피력하고 있다. "희망은 절망의 밑바닥에서"라는 표현이 역사적 격랑 속에서 상처입은 사람들을 위로하고 있다면, "우리 서로 재생의 용기를 쥐어짜 봅시다"라는 제안은 그 상흔을 혼자가 아닌 "우리"로 똘똘 뭉쳐 함께 헤쳐나가야 한다고 강조한다. 이러한 의지는 작중인물 강서경뿐만 아니라 전쟁을 함께 겪어낸 독자들에게 희망의 언어로 다가설 수 있다. 그것은 강서경의 가정 또한 전쟁의 상흔을 일정 부분 감당해야 한다는 점에서 독자들에게 보다 현실적으로 다가섰을 것이며, 위안과 용기를 북돋아주기에도 충분해 보인다.

그러나 원동휘가 말하는 삶의 복원의지는 강서경처럼 소박한 인류 애적인 시각에 국한되어 있지 않다는 점을 주목할 필요가 있다. 그는 "우리 민족의 안녕과 복지를 위"해서 한국적 실정에 알맞는 방향을 모색할 필요가 있다고 본다. 그것은 한국사회의 구성원 모두가 올바른 국가관을 정립하여 '민족적 양심'을 견지하는 일이기 때문이다. 하지만 그가 말하는 '민족적 양심'은 다분히 우익 편향적인 민족주의에 기반을 두고 있다. 이러한 시각의 단서는 한국전쟁 당시 국방부 정훈장교로 변신하였다는 사실에서 찾을 수 있다. 원동휘는 여순사건을 혹독하게 치러 내는 동안 "애매한 회색분자"에서 북진 통일을 스스럼없이 주장할 만큼 적극적인 체제긍정론자로 변모한다. 이러한 변모는 이념의 갈등에서 자유롭지 못한 한국사회에서 인간적인 삶을 영위할 수 있는 최선책인 셈이다. 한국전쟁의 이면을 읽어내면서도 당대의 정치권력을 정면에서 비판하는 대신 원론적인 대안을 제시하는 데 그치는 것도 같은 맥락에서 이해 가능하다.27) 이처럼 전병순은 상식과 강제된

27) 임헌영과 전흥남은 원동휘가 당대적 정치권력에 대한 비판의식 없이 민족의식을 강
조하는 형태를 띰으로써 소박하고 원론적인 접근방식에서 벗어나지 못하는 한계를

이데올로기의 내면화된 흔적들이 곳곳에 배어있는 '생활의 법칙'[28]과 자연스럽게 묻어나는 인류애적 관점을 교묘하게 넘나들고 있는 셈이다. 그것은 작가의 인생관과 작품활동의 저변을 읽어낼 수 있는 근저로 유효해 보인다.

4. 남는 문제

『絶望 뒤에 오는 것』은 발표 당시부터 여순사건을 소재로 삼았다는 점에서 독자들의 큰 이목을 끌었던 소설이다. 하지만 지금까지도 그 관심은 뚜렷한 연구 성과로 이어지지 못했으며, 연구가 이루어진 경우도 여순사건을 형상화한 부분만을 과도하게 조명하는 데 그친 감이 있다. 이러한 측면에서 신문매체의 본질적 특성을 고려하여 사회적 멜로드라마의 관점에서 이 소설의 대중성과 역사성을 살펴보고자 했다.

무엇보다 『絶望 뒤에 오는 것』은 지금까지도 논란이 거듭되고 있는 여순사건을 소재로 삼았다는 점이 특징적이었다. 이는 작가가 여순사건을 직접 체험하였고 그 과정에서 왜곡된 역사적 사실에 대한 부채의식을 지니고 있었기 때문이었다. 그러나 작가는 개인적인 감정이나 주관적 판단에 기대지 않고 균형적인 역사의식을 보여주려 애썼다. 그렇기에 독자들은 정부의 시각과는 다르게 형상화된 여순사건을 무리없이 수용할 수 있었을 것이다.

그러나 이데올로기적으로 경직된 한국사회의 사회 정치적 상황을

지닌다고 지적한다. 임헌영, 『분단시대의 문학』, 태학사, 1992, 232쪽과 전흥남, 앞의 글, 413쪽. 그러나 원동휘의 민족의식이 견고하지 못하다는 판단에는 동의하지만, 당시 정치사회상과 구체적으로 관련시켜 비판적 승화를 꾀하지 못했다는 지적은 그의 변모가 지니는 모순적 일면들을 고려하지 못한 결과로 보인다.

28) 최인훈, 앞의 글, 312쪽.

두고 볼 때, 이 소설의 발표나 연재는 매우 힘들었을 것이다. 이 소설은 민권의 승리이자 자유와 평등이라는 정신의 승리를 보여준 4월혁명 이후 한국사회의 지형 속에서 발표되었다. 하지만 5·16군사쿠데타로 이러한 혁명의 정신이 위축될 수밖에 없었던 상황이라는 점을 염두에 두면 이 소설의 연재는 상당한 의의를 지닌다. 무엇보다도 국가권력의 검열을 피해갈 수 있을 만큼 신문소설로서 이 소설은 신문사측의 요구와 독자들의 관심을 적극적으로 고려한 대중소설로서의 특질이 다분했기 때문이다.

이러한 관점에서 이 글은 『絶望 뒤에 오는 것』의 대중소설적 면모와 특징을 사회적 멜로드라마라는 공식에서 찾았다. 사회적 멜로드라마는 멜로드라마적 구조와 사실적인 사회역사적 상황을 독특하게 결합한 대중적 공식이다. 사회적 멜로드라마는 독자들에게 이야기의 사실성을 확신하도록 해주는 사건 이면에 숨은 혼란한 모티프들을 드러낼 뿐만 아니라 멜로드라마의 기본적 원리를 적절하게 조화시킨다. 이 소설이 이러한 공식적 특성을 어떻게 구가하고 있었는지를 살펴보면 다음과 같다.

우선, 중심적 서사인 강서경의 복잡한 애정관계는 우연성과 사회성을 병치시켜 신빙성 있게 구축되고 있었다. 여기에서 거대한 역사적 사건은 그녀의 애정추구를 매번 무산시키는 동시에 운명적인 사랑을 인정하게 하는 결정적 계기로 작용하고 있었다. 애정관계의 새로운 국면은 독자들에게 정서의 과잉상태에서 이루어지지 않고 역사적 사건이라는 신뢰성 있는 근거들을 통해 수긍할 수 있도록 안배되어 있었다.

둘째, 역사적 통찰력을 갖춘 인물들을 내세워 개인적 사건과 역사적 사건을 조화시키는 데 성공하고 있었다. 그것은 강서경과 원동휘가 번갈아가며 개인적 문제에 함몰된 작중인물을 대신해주고 있었기에 가능한 일이었다. 이로써 급변하는 사회역사적 상황을 통찰하게 할 뿐 아니라 산만해지기 쉬운 멜로드라마의 구조적 문제를 넘어 독자들에게 현실감 있는 재미를 선사하였다.

마지막으로, 이 소설은 멜로드라마에서 한 걸음 더 나아가 도덕적 환상을 새롭게 재구성하고 있었다. 작중인물의 형상화 방식과 결말도출 방식에서 두드러졌다. 즉 처벌적인 선악의 이분법에 경도되지 않는 동시대적 윤리관을 조화시킴으로써 인습적인 도덕적 환상의 내용을 새롭게 구성하고 있었다. 이때 동시대적 윤리관은 인류애적 관점을 통해 확보되었다.

이렇게 볼 때 『絶望 뒤에 오는 것』은 사회적 멜로드라마라는 공식을 사용하여 역사성과 대중성을 성공적으로 확보한 대중소설이라 할 수 있다. 이 소설을 통해 전병순이 1960년대에 여러 신문과 잡지를 넘나들며 장편소설을 많이 창작할 수 있었던 이유를 가늠할 수 있을 것이다. 즉 작가의 작품활동의 저변을 읽어낼 수 있는 시금석으로 충분한 의미가 있다 하겠다. 역사성과 대중성을 교묘하게 조화시킨 이 소설을 통해 대중소설이나 대중소설 작가에 대한 부정적인 시선을 재고하는 시각을 마련할 수 있을 것이라 기대한다.

제4장

대중소설과 몸의 서사화 방식

― 손창섭의 『夫婦』를 중심으로

1. 몸을 통한 세상 읽기

손창섭은 아주 독특한 개성을 지닌 소설가이다. 새로운 인물형 창조
와 형식적 실험을 통해 한국전쟁의 상처가 오롯이 남아 있는 1950년대
를 남다른 시각으로 접근하였다. 그가 창조한 '병자형 인물'은 전후현
실에서 개인이 겪는 일상적 삶의 불안이나 공포, 무력감을 첨예하게
드러낸다. 암울하고 왜곡된 현실은 그의 삶의 궤적과 혼융되어 전화(戰
禍)의 흔적을 가로지르며 재현되고 비판된다. 이때 병자형 인물이 그러
한 흔적들에 접근하는 방식은 병든 육체와 황폐한 정신 사이의 길항관
계를 통해서이다. 그가 소설을 통해서 제기하는 문제는 바로 '몸'에서
출발한다.

훼손되거나 병든 육체는 인간 존재를 떠받드는 물리적 실체에 대한
위협만을 표상하지 않는다. 그것은 전쟁이 남기고 간 상처 깊숙한 곳
을 파헤치는 극적인 출발점이다. 생존의 갈림길에서 정상적인 육체를

가진 인물들이 자본주의적 삶의 양식을 선택하고 따르기 시작했다면, 병자형 인물들은 그들과 뚝 떨어져 기약 없는 삶을 위태롭게 지탱해 나간다. 자의든 타의든 불편한 육체는 병자형 인물들을 세속적인 삶의 질서나 가치체계로부터 단절시키는 것이다. 그렇기에 병자형 인물들이 전후현실에서 체감하는 삶의 무의미성은 그들의 비뚤어진 시선만큼이나 무겁지만 절실하게 다가선다. 뿐만 아니라 그들 사이에 지각되는 거리는 일상인들이 밀쳐둔 인간 존재의 가치 문제를 끊임없이 되묻게 하는 동시에 생활세계의 모순을 비판적으로 성찰하도록 한다. 다시 말해서 훼손되거나 병든 육체는 전후사회에 다가서는 방법이자 사회적 반향이 새겨지는 지점인 것이다.

이렇듯 몸은 상호육체적이며 사회적이다. 메를로 퐁티의 지적처럼 몸(le corps)은 느끼는 나와 느껴지는 세계와의 실존적 접합점을 상징하는 주체(le sujet)이다.[1] 우리는 몸을 통해서 사회적 관계를 맺으며 세계 안으로 인도된다. 몸은 세계 안에 있는 우리들의 사회적 처소이다.[2] 그렇기 때문에 육체적 변화가 중요한 사회적 결과를 초래하는 것은 당연하다. 병자형 인물처럼 전쟁으로 인한 육체적 변화는 인간의 일상적 삶, 사회적 관계, 정체성 그리고 자기 인식에 강한 영향을 미친다. 단순히 신체적인 징후나 개인적인 동기부여의 특질에만 영향을 미치는 것이 아니라 사회적, 문화적, 이데올로기적 컨텍스트에 의해 개인의 일생이 형성되기도 한다.[3] 병자형 인물의 삶 또한 이러한 맥락과 무관하지 않다. 몸을 통해 전후현실에 다가섰던 손창섭의 서사화 방식은

---

1) 김형효, 「메를로−뽕띠의 철학을 통해서 본 몸의 현대적 의미」, 『몸의 이해』(프랑스문화연구회), 어문학사, 1998, 169쪽.
2) 정화열 지음, 박현모 옮김, 『몸의 정치』, 민음사, 1999, 182~183쪽.
3) Sarah Nettleton & Jonathan Watson(ed.), *The body in everyday life*, Routledge : New York, 1998, p.5.

후기소설에서 마찬가지로 발견할 수 있다.[4]

　하지만 손창섭의 후기소설은 아직까지 크게 주목받지 못하고 있다. 우선 평자들이 두루 지적하듯 그의 소설적 한계로 전후상황이라는 당대성의 의미를 벗어나지 못했으며, 새로운 인물형의 창조나 모색이 부족했다는 점이다. 왜냐하면 전후소설에서 보여준 인간모멸이라는 선행관념이 1960년대 단편들에서도 여전히 지속되었기 때문이다. 그것은 그가 폭넓은 역사의식과 시대의식을 지니고 현실과 유연하게 마주서지 못했음을 의미한다. 다음으로 1950년대 말부터 장편소설, 특히 대중소설로 눈을 돌리면서 비평가 집단에게 손창섭이 외면당하는 문단적 상황을 고려할 수 있다. 손창섭이 타락했다는 설만을 남겨놓은 채 그의 소설들은 논의 대상에서 배제되었다. 1960년대 소설들은 그의 소설작업에서 하나의 얼룩으로만 기억될 뿐이다.

　그러나 1960년대 대중소설로의 전환은 다분히 문제적이다. 새로운 발표매체를 통해 대중과의 만남에 적극적으로 나서게 된 작가 나름의 고민은 10여 편에 달하는 대중소설들에 고스란히 남겨져 있다.[5] 그의 전후소설이 그러했듯 대중소설 또한 그 나름의 색깔을 유지하고 있다. 특히 '몸'의 문제는 여전히 중요한 화두임에 틀림없다. 이 글은 『夫婦』

---

4) 손종업은 손창섭 소설의 이러한 특질을 "신체적 상상력"이라 명명하며 후기소설에 확대 적용한 바 있다. 손종업, 「손창섭 후기소설의 "여성성"―전후적 글쓰기의 한 유형」, 『어문논집』 제23집, 중앙대 국어국문학과, 1994.

5) 손창섭이 1960년대에 발표한 신문연재소설을 살펴보면 다음과 같다. 『夫婦』(『동아일보』, 1962.7～12), 『인간교실』(『경향신문』, 1963.4.22～1965.1.10), 『결혼의 의미』(『영남일보』, 1964.2.1～9.31; 『대전일보』, 1964.2.1～10.3; 『제주신문』, 1964.2.4～10.4; 『강원일보』, 1964.3.1～?), 『내 이름은 여자』(『부산일보』, 1964.4.10～10.29), 『아들들』(『국제신문』, 1965.7.14～1966.3.21), 『이성연구』(『서울신문』, 1965.12.1～1966.12.30) 등이다. 한원영, 『한국현대신문연재소설연구』, 국학자료원, 1999. 이외에도 손창섭은 『대구일보』, 『국민일보』, 『국제신보』에 소설을 연재한 바 있으나, 작가 스스로 구체적인 작품과 연재기간을 정확하게 밝히지 않았다. 손창섭, 「나는 왜 신문소설을 쓰는가―「부부」의 작가 손창섭씨는 말한다」, 『세대』, 1963년 8월호, 208쪽.

를 대상으로 대중소설에 나타난 몸의 서사화 방식과 의미를 고찰하는 데 목적을 둔다. 『夫婦』는 1962년 7월 2일부터 12월 31일까지 『동아일보』에 연재되는 동안 독자들에게 많은 주목을 받았던 작품이다.[6] 이 작품의 대중적 성공으로 손창섭은 많은 대중소설을 창작했는데, 결국 『夫婦』는 그의 대중소설을 읽어나가는 디딤돌이 된다 하겠다.

2. 결혼제도 속의 몸, 상처내기와 흔적들

손창섭의 대중소설은 대부분 결혼 모티프와 밀접한 관련성을 가진다. 결혼 모티프는 초기 단편에서 종종 찾아볼 수 있는데,[7] 여러 전후 소설가들이 전후현실을 비판하는 대척점에 가족의 상징적 복원을 위치지웠던 방식과 뚜렷하게 변별되는 것이다.[8] 결혼을 둘러싼 병자형 인물의 갈등은 가족에게조차 친밀한 관계를 기대할 수 없는 상황임을 첨예하게 드러냄으로써 전후현실에서 모든 인간적 관계가 복원불가능할 정도로 해체되었음을 암시한다. 그러나 대중소설에서는 이러한 의미항과는 다른 모습을 보여준다.

손창섭의 대중소설들은 대체로 작품 내적 원리, 그러니까 작품 속에서 제기되는 문제와 갈등의 진행, 해소 방식[9]에서 연애소설의 공식성을 따른다. 대부분의 연애소설이 작중인물들의 사랑을 성취하는 시점에 결혼을 둔다면, 그의 소설들은 결혼을 새로운 출발점에 위치시킨

---

6) 이 글은 편의상 1962년에 발간된 단행본을 텍스트로 삼았으며, 이하 인용문은 작품과 면수만을 밝혀두기로 하겠다.
7) 김진기, 『손창섭의 무의미 미학』, 박이정, 1999, 106~121쪽.
8) 권명아, 『가족이야기는 어떻게 만들어지는가』, 책세상, 2000, 31~62쪽.
9) 임진영, 「즐길 수 있는 지식과 공포의 세계」, 『민족문학사연구』 2호, 민족문학사연구소, 1992, 256쪽.

다. 그의 소설들은 결혼 모티프를 남녀 작중인물들의 연애과정에 국한
하지 않고 결혼생활이나 재혼과정으로 확대한다.

(1) 위험한 시작과 순결한 몸

차성인과 서인숙의 결혼은 극적인 사랑의 결과물이 아니다. '중매'
라는 절차를 통해 이뤄진 현실적이면서도 의도적인 만남이고 결합이
다. 근대 산업사회 이후 결혼 결정권은 양가 부모의 의견보다 두 남녀
의 자율적 의지에 주어진다. 이러한 상황은 유가적 전통이 강하게 남
아 있는 한국사회에서 위험천만한 것으로 비춰질 수 있다. 그래서 조
건적인 만남을 주선하는 중매나 약혼기를 통해 근대적인 결혼 풍습을
보완하려 한다. 그러나 여기에도 위험 요소는 남겨져 있다.

> 나의 약점이란, 약혼시절에 아내와 강제로 육체적 관계를 가졌던 일입니
> 다만, 나로서는 상상도 못할 정도로, 본인이나 부모나가 모두 엄격해서 본인
> 은 마치 괴한에게 능욕이라도 당한 것처럼 침식을 끊고 누워 있었고, 부모는
> 부모대로 펄펄뛰며, 파혼을 하느니 고소를 하느니 야단이어서 마침내 중매를
> 서준 아주머니에게 끌려가, 장인장모와 본인 앞에서 백배사죄를 하는 동시
> 에, 다시는 비록 결혼 후에라도 비례(非禮)를 저지르는 짓을 않겠노라고 굳게
> 맹세를 하고서야 간신히 용서를 받았던 것입니다.(8~9쪽)

약혼기간에 벌어진 "육체적 관계"는 바로 결혼에 이르는 과정에서
생긴 빈틈으로 차성인과 서인숙의 관계에 커다란 생채기를 남긴다.
"육체적 관계"를 대수롭지 않게 여기는 차성인, 즉 화자인 "나"에 비해
서인숙에게 그것은 이상적인 결혼에 대한 희망을 무산시킬 뿐만 아니
라 그녀의 정체성에도 치명적인 상처를 남긴다. 그녀는 결혼을 교육가
집안에서 자란 견실한 배우자와 함께 "청교도적인 이상주의"를 추구

할 수 있는 이상적인 실현태라 생각한다. 아울러 상대방에 대한 사랑이나 믿음 이전에 가문의 명예에 걸맞는 조건적 결합이기도 하다. 따라서 그녀는 "청교도적인 이상주의와 결벽성"이라는, 고결한 정신세계와 순결한 몸을 지향할 수밖에 없다.

순결한 몸은 몸의 투명성, 정체성, 지배성을 보여준다.[10] 그것은 몸에 대한 정신의 지배성을 사회문화적으로 합리화한 결과이다. 그 원인을 흔히 유가적 전통에서 찾는데, 유가에서 몸은 정신과 구분되지 않는 자아와 세계와의 교통방식이다. 인간 존재는 안으로 축적한 덕성, 감정, 의지가 몸적 표현을 통하여 공동체의 상호주관적 시선에 드러날 때 확인된다.[11] 이렇게 몸이 상호주관성을 획득하는 것은 수신(修身)의 내용에서 보듯이 사회화한다는 의미이다. 몸의 사회화는 인간적 본성, 감성의 편린들을 사회적 규범과 일치시켜 나감으로써 몸을 제도적 틀 속에 밀어 넣는 것이다.[12] 이제 몸은 권력과 도덕이 기거하는 곳이며 감정의 절제와 중화가 요구되는 지점이다. 그리고 순결한 몸은 이러한 몸의 논리 속에 위치한다.

무엇을 순결로 볼 것인가는 사회적 상황에 따라 변한다 하더라도 여성의 순결은 제도와 예제(禮制)의 발달에 상응하여 강화되어 왔다. 여성의 성적 욕망에 대한 잠재적 위기의식은 몸에 대한 통제, 즉 순결한 몸의 지향으로 표출된 것이다. 사회제도의 발달이 여성에게 잘 규제된 몸의 논리를 요구한 셈이다. 때문에 순결한 몸에 대한 여성의 지향성

---

10) 양해림, 「메를로―퐁티의 몸의 문화현상학」, 『몸의 현상학』, 철학과현실사, 2000, 119쪽.
11) 조민환, 「유가미학에서 바라본 몸」, 『몸 또는 욕망의 사다리』(이거룡 외), 한길사, 1999, 76~77쪽.
12) 박원제, 「몸에 대한 장자의 비판적 기호학」, 『전통과 현대』 제8호, 전통과현대사, 1999, 81쪽.

은 자연적이고 능동적인 몸의 흐름에 따른 것이 아니라 제도화된 사회
적 규범에 순응하는 방식이다. 여성의 순결한 몸은 내 몸의 논리와 나
의 능동적 행위가 아니라 외부에서 강요된 것이거나 그것에 못지 않은
자율적인 동의의 형태로 존재한다.

한국전쟁 후 서구문물의 유입과 여성해방운동론의 소개에 힘입어
성문화는 사회문화적으로 예전보다 자유로워졌다. 그러나 대중이 심
정적으로 인정하는 것은 아직 요원한 일이었다. 혼전 성관계의 경우
남성은 문제시되지 않는 반면 여성은 법적으로도 불리하게 되어 있었
다. 여성의 혼전 성관계는 부정한 것이 아니지만 그 사실을 남편에게
숨길 때 사기결혼으로 취소당할 수 있다.13) 뿐만 아니라 여성 스스로
성적 관계에 대한 죄악감을 떨치지 못해 문제가 되는 일이 잦았다.14)
이러한 편무적인 정조관념은 여전히 사회에 만연하였고, 따라서 순결
한 몸은 여성이 지켜야 할 의무로 강조되었다.

약혼 전 서인숙의 순결한 몸 또한 당대의 성문화가 지배하는 몸이
다. 그녀의 몸은 "만사에 있어서 도학자 풍인" 아버지의 지배적 권력
이 기거하는 곳이자, 학습을 통해 사회적 규범이 내면화된 몸이다. 지
나친 "결벽성"은 순결한 몸의 지향성에서 비롯되었고, 따라서 순결한
몸의 지향은 "고상한" 정신세계를 추구하는 일이다. 따라서 약혼기간
에 있었던 "육체적 관계"는 순결의 상실만을 의미하지 않는다. 그것은
고상한 정신세계, 나아가 그녀의 존재 자체에 대한 부정이 된다. 위험
을 제거하기 위한 의례인 약혼기에 아이러니하게도 서인숙 자신은 가
장 위험한 상황에 직면한 셈이다. 이때 결혼은 위험한 상황에 대한 표
면적인 결론짓기이다.

---

13) 장경학, 「정조의 법사회학」, 『여원』 1963년 8월호, 89쪽.
14) 김은우, 『한국여성의 애정갈등의 원인연구』, 한국연구원, 1963, 64～111쪽.

⑵ 대립·교차하는 관계 : 생산하는 몸과 유희하는 몸 사이

손창섭은 가장 민감하면서도 은폐되어 있는 몸의 논리를 슬쩍 건드리며 이야기의 물꼬를 틀었다. 순결한 몸에 새겨진 상처가 서막이라면 그 흔적인 "부부생활의 부조화"로 촉발되는 갈등은 서사의 중심을 이룬다. 부부생활은 결혼생활의 보편적인 일면이지만 건실한 가정 뒤편에 삼삼오오 모여 앉아 쉬쉬하며 속살거릴 뿐 공개적인 담화는 금기시되어 왔다. 이렇게 일상적으로 존재하지만 충분하게 고려되지 않은 현실을 제시하고 그 안에서 해결되지 않은 긴장의 요소들을 포착하는 것은 대중의 주목을 끄는 데 매우 효과적이다.[15] 더욱이 부부생활이 가지는 미묘한 몸의 논리는 부부관계의 현실과 환상이 충돌하는 접점으로 다른 이의 결혼생활을 살짝 엿보는 재미와 함께 자신의 현실을 반추하는 계기로도 작용한다 하겠다.

『夫婦』에서 서인숙과 차성인 부부가 구현하는 몸의 논리는 첨예한 이원적 대립구도를 띤다. 그것은 부부생활에서 유희하는 몸의 논리를 인정하느냐 그렇지 않느냐 하는 데 있다. 유희하는 몸의 논리는 이를 완강하게 거부하는 서인숙이나 끊임없이 요구하는 차성인 모두에게 결혼 전의 상처를 다르게 되짚어 나가는 방식이다.

> 『제가 남성을 기피하는 게 아니라, 다만 남자의 그 추잡한 야욕에 장단을 맞추지 않는 것뿐예요.』
> 『추잡한 야욕?』
> 『그래요. 부부간의 애정이란 따지고 들어가면 종족 보존의 목적에서만 의미가 있는 거지, 그이상 향락행위로 흐르는 건 죄악예요. 여기에서 자연 고등동물로서의 엄격한 자제가 필요해지는 거예요. 그런 절제를 모른다면, 그건 한 쌍의 개나 돼지지 부부는 아녜요.』(32쪽)

---

15) 움베르토 에코, 김운찬 옮김, 『대중의 슈퍼맨』, 열린책들, 1994, 78쪽.

결혼 후 서인숙은 "신성한 결혼생활"을 지향하면서 부부생활을 생산하는 몸에만 국한시킨다. 그녀의 몸은 "종족 보존의 목적"을 위해서만 필요한 물리적 대상, 즉 생산하는 몸이다. 생산하는 몸은 아이를 낳는 도구에 불과하며 쾌락은 허용되지 않는다.[16] 그것은 부부가 서로의 사랑을 확인하는 상호주관적인 몸이 아니라 '자신은 몸과 분리되어 있다'고 인식하는 몸인 것이다. 이러한 몸의 논리는 이상적인 정신세계에만 가치를 두고 육체적 욕망을 죄의 근원으로 보는 기독교의 금욕주의와 맞닿아 있다.[17] 서인숙에게 "신성한 결혼생활"은 "청교도적 이상주의"의 또 다른 이름이듯, 생산하는 몸은 순결한 몸의 연장선에 놓인다. 그녀는 결혼 전 상처의 흔적들을 지우기 위해 몸에 보다 강력한 제도적인 사회적 규범을 스스로 덧씌운다. 더욱이 생산하는 몸은 선악을 구분짓는 잣대로까지 작용하는데, 그것은 곧 차성인에게 기대되는 몸의 논리이기도 하다.

차성인의 바램은 서인숙이 "부부간의 솔직한 엔조이"를 인정하는 것, 즉 유희하는 몸의 논리를 받아들이는 데 있다. 그는 "정신적인 애정과, 육체적인 애무가 수레의 양쪽 바퀴처럼 균형을 잡아 나가는" 부부생활을 원한다. 하지만 그녀에게 유희하는 몸은 불순한 욕망의 대상일 뿐이며, 그러한 욕망을 가진 존재 또한 "치한"이나 "악한"도 못되는 "개나 돼지"와 다를 바 없다. 그녀는 단순히 유희하는 몸을 거부하는 것이 아니라 죄악시하며 격하시킨다. 그렇기에 그는 부부간의 사소한 애정표현을 자제해야 함은 물론 잠자리를 따로 깔고 잠옷은 꼭 입고

---

16) 이경미, 「여성의 육체적 쾌락은 복원될 것인가?」, 『여성과 사회』 제8호(한국여성연구회 엮음), 창작과비평사, 1997, 132쪽.
17) 이숙인, 「여성 몸의 유교적 구성 : 몸의 주체화를 위하여」, 『전통과 현대』 제8호, 전통과현대사, 1999, 62쪽.

자야 하며, 애욕본능의 표현이 지나칠 경우에 어김없이 석 달 동안 근
신해야만 한다. 그리고 "국가 민족의 보다 더 큰 이익에 직결되는 일
에, 자신의 전 인격, 전 역량, 생명까지도 걸고 분투하는 그 숭고한 인
간적인, 정신적인 자세"를 가지기 위해 부단히 노력을 경주해야만 한
다. 그녀의 요구는 차성인의 바램과 배리되지만 위계적이고 배타적인
몸의 논리는 좀처럼 타협의 여지를 남겨놓지 않는다.

　이렇듯 생산하는 몸은 의미에 사로잡혀 있다. 대중소설에서 곧잘 그
러하듯, 그것은 대중에게 메시지를 분명하게 전달하는 데 효과적이
다.18) 몸에 각인된 의미는 물리적 실체로서의 몸을 떠나 상징성을 띠
면서 대중에게 친숙한 방식으로 다가선다. 대중소설에서 자주 이용하
는 이원론적 대립구도는 대중에게 무척이나 친숙한 공식성이다. 친숙
한 공식은 독자를 편안하게 인도할 뿐 아니라 작품을 일정한 방식으로
유도해낸다. 의미에 사로잡힌 몸은 이분법적 대립구도를 통해 상식적
으로 받아들여지는 사회윤리적 규범을 극화시킨다. 그 과정에서 대중
은 상식을 선택적으로 재생산하고 스스로를 정당화시킨다. 이제 그녀
의 몸은 제도화된 개연성의 체계로 자리매김하게 되는 것이다.

　그러나 그녀의 과도함이 때로는 몸에 덧씌워진 의미를 경감시킨다.
과도함은 갈등을 극화시키는 주요한 장치이지만 다른 한편으로 반성
의 여지와 함께 반전의 가능성을 남겨놓는다. 부부 각자가 기대하거나
요구하는 몸의 논리는 부부관계가 그러하듯 서로가 생채기를 내면서
맞춰가는, 교차적인 구조를 가진 관계이다.19) 우리는 흔히 결혼이라는
통합의례를 거치면 서로 다른 두 남녀가 완벽한 화합이나 일치를 이루

---

18) 피터 부룩스, 이봉지·한애경 옮김, 『육체와 예술』, 문학과지성사, 2000, 134쪽.
19) Drew Leder, "Flesh and Blood : A Proposed Supplement to Merleau−Ponty", Donn
　　Welton (ed.), *The Body*, Blackwell Publisher Ltd., 1999, p.201.

는 것이 보편적이고 이상적이라 생각한다. 그러나 각각 다른 두 존재가 아무런 교감 없이 이원적으로 병립하는 것이 불가능하듯 정서적·육체적으로 완전히 일치하는 하나의 존재도 될 수 없다. 부부관계는 메를로 퐁티가 말한 살의 존재처럼 불일이불이(不一而不二)의 이중성을 띤 관계이다.20) 어느 한 측면으로 완전히 기울어질 수 없는 사이세계에 놓여 있다. 다시 말하면 부부관계는 근접성이 강한 사이세계이지만, 또 근접성이 강한 만큼 경우에 따라 가장 아픈 상처를 건드릴 수 있는 차이성의 사이세계이다. 그 상처의 흔적들이 바로 부부관계를 가깝게 하기도 하지만 멀리 떼어놓기도 하는 교차적 구조를 보이는 것이다. 이렇게 볼 때 서인숙의 과도함은 차성인과 이원적으로 병립할 수밖에 없는 필연성을 제공하면서 갈등을 극화시키지만, 다른 한편으로 독자에게 그러한 부부생활, 나아가 부부관계 자체에 대한 반성의 계기를 제공한다 하겠다.

3. 일탈하는 몸, 대안의 허와 실

연애소설에서 결혼이 낭만적 사랑을 성취하는 정점이라면, 『부부』에서는 서로에게 상처를 주고받는 반낭만적인 사랑의 시작이었다. 일상의 틈바구니 속에서 펼쳐지는 갈등은 선악의 이분법적 대립으로 변모하여 보다 감정적이고 윤리적으로 독자에게 다가선다. 애증의 쌍곡선을 그리고 있는 부부관계는 결코 가까워질 수 없을 듯해 보인다. 그

---

20) 살(la chair)은 몸에서 말하는 실존적 지각적 관계의 장을 포함하면서도 더 지평이 확장되어 실존의 영역을 넘어 존재의 영역까지 확장되어 보이는 현존과 안 보이는 부재의 불일이불이적(不一而不二的)인 만남을 뜻하는 어떤 분위기와 같은 장이다. 김형효, 앞의 글, 169쪽.

것은 규범적 사랑을 크게 밑그림을 그리고 있기에 더욱 그러하다.

규범적 사랑으로 길들여지게 된 것은 산업사회에 들어와서이다. 산업사회에서 사적 영역의 담당자로 머물러 버린 여성은 자신의 열등한 사회문화적 상황에서 벗어나고자 하는 욕망을 낭만적 사랑, 곧 결혼에 집착하는 방식으로 해결한다.21) 사랑만들기의 주체로 나선 여성은 낭만적이지만 어디까지나 규범적인 사랑을 갈망하는 존재인 셈이다. 연애소설의 낭만적, 감상적, 여성적 경향이 반근대적이라 비판받지만, 그것은 근대적인 경험을 상식적인 규범으로 고스란히 받아들이는 한 방식이기도 하다. 남녀간의 사랑의 전통이 원래 혼외적이고 반규범적인 정열적인 사랑이었다면, 연애소설에서 보여주는 사랑은 규범과 반규범의 양 끝을 오가며 가장 규범적인 방식을 찾아나간다 하겠다. 『夫婦』에서 서인숙이 구사하는 몸의 논리는 규범적인 사랑의 방식과 맞닿아 있다. 그러나 너무나 규범적인 그녀의 사랑은 굳게 닫쳐진 사랑의 방식이라 불러도 좋다. 바로 거기에서 갈등은 또 다른 국면을 맞이한다.

(1) 파상적 구조와 부부 바꿔치기 전략

차성인과 서인숙의 부부관계는 언제 끝날 지 모르는 교차적 구조 속에서 선악의 이분법적 대립구도를 띤다. 이러한 교차적 구조가 끝나지 않는 부부간의 갈등을 보여준다면, 갈등의 정도는 교차적 구조의 양 끝을 오가는 파상적(波狀的) 구조를 보여준다. 파상적 구조는 플롯의 여러 요소들이 극도의 긴장감을 유발할 때까지 집중되는 것이 아니라

---

21) 앤서니 기든스, 박영신·한상진 옮김, 『비판사회학 : 쟁점과 문제점』, 현상과인식, 1990, 138~144쪽.

긴장, 해결, 새로운 긴장, 새로운 해결 등이 반복되면서 갈등의 꼭지점을 향하는 방식이다.22) 이러한 파상적 구조에서 긴장의 순간은 지극히 강렬한 정보, 즉 예기치 못한 돌발적 상황일수록 효과적이다. 그것은 독자들을 깜짝 놀라게 하여 관심을 끌고 감수성을 자극한다. 돌발적 상황이 반복될수록 독자들은 예기치 않은 것에 친숙해지면서 반전의 재미를 요구하기도 한다. 독자들은 보다 과도한 긴장의 순간을 기대하며 작품에 몰두하게 되는 것이다. 따라서 파상적 구조는『夫婦』와 같은 신문연재소설에서 독자들을 끌어당기는 서사전략으로 효과적인데, 차성인의 돌발적인 행위가 바로 그러하다.

> 나는 아내의 잠옷과 베개에 코를 묻고, 아내의 냄새에 흠뻑 취하다가, 이래선 안되겠다고 벌떡 일어나 직원실로 나가 출입문을 안으로 잠그고 돌아와서 아내의 베개와 잠옷을 꼭 끌어안고 침대에 깊숙이 누워, 만지면 터질 것 같은 아내의 고 보드라운 육체의 각 부분을 상상껏 눈앞에 그려 보았읍니다.
> 가뜩이나 한 달에 한 번으로 부부행위의 제약을 받아 오던데다가, 최근 일 주일간은, 아내의 가출로 인해 눈요기조차 할 수 없었던터라, 요롷게 아담한 침실, 폭신한 침대 위에 직접 아내의 살에 닿았던 잠옷과 베개를 안고 누우니, 저절로 스르르 눈이 감겨지며, 그러나 품에 안고 있는 것이 아내의 육체가 아니므로 안타까이 몸부림쳐졌고, 그럴수록 아내가 지니고 있는 온갖 아름다움과 관능적인 매력이 나의 마음을 더욱 달뜨게 하는 것이었읍니다. (148쪽)

이 장면은 보건계몽봉사회 사무실 곁방에서 차성인이 별거중인 서인숙을 욕망하는 모습이다. 금욕적인 생활을 요구하던 서인숙이 별거를 선언한 후 그는 자숙하는 생활에 들어간다. 그러나 우연한 기회에 그녀가 없는 틈을 타 "침대와 베개"에서 그녀의 살냄새를 맡고 "보드

---

22) 움베르토 에코, 김운찬 옮김, 앞의 책, 81~83쪽.

라운 육체의 각 부분"을 상상하며 만족해한다. 여기에서 "침대와 베개"는 그녀를 대신하는 환유적인 물건들이다. 그것들은 육체의 여러 부분들을 지칭하는 것이 아니라 육체를 그대로 드러낸다. 부재하는 육체가 현존하는 물건들을 통해 재현되고 생명을 얻는 것이다.23) "신비스러울 정도의 투명하고 흰 살갗"과 "보드라운 피부의 감촉" 그리고 "둔부를 비롯한 전신의 각 부분의 독특한 관능미"를 갖춘 서인숙의 육체적 매력은 "가혹한 형벌"과 같은 금욕적인 부부생활을 감내할 만큼 차성인의 모든 시선과 지각을 집중시킨다. "침대와 베개"는 바로 욕망의 대상인 환상적인 그녀의 육체에 흔적을 새기는 장소이다. 그러나 이러한 육체의 흔적은 부재하는 실재로, 그의 욕망은 상상 속에서만 그것도 잠시동안 실현가능하다.

차성인의 이러한 행위는 대중소설에서 제기되는 관능성의 문제와 직결된다. 관능성과 관련되는 몸은 곧잘 당대의 사회적 규범에 따라 통제되고 검열되는 대상이다.『夫婦』는 특히 남성 독자층으로부터 "猥褻하다는 공격과 남성에 대한 모독이라는 비난"이 빗발쳐 작가가 작품의 구성 자체를 바꾼 작품이다.24) 작가의 본래 의도와 상관없이 약한 남성상이나 부부생활과 관련된 몸에 대한 지나친 형상화 방식이 문제시되었던 것이다. 그러나 대중소설의 관능성은 우리의 성행위라기보다는 성에 관한 우리의 생각일 뿐이다.25) 그것은 강렬하고 극적인 체험으로 어떤 성적 체험 형식을 발견함으로써 단조롭게 통제되는 낭패스러운 성적 생활과 우리의 성적 환상의 모험적인 꿈 사이에서 타협

---

23) 피터 부룩스, 이봉지·한애경 옮김, 앞의 책, 98~99쪽.

24) 손창섭,「作家孫昌涉氏의 辯—本紙連載小說「夫婦」를 끝내고」,『동아일보』, 1963.1.4.

25) Stefan Morawski, *Inquiries into the Fundamentals of Aesthetics*, Cambridge & London: The MIT Press, 1978, p.386.

점을 찾으려는 시도이다. 대중소설의 관능성을 통해 우리는 일상의 성적 문제들을 마주함과 동시에 그것의 금기와 배제의 논리에서 해방의 가능성을 찾을 수 있는 것이다.[26]

차성인의 행위는 서인숙에게 인정받기 위한 일련의 노력들이 비규범적인 무의식의 차원으로 반사된 현상으로 볼 수 있다. 사회규범을 심리적 금지로 내면화한다고 할 때, 이미 일반화된 내면화란 개념 속에서 설명되지 않은 채 남아 있는 것이 급진적 형태의 반사적 방향전환으로 드러날 수 있기 때문이다.[27] 억압적이고 규정적인 절차들 자체가 오히려 본능적인 성적 욕구를 자극할 수 있는 것이다. 그의 육체적 탐닉은 잠시 잠깐이지만 금기를 깨뜨리고 본래의 자신으로 돌아가 해방감을 맛보는 행위이다. 그러나 그 해방감 아래에는 성적 욕구를 충족시키는 차원을 넘어 욕망을 절제하려고 의식적으로 억압해왔던 규범의 무게에 대한 동요를 함께 담아내고 있다.

한편 차성인의 행위는 사건을 새로운 국면으로 몰고가는 징검다리 역할을 한다. 늘상 그의 욕망이 실현되는 순간은 깨뜨려지는 순간과 함께 독자들을 긴장의 도가니로 몰아넣는다. 그가 현실로 되돌아오는 것은 타자의 시선 속에서 놓일 때, 즉 서인숙이 그를 발견하는 순간이다. 이때 긴장은 최고조에 달하며 곧 새로운 사건들을 맞게 된다. 이러한 방식은 작품에서 여러 번 반복되어 나타나는데, 그것을 살펴보면 다음과 같다.

    ⑴ 나는 목욕하고 있는 아내의 나체를 훔쳐보다 → 아내가 별거를 제안하다

26) 박성봉, 『대중예술의 미학』, 동연, 1995, 334~339쪽.
27) 슬라보에 지젝, 민승기 옮김, 「"열정적인 집착"에서 반─동일시로」, 『우리시대의 욕망읽기』(라깡과현대정신분석학회 엮음), 문예출판사, 1999, 258~259쪽.

⑵ 나는 아내의 봉사회 일에 대해 폭언하다 → 아내가 별거를 시작하다
⑶ 나는 숙직실에서 아내의 살냄새를 만끽하다 → 아내가 부부조약서를 건네다
⑷ 나는 아내의 사무실에서 술주정을 하다 → 아내가 이혼을 요구하다
⑸ 나는 한박사와 똑같은 잠옷을 구해 입다 → 아내가 더 냉랭한 태도를 보이다

차성인이 그녀의 육체를 탐닉하거나 폭언을 일삼는 것은 부부간의 고랑을 좀더 깊고 넓게 파는 직접적인 원인이 된다. 주지하듯 차성인과 서인숙 부부는 "부부생활의 부조화"로 갈등이 잠재해 있다. 그들 서로가 기대하는 몸의 언어는 대립하지만 평상시에는 침묵 속에 묻혀 교차적 관계를 형성한다. 하지만 차성인의 몸의 언어들이 갑작스럽게 풀려나올 때마다 부부간의 갈등은 점차 그 꼭지점을 높여간다. 예를 들면 ⑶에서 그가 아내의 살냄새를 만끽하는 행위를 들킨 며칠 후 아내는 그에게 부부조약서에 사인할 것을 요구한다. 부부조약서는 별거를 청산하기 위한 서류처럼 보이지만 사실상 언제든지 합의이혼을 할 수 있는 증빙자료이다. 따라서 그들의 관계는 차성인이 부부조약서에 사인하지 않으면 곧바로 이혼이 가능한 상황에 이르러 있다. 결국 그가 사인함으로써 모든 갈등은 잠복기에 들어간다. 그러나 또 다시 ⑷와 같은 사건으로 그는 아내에게 직접적으로 이혼을 요구당한다. 이와 같이 각각의 사건들은 이완되어 있는 독자들에게 긴장감을 부여하면서 갈등의 새로운 국면들을 제공하고 또 그것들이 해결되는 모습을 보여준다. 이러한 파상적 구조는 갈등을 한 단계씩 높여 작품을 이끌고 나간다. 즉 파상적 구조를 통해 부부관계에서 "부부생활의 부조화"라는 문제가 별거에서 이혼으로 치닫게 하는 과정을 보여준다.

더욱이 파상적 구조는 작중인물들이나 독자들이 예기치 못한 강력

한 대안으로 인해 보다 극적인 효과를 얻는다. 그것은 바로 "부부 바꿔치기"이다. 보건계몽봉사회 일로 서인숙은 한덕만과 자연스럽게 가까워지고, 차성인은 돌발적 행위로 서인숙과 점점 멀어지며, 한덕만의 아내인 은영은 불임 때문에 이혼을 당한다. 이 과정에서 생산하는 몸만을 고집하는 서인숙은 고상한 정신세계를 추구하는 옛애인인 한덕만과, 유희하는 몸을 욕망하는 차성인은 노골적으로 성을 탐닉하는 은영과 서로 맞바꿔서 살도록 하는 것이다. 부부 바꿔치기는 파상적 구조를 통해 드러난 부부간의 갈등을 해결하는 효과적인 방법으로 제시되었지만, 그것이 반규범적이라는 점에서 상당한 동요를 낳는다.

부부 바꿔치기라는 극단적 해법은 한편으로 제도화된 사회적 규범에 대해 의문을 제기한다. 작중인물들은 부부생활의 다양성을 포용하지 못하고 어느 일면만을 강조하는데, 그것은 "골동품"처럼 고착되어 가는 사회적 규범에 대한 나름의 접근 결과이다. 사회적 규범은 제도화된 개연성의 체계로 언제든지 무질서함과 대응하여 그것을 포용할 수 있어야 한다. 그러나 제도화된 체계로 고착된다면 사회적 규범은 무질서한 행위들로 인해 오히려 심한 동요를 겪을 수밖에 없다. 그 결과 사회적 규범이라는 질서가 파괴되거나 최소한 의문시하는 동요를 낳아 질서의 틈새를 벌려 놓는다.[28] 부부생활의 부조화 또한 고착된 사회적 규범이 만들어 놓은 부부관계라면, 부부 바꿔치기는 그 사회적 규범의 틈새를 공략하면서 가정의 해체라는 사회 전반적 위기를 드러낸다. 정신세계만을 추구하는 행위나 유희하는 몸을 뒤틀린 방식으로 추구하는 행위 모두 원만한 부부생활을 기대할 수 없다. 이러한 엄연한 현실을 부정하고 있는 작중인물들에게 반규범적인 부부

---

28) 움베르트 에코, 조형준 옮김, 『열린 예술작품 : 카오스모스의 시학』, 새물결, 1995, 125~129쪽.

바꿔치기를 통해 오히려 제도화된 사회적 규범이 인간 존재를 기형화하고 일상생활을 원만하게 영위할 수 없게 하는 원인임을 역설적으로 잘 보여준다.

다른 한편으로 부부 바꿔치기라는 해법은 파상적 구조의 행위들과 함께 독자들의 관심을 효과적으로 유도하여 소설의 상업적 성공에 기여한다. 차성인의 파상적 구조의 행위들은 이미 독자들에게 충분한 긴장감을 부여하면서 작품에 대한 관심을 유도해왔다. 이러한 독자들의 관심은 부부 바꿔치기를 제안하는 그 순간부터 실현가능성 여부를 두고 소설을 끝까지 붙들게 만든다. 부부 바꿔치기가 사회적 규범의 심각한 위반이기에 더욱 그러하다. 독자들은 작중인물들을 통해 그러한 위반을 즐김과 동시에 비판적 잣대를 들이밀어 불안감을 해소하려 한다. 그러나 파상적 구조의 행위들은 독자들이 원하는 결말을 종잡을 수 없도록 만드는데, 그것은 독자들의 관심을 오랫동안 유지시키는 방편이기도 하다. 결국 부부 바꿔치기는 극단적인 해법인 만큼 독자들의 비판적인 목소리와 함께 심리적 해방감을 소설적 재미로 전환시키는 효과적인 소설적 장치라 하겠다.

(2) 새로운 대화적 장치와 함정

대중소설의 결말은 도덕적이며 사실주의적이다. 대중소설에서 사실주의는 사회의 구조적 성격으로 향하는 안내자 역할과 함께 상대적으로 새로운 상황을 묘사함으로써 대중 스스로 자신의 모습을 발견하게 하는 보상적 역할을 수행한다. 일상적인 삶의 혼돈과 불가지성(不可知性)을 보상하는 방법 중 하나는 합리적인 '가지적(可知的) 공동체',[29] 즉

---

29) 니콜라스 에버크롬비·스콧 래쉬·브라이언 롱허스트, 안정석 옮김, 「대중적

사회적 규범이다. 대중소설의 도덕적 결말이 사회화와 문화 학습의 기능을 담당한다고 할 때, 주로 사실주의적 방법을 통해 이뤄진다. 다양한 작중인물들의 입장을 통하여 일정한 행동방식이나 스타일을 적극적으로 옹호하거나 비판하는 과정은 대중 스스로 사회적 규범을 학습하는 방식인 셈이다.

『夫婦』또한 도덕적 결말을 가진다. 생산하는 몸과 유희하는 몸의 대립은 작중인물들이 사회적 규범과 충돌하는 지점에서 결국 사회규범을 옹호하는 방향으로 귀결된다. 그러나 “부부 바꿔치기”라는 실패한 극단적 해법의 파장은 적지 않다. 서인숙은 차성인과 재결합한다. 하지만 그녀의 선택은 자의에 의한 것이라기보다 반규범적이라는 타인들의 따가운 시선을 지나치게 의식한 결과로 보아야 한다. 한편 한덕만은 서인숙의 동생 서정숙과 결혼한다. 은영과 이혼한 후 그는 서인숙을 마음에 두지만 주변의 시선과 함께 경제적 원조를 단절하겠다는 친척들의 반대에 부딪쳐 뒤로 물러서고 만 것이다. 이러한 과정에서 차성인은 어부지리로 서인숙의 귀가를 맞아들인다. 그렇기에 『夫婦』의 도덕적 결말은 독자들에게 마냥 안도감을 느끼게 하기보다 씁쓰레한 여운을 남긴다. 그것은 어설픈 도덕적 결말이 부부생활의 조화를 기대할 수 있는 진정한 해법이라고 보기 힘들기 때문이다. 표면적인 갈등은 끝났지만, 갈등은 언제든지 다른 방식으로 다시 시작될 수 있는 것이다. 그 해법을 제시하는 것은 당돌한 이성연구가를 통해서이다.

“남성연구가”임을 자처하는 정숙은 “건전한 사고와 행동에서 벗어나지 않”으면서도 실리적으로 사물을 판단하고 과단성 있게 행동하는

___

재현: 사실주의의 개주」, 『현대성과 정체성』, 현대미학사, 1997, 161~162쪽.

신세대 여성이다. 그녀는 언니인 서인숙 부부와 한덕만 부부가 겪고 있는 갈등을 중재하면서 부부생활에 대한 새로운 접근방식을 보여준다.

> 『아버지나 어머닌 그 점에서도 역시 언니편애요. 형분 의당 그럴 거라는 거죠. 불륜의 혈통이나, 난잡했던 가정교육으로 보아서, 형부가 그런 문제에 점잖지 못하리라는 건 짐작하고도 남음이 있다는 거애요. 그래서 제가 막 싸웠어요. 딴 남자들은 부인만으로 만족할 수가 없어서 바람을 피고 다니기도 하는데, 자기 아내에 대해서 사랑하는 나머지 애무의 방법이 다소 지나치면 어떠냐구요. 되려 아버지와 어머니와 언니가 부부간의 솔직한 엔조이란 걸 모르고 퇴색한 위장(僞裝)주의의 껍데기 속에 도사리고 앉아 있는 골동품들이라구요. 막해 줬죠.』
> 『건 좀 지나치지 않아?』
> 『그랬나봐요. 했더니, 아, 아버지랑 어머니랑 화를 내시는데……절더러도 형부에게서 나쁜 물이 들어 불량소녀가 됐다면서 셋이 막 집중 공격애요.』
> (87쪽)

"교육가의 지체 있는 가문임을 자랑으로 내세우"는 아버지와 그의 절대적인 권위에 순종하는 어머니, 그리고 "청교도주의자"인 언니 인숙은 정숙에게 비판의 대상이다. 언니만큼이나 부모님은 부부생활에서 정신주의적 태도를 고집한다. 그들에게 몸은 정신에 지배되는 대상으로, 유희하는 몸은 결코 허락되지 않는다. 위계적인 부부생활의 면모는 다름 아닌 가부장적인 부부관계의 재현이기도 하다. 배제되는 몸의 논리는 가부장적인 이데올로기가 체화되고 각인된 것이다. 정숙은 그것을 "퇴색한 위장주의의 껍데기 속에 도사리고 앉아 있는 골동품들"이라고 비판한다. 부부생활의 다양한 측면들, 즉 유희하는 몸도 부부생활의 중요한 한 측면임을 인정할 때 원만한 부부생활이 가능하다고 본다. 몸에 덧씌워진 각질화된 의미들을 벗어던지는 것이 바로 진정한 부부간의 만남을 가능하게 하기 때문이다. 부부가 상호주관적인 몸의 대화를 나눌 수 있을 때 정신적으로나 육체적으로 부부관계의 다양한 면모들을 서로 인정하고 인정받을 수 있는 것이다.

정숙의 부부생활에 대한 유연한 접근 방식은 1960년대 여성들이 성을 대하는 태도의 변화와 무관하지 않다. 당시까지도 사회 한편에서는 축첩이 아무렇지도 않게 이뤄지는가 하면 정조관념 때문에 고민하는 여성들을 쉽게 찾아볼 수 있다. 하지만 다른 한편으로 부부생활이나 성문제에 대한 고민들을 표면화시켜 적극적으로 해결하려는 여성들도 적지 않았다. 예를 들면 1960년대 대표적인 여성전문잡지인 『여원』에서는 "나의 호소"란을 열어두어 일반 여성들이 자신의 애정이나 성문제를 직접 상담할 수 있게 하거나, 특집이나 좌담의 형식을 빌어 부부생활, 특히 성불만과 관련된 문제를 직접 다루기도 하였다.[30] 특집이나 좌담은 대개 정신적인 태도를 강조하며 규범적인 결론을 내리는데, 거기에는 문제적 상황을 미연에 방지하고자 하는 의도가 다분하다. 그것은 여성들이 의미가 덧씌워진 몸 속에 갇혀서 수동적인 존재로 머물 수 없다는 요구에 대한 사회적 반작용으로 보인다. 당시 여성들이 두 가지 상반된 관념 사이에 끼어 그들 자체의 불합리성을 경험할 뿐 아니라 심리적 불안과 사회적 혼란에 직면하고 있었는데,[31] 그 틈새에 유희하는 몸을 적극적으로 수용하려는 고민들도 만만치 않은 무게로 공공연하게 터져나오기 시작했음을 미루어 짐작할 수 있다. 이러한 사회적 흐름은 서정숙의 태도나 행위에서도 잘 드러나 있다 하겠다.

---

30) 『여원』 1963년 10월호. 김은우는 『여원』의 "나의 호소란"에서 투고한 여성들과 직접 상담한 사례들을 중심으로 『한국여성의 애정갈등의 원인연구』라는 연구결과물을 내놓기도 했다.
31) 이효재, 「한국사회의 여성의 위치」, 『현대사상강좌』 제VI집, 동양출판사, 1960, 223~224쪽.

정숙의 "남성연구"는 대화적인 부부생활을 할 수 있는 이상적인 남편상을 스스로 선택하기 위한 방법이다. 그녀가 생각하는 이상적인 남편이란 "이해성, 애정, 지식, 사회적 활동력이나 투지, 그리고 위엄, 이런 모든 것을 합친 <힘>을 가지고 선의 지배력을 발휘"하는 사람이다. 즉 가정이나 사회에서 모두 인정받을 수 있는 자질과 함께 그것에서 묻어나오는 통솔력을 갖춘 사람이다. 그녀는 한덕만을 적임자로 보고 그에게 적극적으로 다가선다. 결혼에 임하는 전통적인 여성상이 소극적이고 순종적이었다면, 그녀는 자신의 주체성에 따라 행동하는 여성상을 보여준다. 자신이 갈망하는 바를 이루기 위해 적극적이고 진취적인 태도를 보이며, 말할 거리가 있을 때는 질책을 받더라도 직접 말하는 여성이다. 그녀가 상호체현된 대화적인 몸의 논리를 부부생활에 적용시킬 수 있는 가능성을 지니고 있음을 충분히 보여준다.

그러나 정숙이 제시한 이상적인 남편상에는 자신이 비판했던 사회 규범의 완고한 틀을 오히려 더 단단하게 만드는 순환론적 오류가 노정되어 있다. 그녀가 말하는 이상적인 남편이란 결국 근대 산업사회에서 요구되는 제반 요건들, 특히 근대적 지식과 교양 그리고 경제력을 충분히 갖춘 '능력 있는 남성'이다. 그 남성은 산업사회에서 필요로 하는 사람인 동시에 사회를 이끌어나갈 수 있는 사람이다. 그러나 '능력'은 여기에만 적용되는 것이 아니다. 능력은 "종합적인 힘"을 통해 새로운 재처권을 행사할 수 있어야 함을 의미하기도 한다. 새로운 재처권이란 남성이 "선의 지배력"이라는 이름 아래 여성 스스로 믿고 따르게 하는 것을 말한다. 다시 말해서 여성 스스로 남성에게 예속된 존재라는 가부장적 이데올로기를 사회적 규범으로 자연스럽게 수용하라는 것이다. 이렇게 볼 때 정숙은 몸에 각인되어 있는 견고한 사회적 규범, 그러니까 가부장적 이데올로기를 비판하면서도 스스로 그것을 수용하고 공고히 하는 역할을 담당한다 하겠다. 그녀의 이러한 한계는 1960년대 대중이 사회적 규범을 사회화하는 방식과 일치된다는 점에서 우리에게 시사하는 바가 많다.

4. 다시 시작하는 몸 이야기

대중소설인 『夫婦』는 결혼한 지 10년이 넘은 부부들에 관한 이야기이다. 그들에게는 이제 평범한 일상이 되어 버린 결혼생활과 끝나지 않는 다툼들이 남겨져 있다. 이런 삶은 평범한 우리의 삶의 모습과 크게 다르지 않다. 우리와 닮아 있는 그들의 삶에서 손창섭은 과연 무엇을 얘기하고 싶었을까?

손창섭은 부부생활을 중심 화두로 던진다. 작중인물들의 부부생활은 결혼생활의 중요한 일면이지만 툭 터놓고 얘기하기에는 난감한 문제이다. 점점 단조로워지는 부부생활에 대한 불만들 때문에 끙끙거리면서도 참아낼 수밖에 없는 상황이 결혼한 햇수만큼 쌓여간다. 더욱이 부부생활에 덧씌워진 의미들, 즉 의미에 사로잡힌 몸은 자연스러운 만남을 끈질기게 방해한다. 이러한 부부생활, 몸의 문제는 서인숙과 차성인 부부가 첨예하게 대립하는 중요한 원인으로 부각되어 있다. 그들에게는 유희하는 몸과 생산하는 몸의 만남이 가능한 접점을 찾아나가는 것이 부부관계, 나아가 결혼생활의 지속 여부를 결정하는 중요한 요건이었다. 다르게 말하면 사소할 듯해 보이는 "부부생활의 부조화" 문제가 가족을 해체하는 중요한 원인인 것이다. 손창섭은 이러한 사실들이 의외로 많이 일어나고 있는 현실에 주목하고 『夫婦』를 집필했다.[32] 그것은 전후소설의 가족해체 양상과는 판이한 접근이면서도 성공적인 결과물이었다.

부부생활은 대중소설의 양식을 빌어 접근한다. 대중소설의 양식, 다르게 말하면 공식성은 이미 많은 독자들에게 친숙한 문학적 형식이다. 그렇기에 독자들은 부부생활에 대한 이야기에 좀더 쉽고 편하게 접근할 수 있으며 소설적 재미를 함께 즐길 수 있다. 우선 이분법적 대립구도는 부부간의 몸의 논리뿐만 아니라 작중인물의 설정방식에도 사용되었다. 생산하는 몸과 유희하는 몸의 대립은 곧 고상한 정신세계를 추구하는 서인숙과 그녀의 육체만을 욕망하는 차성인의 대립이다. 그것은 근대적인 지식인이자 교양인인 한덕만과 노골적으로 성을 탐닉하는 은영의 대립이기도 하다. 이러한 이분법적 대립구도는 사회윤리적 의미항과 결합하여 독자들에게 작품을 일정한 방식으로 유도해낸다.

다음으로 파상적 구조의 행위들이 갈등을 극화시키는 소설적 장치로 이용되었다. 차성인의 돌발적 행위들은 긴장과 해결, 새로운 긴장과 새로운 해결이 반복되는 파상적 구조를 띠었다. 서인숙의 육체를 욕망하는 차성인의 어긋난 행위들은 대중소설의 관능성 문제를 일으키는 한편 사건을 새로운 국면으로 이끌면서 점점 갈등의 꼭지점을 향하게 하였다. 이 과정에서 독자들은 긴장과 이완을 되풀이하며 더욱 극적인 사건들의 꼬리표를 따라가게 된다. 그것은 "부부 바꿔치기"라는 극단적인 해법이 파상적 구조와 병행하면서 효과가 배가된다. "부부 바꿔치기"는 몸의 논리가 서로 맞아드는 사람들끼리 새롭게 부부의 연을 맺자는 반규범적인 해법이다. 서인숙은 옛애인인 한덕만과, 차성인은 은영과 함께 할 경우 조화로운 부부생활을 기대할 수 있어 보이기 때문이다. 이러한 "부부 바꿔치기"는 부부생활의 부조화를 낳

---

32) 손창섭, 「나는 왜 新聞小說을 쓰는가－「夫婦」의 作家 孫昌涉씨는 말한다」, 『세대』 1963년 8월호, 208쪽.

은 고착되어가는 제도적인 사회적 규범에 대한 경고이었다. 아울러 그
것은 관능성의 문제와 함께 독자들에게 사회적 금기에 대한 위반을 즐
김과 동시에 비판적인 목소리를 담아내게 한다.

마지막으로 도덕적 결말짓기이다. 규범과 반규범을 오가던 복잡다
단한 갈등의 포물선은 가장 안전한 사회적 규범과 조우한다. "부부 바
꿔치기"라는 극단적 해법은 실패하고 서인숙은 차성인과 재결합하며
한덕만은 서정숙과 약혼한다. 이러한 결말은 독자들에게 안도감과 편
안함을 가져다준다. 그러나 다른 한편으로 무언가 씁쓰레한 여운을 남
긴다. 이 도덕적 결말이 부부생활의 부조화라는 문제를 완전하게 해결
한 것인가 하는 점 때문이다. 손창섭은 그 해답을 상투적인 결말짓기
방식에서가 아니라 "남성연구가"인 정숙을 통해 제시한다. 정숙은 각
질화된 사회적 규범에 안주하며 부부생활의 부조화를 감내하는 것보
다 그 규범의 틀에서 좀더 유연한 자세를 가지는 것이 필요하다고 주
장한다. 아울러 부부생활의 다면성을 인정하고 상호주관적인 몸의 대
화를 나눌 수 있을 때 원만한 부부관계가 가능하다고 생각한다. 이러
한 정숙의 논리는 분명 부부생활의 새로운 접근방식으로 부부관계, 나
아가 가족의 행복한 복원을 꿈꾸게 한다. 그것은 당시 독자들에게도
고민스러운 부부생활에 대한 해법을 제공한다.

이렇듯 대중소설의 양식은 말하기 꺼림칙한 부부생활에 대한 문제
와 해법을 독자들과 함께 나누는 데 효과적이다. 부부생활에 관한 이
야기는 고상하고 딱딱하게 이야기하기에는 난감하지만 친숙하고 편안
하게 형식을 빌어 이야기하는 것은 늘상 맞부딪치는 일상의 문제처럼
쉽게 다가설 수 있기 때문이다. 대중소설의 공식성은 부부생활의 문제
에 흥미를 가지고 접근한 독자들이 갈등의 포물선에 새겨진 윤리적인
잣대와 공감대를 형성하거나 비판하면서 자연스럽게 부부생활에 대한

나름의 해법을 마련하게 한다. 이런 점에서 대중소설은 일반 대중과의 즐거운 만남이 용이하다. 손창섭은 자신의 괴팍스러움이 순수문학의 귀족성을 고집하는 고급 독자들보다 일반 대중들에게 더 친근감을 느끼게 한다고 토로한다.33) 그렇기에 그는 대중과 함께 편안하게 얘기 나눌 수 있는 자리를 신문연재물에서 찾은 것이다.『夫婦』의 상업적 성공은 그에게 대중과 만날 수 있는 기회를 계속 제공하는 계기가 되었다.

　『夫婦』는 몸의 언어들을 통해서 교차적인 부부관계의 허실을 보여주었다. 그것은 서로에게 생채기를 내거나 입으면서 어울려 살아가는 우리들의 삶의 모습과 닮아 있다. 몸의 언어들이 삶 속에서 날실과 씨실로 엮어가는 인간관계의 해법을 은연중에 얘기하고 있는 것이다. 그렇기에 손창섭은『夫婦』이후에도 몸의 언어들과 교우하면서 결혼생활에 대한 문제들을 꼬집어 내며 우리의 삶에 대해서, 인간관계에 대해서 다시금 이야기한다.

　그러나 손창섭의 대중소설은『夫婦』에서 보듯이 나름의 한계를 가진다. 정숙과 같은 이성연구가를 새로운 인물형으로 잘 다듬어내지 못했다. 정숙은 중심적인 갈등에서 빗겨나 있기 때문에 새로운 사회적 규범의 질서를 충분히 보여줄 수 있었다. 그럼에도 불구하고 그녀는 완고한 사회적 규범의 틀로 되돌아가고 만다. 이러한 한계들은 손창섭의 특장을 잘 살려내지 못한 아쉬움으로 남겨진다.『夫婦』와 유사한 소재와 주제로 접근하고 있는『人間敎室』과『異性硏究』에서도 이와 마찬가지로 드러나는데, 다음 기회에 고를 달리하여 함께 살펴보기로 하겠다.

---

33) 손창섭, 앞의 글, 208쪽.

제5장

1960년대 역사소설의 대중성
— 최인욱의 『林巨正』을 중심으로

1. 최인욱과 1960년대 역사소설

최인욱은 1938년 『매일신보』에 단편소설 「시들은 마음」이 선외가작으로 입선되고, 다음해 같은 신문 신춘문예에 「산신령」이 가작으로 뽑혀 문단에 나섰다. 초기에는 「월화취적도」와 「개나리」, 「동자상」 등에서 보듯이 자연과 인간의 조화로운 합일을 꾀하는 서정적 단편을 많이 발표하였다. 그러나 한국전쟁 이후 신문소설로 눈길을 돌리면서 주로 장편을 쓰기 시작하였다. 특히 1960년 갑오농민전쟁을 제재로 한 『초적(草笛)』이 대중적인 성공을 거두면서 역사소설 쓰기에 힘썼다. 『임거정(林巨正)』을 비롯하여 『만리장성(萬里長城)』, 『태조 왕건(太祖 王建)』, 『여왕(女王)』 등 굵직굵직한 역사소설들을 내놓았는데,[1] 지배층의 권력쟁

---

[1] 그가 창작한 역사소설은 다음과 같다. 『草笛』, 『조선일보』, 1959.11.21~1961.7.20; 『林巨正』, 『서울신문』, 1962.10.1~1965.3.30; 『萬里長城』, 『서울신문』, 1965.4.1~1967.7.10; 『太祖 王建』, 『경향신문』, 1967.6.6~1969.4.15; 『소년소설 임꺽정』, 『소년동아』, 1969~1971; 『女王』, 『중앙일보』, 1969.9.22~1970.12.30; 『雨林夜話』, 『경남신문』, 1969.10.19~1971.7.30; 『全琫準』, 어문각, 1967; 『英雄 李舜臣』, 을유문화사, 1969. 이외에도 편

탈 과정과 그로 인한 하층민의 고단한 삶의 내력과 고통에 주목한 바 크다. 그 중에서도 『林巨正』은 발표 당시 많은 이들의 주목을 받았던 대표작이라 할 만하다. 다른 작품과는 달리 이 소설에 대한 애정이 남달라 훗날 아동용 『소년소녀 임꺽정』과 서림의 시각에서 다시 쓴 임꺽정 이야기 『우림야화(雨林夜話)』를 세상에 내놓았다.

그러나 아직까지 최인욱의 『林巨正』에 대한 깊이 있는 연구를 거의 찾아볼 수 없다. 대략 『서울신문』에 게재된 몇몇 비평가들의 짧막한 논평이 있을 뿐이다.2) 박종화는 최인욱을 충실한 역사적 고증과 소설적 허구를 잘 조화시킨 역량 있는 역사소설가로 보았으며, 역사학자 이상옥도 구체적인 사료, 그러니까 『조선왕조실록(朝鮮王朝實錄)』·『경연일기(經筵日記)』·『기재잡기(寄齋雜記)』·『연려실기술(練藜室記述)』 등의 역사 자료와 <대동여지도>를 참고하여 이조사회를 리얼하게 파헤쳤다는 점을 들어 『林巨正』을 높이 평가하였다. 나아가 백철은 『林巨正』을 "역사에 비판을 가한 자기대로의 해석이 구축"된 "역사소설의 신풍을 개척한 작품"으로 보았다. 김팔봉 또한 신문연재소설이라 하여 흥미 위주의 대중소설로 여겨 도매금으로 매도할 작품이 아니라는 점을 분명하게 강조했다. 정비석은 『林巨正』이 "스케일로 보나 교양과 흥미로 보나 천하일품"으로 대중들의 독서를 적극 권장한다. 이러한 평가들을 종합할 때 『林巨正』은 평자들의 무조건적인 상찬만이 아닌 역사소설의 요건을 두루 갖춘 손색이 없는 작품이라 볼 수 있겠다.

그렇지만 발표 당시의 평가와는 달리 『林巨正』을 뚜렷하게 자리매

저로 『사명당전』(을유문화사, 1962)이 있다. 한원영, 『한국현대 신문연재소설연구』, 국학자료원, 1999; 김창식, 『대중문학을 넘어서』, 청동거울, 2000, 173～177쪽 참조.
2) 한원영, 위의 책(상권), 186～188쪽.

김하려는 연구자의 세심한 눈길을 찾아 볼 수 없는 형편이다. 김창식은 이를 홍명희가 쓴 『임거정전(林巨正傳)』의 연구가 뚜렷한 성과를 내고 있는 최근의 연구 동향과 견주어, 쉬이 바로 잡기 어려운 문단의 편견과 관련시켜 연구의 편협성을 지적하고 재평가의 토대를 마련한 바 있다. 최인욱의 『林巨正』이 작가의 확고한 역사인식 아래 그만의 임꺽정을 그리는 데 성공하였으며, 하층민의 생활상을 생생하게 묘사하는 과정에서 자연스럽게 양반층의 생활상이 밝혀지도록 하여 상하층을 인위적으로 연결하는 무리를 범하지 않았다는 것이다. 이러한 연구결과를 바탕으로 김창식은 최인욱의 소설이 홍명희가 쓴 『임거정전』의 문학적 성과와 견주어 손색이 없다는 평가를 내렸다.[3] 그러나 김창식의 연구 또한 홍명희의 『임거정전』과의 비교 연구에 주목함으로써 최인욱의 소설적 성과를 뚜렷하게 밝히는 자리까지 나아가지 못했다. 최인욱의 『林巨正』이 역사소설로서 어떠한 면모를 지니고 있으며, 아울러 대중적 성공을 거둘 수 있었던 이유가 무엇인가를 고찰하는 데 소홀했던 셈이다. 이 글은 이러한 점에 주목하여 최인욱의 『林巨正』[4]을 대상으로 하여 역사소설의 대중적 성공 요인을 서사구조와 인물의 형상화 측면에서 고찰해보고자 한다. 이를 통해 1960년대 한국 역사소설의 담론을 주도했던 최인욱의 소설이 가지는 강점을 밝혀낼 수 있을 것이다.

---

3) 김창식, 「최인욱의 『임꺽정』 연구」, 『대중문학을 넘어서』, 청동거울, 2000.
4) 이 글은 단행본으로 묶여진 최인욱의 『林巨正』 전5권(교학사, 1965)을 연구대상으로 삼았다. 이하 인용문은 권과 쪽수만을 표기하기로 하겠다.

2. 역사소설 『林巨正』과 작가의식

　역사소설은 역사를 재구축하고 상상적으로 재창조하는 허구적 서사 유형이다.[5] 역사소설은 역사와는 구분되지만 다른 한편으로 역사와 특별한 관계를 맺고 있다. 그렇기에 소설의 인물이나 상황, 인식수준 등이 당대의 실제 현실과 얼마나 부합하는가가 언제나 큰 논쟁거리이다. 이렇듯 역사소설의 일차적 관건은 역사적 사실의 고증에 있다 하겠다.

　역사소설은 '역사'에 주목하느냐 아니면 '소설'에 주목하느냐에 따라 다양한 스펙트럼을 가진다. 역사소설의 갈래짓기는 대개 역사와의 관련 정도와 독자들이 가지는 역사적 기대지평의 정도에 따라 달라진다. 최근 공임순은 이러한 맥락에서 역사소설을 기록적, 가장적, 창안적, 환상적인 것으로 나눈다.[6] 기록적 역사소설이 공적 역사에 많은 부분 기대어 있다면, 환상적 역사소설은 공적 역사와 무관한 환상으로 이루어져 있다. 그리고 공적 역사에 좀더 치중한다면 가장적 역사소설로, 환상이 어느 정도 가미되어 있다면 창안적 역사소설이 된다. 역사소설은 공적 역사와 환상의 정도성에 따라 모호한 갈래짓기가 이뤄진다 하겠다. 환상적 역사소설을 제외한 역사소설 대부분은 역사적 사실과 어느 정도 관련된다. 따라서 역사적 사실의 고증은 창작자나 수용자 모두에게 일차적 관심의 대상이 되는 것은 필연적이다.

　최인욱의 『林巨正』은 공임순의 견해에 따른다면 가장적 역사소설에 가깝다. 실제 인물 임꺽정의 행적이 시간 순서대로 형상화되어 있을

---

5) 한용환, 『소설학사전』, 고려원, 1992, 303쪽.
6) 공임순, 『우리 역사소설은 이론과 논쟁이 필요하다』, 책세상, 2000, 140~143쪽.

뿐 아니라 당대의 시대적 현실이 비교적 사실과 부합되기 때문이다.[7] 최인욱은 역사적 사료를 찾아 고증하는 일에 고심했던 소설가이다. 역사소설이 역사적 사실에서 취재하고 정확을 기해야 한다고 전제했으리만큼 역사의 고증 문제에 관심을 기울였다.[8] 그렇다고 지나친 역사적 고증벽은 역사소설에서 절대 불가결하거나 불가피한 것은 물론 아니다.[9] 그는 역사소설이 공적 역사 따라잡기에 그쳐서는 안 된다는 점 또한 분명히 한다.

최인욱은 "사실의 충실과 그것의 나열만 가지고는 역사소설"일 수 없으며 "소설적 要件"이 더 중요한 자질이라 지적한다. 역사적 요건이 "객관적 사실에 대한 공정한 분석과 정확한 판단에 충실하는 것"이라면, 소설적 요건은 "객관적 사실 위에 세워지는 작가의 창조적 기능, 즉 작가의 시정신"이다. 역사소설의 특성상 구체적인 역사적 사실과 작가의 창조적 상상력의 만남은 필연적이지만 결코 수월한 문제는 아니다. 역사적 사실에 치중하면 할수록 작가의 상상력은 위축되고, 반면 작가가 소설적 상상력을 최대한 발휘하면 역사적 사실을 충분히 반영하기 어렵다. 다르게 말하면 역사적 사실과 작가의 상상력 사이의 위험한 줄타기는, 역사소설가에게 "실지로 있는 사실을 통해서 있을

---

7) 임꺽정과 관련된 역사적 자료들은 다음을 참조했다. 임영택·강영주 엮음, 『벽초 홍명희와 『임꺽정』의 연구자료』, 사계절, 1996; 한창엽, 『林巨正의 서사와 패로디』, 국학자료원, 1997; 양주군·양주문화원, 『임꺽정·김삿갓 양주에서 태어났는가?』(양주향토자료 총서 제3집), 2000. 이 글의 목적이 작품에 드러난 역사적 사실을 검증하는 데 있지 않기에 구체적인 언급은 생략한다.

8) 최인욱은 역사소설 집필과정에서 가장 곤혹스러웠던 것이 역사의 고증문제였다고 여러 번 밝힌 바 있다. 그만큼 그가 역사적 사실에 정확성을 기하기 위해 많은 노력을 기울였음을 의미한다. 최인욱, 「역사소설과 고증」, 『월간문학』 제17호, 1970.3; 최인욱, 「後記」, 『林巨正』 제5권, 교문사, 1965; 「끝을 맺게 될 「林巨正」」, 『서울신문』, 1965. 3.13.

9) 박용구, 『역사소설입문』, 을유문화사, 1969, 45쪽.

수 있는 세계를 찾아"낼 수 있는 역사가적 안목과 소설가적 역량을 함께 요구한다 하겠다.

루카치는 이러한 역사소설의 특성을 감안하여 역사적 사실이 아닌 역사적 진실성에 오히려 주목한 바 있다. 역사소설이 과거의 역사를 현재의 전사로 의미화 하지만 그 과정에서 '필수불가결한 시대착오'를 피할 수 없다는 점을 지적한 바 있다. 작가는 어떤 방식으로든지 역사적 과거를 변형할 수 있다. 변형은 과거가 현재의 전사로서 그 의미가 완전히 파악될 수 있을 때 가능하다. 물론 여기에는 필수적인 시대착오가 뒤따른다. 그러한 과정 속에서 작가는 역사적 진실성을 확보할 수 있는 것이다. 역사적 진실성은 "개인의 열정적인 행위를 통해서 그러나 종종 그의 심리에 반하여 관철되는 이러한 거대한 역사적 필연성의 형상화에, 그리고 이 필연성을 민중생활의 실재적인 사회적·경제적 토대 위에 기초시키는 것"10)에 놓여 있다. 그렇기에 루카치가 말하는 진정한 의미의 역사소설, 즉 역사적 진실성을 드러내는 역사소설은 역사적 충실성을 통해 역사적 필연성을 형상화해내고, 독자로 하여금 그것을 추체험하게 함으로써 허구를 진실로 이끌어내는 것이다.11)

> 이 소설의 임꺽정은, 당시의 역사를 통해서 만든 나의 임꺽정이다. 임꺽정은 反抗的인 인감임에는 틀림없다. 그러나 역사의 기록에 나타난 그대로 暴力만을 믿은 반항에 그치지는 않는다. 나는 그가 어째서 반항하지 않으면 안되었는가 하는 그의 精神의 成長度를 탐구해서 그리고자 하였다. 그렇기 때문에 이 소설의 임꺽정은, 당시의 역사를 통해서 본 나의 임꺽정이란 말을 이해해 주는 독자가 있다면, 이 지루한 작업이 허무한 일이 아니란 생각을 하는 것이다.12)

---

10) 게오르그 루카치, 이영욱 옮김, 『역사소설론』, 거름, 1987, 65쪽.
11) 송근호, 「루카치의 『역사소설론』과 역사소설의 문제」, 『다시읽는 역사문학』(한국문학 연구회 엮음), 평민사, 1995, 28~29쪽.

최인욱은 『林巨正』을 두고 '나의 임꺽정'을 형상화한 작품이라 주장
한다. "당시의 역사를 통해서 만든 나의 임꺽정"은 공적 역사에서 말
하는 화적(火賊)도 "폭력만을 믿은 반항"아도 아닌 나름의 이유를 가진
"반항적인 인간"이다.13) 이것은 역사적 인물 '임꺽정'과 '나의 임꺽정'
이 변별됨을 의미한다. 작가는 역사적 사실을 토대로 자신만의 임꺽정
을 새롭게 만들어나갔던 것이다. 따라서 '나의 임꺽정' 아래에는 작가
의 역사소설에 대한 열정과 고집이 고스란히 드러나 있다. 이를 구체
적으로 살펴보자.

　첫째, 작가가 주체적인 역사적 안목과 시대의식을 갖추고 창작에 임
했다는 점이다. 애초 신문사 측에서는 삼국지와 수호지를 얼버무린 혼
합형의 작품을 요구했으나 작가가 굳이 '임꺽정'을 선택했다고 한
다.14) 1961년 김광주가 번안소설 『정협지(情俠誌)』로 큰 성공을 거둔 후
신문사측에서는 이와 유사한 무협소설로 신문소설의 성공을 기대했을
법하다.15) 이러한 사측의 논리와 배리되는 작가의 선택은 역사소설에
대한 확고한 신념 없이는 불가능해 보인다. 중국 무협소설을 능가하는
한국 의적소설의 전통을 재조명해보겠다는 작가의 고집이 임꺽정을
선택하게 하였으며, 임꺽정을 통해서 한국의 역사와 전통에 대한 새
로운 시각을 드러내고자 했을 것이다. 아울러 왕조 중심의 역사소설
이 대부분인 현실에서 민중들의 고단한 삶을 소재로 삼았다는 점에
서도 나름의 역사의식을 읽어낼 수 있다. 이것은 『초적(草笛)』과 함께

---

12) 최인욱, 「後記」, 『林巨正』 제5권, 교문사, 1965, 461~462쪽.
13) 이 점은 4절에서 구체적으로 살펴볼 것이다.
14) 한원영, 앞의 책, 187쪽 참조.
15) 이치수, 「중국무협소설의 번역현황과 그 영향」과 육홍타, 「시장 측면에서 본 한국 무
　협소설의 역사」, 『무협소설이란 무엇인가』(대중문학연구회), 예림기획, 2001, 73~75쪽
　과 122~123쪽 참조.

작가 특유의 역사적 접근방법을 확인할 수 있는 대목이다. 역사가 지배층의 전유물이 아님을 작가는 피지배층의 시각을 통해 드러내고 있다 하겠다.

소재 선택은 작품의 질을 판가름하는 기준이다. 작가가 명징한 시대의식 없이 대중의 취향을 좇아 손쉽고 흥미로운 소재만을 고집할 때 작가는 물론이고 대중들도 타성에 젖을 우려가 크다. 더욱이 문학을 통해 역사를 이야기하는 경우, 자칫 잘못하면 독자의 비판적 의식을 탈각시키거나 역사인식을 그르칠 수 있어 소재를 선택하고 접근하는 남다른 능력이 필요하다. 그렇기에 역사소설가는 역사 상황이 제시하고 만들어내는 여러 가지 요소들과 변수들, 인간성을 심화된 안목으로 접근해야만 한다. 그럴 때 무엇이 위대하고 가치 있으며 또 잔혹한 것인가를 간파할 수 있는 것이다.16) 이런 점에서 최인욱의 역사 접근 방식은 가볍지 않고, 폭넓은 역사적 안목으로 단순한 재미를 넘어 시대정신을 꿰뚫고 있다 하겠다.

둘째, 작가는 역사적 진실성을 드러내는 독자적인 임꺽정 서사를 펼쳐 보이고자 했다는 점이다. 이것은 앞선 임꺽정 소재 서사물의 단순한 반복이나 재생산을 지양하는 것에서 출발한다. 이미 임꺽정 이야기는 홍명희의 『임거정전(林巨正傳)』을 통해 많은 이들에게 알려져 있었다. 광복 후 일반 독자들이 쉽게 접할 수 있는 임꺽정 이야기는 의형제편과 화적편이 대부분이었지만,17) 그것만으로도 임꺽정 이야기를 향

---

16) 이상선, 「역사와 문학과의 관계」, 『문학과 역사』(이상선 엮음), 민음사, 1982, 39쪽.
17) 홍명희의 『林巨正傳』은 봉단편, 피장편, 양반편, 의형제편, 화적편의 다섯 편으로 구성되어 있다. 1930년대말 조선일보사에서 전 8권으로 간행될 예정이었으나, 그 중 의형제편 상·하, 화적편 상·중의 4권만이 출간되었다. 광복 후 을유문화사에서 다시 전 10권으로 간행 예정이었으나 의형제편 1·2·3권, 화적편 1·2·3권이 출간되었을 뿐이다. 강영주, 「홍명희와 역사소설 『임꺽정』」, 『한국근대리얼리즘작가연구』(김윤식·정호웅 엮음), 문학과지성사, 1988, 101쪽.

수하고자 하는 독자의 요구를 충족시키는 데에는 큰 무리가 없었을 것이다. 최인욱이 이 시기에 홍명희의 『林巨正傳』을 대했을 가능성은 농후하나 금서로 분류되어 임꺽정 이야기의 공적 소통은 불가능했을 것이다. 미루어 짐작하건대 출판제도 안에서 광범위한 독자층을 형성하기에는 무리가 따랐을 법하다. 한국전쟁 후에도 임꺽정 이야기를 다룬 소설이 여러 편 출간된 바 있다. 1956년에는 조영암이, 1961년에는 김용제와 허문녕이 각각 임꺽정 이야기를 창작하였다.[18] 그러나 대부분 임꺽정에 관한 역사적 사실의 누적이거나 재미있게 꾸며놓은 옛이야기의 수준에 머물러 있어 새로운 시각을 제시하지는 못했다. 따라서 "나만의 임꺽정이란 말을 이해해 주는 독자가 있다면 이 지루한 작업이 허무한 일이 아니"다는 최인욱의 생각은 기존의 임꺽정 서사가 노정한 이같은 문제를 극복하겠다는 자신감의 표현으로 볼 수 있겠다. 역사소설이 마땅히 "객관적 사실 위에 작가의 창조적 기능을 통한 새로운 세계의 건축"이어야 한다는 논리를 펼쳐 온 최인욱은 '그만의 임꺽정' 서사를 통해 기존의 임꺽정 이야기와는 차별을 강화하면서 역사적 진실성을 드러내는 역사소설을 쓰고자 했던 것이다.

셋째, 작가는 역사소설에 대한 독자들의 기대지평을 염두에 두고 있었다는 점이다. 두루 알다시피 역사소설은 창작과정에서 필수불가결한 시대착오를 피할 수 없다 하더라도 배경 시대와 창작 시대간의 끊임없는 대화적 산물이다. 『林巨正』이 그러한 결과물이라면, "나의 임꺽정을 이해해주는 독자"의 문제는 이제 최인욱의 임꺽정 담론이 얼마나 당대의 독자들에게 다가설 수 있는가와 결부된다. 역사소설이 과거의 전사로서의 현재를 다룬다는 점에서 독자와의 의사소통은 상당

---

18) 조영암, 『新林巨正傳』, 인간사, 1956; 김용제, 『林巨正』, 원진문화사, 1961; 허문녕, 『巨盜 林巨正』, 청산문화사, 1961.

부분 당대의 사회역사적 상황과 무관할 수 없다. 4·19혁명을 통해 다져진 민중의 주체적 역사의식의 고조와 이에 바탕한 역사인식의 일반적 진전은 역사소설에 대한 관심으로 모아질 수 있다.[19] 역사의식의 성장이 역사소설의 발전과정에서 중요한 역할을 담당한다면, 역사소설을 향유할 수 있는 사회적 분위기는 최인욱의 임꺽정 담론이 소통되고 대중성을 확보할 수 있는 주요한 기반이다. 그래서 '나의 임꺽정'을 이해해 주는 독자에 대한 기대지평은 당대 역사의식의 성숙과 맞물려 있다.

아울러 신문사의 상업화 전략에 힘입은 바 크다. 4·19혁명으로 언론자유화 요구가 봇물처럼 터져 나왔지만 5·16 군사쿠데타 이후에는 군부정권에 의해 기획되고 관리되었다. 군부정권은 비판적인 신문사에 대해 축소지향적 정책을 전개하는 한편 신문매체의 경쟁적 상업화를 정책적으로 추진하였다.[20] 때문에 신문사들은 생존전략으로 상업화 노선을 걸어야 했고 그 일환으로 대중적인 신문소설을 선호했다. 특히 『서울신문』은 1954년 정비석의 『自由夫人』으로 신문소설의 시장성을 충분히 경험한 바 있기 때문에 인기 소설가 최인욱을 끌어들여 새로운 도약의 발판으로 삼고자 했다. 최인욱 또한 전적으로 원고료에 의존해야 했던 상황이었고 보면 신문사의 기대에 부응하지 않을 수 없었다. 따라서 최인욱의 고민은 역사소설에 대한 자신의 입장만큼이나 독자의 전폭적인 지지를 이끌어낼 수 있는 방식의 탐구에 있었다고 여겨진다. 이미 『초적』으로 대중적 지지를 확보한 상황에서 대중들의 취향에만 영합하는 거짓 역사물로 추락하지 않기 위해서 더욱 심혈을 기

---

19) 반성완, 「루카치의 역사소설이론과 우리의 역사소설」, 『외국문학』 제3호(1984년 겨울호), 43~44쪽.
20) 강상현, 「1960년대 한국언론의 특성과 그 변화」, 『1960년대 사회변화연구』(한국정신문화연구원 엮음, 백산서당, 1999, 179~181쪽.

울여야 했기 때문이다.

앞서 살핀대로 최인욱이 구축하고자 했던 "나의 임꺽정"은 역사소설에 대한 자신의 입장 정리에 그치지 않는다. 그것은 당대 사회 문화적 담론 속에서 역사소설의 마땅한 자리를 찾기 위한 고민에 찬 흔적들과 뒤얽혀 있다. 문예지 소설과 달리 독자들의 반응이 판매 부수에 전적으로 기댈 수밖에 없는 신문소설의 매체적 특성을 고려할 때 더욱 그렇다.

3. 에피소드식 구성 방식과 대중성

『林巨正』은 1962년 10월 1일부터 1965년 3월 30일까지 『서울신문』에 연재되었다. 연재가 끝난 후 상하 세로줄로 촘촘히 인쇄하여 총 5권의 소설집으로 출간하였다. 이처럼 상당한 분량의 역사소설은 독자가 호흡해낼 수 있는 독특한 소설적 장치를 요구한다. 대체로 역사소설, 특히 왕조 중심이나 인물 중심의 역사소설은 일대기식 구성 방식을 취한다. 일대기식 구성 방식은 인물의 탄생, 성장, 죽음이라는 시간적 계기성을 가지고 이야기를 전개시킨다. 다분히 폐쇄적인 구성방식으로, 주제를 반드시 과거에서 찾아내야만 하고 시간적 연관성만을 갖고 있는 상관없는 문제들을 배제시킨다.[21] 독자들에게는 친숙하지만 자칫 밋밋하고 지루하게 느껴질 수 있는 방식이다. 홍명희의 『林巨正傳』이 봉단·피장·양반편은 편년체적 구성방식을, 의형제편은 기전체적 구성방식을, 그리고 화적편은 사건 중심의 구성 방식을 취해 각각 구성 방식을 달리한 이유도 이러한 측면에서 이해할 수 있다.[22]

---

21) 로버트 숄즈·로버트 켈로그, 임병권 옮김, 『서사의 본질』, 예림, 2001, 276쪽.
22) 강진호, 「역사소설과 『임꺽정』」, 『민족문학사강좌』 하(민족문학사연구소 엮음), 창작

최인욱의 『林巨正』은 각 권과 장마다 다른 이름을 달고 사건을 중심으로 이야기를 전개시켜 나가는 에피소드식 구성 방식을 취한다. 일관된 사건을 중심으로 갈등의 전 국면을 보여주기보다는 여러 가지 사건들을 결합하여 한 편의 큰 이야기를 구축해 가는 방식이다. 우선 대략적으로 이야기의 흐름을 살펴보자.

제1권 「굴종과 반항편」에서 임꺽정은 최춘영, 박팔도, 서림 등과 녹림당 결성을 도모하던 중, 아버지의 죽음을 기화로 조참의를 죽이고 가족과 함께 청석골로 들어온다. 그는 고양 홍달이패를 규합한 후 평양 봉물짐을 털고, 안성 관헌에 들어가 가짜 암행어사 노릇을 하며 재물을 턴다. 박연폭포 구경을 갔던 임꺽정은 부사 첩실의 출처를 찾다 구룡산 도굴을 습격하여 신재복의 수하들을 영입한다.

제2권 「서도진출편」에서 신계 현령 이흠례가 토호 유우와 더불어 오연석 부대를 토벌하려 하자 오연석은 임꺽정과 한패가 되어 서도진출을 꾀한다. 관군과 싸우다 오연석이 죽자 이흠례는 유우의 공적을 치하하며 벼슬길을 열어주려 한다. 서림이 이를 역이용해 유우의 재산을 터는 한편 홍달이는 유씨녀의 도움을 받아 신진사의 봉물을 터는 데 성공한다. 재물을 처리하기 위해 임꺽정 일행은 서울로 가다 가짜 임꺽정패를 규합한다. 서울에서 임꺽정은 안생원댁을 돕다 순실만을 구하고 승방에 숨는다. 그곳에서 중이 된 부사의 첩실은 서림의 첩이 되어 순실과 함께 약현마루 집에 기거한다.

제3권 「뇌물공세편」에서 사림파 김치백과 훈구파 이용재의 집안 싸움이 오도패를 모으게 되고 허유복의 부하를 구해낸 그들은 고석정에 터를 잡는다. 한편 임꺽정은 민가에 드나드는 호랑이 사냥을 끝내고 돌아오던 중 오도패와 결전을 치뤄 그들을 포섭한다. 서울에 간 임꺽정은 채옥을 첩실로 들이나 서림이 투옥되자 뇌물을 써서 간신히 서림을 빼낸다. 서림은 이를 만회하기 위해 옥중친구 박가의 말대로 민대감 집 보물창고를 털어 청석골로 돌아온다.

제4권 「징관구민편」에서 임꺽정 일행은 봉산주막 아낙네의 억울한 사정을 듣고 노생원을 혼내준다. 도둑 걱정을 하던 감사 신희복이 임꺽정과 선화당 회견을 가지나 뚜렷한 결론을 맺지 못한다. 이후 임꺽정 일당은 기근에

과비평사, 1995, 122쪽.

찌든 백성을 구하기 위해 강음 조창을 털어 곡식을 나눠준다. 진봉산 봄놀이를 갔던 임꺽정 부하들이 장단 관가에 잡히자 임꺽정은 가짜 암행어사 노릇을 하여 그들을 구하고 부사의 재물을 턴다. 다시 재령군수의 봉물을 털러 갔다가 서림이 온정마을의 독부를 만나 혼찌검당한다. 군수가 봉물과 함께 얌전이를 서울로 데려가다 임꺽정 일당에게 모두 뺏긴다. 임꺽정은 재물을 처리하러 곧장 서울로 간다.

제5권 「구월산항쟁편」에서 임꺽정 일당은 가뭄으로 힘든 백성들을 돕는 한편 봉산군수를 혼내려다 실패한다. 뒤이어 새 봉산군수를 혼을 내어 내쫓는다. 서울에서 임꺽정 부하들이 포청군사에게 잡히고, 그들의 습격을 받은 임꺽정 일행은 간신히 청석골로 돌아오나 임꺽정의 첩들은 고초를 당한다. 투옥된 아들 명복을 구하려고 임꺽정은 감사의 종형을 사칭하며 강음에 이어 평산, 서흥, 봉산 현령을 속인다. 피리를 잘 부는 왕족 단천령이 청석골에 잡혀왔다 풀려난다. 서림이 서울에 갔다가 포청군사들에게 잡힌 후 평산에 있던 임꺽정 일행이 관군의 습격을 받는다. 서림의 소식을 안 임꺽정은 산채를 구월산으로 옮기는 한편 박치서를 데려온다. 박장명이 투옥되자 임꺽정 일행은 평산을 습격한다. 이에 토포사 남치근이 구월산 일대를 민간인으로 포위하자 임꺽정 일행은 가족을 피난시키는 한편 관군과 격돌하나 임꺽정은 죽고 만다.

이 소설에서 에피소드식 구성방식은 여러 개의 단속적인 에피소드가 커다란 연속적인 서사적 흐름으로 결집되는 방식을 취한다. 달리 말하면 중심적 서사가 단속적인 여러 사건들을 집중시키는 형식이다. 「굴종과 반항편」(1권)에서는 녹림당의 결성 과정을, 「서도진출편」(2권)·「뇌물공세편」(3권)·「징관구민편」(4권)에서는 녹림당의 세력 확장과 활약상을, 「구월산항쟁편」(5권)에서는 서림의 배신으로 녹림당이 해체되는 과정을 보여준다. 이야기는 임꺽정이 주축이 되어 녹림당의 탄생과 성장, 그리고 소멸이라는 시간적 계기성에 따라 진행되는 셈이다. 그렇다면 에피소드식 구성방식이 가지는 소설적 효과는 무엇인가? 일반적인 에피소드식 구성방식의 특장을 이 소설에서 어떻게 살려내어 대중적 효과를 얻고 있는지 살펴보기로 하겠다.

우선 서사의 현재성과 핍진성을 최대한 살려내어 독자들이 과거의 역사적 사건들을 구체적으로 추체험할 수 있게 한다. 중심적 서사가 커다란 긴장과 해결의 곡선을 가지고 있다면, 여러 가지 사건들은 저 마다 '동일하지만 다른' 반복을 통해 긴장과 해결의 국면을 보여 준다.23) 에피소드들마다 빠른 템포와 긴장을 유지함으로써 '지금 여기에서' 벌어지는 사건인 듯한 인상을 독자들에게 강하게 남긴다. 역사적 사건에 대한 장황한 기술은 독자에게 역사소설이 화석화된 과거사의 재현이라는 인상을 남길 뿐, 현재로 호출된 생생한 과거를 경험하도록 이끌지는 못한다. 이 소설은 인물들간의 대화나 구체적인 사건 묘사가 서사를 구축하고, 역사적 사실이나 인물들의 이력은 압축적으로 기술하거나 대화를 통해 요약적으로 제시한다. 서사가 역사적 사실들을 적절히 활용하여 이를 주도해 나간다 하겠다. 이로써 독자들에게 부수되는 대중적 효과는 크게 두 가지이다.

첫째, 다양한 인물들의 성격화 과정을 자연스럽게 보여주기 때문에 독자들은 여러 인물들의 성격과 인상을 오랫동안 기억할 수 있다. 녹림당의 구성원이 한두 명이 아니고 보면 인물들의 구성과 사건 전개를 원활히 하기 위해서는 보다 느슨한 플롯이 필요하다. 에피소드식 구성 방식은 꽉 짜여진 플롯의 요구 사항들로부터 방해를 받지 않으면서도 자유롭고 완벽한 인물의 구성 전개를 허용한다.24) 청석골 살림꾼 최춘영, 현명한 해결사 이춘동, 불같은 성격의 홍달이, 천방지축 박천만, 배신자 서림 등 녹림당의 인물들은 여러 사건들을 겪으면서 자연스럽게

---

23) P.Brooks, *Reading for the Plot : Design and Intention in Narrative*, Harvard UP, 1984, pp.90~112.
24) 로버트 숄즈·로버트 켈로그, 임병권 옮김, 앞의 책, 307쪽.

그들의 성격화 과정을 보여준다. 이처럼 에피소드식 구성방식은 극적인 사건의 전개를 크게 흐트리지 않으면서 인물 구성의 발전 과정과 결론을 자유롭게 이끌어낼 수 있다.

둘째, 사회 역사적 상황이나 풍속을 극적이면서도 구체적이게 다루어 독자들이 지루하지 않을 소설적 재미를 준다. 당시의 사회 역사적 상황은 소설을 이해하기 위한 필수적 요건이다. 그러나 풍속의 묘사가 장황한 서술로 일관하는 경우가 많기 때문에 독자들이 선뜻 다가서기 어렵다. 때문에 여러 가지 사건을 통해 사회 제반 여건을 구체적으로 보여준다면 이해하기 훨씬 수월해진다. 예를 들어 사림파 김치백과 훈구파 이용재의 집안 싸움은 당시 지배층의 삶과 생리뿐만 아니라 민중들의 고초를 여실히 드러내는 사건이다. 소가 농막을 짓뭉갠 사소한 사건이 집안 싸움으로 확대되면서 사림파와 훈구파간의 세력다툼으로 변질된다. 싸움이 지속될수록 양반의 위신과 체모는 여지없이 무너진다. 민중들은 이 싸움을 애초 재미있는 구경거리로 여겼으나 나중에는 잔치 음식을 감당해야 할 정도로 큰 부담을 느끼게 된다. 양반들의 어처구니없는 자존심 대결이 민중들의 삶을 어떻게 곤궁하게 만드는가를 보여준다. 민중들의 고단한 삶은 실제로 명종조 지배층의 권력 쟁탈에서 기인한 바 크다 할 것이다. 이처럼 구체적인 사건으로 다가서는 역사적 상황은 독자들에게 소설에 대한 이해와 함께 읽는 재미를 가져다준다.

다음으로 에피소드식 구성 방식은 여러 가지 소설적 장치를 사용하여 독자들이 중심적 서사를 쉽게 이해하는 동시에 사건을 예견하는 재미를 준다. 작가는 회상이나 암시의 방식으로 분산적인 에피소드와 중심적 서사와의 간극을 메워 줄 다양한 정보를 제공함으로써 전체적인 이야기의 일관성을 유지한다. 이것은 단속적인 에피소드들이 커다란 서사적 흐름을 바탕에 두고 전개된다는 점을 독자들에게 끊임없이 환기시키는 장치이다. 과거의 사건이 새로운 사건을 유발하기도 하기도 하고, 연이어 벌어질 사건에 대한 예견을 가능하게 하기도 한다.

아울러 본래효과와 최근효과를 적절히 활용하여 독자들이 여러 에피소드들을 보다 쉽게 이해하도록 돕는다. 본래효과는 독자가 보다 일찍 제공된 정보나 태도에 영향을 받아서 이후에 습득하는 다른 정보들을 항상 처음에 비추어 해석하는 것이다. 이에 비해 최근효과는 독자에게 제시된 모든 정보를 바탕으로 사건을 최종적으로 조정하거나 통합하도록 한다.25) 예를 들면, 녹림당이 재물을 터는 여러 사건들은 처음 평양 봉물을 탈취하는 과정과 많은 부분 유사하다. 평양 봉물을 터는 과정은 다음과 같다. (1)서림이 평양 봉물의 내막을 알다, (2)박팔도가 봉물 수송 여부와 진행상황을 염탐하다, (3)녹림당이 봉물을 털 장소를 물색하고 수송 방식을 결정하다, (4)봉물에 대한 경계를 늦추기 위한 계략을 세우고 이를 실행하다, (5)봉물을 털다. 이 다섯 단계는 녹림당이 재물을 탈취하는 방식에 대한 본래효과를 결정한다. 독자들은 본래효과에 힘입어 녹림당이 도모하는 이후의 여러 사건들을 예측할 수 있으며, 그 진행과정의 차이성은 최근효과를 발휘해 쉽게 이해할 수 있는 것이다. 즉 사건의 추이를 파악하고 예견할 수 있기 때문에 독자들은 능동적인 독서행위의 즐거움을 충분히 만끽할 수 있다.

그 다음으로 중심적 서사의 공백을 흥미진진한 부수적 서사로 재구성함으로써 독자들이 소설을 읽는 재미를 배가시킨다. 중심적 서사를 둘러싼 단속적인 에피소드들은 이야기의 일관된 흐름을 지연시키는 공백을 갖는다. 이것은 독자로 하여금 책읽기를 지속시키는 역동성을

---

25) 김종구, 「플롯론·서사구조론의 전개양상과 소설 시학」, 『현대소설 플롯의 시학』(한국소설학회), 태학사, 1999, 26쪽.

낳는 요인이기도 하다.26) 『林巨正』에서는 대부분 부수적 서사가 이러한 역할을 담당한다. 녹림당의 종사 서림의 여성편력과 탐욕은 대표적인 부수적 서사이다. 여성 지위나 상황을 가리지 않는 서림의 여성 편력은 다양한 말재간에 힘입은 바 크다. 서림은 늘 녹림당이 재물을 탈취하는 긴박한 상황의 틈새에서 여성들을 눈여겨 보았다가 탐한다. '오과부'나 '온정마을 독부'처럼 소설의 한 장을 차지할 정도로 분량이 많을 때도 있다. 서림의 여성 편력은 대중소설에서 제기되는 관능성의 문제와 직결된다. 대중소설의 관능성은 우리의 성행위라기보다는 성에 관한 우리의 생각일 뿐이다.27) 그것은 강렬하고 극적인 체험으로 어떤 성적 체험 형식을 발견함으로써 단조롭게 통제되는 낭패스러운 성적 생활과 우리의 성적 환상의 모험적인 꿈 사이에서 타협점을 찾으려는 시도이다. 대중소설의 관능성을 통해 우리는 일상의 성적 문제들과 마주함과 동시에 그것의 금기와 배제의 논리에서 해방의 가능성을 찾을 수 있는 것이다.28) 따라서 서림의 여성 편력은 역사소설의 상상력 이전에 인간의 욕망문제를 슬쩍 건드림으로써 독자들에게 이야기의 새로운 재미를 제공한다. 아울러 그의 여성편력은 대체로 녹림당의 징치나 거사를 앞둔 틈새에 벌어지기 때문에 독자들을 더욱 조바심나도록 만든다. 이렇듯 서사의 지연과 공백을 통해 중심적 서사가 지니고 있는 무거움을 덜어주는 한편 녹림당이 붕괴될 수밖에 없는 필연적 이유를 마련한다. 그만큼 서림의 여성편력은 그의 탐욕과 함께 그 과정 자체의 재미뿐만 아니라 서림의 인물됨을 드러내는 소설적 장치이다. 녹림당을 파멸로 몰고가는 서림의 배신행위가 음욕과 탐욕에 기인

---

26) 김종구, 앞의 글, 28쪽.
27) Stefan Morawski, *Inquiries into the Fundamentals of Aesthetics*, Cambridge & London : The MIT Press, 1978, p.386.
28) 박성봉, 『대중예술의 미학』, 동연, 1995, 334~339쪽.

한다는 사실은 반복되는 여성편력으로 충분히 짐작할 수 있다.

마지막으로, 에피소드식 구성 방식은 신문소설의 특성을 활용하여 독자들의 지속적인 관심을 이끌어내는 데 효과적이다. 독자들은 방대한 양에다 일관된 서사적 흐름을 지닌 신문소설의 긴 호흡을 여간해서 따라 잡기 힘들다. 그러나 에피소드식 구성방식을 취할 경우 앞의 줄거리를 다 몰라도 세부적인 이야기를 이해하는 데는 큰 무리가 없다. 각 장마다 펼쳐지는 새로운 이야기들은 나름의 긴장과 해결의 구성을 따르고 있어 독자들에게 충분히 재미를 제공한다. 더욱이 『林巨正』과 같이 익숙한, 그래서 독자들이 과거의 독서 경험에 비추어 전체적인 이야기 흐름을 간파하고 있는 경우라면 다시 읽는, 그러나 새롭게 읽어낼 수 있는 재미를 고려하지 않을 수 없다. 에피소드식 구성방식은 흥미진진한 다양한 사건들을 만들어 독자들의 즐거운 참여를 가능하게 한다.

앞서 살폈듯이 에피소드식 구성방식은 『林巨正』을 보다 새롭고 재미있게, 그러면서도 이해하기 쉽도록 만드는 소설적 장치이다. 이 방식을 통해 최인욱은 역사소설의 무거움과 지리함을 덜어낼 수 있었으며, '나의 임꺽정'을 무리없이 그려낼 수 있었다 하겠다.

4. 의적 임꺽정과 희망의 논리

루카치에 따르면 역사소설의 주인공은 중도적인 인물이어야 한다. 중도적 인물의 설정은 '가장 중요한 극단적 인물들을 어떤 한 인물의 운명을 통해 교직하고 그래서 그 인물을 중심으로 해서 하나의 총체적 세계를 생생한 모습을 간직한 채 구축하는 문제'이다. 이를 통해 역사적 변화의 생동성을 보장하는 가운데 민중들의 삶과 현실, 물적 토대를 자연스럽게 그려낼 수 있다. 민중의 대변자로서 역사적으로 위대한 인물도 이러한 바탕 위에서 등장하게 된다. 그만큼 중도적 인물을 설정하는 일은 역사적으로 위대한 인물이나 역사적 총체성을 구체적으로 형상화하기 위해서 필수적이다.

그러나 이러한 중도적 인물을 구현한 역사소설을 찾아보기란 쉽지 않다. 오히려 역사적으로 위대한 인물이 줄거리상의 중심 인물이 되는 경우가 대부분이다. 『林巨正』도 그러하거니와 특히 역사소설에서는 영웅에 대한 대중들의 기대를 도외시할 수 없기 때문이다.

최인욱의 『林巨正』은 다른 임꺽정 이야기와는 달리 의적의 이미지가 크게 부각되어 있다. 녹림당이 벌이는 여러 가지 사건들은 백정 임꺽정이 진정한 의적으로 거듭나는 과정을 보여주는 데 조력한다. 임꺽정과 마찬가지로 녹림당의 일원들은 대체로 평범한 민중의 삶을 포기당한 자들이다. 이들을 도적으로 나서게 만든 가장 뚜렷한 원인은 명종조의 혼탁한 정치 사회적 현실과 엄격한 신분제도라고 보아야 할 것이다. 임꺽정은 이러한 사회현실의 틈바구니 속에서 명분없이 폭력을 행사하는 도적 집단이 아니라 뚜렷한 저항의 명분을 지닌 의적 세력으로 성장하게 된다.

> 아버지는 굴종(屈從)밖에 모르는 불쌍한 노인이었다.
> 길에 가다가도 양반집의 코 흘리는 아이를 보면 「도련님, 도련님」하면서 허리를 굽신거리었고, 양반집 아이가 장난을 하다가 신발이 벗어져 길가에 떨어지면 그냥 지나지 않고 집어다가 두 손으로 바쳐 올리곤 하였다.
> 임꺽정은 어릴 적부터 아버지의 그러한 비굴한 태도가 싫었다. 아버지가 비굴한 짓을 할수록 임꺽정은 골목에 나가서 더욱 행패를 부렸다.(권1, 212쪽)

임꺽정은 조선사회의 최하층민인 백정의 아들이다. 백정은 모든 계층으로부터 핍박과 괄시를 받았으며, 인간으로서의 가치와 존엄성조차도 인정받을 수 없었던 계층이다. 임꺽정의 분노는 이러한 봉건제도의 모순과 마냥 "비굴한 태도"를 보이는 아버지의 삶에 기인한다. 양반이라면 남녀노소를 불문하고 굽신거리며 굴종하는 아버지는 존경의 대상이라기보다는 거부하고 싶은 존재이다. 임꺽정에게는 마땅히 거부해야 할 미래 자신의 모습이기도 하다. 때문에 임꺽정의 저항은 자신의 출신계급에 대한 거부이자 나아가 사회구조적 모순에 대한 거부의 의미를 지닌다. 신분제도가 없는 딴 세상을 만들자는 최춘영의 제의를 흔쾌히 받아들이고 녹림당을 결성하는 배경에는 바로 이러한 논리가 내재되어 있는 것이다.

그러나 임꺽정은 녹림당을 일개 도둑의 무리가 아닌 "남의 의롭지 못한 재물을 뺏어 가지고 어려운 사람을 도와주는 의적"의 세력으로 만들고자 한다. 의적이 되고자 했던 것은 임꺽정만의 생각이 아니다. 서출인 오연석이나 집안싸움에 휘말려 부득이하게 도둑이 된 오도패의 경우도 "불의에 반항하고 약자를 돕"는 일에는 뜻을 같이 하고 있었다. 특히 허유복은 도둑이면서도 갈 곳 없는 아이들의 뒤를 보살펴왔던 인물이다. 이처럼 의적 활동의 명분과 정당성은 한 개인의 자각에 의해서가 아니라 당대의 보편적인 삶의 체험에서 비롯된다고 보아야 하겠다. 혼란한 정치현실과 지배층의 학정, 타락한 행정관리와 빈곤의 심화 등 당대의 사회현실에서는 더 이상 기댈 곳도, 기대할 것도 없었기 때문에 새로운 삶의 방식, 즉 의적으로서의 삶을 선택할 수 밖에 없었던 것이다.

홉스보옴에 기댄다면 임꺽정은 신사강도형 의적에 속하며, 의적의 행동양식과 많은 부분 닮아 있다.[29] 그의 의적 활동은 부정의 희생자로서의 모습을 지닌다. 양반의 횡포로 돌아가신 아버지의 원수를 갚기 위해 조참의를 죽이는 행위는 그가 부정의 희생자임을 단적으로 보여준다. 부모의 원수를 갚는 행위가 그를 범법자로 만들었고 결국 가족과 함께 청석골로 입산하는 결정적인 계기가 된다. 이후 녹림당을 이끌면서 의적으로서 일관된 행동 규칙을 만들어 나간다. 부유한 자에게서 빼앗아 가난한 자들에게 나누어 주고, 자기 방어나 정당한 복수 외에는 살인하지 않는 것이 바로 그것이다. 재물을 터는 와중에 지방 관헌의 부정(不正)을 바로 잡기도 한다. 가짜 암행어사 노릇을 하여 지방 관헌의 잘잘못을 낱낱이 파헤쳐 옥사에 갇힌 민중들을 풀어주는가 하면, 지방 관헌의 재물과 곡식을 민중들에게 되돌려주기도 한다. 아울러 관헌들이 도외시하는 민중들의 삶을 스스로 나서 보살피기도 한다. 민가에 드나드는 호랑이를 잡고, 가뭄이 극심할 때 물을 퍼주고 보를 내거나, 풍수해를 입었을 때 민중들의 의식주를 살피는 장면은 이를 반영한다. 이러한 행위는 민중들의 전체적인 연대감을 형성시키는 데 모자람이 없다. 더욱이 신출귀몰한 녹림당의 행적은 임꺽정에 대한 민중들의 주관적인 원망(願望)으로 작용하기도 한다. 많은 부분 녹림당의

---

29) 홉스보옴은 의적을 신사강도 또는 로빈후드형, 원초적인 저항전투자나 게릴라부대로서 하이더크형, 테러를 일으키는 복수자형으로 나눈다. 그리고 신사강도형의 특성을 다음과 같이 설명한다. ①그가 무법자로서의 활동을 개시하는 것은 범죄를 저지르는 것에 의해서가 아니라 부정의 희생자로서이다. 민중은 관습상 범죄라고는 생각하지 않지만, 당국이 범죄로 간주하는 어떤 행위 때문에 당국의 박해를 받는다. ②그는 부정을 광정한다. ③그는 부유한 자에게서 빼앗아 가난한 자들에게 준다. ④그는 자기 방어나 정당한 복수를 하는 경우 외에는 살인하지 않는다. ⑤만일 살아 남으면 명예로운 시민 및 부락의 구성원으로서 민중에게 돌아간다. 실제로 그는 결코 부락을 떠난 것이 아니다. ⑥그는 민중의 칭송을 받고 원조받고 지지받는다. ⑦그는 예외없이 죽는다. 그것도 배반 때문에, 부락의 착실한 성원이라면 그에 적대하여 당국을 도와주지는 않기 때문이다. ⑧그들은—적어도 이론상으로는—모습을 나타내지 않는 불사신이다. ⑨그는 정의의 원천인 왕이나 황제의 적은 아니다. 다만 지방의 지주, 승려 기타 억압자의 적일 뿐이다. E. J. 홉스보옴, 황의방 옮김, 『의적의 사회사』, 한길사, 1982, 13쪽과 46~49쪽 참조.

세력 확장과 서림의 지략에 힘입었지만 동서를 가리지 않고 관리들의
탐학을 징치하는 행위는 민중들의 기대를 충족하기에 충분하다.

그러나 임꺽정의 저항은 기존 체제에 대한 전복을 의미하지 않는다.

> 『사또는 양반들의 토색질과 지방 수령들의 탐학을 금할 수 있는지요? 작
> 년은 황해도 일대가 황충(蝗蟲)이 들어서 농사를 그르쳤다가 올해는 약간 풍
> 년이 들었다고 하지만, 풍년 기근에 우리는 이 백성들을 살도록 보호할 수
> 있는지요? 사또는 양반 특권층이 거의 독점하고 있는 농토를 농민들에게 고
> 루 분배할 수 있는지요?』
> 임꺽정은 이런 요구 조건을 들이대고 나서 감사의 얼굴을 바라본 연후에
> 다시 말끝을 잇는다.
> 『사또께서 이런 요구만 들어 주신다면 우리도 두말 없이 농사나 짓고 살
> 겠소. 세납은 농사 소출의 십분의 일을 바치겠소.』(권4, 123~124쪽)

인용문은 황해감사 신희복과 가진 선화당 회담 내용이다. 이 자리에
서 임꺽정은 양반들의 토색질과 지방 수령들의 탐학 금지, 유자경전에
의한 토지분배와 적절한 세납 부과를 요구한다. 녹림당원들의 계층적
기반이 서로 다르고 삶의 방식 또한 다양하지만, 확실히 그들의 존재
기반은 평범한 농민으로서의 삶에 있다. 이것은 의적 활동의 대의가
민중들이 마음놓고 살만한 세상으로 돌아가는 데 있음을 의미한다. 단
순히 농민들의 가난과 억압 자체에 대해 저항하는 것이 아니라 농민들
이 지나치게 가난하고 억압받는 상황을 타개하려 저항하는 셈이다. 임
꺽정이 실제로 할 수 있는 일은 무법 행위, 살인, 강탈 등으로 전통사
회의 전통적 억압에 어떤 한계를 부여하는 것이다. 그는 세월이 언제
나 평안하면 얼마나 좋을까 하고 꿈꾸는 자일 뿐이다.[30] 하지만 신희
복은 임꺽정의 요구를 묵살하고 자신의 안위를 지키는 일에만 힘쓴다.

---

30) E. J. 홉스보옴, 진철승 옮김, 『원초적 반란』, 온누리, 1984, 39쪽.

때문에 탐학한 지방관리들의 행태나 민중들의 고단한 삶은 개선의 여지가 없다.

임꺽정은 녹림당 통치 체제를 엄격하게 유지시킨다. 청석골은 녹림당의 본당으로 임꺽정을 최고 우두머리로 하고 그 아래 최춘영, 이춘동, 박팔도, 서림 등의 우두머리들이 부하 수백 명을 이끈다. 각 둔소들도 저마다 우두머리와 그들의 수하들로 이루어져 있다. 점조직 형태로 구성되어 있어 여느 사회 조직보다도 엄격하다. "첫째는 신의를 지켜야 하고, 둘째는 동료들끼리 화목해야 하고, 셋째는 명령을 어기지 못한다. 만약 이 규칙을 어길 때는 목숨을 바쳐야 한다." 이것은 그들이 범법자로 쫓기는 처지에서 긴급한 사건들을 일사불란하게 처리하기 위해 요구되는 행동 강령인 셈이다. 이러한 지배와 피지배의 구조는 녹림당을 존속시키기 위한 효과적인 장치이자 필요악이다. 그러나 한편으로 그것은 녹림당이 봉건사회의 논리에서 쉽게 벗어날 수 없었음을 반영하는 것이기도 하다.

더욱이 녹림당을 유지시키기 위해서는 기존의 사회 제도를 완전히 떠날 수는 없다. 가령, 재물을 처리하기 위해서는 방원이나 한온같은 객주들과 접촉할 수밖에 없는데, 객주는 값비싼 재물 대신에 녹림당에 소용되는 양식과 상목 등 기본적인 생활물품을 공급해주는 역할을 한다. 녹림당을 유지시켜 나갈 수 있는 물적 토대를 객주들이 마련해준다 하겠다. 아울러 녹림당의 세력 유지와 확장을 위해서는 지방 관헌들이나 아전들, 그리고 민중들의 도움이 필요하다. 녹림당이 도모하는 일의 성공은 서울과 지방 행정체의 운영 현황을 정확하게 파악했을 때 가능하기 때문이다. 때문에 임꺽정은 뇌물을 써서 그들의 세력을 곳곳에 형성하는데, 이것은 녹림당을 효과적으로 운영해 나가는 발판이 된다.

의적으로서 확실한 입지를 확보하면 할수록 임꺽정은 더욱 더 가난한 자의 상징적 투사이면서 아울러 부자의 범주에 포함될 수도 있는 양면적 존재가 된다. 부자인 임꺽정이 첩살림으로 녹림당의 재물을 탕진하는 것은 녹림당의 붕괴를 가져오는 간접적 요인이 된다. 서림이 사리사욕을 채우겠다는 결심을 하는 이유를 제공하기 때문이다. 녹림당원들은 서림을 이미 "포청에서 문초가 심하면 무슨 말을 함부로 지껄일는지 모를" "입이 가벼운 사람"으로 여겨 왔다. 그의 배신은 아전 출신의 계급적 성향과 성격적 자질에서 연유하며, 재물을 챙기려다 포청관리에게 잡힘으로써 구체화된다. 서림의 배신은 결국 녹림당을 해체하고 임꺽정을 죽음으로 몰고 가는 직접적 원인인 것이다.

이상의 임꺽정의 행적들을 볼 때 최인욱의 『林巨正』은 임꺽정을 의적으로 형상화하는 데 치중했다. 달리 말하면 '나의 임꺽정'은 현대적으로 각색된 의적 이야기인 셈이다. 이 점은 의적보다는 화적의 면모를 부각시켰던 홍명희의 『林巨正傳』과 뚜렷하게 구별된다. 그렇다고 최인욱의 『林巨正』이 완벽한 의적으로서의 면모만을 가진 것은 아니다.

우선, 임꺽정은 신분제도의 모순을 지적하면서도 가부장적인 사회 질서를 여전히 유지해야한다고 본다. 첩을 여럿 두는데, 그때마다 그의 행위는 정당한 것으로 그려진다. 뭇여인에게 관심이 없는 듯 행동하다가도 첩을 들이는 대목에서는 항상 본처를 문제삼아 정당성을 확보하려 한다. 그는 본처를 "성미만 기승이고 왈패일 뿐 아니라 여자로서의 도리도 멋대갈머리도 없"는 여인으로 규정한다. "여자로서의 미덕일 수 있는 부드러움"이라고는 찾아 볼 수 없고, "무엇이 불만인지 늘 성난 것같이 찌부듯하고, 무뚝뚝하고, 쌀쌀하고, 능히 좋게 할 수 있는 말도 시랑의 소리같이 고함을 빽" 지르는 여인일 뿐이다. 본처의 이러한 특성은 임꺽정이 첩을 들이는 행위를 정당화시킨다. 월이나 채

옥이 곱살스러울수록 본처는 한층 더 악녀로 부각된다. 더욱이 혼백과 결혼한 정씨를 맞아들이는 행위는 재가를 금지하는 사회제도에 대한 비판과 반항의 의미를 담고 있다. 이렇듯 사회제도의 모순을 지적하면서도 가부장적인 사회질서, 특히 여성에 대해서는 사뭇 예외적인 태도를 보인다. 서림이 여인을 취하는 일과는 일정한 거리를 두지만, 그의 행위가 그리 정당해 보이지는 않는 것도 이러한 까닭이다.

그리고 종사 서림에 대한 의존도가 지나치게 높다는 점이다. 임꺽정의 의적으로서의 면모는 그가 녹림당을 이끌어나가는 힘과 지략, 배포와 아량 등에 있다. 그러나 그것은 그가 가짜 암행어사 노릇을 하거나 부사의 종형을 가장하고 활약하는 사건들을 제외하고는 찾아보기 힘들다. 더욱이 도당을 이끄는 지도자적인 면모 만큼이나 그의 불같은 성미와 고집 등이 끊임없이 환기되고 있다. 이러한 측면들은 사건을 도모하고 실현시켜 나가는 데 있어 임꺽정보다 서림의 능력과 역할이 더 큰 비중을 차지함을 의미한다. 그렇기에 서림의 배신만으로도 녹림당 전체가 붕괴되고 임꺽정의 죽음을 불러올 수 있는 것이다.

그러나 임꺽정의 이러한 허점들은 이야기를 더욱 현실감 있게 만든다. 의적으로서 완벽하지 않다는 점은 그가 결점 투성이인 뭇사람들과 별다를 바 없는 인간임을 보여준다. 만약 임꺽정이 완벽한 의적의 면모만을 가졌다면 그는 오히려 신적인 존재이어야 한다. 그것은 신화가 그러하듯 민중들과 교감할 수 있는 현실성과 가능성을 가로막는다. 임꺽정이라는 의적이야기가 여러 시대를 거쳐 민중들에게 소통될 수 있는 것은 그가 신적인 존재이기 때문이 아니다.

의적 이야기는 "정의없는 곳에서도 살 수 있고 또 살지 않으면 안 되지만 그러나 희망없이는 살 수 없는" 민중의 희망을 투영한 무장 반란자의 이야기이다.[31] 의적에 관한 민중문화의 이미지에는 단순한 미

개사회생활에 관한 조사보고 이상의 것, 즉 문명사회에서는 이미 잃어버린 순진함과 모험에 대한 갈망이 있다. 녹림당을 둘러싸고 있는 사회적인 틀을 벗기면 거기에는 어떤 영속적인 감정과 역할이 남아 있다. 자유, 영웅적 행위, 정의에 대한 꿈이 존재한다. 자유로운 동료관계, 권위에 대한 강인한 부정, 그리고 약한 자·학대받는 자·기만당한 자에 대한 옹호가 구체적으로 실현되어 있는 것이다.[32] 의적 이야기 『林巨正』을 대하는 현대의 독자들은 임꺽정의 행위가 적법하지도 근대적이지도 않다는 사실을 잘 알고 있다. 그럼에도 불구하고 그들은 의적 이야기를 상상적으로 동일시하고 꿈꾼다. 더욱이 1960년대 당시의 억압적인 시대적 상황은 민중의 희망을 더욱 부채질했을 것이다. 군부정권은 4·19혁명에 담긴 민중들의 열망을 묵살하고 일어섰고 민중들은 이러한 정치사회현실에 대해 가지는 절망감과 막막함을 의적 이야기를 통해 상상적으로 해갈하고자 했을 것이다. 정의와 부정, 자유와 억압, 평등과 차별 등의 경계가 모호해진 현실에서 민중들을 견디게 해주는 힘은 언젠가 임꺽정과 같은 의적이 나타나 바로 잡아줄 것이라는 희망 때문이며 민중들은 그 날을 하염없이 기다리는 것이다. 실현불가능한 현실의 무게 만큼이나 의적 이야기가 지닌 위안과 희망의 언어들은 독자들에게 더욱 가슴에 와닿을 수 있다.

5. 『林巨正』의 논리와 대중소설의 변주

1960년대 대중소설의 한 흐름을 주도했던 역사소설은 당시의 시대상황을 고발하고 비판하기 보다는 흥미본위로 치닫는 수준 미달의 역

---

31) E. J. 홉스보옴, 황의방 옮김, 앞의 책, 187쪽.
32) E. J. 홉스보옴, 황의방 옮김, 위의 책, 174~175쪽.

사소설들이 우위를 점하고 있었다. 그러나 최인욱은 흥미 추구에 앞서 뚜렷한 역사의식과 시대의식을 가지고 역사소설을 창작했던 몇 안되는 작가들 중 하나이다. 『林巨正』은 그러한 소설적 성과물이며, 그 내용을 정리해보면 다음과 같다.

첫째, 최인욱의 『林巨正』은 정확한 역사적 고증과 작가의 소설적 상상력이 조화를 이룬 역사소설이었다. 작가는 『林巨正』을 두고 '나의 임꺽정'이라 자부하는데, 그것은 우선 작품의 선택과정에서 형상화과정까지 줄곧 작가의 주체적인 역사의식과 시대의식이 작용하였음을 암시하였다. 아울러 역사적 진실성을 확보할 수 있는 독자적인 역사소설에 대한 작가의 열정과 고집의 표현이기도 하였다. 이와 함께 작가는 역사소설에 대한 독자의 기대지평 또한 간과하지 않았다. 1960년대 당시의 시대적 상황과 신문사의 경영전략, 작가 개인의 경제적 상황 등이 최인욱으로 하여금 역사소설의 독자문제를 염두해 두게 만들었다. 신문소설의 생리와 작가의 역사소설에 대한 입장 사이의 간극들을 어떻게 메워나가는가 하는 것이 작가의 고심거리였음을 드러내는 대목이기도 하였다.

역사소설 『林巨正』은 일대기식 구성방식보다 느슨한 에피소드식 구성방식을 취하고 있었다. 이 구성방식을 이용하여 작가는 사건의 현재성과 핍진성을 최대한 살려내어 독자들이 과거의 역사적 사건들을 구체적으로 추체험할 수 있게 하였다. 그것은 다양한 인물들의 성격화과정을 사건을 통해 자연스럽게 제시하여 독자들이 여러 인물들을 오랫동안 기억할 수 있도록 하였다. 그리고 극적이고 구체적인 사건들을 통해 당시의 사회역사적 상황이나 풍속을 무리없이 드러내었다. 작가가 당시의 사회역사적 상황이나 민중들의 생활상을 설명할 때 독자들은 그 장황함에 자칫 지루함을 느낄 수 있다. 이러한 단점을 극적인 사

건과 대화로 처리하여 당시의 상황을 독자들이 쉽고 재미있게 접근할
수 있도록 배려하였다.

둘째, 에피소드식 구성 방식은 여러 가지 소설적 장치를 사용하여
독자들이 중심적 서사를 쉽게 이해하는 동시에 사건을 예견하는 재미
를 가져다주었다. 회상과 암시의 방식 뿐 아니라 본래효과와 최근효과
를 적극 활용하여 독자들이 소설을 쉽게 이해하고 또 새로운 사건을
예견할 수 있도록 했다. 또한 그것은 중심적 서사의 공백을 흥미진진
한 부수적 서사로 재구성함으로써 독자들이 소설을 읽는 재미를 배가
시켰다. 대표적 부수적 서사는 서림의 여성편력과 탐욕 과정이다. 서
림의 여성편력은 대중소설의 관능성과 직결되면서 독자들의 관심을
끌기에 충분한데, 중심적 사건의 틈새에 위치함으로써 사건의 긴장감
을 부추기는 데에도 일조하였다. 아울러 이것은 서림의 배신행위에 대
한 필연성을 제공하는 서사적 장치로 읽을 수 있었다. 마지막으로 에
피소드식 구성방식은 신문소설의 특성을 활용하여 독자들의 지속적인
관심을 이끌어내는 데 효과적이었다. 앞의 줄거리를 다 몰라도 매 사
건의 긴장과 해결의 곡선을 따라가는 데 큰 무리가 없기 때문이다. 게
다가 그것은 독자들이 이미 알고 있는 임꺽정 이야기를 새롭게 재구성
하여 다시 읽는 재미를 가져다주는 데에도 효과적이었다.

최인욱의 『林巨正』은 현대적이면서도 본격적인 의적 이야기였다.
과거의 임꺽정 이야기, 특히 홍명희의 『林巨正傳』이 의적보다는 화적
이라는 입장에서 기술되었던 것과는 차별화된다. 최인욱의 『林巨正』
은 임꺽정의 의적으로서의 면모를 부각시키는 데 모든 사건과 인물들
을 집중시키고 있었다. 백정인 임꺽정이 조선 사회의 불합리한 신분제
도와 그 속에서 굴종만을 아는 아버지에 반항하고 새로운 세상을 꿈꾸
며 청석골행을 결정한다. 그러나 그가 무법자가 되는 것은 아버지를

죽음으로 몰아간 조참의를 죽이는 것 때문이다. 그 사건은 그 또한 부정의 희생자임을 단적으로 보여주었다. 그러나 그는 녹림당을 이끌면서 부자의 재산을 빼앗아 가난한 사람을 도와주고, 자기방어가 아닌 이상 살인을 하지 않는다는 규칙을 엄격히 지켜나갔다. 그리고 여러 가지 사건들에서 그는 부정을 바로잡는 존재였다. 타락한 정치현실 속에서 탐학한 지방 관헌들과 양반들의 횡포를 광정하여 민중들에게 되돌려주거나 그들의 억울한 속사정을 덜어주는 역할을 하였다. 그렇기에 민중들과 전체적인 연대감을 형성하여 녹림당을 유지하고 세력을 확장해나갈 수 있었다. 하지만 그가 바라는 새로운 세상은 기존 체제에 대한 전복이 아니라 민중들이 마음 놓고 살만한 세상으로 돌아가는 것이었다. 이것은 평범한 민중들의 고단한 삶이 녹림당을 만들고 유지시키게 한 원인임을 보여주는 대목이었다. 임꺽정은 녹림당을 이끌면서 완벽한 의적으로서의 면모보다는 허점 많은 인간으로서의 면모도 여실하게 보여주었다. 하지만 그것이 서림의 배신과 더불어 녹림당이 붕괴되고 그가 죽음에 이르게 되는 이유가 되었다. 이상의 임꺽정이 가지는 의적으로서의 면모는 지배층보다는 민중들의 삶의 양식과 현실을 여실히 드러내는 데 주목하고 있었다. 지배층과 민중들의 삶을 총체적으로 그리기 보다는 민중들의 삶을 통해서 당시의 사회상과 타락한 지배층의 생활상을 보여주는 역할을 하였다.

의적은 민중 속에서 태어나 성장하고 그들의 꿈을 위해 싸우는 영웅이다. 지배계급으로부터의 부당한 피해를 깨닫고 모순된 질서를 비판하고 투쟁하는 민중인 것이다. 그러한 민중의식이 탄생하고 투영되어 있는 것이 의적 이야기이다. 독자들은 이러한 의적 이야기를 통해서 잃어버린 순진함과 모험에 대한 갈망, 그리고 정의에 대한 새로운 희망을 가질 수 있었다. 발표 당시 억눌린 사회전반의 분위기와 고질적인 경제적 위기는 독자들이 의적 이야기를 통해 해갈할 수 있는 여지를 마련해주었다. 작가는 이러한 시대적 정황을 충분히 파악하고 민중의 시각에서 임꺽정을 의적다운 의적으로 변모시켜 놓았다. 임꺽정이라면 으레 의적으로 통하는 민중들의 인식에는 최인욱의 공이 없지 않다. 주체적인 역사의식과 시대의식으로 재창조된 그의 임꺽정은 현대문명 사회에 짓눌린 우리들에게 새로운 희망으로 다가설 수 있는 것도 그 때문이다.

최인욱의 『林巨正』은 대중적인 역사소설이다. 그의 역사소설의 자장에는 루카치가 말한 역사소설의 조건이 두루 갖추어져 있지 않다. 중도적 인물도, 역사적 총체성도 그의 소설에서는 찾아보기 힘들다. 하지만 그의 역사소설은 대중들과 함께 호흡할 수 있는 서사적 장치와 그가 말하고자 하였던 역사에 대한 생각들이 고스란히 드러나 있다. 역사는 지배층들만의 역사가 아니며 꿋꿋하게 하루하루를 힘들게 살아내고 있는 민중들의 힘과 끈기의 역사이다. 그리고 『林巨正』은 역사적 위기에 민중들에게 희망의 논리로 다가섰던 역사소설이다. 이러한 점은 최인욱의 『林巨正』을 흥미본위의 역사소설이 지닌 한계를 뛰어넘어설 수 있게 한다.

제6장

여성주체의 자리매김 방식과 양가성
— 정연희의 『石女』를 중심으로

1. 대중소설과 여성 주체의 문제

서구 철학적 전통이 '현존의 형이상학' 혹은 '팔루스로고스 중심주의(phallogocentrism)'에 경도되어 있다는 데리다의 지적은 자명하다. 서구 문화에서의 사유체계들은 이분법적이고 위계적인 대립항들을 통해 세계의 질서를 규정해 왔다. 정신/자연, 형식/질료, 법칙/혼돈, 이성/감성, 주체/객체, 자아/타자, 남성/여성 등의 대립항들은 근원적이고 핵심적인 첫째항에 비해 둘째항을 주변적이고 추론된 것으로 여겨왔다. 이것은 세계의 질서를 동일성의 원리로 규정하는 데 결정적인 기여를 해왔다. 그것은 팔루스로고스 중심주의, 곧 반여성주의를 뜻한다.[1]

이러한 관점에서 남성성/여성성의 이분법적 도식은 보다 분명해진다. 남성성은 이성, 정신, 일반성, 객관성, 합리성, 능동성, 강인함, 문화 등 세계 <안>에서 우월하고 중심적인 가치를 지니는 반면, 여성성은

---

1) 존 레웰린, 서우석 · 김세중 옮김, 『데리다의 해체주의』, 문학과지성사, 1990, 142쪽.

감성, 육체, 직관, 미분화, 수동성, 나약함, 자연 등 열등하고 종속적인 가치를 가진다. 이렇듯 여성의 위상학은 매우 열악하다. 여성은 남성의 지배적이고 본질적인 가치에 종속되고 억압받는 존재에 불과하기 때문이다. 이를테면 여성은 "남성의 타자"[2]이며, "재현할 수 없는 존재, 말해지지 않는 존재, 이름짓기와 이데올로기 바깥에 남아 있는 존재"[3]인 것이다. 그렇기에 여성은 세계 '밖'에 존재하거나 '변방(limit)'에서 서성일 수밖에 없다.

탈구조주의적 페미니즘은 이러한 팔루스로고스 중심주의의 부정, 해체, 전복을 기획한다. 주지하듯 그것은 데리다의 해체주의적 글쓰기 작업에 힘입은 바 크다. 데리다는 동일성의 원리 이면에 결정 불가능성이 놓여 있다고 주장하였다. 변증법적 통일은 특정성이 있을 때에만 한 쌍의 대립물에서 하나의 긍정이 다른 하나의 부정을 의미할 수 있다고 제한한다. 대개 그것은 결정불가능한 것이며, 따라서 의미는 부정되거나 역전될 수밖에 없다. 이것을 그는 차연, 글, 흔적짓기, 공간내기, 잔류저항, 파르마콘, 하이멘, 보충 등의 해체작업에서 구체적으로 밝힌 바 있다. 여기에서 팔루스로고스 중심주의라는 동일성의 원리가 지니고 있는 결정 가능성의 관념은 결정 불가능성 아래 단절·해체되고 있다.

이와 같은 데리다의 지적 작업을 통해 탈구조주의적 페미니즘 논자들은 기존의 '남성성/여성성'이라는 이원성의 세계를 해체하고 전복시킨다. 이때 양가성의 세계로의 가치전환이 두드러지는데, 양가성은 절대적인 동일성의 원리 속에서 이루어진 모든 가치평가적 이분법을 의

---

2) Simone de Beauvoir, *The Second Sex,* Translated by H. M. Parshley, New York:Bantam, 1961, p.16.

3) Julia Kristeva, 'La femme, ce n'est jamais ça', *Tel Quel*, 59, Automne, p.21.

심쩍고 자의적인 것으로 드러냄으로써 그 가치체계를 해체시키는 것을 말한다.4) 결국 양가성의 세계는 팔루스로고스 중심주의를 부정·해체하고, 여성의 위상학 또한 새롭게 자리매김할 수 있게 한다.

정연희는 여성의 위상학에 관한 문제를 끊임없이 제기했던 작가이다. 1957년 동아일보 신춘문예에 당선 작품인 「波流狀」을 비롯하여 그녀의 소설들은 당대의 열악하고 부조리한 사회역사적 상황과 한국의 전통적인 가부장적 규범 속에서 살아가고 있는 여성의 존재에 대해 주목하였다. 하지만 그동안 그녀의 소설에 대한 논의는 거의 이루어지지 않았다. 작품 서평이나 단평이 대부분이며, 본격적인 논의로 볼 수 있는 천이두와 이상진의 글 또한 그녀의 초기 작품에 국한되어 있어 그녀의 소설세계를 전체적으로 조망해내지 못하는 한계를 보여주고 있다. 그러나 이들의 논의는 그녀의 작품 경향에 대한 이해의 단초를 제공한다는 측면에서 주목할 만하다.

우선 천이두는 그녀의 초기 작품들이 "에고의 追求와 그 처리"라는 특징을 지니며 주인공의 성별에 따라 주제를 조금씩 달리한다고 지적하였다.5) 즉 주인공이 남성일 경우에는 사회비판적이고 고발적인 명제를 다루지만, 여성일 경우에는 에고의 구도적 명제를 다룬다고 보았다. 그리고 실존주의적 페미니즘 시각에서 접근한 이상진은 1950년대 상황과 인습의 결합 여부에 따라 여성의 실존문제가 다르게 표현되고 있다고 주장하였다.6) 상황과 인습이 결합되지 않은 경우 여성은 남성의 분신으로 남성이 본래적 자아를 찾는 과정에서 방해자인 동시에 조

---

4) 페터 V. 지마, 서영상·김창주 옮김, 『소설과 이데올로기』, 문예출판사, 1994, 45쪽.

5) 천이두, 「에고의 구도적 대현실적 자세―정연희론」, 『현대한국문학전집』 13권, 신구문화사, 1981, 472~476쪽.

6) 이상진, 「존재의 근원에 대한 여성적 투시―정연희론」, 『페미니즘과 소설비평―현대편』, 한길사, 1997, 345~346쪽.

력자로 기능하는 데 반해, 결합된 경우 여성은 남성의 타자로서 남성 혹은 가부장적 이데올로기와 대립·갈등하는 존재로 드러난다는 것이다.

이들의 논의를 따르자면 정연희가 초기 소설에서 형상화한 여성들은 사회 각 방면의 계기들이 충돌하는 지점에서 문제를 제기하며 그 위상학 또한 달리한다 하겠다.[7] 이 점은 1960년대 이후 근대 자본주의 사회에서 일정한 사회경제적 지위를 지닌 지식 여성을 대상으로 할 때 더욱 복잡한 양상을 띤다. 그 대표적 작품이 『石女』(문예사, 1968)·『告罪』(중앙출판공사, 1970)·『비를 기다리는 달팽이』(대운당, 1978) 3부작이다. 특히 『石女』는 지식 여성이 남성중심적인 상징적 질서에 전면적인 도전을 시도한 작품으로 볼 수 있다. 이때 여성의 주체정립은 남성성/여성성의 이분법적 도식의 해체과정과 맞물려 드러난다. 여성을 규정해 온 스테레오 타입의 인식구조[8]가 동일성의 원리 내에서 이원성의 세계를 잘 보여준다면, 『石女』는 그것의 틈새를 깨뜨리는 양가성의 세계를 준다 하겠다. 따라서 이 글은 『石女』에서 보여주고 있는 여성주체의 자리매김 방식에 주목하여 그 양가적 특성과 한계를 구체적으로 살펴보고자 한다.

---

7) 물론 그녀 스스로 남성/여성을 대사회적 존재/소외된 존재로 구별짓고 있다는 점은 여성의 주체정립의 한계로 지적될 수 있을 것이다. 이 점에 대해서는 다음 장을 참조하기 바란다.

8) 이것은 문화나 문학에서 여성을 묘사하고 있는 전형적인 성차별적 표상과 관련되어 있다. 그 대표적인 예를 들면 다음과 같다. ①남성을 위한 성적 대상으로서 여성을 묘사하는 것, ②우선적으로 가정생활, 가사, 육아, 보살핌 등의 책임이 있는 존재로 여성을 묘사하는 것, ③보다 약한 또는 이차적인 성으로 여성을 묘사하는 것, ④규범적으로 뿐만 아니라 통상적으로도 이성애적 존재로 여성을 묘사하는 것 등이 바로 그것이다. 벤 에거, 김해식 옮김, 『비판이론으로서의 문화연구』, 옥토, 1996, 227쪽.

2. 억압기제로서의 결혼과 이중성

결혼은 전통적으로 여성에게 사회적 정체성을 제공하는 제도로 간주되어 왔다. 그렇기에 미혼여성의 연애담은 종종 결혼으로 귀결된다. 즉 결혼을 통해 여성이 최상의 가치를 획득한 것처럼 보여준다. 그러나 결혼은 연애과정에서 부여되었던 여성의 긍정적인 가치들을 무화시키는 동시에 사회로부터 남성으로부터 여성을 배제 혹은 소외시키는 기제이다.9)

근대 자본주의 과정에서 노동의 성적 분업은 여성의 예속을 가속화시키고 기존의 성역할 범주를 재생산하는 데 큰 몫을 담당해왔다. 남성이 사회경제적 기능을 전담함으로써 공적 영역에서 사용가치를 생산하는 중심적 역할을 수행하였던 반면, 여성은 사적 영역에서 정서적 기능과 사용가치의 재생산을 위한 보조적 역할만을 담당하였다.10) 그러니까 남성/여성의 생활공간은 공적 영역/사적 영역으로 이원화되면서 여성의 예속화는 심화될 수밖에 없었다.

제크린 살스비는 이러한 상황에서 연애는 경제 생산자인 남성이 자신을 편안하게 해 줄 적합한 배우자를 모색하는 과정이며, 낭만적 사랑이란 여성으로 하여금 고립된 가정 안에서 남성을 내조하는 생활에 만족케 하는 주요 기제로 본다.11) 극단적으로 표현한다면, 여성이 추구하는 낭만적 사랑은 남성의 기만적 책략이 숨겨진 상태에서 이루어졌다가, 결혼을 통해 그것을 드러내는 것이라 할 수 있다. 결국 결혼은 여성의 예속화를 구체적으로 실천하는 장으로 낭만적 사랑이 실현불

---

9) 가이 오크스 역편, 김 희 옮김, 『게오르그 짐멜:여성문화와 남성문화』, 이화여대출판부, 1993, 209쪽.
10) Eli Zaretsky, *Capitalism, the Family and Personal Life*, New York:Harper, 1976, pp.29－64.
11) 재크린 살스비, 박찬길 옮김, 『낭만적 사랑과 사회』, 민음사, 1985, 223~239쪽.

가능한 환상에 불과함을 보여준다. 그러나 미혼여성의 연애담은 낭만적 사랑이라는 최대공약수를 빼놓지 않고 여성들에게 환상을 제공하고 있으며, 기혼여성의 결혼담 혹은 연애담도 그것을 공유하고자 한다.12) 이러한 아이러니한 상황은 특히 기혼여성의 결혼담에서 잘 드러난다.

『石女』는 극작가이면서 방송국 스크립터로 활동하는 안지원과 외국서적 번역일을 하는 남성운의 결혼담을 다룬 작품이다. 우선 이 작품에서 결혼담 자체의 문제적 성격은 지식 여성인 안지원의 관점을 통해 부각된다.

여기에서 '지식 여성'의 기표는 근대적 지식을 전수받은 여성이며 자본주의 사회에서 사회경제적 능력과 지위를 확보받을 수 있는 가능성을 시사한다. 그러나 근대적 지식을 전유하는 주체는 '지식인' 남성이다. 이 '지식인'이라는 이름붙이기 행위는 모든 개념세계를 안정화, 조직화, 고정화하려는 남근중심적 욕망을 드러낸다. 이것은 남성이 권력을 행사하는 것일 뿐 아니라 잘 정의된 범주로 현실을 조직하고 통제하려는 욕망을 드러낸 것이다.13) 즉 남성에게 부여된 보편적이고 일반적인 가치는 그들의 권력에의 욕망과 그 통제방식을 보여준다 하겠다. 이 점은 '지식 여성'이라고 해도 크게 다르지 않다. '지식 여성'의 조어에서 보듯 여성은 여전히 남성에 대한 결핍, 부정, 주변성의 가치를 지닌 존재로 남아 있기 때문이다. 특히 한국 사회의 전통적인 가부장적 이데올로기는 근대적 주체로서 자리매김하려는 여성을 전근대적

---

12) 이러한 양상은 특히 연애소설에서 현저히 드러난다. 대표적인 논저로 대중문학연구회 엮음, 『연애소설이란 무엇인가?』(국학자료원, 1998)와 태혜숙, 『연애소설 어떻게 읽을 것인가』(여성사, 1993) 등이 있다.
13) Toril Moi, 임옥희 · 이명호 · 정경심 옮김, 『성과 텍스트의 정치학』, 한신문화사, 1994, 187~189쪽.

인 가치체계에 묶어두려는 의지를 표상한다.

　주지하듯 안지원은 근대적 지식인인 남성운과 연애결혼을 한 지식 여성이다. 따라서 결혼에 관한 모든 사항은 그녀의 선택에 따른 것이다. 그러나 그 선택의 이면에는 내재화된 모순과 함정이 존재한다. 우선 그들에게 있어 결혼은 서로의 열악한 가정환경에 대한 인정의 기표에 불과하다. 열악한 가정환경은 그들이 타인에게 숨기고자 했던 치부이며 금기이다. 그것을 엿보고 인정했다는 것은 서로에게 상대방의 일부분이 아닌 전체를 인정했음을 의미한다. 하지만 이러한 상호 인정의 이면에는 사랑과 믿음이 유기된 상태에 놓여 있다. 그렇기에 그들의 결혼생활에는 항상 불안정한 틈새가 존재하며 상호 충돌과 모순의 요소를 지닌다. 더욱이 이러한 상황에서 인정의 기표는 안지원이 아닌 남성운에게만 유효한 것으로 작용한다. 이 점은 혼전 성경험을 통해 보다 분명하게 드러난다.

　전통적으로 한국 사회에서 남성은 성적 자유를 누려왔다. 전통 사회에서의 축첩제도와 기녀제도, 그리고 오늘날의 매매춘과 향락산업의 번성은 남성의 성적 자유에 대한 사회적 허용의 표지라 할 수 있다. 하지만 여성의 성은 가족의 순수 혈통보존을 목적으로 가정 안에만 한정되어 왔다. 유교적 세계관에 기초한 성결벽주의와 정절 이데올로기는 여성의 성적 자유를 억압하는 주요 기제였다.14) 여성에게 있어 성은 부정과 금기의 표지이며, 이로써 여성은 남성 혹은 사회적 제도에 대해 예속적 지위를 지닌다. 근대 자본주의 사회, 객관성에 의해 전문화된 남성적 생산문화에서도 여성은 본질적으로 소외된 존재일 뿐이다.15) 이러한 성적 자유/억압의 이항대립적 도식은 남성운과 안지원에

---

14) 정은희, 「사랑과 성규범」, 『여성과 한국사회』(여성한국사회연구회 엮음), 사회문화연구소, 1994, 287쪽.

게도 틀림없이 적용된다.

남성운은 혼전 성경험을 통해 안지원을 자신의 소유물로 완전히 예속시킨다. 그는 안지원을 자신의 금기에 대한 위반을 인정해주는 대상에서 나아가 그녀의 '순결'을 소유한 주체로서의 지위를 갖는다. 이를 계기로 예전의 무절제하고 비합리적인 생활패턴, 특히 여성편력을 지속시킨다. 물론 그러한 행위에 대한 반성적 성찰은 부재하며 오히려 안지원이 그것을 인정하도록 당당하게 요구한다. 그러니까 남성운은 혼전 성경험을 통해 안지원을 대상화하고 예속화시키는 한편 사회적으로 허용된 성적 자유를 지속적으로 추구하는 남성성의 현존이라 할 수 있다.

하지만 안지원의 입장에서 볼 때 혼전 성경험은 결혼을 주저하고 파기하려는 노력을 무산시키고 그것을 결행하게 되는 극적 계기로 작용한다.

> 나의 순결이 그에게 주어졌다는 사실을 외면할 수 없었던, 그 어줍잖은 양심과 어중띤 정조관념이 나의 발목에 족쇄(足鎖)를 채웠던 것입니다. (중략) 결혼 전에 네게 잘못 맡겼던 과오를 결혼이라는 형식으로 씻어 버리고 나는 차라리 이혼(離婚)이라는 이름을 떳떳하게 짊어지고 나를 살면 될 것 아니냐 하는 것으로 스스로를 그 결혼에서 도망치지 못하게 만들었습니다. 그리고 한편으로는 그 가족기피증에 가득찬 우울한 집에서 벗어나 나만의 생활을 가져 보고 싶기도 했던 것입니다.[16]

안지원은 평소 혼전 성경험에 대한 금기의식이 강하지 못하다. 그것은 "언제라도 던져버릴 수 있는 것"이거나 "별로 대수롭지 않은 것"에

---

15) 가이 오크스 역편, 김 희 옮김, 앞의 책, 111~112쪽.
16) 정연희, 『石女』, 문예사, 1968, 236쪽. 이후 인용문은 이 책의 쪽수만을 표시하기로 하겠다.

불과하다. 그러나 역설적이게도 성적 체험 이후 그녀는 순결에 대한 책임의식과 죄의식 속에서 벗어나지 못한다. 자신이 부정하거나 방기하고자 했던 전통적인 성규범이나 이데올로기에 오히려 예속되고 마는 것이다.

안지원의 이러한 이중성은 1960년대의 급속한 산업화 과정 속에서 사랑과 성에 대한 전통적인 보수성과 근대적인 개방성이 혼재하고 있었던 사회적 분위기에서도 그 원인을 찾을 수 있다.[17] 안지원은 자본주의 발전단계에 걸맞는 근대적 지식체계와 세계관을 습득했음에 불구하고 그녀 스스로 내재화된 전통적인 가부장적 이데올로기에서 벗어나지 못하고 있다. 그녀가 결혼을 결정하고 그것을 지속시키는 요인은 다름 아닌 무의식적으로 잠재되어 있는 전통적인 보수성이다.

하지만 그녀의 인식은 전통적 보수성에 순종하거나 근대적 개방성에 적극적으로 편입하지 못한 상태에 머물러 있다. 그 경계에서 그녀는 이중적인 태도를 보인다. 그것은 그녀 자신의 '타자성의 내재화(internalization of otherness)' 혹은 '자유로부터의 도피' 현상을 통해 드러난다. 실제로 모든 개개인에게는 자신의 주체적인 존재를 확신하고자 하는 윤리적 충동과 함께 자유를 유보하고 하나의 사물이 되고자 하는 유혹이 존재한다. 이것은 여성에게 있어 도덕적으로 파괴적인 선택이지만, 그것은 최소한으로 저항하는 길이기도 하다. 이러한 타자성의 수용은 외관상 기만적인 형태를 띠며 결국 여성에게 절망과 자기학대를 가져온다.[18] 이 점은 안지원이 자신을 '정신적인 석녀'로 규정하는 데에서 확인할 수 있다.

---

17) 정은희, 앞의 글, 276쪽.
18) J. 도너번, 김익두·이월영 옮김, 『페미니즘 이론』, 문예출판사, 1993, pp.229~231쪽.

「선생님의 처녀작인 『석녀(石女)』가 국립극장에서 공연될 때 나는 작자와 직접 부딪쳐 볼 용기까지 마련했었거던요. 그 애정(愛情)을 회임(懷妊)하지 못하는 여주인공에 대하여 반발도 하고 존경도 했었어요. 애정불임증(不姙症) 의 여인… 끝없이 끝없이 사랑을 갈망하면서 끝내 사랑을 회임하지 못하는 여자. 그 많은 남자들에 둘러싸여 있으면서도 마치 기억상실증의 인간처럼 전혀 다른 세계를 더듬고 있던 연인… 상징적인 현대의 여인이면서 나는 거기서 저자 자신을 보았던 거에요. 나는 그때 그 여자가 사랑을 불임하는 이유가 그 여자 자신의 자의식이나 남성적인 냉철성에 있는 것이 아니라고 생각했죠. 애정의 불임은 그 자체 내에 이유가 있었던 것이 아니라 사람이, 남성이 나타나지 않았던 것뿐이었어요. 그 생각은 지금도 마찬가지에요. 그때도 선생님을 찾아내서 내 맘껏 그것을 갈파(喝破)하고 싶었었죠. 그러다가… 극장 안에서 선생님과 우연히 마주쳤었어요. 그 순간 그 얼굴에서 너무도 아득한 우수와 손 닿지 않을 고립감을 발견하고 주춤했었던 겁니다.」(143쪽)

안지원의 작품 속에 등장하는 '석녀'는 실제 현실속의 그녀의 피사체이다. 그녀는 "애정불임증의 여인"인 석녀이며, "현대의 여인"의 상징적 피조물이다. 즉 그것은 "전근대와 근대가 공존하는 한국 사회가 빚어 낸 지식 여성의 낯익은 모습"[19]인 것이다. 전근대적인 가부장적 이데올로기와 근대적인 자유 이데올로기 속에서 그녀는 '석녀'의 이미지를 선택한다. 그것은 그녀 자신을 세계 '밖'의 존재로 방기하고 스스로 타자의 자리에 가두는 것이다. 그럼으로써 그녀는 사랑할 수도 사랑받을 수도 없는 존재로 자리매김한다. 결국 이러한 '석녀'는 불안으로 가득찬 무(無)의 존재에 다름 아니다.

하지만 그것은 가부장적인 규범을 영속시키는 한편 그것이 요구하는 여성성에 대한 명백한 거부를 내포하고 있다. 이것은 그녀가 타자인 자신을 통해 남성성/여성성의 이분법적 도식의 허구성을 폭로하는

---

19) 임중빈, 「知識女性은 局外者인가—鄭然喜 全作小說 『石女』」, 『동아일보』, 1968. 6.28; 『부정의 문학』, 한얼문고, 1972, 140쪽.

것이다. 그리고 그녀가 주체로서 삶을 살아가고자 하는 의지를 구체적
으로 발현할 때 분명한 해체적 전략을 통해 구체화된다. 다시 말해서
그것은 남성성의 부정, 해체, 전복이며, 여기에서 그녀의 경계 허물기
가 시작된다.

3. 경계허물기로서의 수사학과 양가성

타자화되고 사물화된 여성이라도 주체로서의 삶을 살아가고자 하는
욕망은 그녀 내부 깊숙이 내재화되어 있다. 여성이 남성에게 완전히
예속되는 경우에도 그녀의 비밀스런 자아는 밖으로 노출되지 않는다.
그것은 여전히 자기 고유의 기반에 뿌리 내리고 있기 때문이다. 즉 여
성은 외부에 노출하지 않은 채 고유의 영역을 확보하고 있는 것이
다.[20] 이러한 욕망은 '외짝 날개'의 이미지 반복을 통해 드러난다.

> <아—한 짝 날개가 없지 뭐냐. 내게는 날개가 한 짝밖에 없는 거다>
> 이상하게도 자기에게는 날개가 한 짝 있어 왔고 그것이 오히려 무겁고 슬
> 픈 짐으로서 그를 짓누르고 있다는 것을 이제 비로소 깨달은 것이다.
> <그럼 그 하나는 어디에 있는 것일까? 어떻게 하다가 어디다 잃어버렸을
> 까? 누가 가지고 있는 걸까? 어떻게 찾아 낼수가 있을까?>
> 급작스럽게 초조해지려는 마음을 느긋하게 누르면서 스스로를 달래려 했
> 다.
> <아직 하나는 있어. 그 하나라도 잘 아껴야지. 쓸모가 없어지지 않게. 퇴
> 화하지 못하도록 부지런히 움직여야 하는 거야. 한 짝 날개를 찾을 때까
> 지>(56~57쪽)

'외짝 날개'는 남성/여성의 이분법적이고 위계적 질서에서 소외되고

---

20) 가이 오크스 역편, 앞의 책, 163쪽.

배재된 여성의 이미지이다. 이러한 외짝 날개로서의 여성은 불구적인 존재일 수밖에 없다. 외짝 날개만으로는 가정적으로나 사회적으로 제 기능을 다할 수 없기 때문이다. 그러므로 여성이 주체로서 자리매김한 다는 것은 거의 불가능하다. 하지만 안지원은 반성적 인식을 통해 이 러한 상황의 역전을 욕망하고 있다.

반성적 인식은 여성 인물이 의도치 않았던 행동이나 충분히 이해할 수 없는 상황 속에 자신이 들어가 있음을 발견했을 때 일어난다.[21] 하지 만 이러한 반성적 인식만으로는 상황의 역전이 이뤄질 수 없다. 왜냐하 면 이리가라이가 지적하듯 여성은 남성주체의 '반사화(specularization)'에 의해 요구된 부정적인 것으로 드러나기 때문이다. '반사화'는 질(膣) 안 에 있는 반사경의 시각적 영상에서 오는 거울 이미지일 뿐만 아니라, 서구 철학의 담론체계의 기저에 깔려 있는 전제로서 자기 자신의 존재 를 반성할 수 있는 주체 설정의 필요성을 암시한다. 철학적인 메타담 론은 사유하는 주체의 자기 명상과정을 통해서만 가능하기 때문에 철 학자의 사유는 근본적으로 자기도취적일 수밖에 없다. 즉 철학자의 사 상은 보편적 인간존재 조건에 대한 반성인 양 위장하여 그것에 의미를 부여하는 것이다. 그러므로 이러한 반사화에서 벗어나는 것은 사유될 수 없다. 여성성/여성이 자기반성의 부정성으로 드러나는 것은 바로 이러한 이유 때문이다. 결국 여성은 가부장제의 반사논리에 갇혀서 이 해할 수 없는 허튼 소리를 지껄이거나, 침묵한 채로 남아 있거나, 자신 을 열등한 남성으로 바라보는 반사적 재현을 수행하는 것처럼 비춰진 다.[22]

---

21) 안네트 콜로드니, 김열규 외 옮김, 「페미니스트 문학비평의 몇가지 방향들」, 『페미니 즘과 문학』, 문예출판사, 1992, 61쪽.
22) Toril Moi, 앞의 책, 156~157쪽.

하지만 여성의 주체성은 여성성이 담론 내에서 스스로 결정되는 방식, 즉 여성적인 것이 결핍, 흉내냄 그리고 역전된 주체의 재생산으로서 드러나는 방식을 반복하고 해석함으로써 여성의 편에 서서 남성적 논리를 능가하고 교란시킬 수 있다.[23] 즉 여성이 주체로 자리매김하기 위해서는 이중적인 담론을 구사해야 하는 것이다. 이중적인 담론 속에서 여성은 지배적인 담론들을 입증하는 동시에 자신만의 표현가능성과 경험 가능성들, 그리고 자기 고유의 전복적인 공간을 창출해낼 수 있다. 그것은 지배적인 남성성을 인정함과 동시에 이를 부정, 해체, 전복하며 마찬가지로 내재화된 여성성을 거부하는 것이기도 하다.

이것은 남성의 문학에서 상속한 여성의 이미지, 그 중에서도 특히 천사와 마녀라는 대립 이미지를 공격, 수정, 해체, 재건하는 방식을 통해 구체적으로 드러날 수 있다.[24] 천사 이미지는 수동적이고 가정적이며 이타적인, '관조적 순결성'을 갖춘 이상적인 여성상이다. 그러나 천사 이미지 이면에는 마녀의 이미지가 숨겨져 있다. 마녀는 헌신적이기를 거부하고 자신의 주체성에 따라 행동하는 여성이며 말할 이야기거리가 있는 여성이다. 가부장제가 마련해 준 순종적 역할을 거부하는 여성인 것이다. 또한 마녀는 말할 거리를 가지고 있는 동시에 말 하지 않거나 다른 이야기를 할 가능성을 가지고 있다. 이러한 마녀의 이중적 담론은 여성이 남성적 사유를 벗어날 수 있는 거점이 된다.[25] 즉 마녀의 담론을 통해 남성/여성, 남성성/여성성의 경계허물기가 가능하다. 여기에서 양가성은 경계 허물기의 이중적인 수사학을 통해 이뤄진다.

---

23) Toril Moi, 앞의 책, 165쪽.

24) Sandra M. Gilbert and Susan Gubar, *The Madwoman in the Attic:The Woman Writer and the Nineteenth -Century Literary Imagination,* New Haven:Yale University Press, 1970, p.76.

25) Toril Moi, 위의 책, 67~70쪽.

안지원의 반성적 인식은 마녀의 담론과 동일한 방식을 통해 경계 허물기를 수행한다. 한편으로 그녀는 양처(良妻) 이데올로기를 적극적으로 수용하고 실행한다. 여기에서 양처 이데올로기는 자본주의화가 진행됨에 따라 한국의 여성에게 새롭게 요구한 가부장적 이데올로기의 변형태이다.26) 양처는 가정적으로나 사회적으로 요구되는 새로운 여성상인 것이다. 그녀는 천사 이미지에 상응하는 양처의 여성상을 거부하지 않고, 오히려 적극적으로 수용한다.

> 한 여성으로서, 한 아내로서 음식을 장만하고 손님접대의 예절을 유쾌하고도 깍듯하게 해냄으로써 자기라는 하나의 여자를 보여 주고 싶은 것이 그 첫째였고, 또 하나는 무엇인가 한 가지 분명히 비어 있는 점을 갖고 있는 듯한 남편을 그러한 것으로 메워 주고, 그렇게 함으로써 남의 눈을 속이기라도 해야 되겠다는 비참한 내심(內心)이 따로 있었던 것이다.
> 그 심리를 캐고 또 캐어 보면 결국은 그 여자 자신의 자존심을 위하여 그 고된 일들을 지금까지 별로 불평없이 해냈다고도 볼 수 있다.(105쪽)

안지원은 남성운의 생일잔치를 철저하게 준비하고 말끔하게 끝낸다. 그러나 이러한 안지원의 행위는 연행(performance)이며 가장에 불과하다. 이렇듯 그녀가 '양처'라는 천사이미지로 가장하는 것은 숨겨진 마녀의 담론을 드러내는 한 방식이다. 그녀는 남편의 생일잔치를 통해 사회적으로 자신의 가정이 건재함을, 다시 말해서 남편과의 관계가 원만함을 보여주고자 한다. 그러나 다른 한편으로 그것은 남성운의 남성성 과시하기의 허구성을 폭로하고 그것을 격하시키는 것이다.

남성운은 사회경제적 능력을 충분히 갖추었음에도 불구하고 가정에 대한 책임을 방기한다. 그는 "여자, 노름, 술, 그리고 실의 속을 헤매는

---

26) 조혜정, 『한국의 여성과 남성』, 문학과지성사, 1993, 106쪽.

친구들에 대한 유난히 영웅적인 동정심" 등을 통해 자신의 남성성을 사회적으로 과시하는 데 열중하고 있을 뿐이다. 그의 생일잔치도 이러한 맥락에 놓여 있다. 남성운의 이러한 행위들은 자신의 마치스모적 경향을 역설적으로 보여준다. 마치스모(machismo)는 자신의 남성다움에 자신을 잃고 불안해진 남성들이 여성을 성적으로 정복하거나 폭력을 쓰거나 여자들이 하지 못(안) 하는 무모한 짓을 함으로써 자신이 남자인 것을 과시·과장하는 행위이다.27) 결국 남성운의 마치스모적 경향은 자신의 남성성 과시하기가 곧 그것의 허약성을 드러내는 것임을 역설적으로 드러내는 것이다. 따라서 그가 마치스모적 경향을 강하게 드러낼수록 안지원의 양처 이미지와 극단적으로 대립되면서 그 자신의 지배적 위상은 격하될 수밖에 없다. 결국 안지원의 행위는 표면적으로 자신을 억압된 여성으로 위치지우는 방식이지만, 그 이면에는 남성운의 지배적 지위를 격하시킴과 동시에 자신을 주체로서 정립시킬 수 있는 한 방식인 것이다.

이러한 경계 허물기의 방식은 그녀의 반성적 인식을 거쳐 역전된 주체를 재생산하는 데에서도 찾아 볼 수 있다.

> 사랑은 자기도 알 수 없는 사이에 그 자리에 이미 있어지는 운명이지 선택은 아니라고 생각합니다.
> 나는 그것을 거부하고 사람을 선택했던 것입니다. 나의 어떠한 약점 앞에서도 큰소리를 치지 못할 사람. 어떠한 경우에도 그앞에 나의 군림(君臨)이 있어질―. 어쨌거나 나의 자존심이 채찍을 떨어뜨리지 않을 상대를―.
> 그 선택(選擇)이 가져올 필연적인 결과, 즉 나 자신을 책임지게 될 나머지의 무거운 짐과 비극을 나는 계산하지 못했던 것입니다. 사랑과 선택을 바꿔치고 거기에서 편리를 얻고자 했던 것입니다.(233쪽)

---

27) E. J. Michaelson and W. Goldschmidt, "Female Roles and Male Dominance among Peasants", *Southwestern Jornal of Anthropology* 27 (4), p.346.

주지하듯 안지원의 결혼은 전통적인 가부장적 이데올로기에 예속됨을 의미한다. 그러나 그녀는 반성적 인식을 거치면서 마녀의 담론을 적극 활용한다. 그것은 결혼으로 초래된 남성/여성의 지배/예속 관계를 역전시키는 방식으로 드러난다. 즉 여성이 남성의 타자가 아니라 남성이 여성의 타자로 드러나는 것이다.

전통적으로 남편은 그 집안을 대표하는 가부장적 권위를 가진 존재이다. 근대 자본주의화 과정을 거치면서 이러한 남편의 권위는 더욱 지배적인 힘을 발휘했다. 그것은 가족 부양을 책임지는 가장으로서의 자부심으로 기능할 뿐 아니라 남성들로 하여금 조직에 순종하게 하여 궁극적으로 경제 구조를 안정시키는 주요한 토대가 되기도 했다.[28] 이러한 남편의 대사회적 상징은 여성에게 "울타리" 역할을 담당하는 존재로 표상된다. 즉 남편은 여성이 겪을 수 있는 사회적인 위험과 도발로부터 보호와 안정을 가져다주는 존재인 것이다.

하지만 안지원은 결혼을 통해 "울타리"로서의 남편의 상징적 역할을 도구화한다. 그녀는 그것을 미혼여성이나 이혼녀가 겪을 사회로부터의 불필요한 시선이나 관심을 차단시켜 주는 수단으로 사용한다. 가정 혹은 사회에서 보다 자유로운 활동과 사색을 보장받기 위해 남편이라는 상징물을 내세우는 것이다. 이를 통해 그녀는 남성운을 자신의 지배자가 아닌 언제든지 조종가능하고 군림가능한 존재로 지배/예속의 관계를 역전시킨다. 결국 그는 그녀의 생활의 편익을 제공하는 상징적인 대상이며 사물에 불과하다. 여기에서 그녀는 결혼이라는 제도 속에 편입되어 있으면서도 그에 대한 지배적 권위를 가진 역전된 주체

---

28) 조혜정, 「가부장제의 변형과 극복」, 『한국여성연구』 제1권, 청하, 1988, 28~288쪽.

임을 보여준다. 이러한 해체전략은 남성적 논리를 사용하여 그것을 교란시키는 모순적이고 양가적인 양상을 띤다.

마찬가지로 여성이 남성적 논리를 흉내내는 방식도 이러한 해체전략에 속한다.

> 사지를 무심하게 벌리고 소파에 기대앉아 있는 남편의 손이 그 구멍으로 보인다. 마디가 졌지만 희고 게을러 보이는 손. 지원은 레코오드로 이편의 표정을 감춘 채 그 손을 천천히 구경할 수 있다는 것이 재미있어진다. 그 손은 극히 가끔 가다가 일을 하기도 하지만 대체로 노름을 하고 술잔을 들고 그리고 여체(女體)를 만지는 데에 활발한 손이다.
> 눈앞을 가리운 디스크를 조금 움직이니까 그 구멍은 남편의 다른 부분을 보여 준다.
> 팔. 목덜미. 가슴.
> 마치 수술을 할 때에는 모든 곳을 가리우고 그 부위(部位)만을 남겨 놓아서 그곳에다만 칼을 댈 수 있게 하듯이, 그 작은 구멍은 남편의 몸을 구석구석 별다른 느낌으로 보게 해 준다. 지원은 남편의 비밀을 캐듯이 천천히 그 구멍을 이리 옮기고 저리 옮기면서 관찰했다.
> 그러다가 그 구멍을 눈에다 바짝 가져다 대 보았다.
> 이제까지 일부분만 보여 주던 그 작은 구멍 안에 방안의 전경이 일시에 드러난다.
> 남편은 옆의 탁자에 술이 반쯤 남은 잔을 놓아 둔 채 잠이 들어 있다.
> 이미 목숨이 끊어진 시체 위에다 수술을 하고 있었던 것을 때늦게야 깨달은 것같은 기분과 함께 맥이 팍 풀려 버린다.(107~108쪽)

남성의 시선은 여성을 자신의 성적 대상물로 간주하는 성이데올로기에 근거한다. 남성은 행동하고 여성은 보여진다. 그리고 남성이 여성을 바라볼 때, 여성은 보여지는 자신을 본다. 이것은 대부분의 남성과 여성의 관계 뿐 아니라 여성들 스스로의 관계 역시 결정한다.[29] 즉 남성의 시선은 하나의 지배적인 것이 되어 여성의 욕망의 대상이 되기

---

29) John Berger, *Ways of Seeing*, BBC and Penguin, 1972, p.47.

도 하고 여성이 지배받아야 당연하다고 여기는 하나의 관습이 되기도
한다. 따라서 여성의 시선 역시 그 지배적 관습에 의해 구성된다 하겠
다.30) 그러나 이러한 여성의 시선은 남성적 논리를 흉내냄으로써 그것
을 전복시키는 하나의 방식이 될 수 있다.

안지원의 시선은 남성운의 육체의 부분 부분을 응시하는 동안 지배
적인 가치를 상징하는 그의 육체를 와해시킨다. 그녀의 시선에 갇힌
그의 육체는 여성을 끊임없이 바꿔가며 자신의 남성성을 과시하던 힘
을 상실한다. 남성운의 육체는 더 이상 생성하는 힘의 거점이 아니라
"시체"처럼 단지 하나의 사물에 불과하다. 곧 그는 그녀의 시선에 갇
혀 있는 예속적 존재로 전락한다. 물론 이것은 그녀가 그에 의해 갇혀
있던 사물, 대상이었음을 역설적으로 보여주는 것이기도 하다. 그녀의
시선을 통해 그녀는 자신의 예속적 존재를 인정하는 한편 그 또한 그
녀에게 예속된 존재임을 희화적으로 드러낸다. 이렇듯 그녀는 남성/여
성의 이분법적 위계질서를 흉내냄으로써 남성성을 부정, 전복할 뿐 아
니라 내재화된 여성성 자체도 거부한다.

이러한 여성의 이중적 담론은 모성의 거부행위에서 가장 극단적인
양상을 띤다. 제도로서의 모성은 여성성을 가장 효율적으로 관리·통
제해 온 가부장제 이데올로기의 거점이다. 여성의 어머니되기가 노동
의 성적 분업과 남성의 지속적인 여성 지배의 주원인이 되었기 때문이
다. 모성 체험은 여성이면 누구나 자신의 생식능력과 자식에 대해 지
닐 수 있는 잠재적 관계성인데, 그 이면에 모성이라는 제도가 그 잠재
성을 남성의 통제하에 유지시켜 왔다.31) 특히 한국 사회에서 모성은
여성으로서의 성장을 의미할 뿐 아니라 한 집안에서 여성의 지위를 확

---

30) 이성욱, 「여자의 눈길」,『문화과학』제4호(1993년 가을호), 170쪽.

31) 메기 험, 심전순·염경숙 옮김,『페미니즘이론사전』, 삼신각, 1995, 108~109쪽.

보받는 주요한 장치이다. 그것은 가부장적 이데올로기에 의한 죽음인 동시에 부활이라는 모순적이고 양가적인 가치를 지닌 것이다.

> 결혼이라는 걸 했으니 어린애는 피할 수 없는 것으로 알았고, 그 무심한 결아(結芽) 끝에 질기고 끔찍한 입덧과 혼돈의 역겨움까지도 정신없이 겪을 수는 있었다. 그러나 다달이 뱃속의 무게가 더해가고 태동을 느끼면서 가슴 한 구석을 저며오던 무시무시하던 공허. 남편이라는 존재에의 애정과는 상관 없이 그 태동 하나만에라도 마음을 있는 대로 기울이며 대견하고 사랑스러움에 겨워 가슴이 두근거릴 때가 없는 것도 아니었으면서, 배 안에 자리잡는 생명의 무게와 비례하여 가슴을 저리도록 자리잡던 외로움과 허전함. 그 여자는 그것을 지금까지도 역력히 되살릴 수 있도록 괴롭게 시달렸었다 (중략) 그것은 애정의 결속(結束)으로 이루어졌다고는 믿을 수 없는 한 생명의 성장과 지독한 자아(自我) 속에서 키워지고 있었던 고립감과의 싸움에서 그 자아가 새생명을 이긴 것뿐이었다.(32~33쪽)

안지원의 모성 거부는 사산의 경험에 의해 촉발된다. 임신이 가부장적 이데올로기에 내재화된 그녀를 스스로 인정하는 행위였다면, 사산은 그것을 의식적으로 거부하게 되는 반성적 인식의 계기를 제공한다. 이로써 그녀는 마녀의 이중적 담론을 극단적인 방식으로 표출시킨다. 그녀는 자신의 사산을 사랑을 회임할 수 없는 결혼 생활에 대한 부정의 기표로 인식하는 동시에 스스로 사랑을 못하는(안하는) 존재로 자리매김시킨다. 나아가 그것은 모성을 의식적으로 거부하는 행위로 이어진다. 그녀는 한편으로 남성운의 가부장적 지배력의 거점을 무력화시키고, 다른 한편으로 자신을 타인들로부터 스스로 고립시키고 소외시킨다. 결국 그녀의 모성 거부는 남성성/여성성을 모두 부정하고 그 경계를 해체시키는 결과를 낳는다.

이상에서 볼 때 안지원의 남성/여성, 남성성/여성성의 위계적인 이분법적 도식을 해체하는 방식은 여성의 이중적 담론을 효과적으로 활용하는 것이었다. 표면적으로 천사의 이미지를 가장하면서 그 이면에 마녀의 이미지를 사용하여 이중적 담론을 표출하는 방식이 바로 그것이다. 이것은 결국 가부장적인 이데올로기를 해체하는 과정이다. 이때 경계 허물기로서의 양가성은 모순적이고 역설적인 논리 속에서 그 의미를 획득한다. 여성은 이러한 양가성의 세계에서 자신이 주체로서 자리매김할 수 있는 가능성을 찾을 수 있다.

4. 공영하는 주체로서의 여성과 양가성의 한계

그러나 여성이 주체로서 자리매김하는 한 방식으로 이중적인 담론을 활용할 때, 그것은 자칫 환원론적 논리에 빠질 위험을 안고 있다. 이중적 담론 자체가 가부장적 이데올로기로 표상되는 팔루스로고스 중심주의를 역이용하는 방식이기 때문이다. 여성이 남성/여성, 남성성/여성성의 경계를 허물 수 있고, 거기에서 주체성의 모색을 추구할 가능성을 찾을 수 있다 하더라도 그것은 가능성을 타진하는 것일 뿐 실현가능한 구체적인 대안을 마련하지 못한다. 특히 여성이 자신에게 내재화된 가부장적 이데올로기를 인정하는 동시에 부정한다는 모순적이고 양가적인 논리 내부에 이미 가부장적 이데올로기로 환원될 가능성을 역설적으로 시사하고 있다. 물론 페미니즘 이론가들은 상상적 유토피아(식수스), 신비적 담론(이리가라이) 등 그 대안을 모색하지 않은 것은 아니다. 하지만 그것들 또한 환원론적 논리로 빠질 가능성에서 결코 벗어나 있지 못하다.32)

그렇다면 여성이 진정한 주체로서 자리매김할 수 있는 구체적인 대

---

32) 레나 린트호프, 이란표 옮김, 『페미니즘 문학이론』, 인간사랑, 1998, 220~244쪽.

안은 부재하는 것인가? 우선 페미니즘 이론가들은 '주체' 대신에 '참여적 모델'이라는 용어를 사용하기를 권장한다. '주체'라는 용어 자체가 주체-대상의 관계에서 '지배적/지배하는'이라는 뉘앙스를 띠고 있기 때문이다. '참여적 모델'은 주체로서 함께 구성하고 공존할 수 있는 연구안을 마련하기 때문에 보다 긍정적 가치를 지닌다는 것이다.[33] 여기에서 우리는 여성이 진정한 주체로 정립할 수 있는 단초를 찾을 수 있다. 그것은 남성과 여성이 함께 주체로서 자리매김하는 것이다. 다시 말해서 기존의 대립된 가치들이 특정한 관점에 치우치지 않고 변증법적으로 상승을 꾀하는 것이다. 이것은 권위적인 담론체계에서 민주적인 담론체계로의 전환이며, 양가성의 궁극적인 지향점이다.[34]

> 저 끝없이 이어지고 또 이어져 있을 줄과 줄이 자기와는 너무도 명백한 대조를 이루고 있다는 데서 오는 단절감같은 것이기도 했다.
> 얼른 보아 한 가닥에 지나지 않는 그 줄들은 그러나 플러스와 마이너스의 공영(共營)으로 어김없는 구실하고 있는 것이 아닌가. 그 여자는 그 한 가닥 이어진 줄이 새삼스럽게 신기해진 것이다.
> 하나로밖에는 보이지 않는 그 한 줄 속에서 두 개의 전혀 다른 성질이 공영하는데…
> <내가 절대적으로 필요로 하는 것은 무엇이어야 하는가. 필요로 해야 하는 것은?>
> 자기의 온갖 방황은 이런 데서 비롯한 것이고, 자기는 절대성을 띠운 대상과는 단절된 채로 있다는 것을 거듭 생각지 않을 수가 없다.(12~13쪽)

안지원은 이러한 진정한 여성주체로서의 자리매김 방식을 전기줄의 이미지를 통해 보여준다. 전기줄의 "플러스와 마이너스"는 "전혀 다른 성질"을 가졌음에도 불구하고 상호배타적이거나 위계적인 대립관계를

---

33) 메기 험, 앞의 책, 285쪽.
34) 페터 V. 지마, 허창운 옮김, 『텍스트 사회학』, 민음사, 1991, 30쪽.

이루지 않는다. 그렇지 않다면 전기줄은 제 기능을 할 수 없는 폐물에 불과할 것이다. 그것이 제 기능을 하기 위해서는 필연적으로 서로 공영해야만 한다. 여기에서 전기줄의 "플러스와 마이너스"를 남성과 여성의 관계로 대체시켜 보면 진정한 주체로서의 자리매김 방식은 확연하게 드러난다. 그것은 남성과 여성이 서로 다른 생물학적 특성을 지니고 있다는 사실을 인정하고 민주적인 방식으로 공영하는 것이다. 이렇게 공영하는 주체가 바로 양가성의 지향형인 것이다.

안지원의 주체로서 자리매김은 이러한 공존·공영하는 삶 속에 있다. 하지만 그것은 그녀의 욕망일 뿐 실제 결혼생활에서 실현되지 못한다. 그렇기에 그녀는 여전히 "외짝 날개"의 존재이면서 사랑을 회임할 줄 모르는(안하는) 석녀로 남아 절망하며 반성적 인식 속에서나마 반란을 꾀할 뿐이다. 그러나 다른 한편으로 그녀는 그 가능성을 영화배우 백민과의 만남을 통해 새롭게 모색한다.

> 그러나 그 여자의 망막에도 순백의 베일과 신부의 얼굴이 떠오른다. 그것은 자기자신의 모습이다. 봄날 아침, 맑은 해변 속에 어린 안개와도 같은 베일. 솔로몬의 사랑. 백합같은 기쁨. 그 신부의 솔로몬은 밝고 찬란한 미소를 담뿍 실은 백민으로 나타난다. 그것은 아름다우면서도 또 한편으로는 참을 수 없이 아픈 환상이다. 그러한 환상을 가져다 주는 힘이 무엇인지 알 길이 없다. 사랑하는가 싶은 생각은 다리(橋) 아래로 흘러가는 물결일 뿐, 잡혀지거나 닿는 것은 아무것도 없는데 그의 말을 통하여, 무지개를 다리삼고 넘어오듯 그렇게 펼쳐지는 환상의 힘. 그런 생각을 더듬던 그 여자는 몸이 무거워 주체할 수가 없어진다. 그 괴로움 속에서 불균형한 외짝 날개의 슬픈 무게를 의식하며 가까스로 마음을 바로잡고 미라의 맞은편 자리에 앉았다.(265쪽)

백민과의 만남은 세 번의 우연을 통해 지속적으로 이뤄진다. 우연의 기제는 그들의 관계가 어떠한 선택과 배제의 논리도, 그리고 목적과 수단도 존재하지 않는 순수한 존재로서의 만남임을 보여준다.35) 그렇기에 그녀는 백민과 더불어 사랑하고 사랑받는 주체로 거듭나기를 갈망한다. 이것은 안지원이 '낭만적 사랑'에 대한 환상을 지속적으로 추구하고 있음을 드러내는 것이기도 하다.

하지만 그것을 가로막는 것은 다름아닌 자신들의 순수함 이면에 존재하는 가면이다. 백민에게는 영화배우로서의 가면이, 안지원에게는 내재화된 사회윤리적 규범이 빚어낸 가면이 숨겨져 있다. 그들은 자신의 순수한 본질을 숨기고 사회적으로 요구하는 가면의 논리를 스스로 따른다. 그것을 거부하게 되었을 때 겪게 될 사회적 비난과 불이익에 종속되어 있는 것이다. 그렇기에 그들의 만남은 서로의 거짓 믿음에 불과한 허상임이 드러난다. 따라서 그녀는 공영하는 주체로서의 정립되지 못한 채 "외짝 날개"의 존재이자 "정신적인 석녀"로 남을 수밖에 없다.

마찬가지로 철학과 학생인 하대현 또한 그녀가 처한 상황이나 존재적 위상을 직접적으로 변화시키지 못한다. 그러나 그녀가 변화할 수 있는 하나의 방식을 제공한다.

「나는…, 인간의 정신적인 자유를 고독 속에서만 찾으려 했었어요. 그러나…결국 그것은 잘못이라는 것을 알았습니다. 정신적인 자유…. 그것은 기쁨, 환희 속에 있다는 것을… 그 기쁨은 곧 사랑, 사랑을 찾아서 갖는 것입니다. 그것은 곧 나를 주는 것…곧 자유는 나를 바치는 사랑 속에 있다는 것을 알아냈습니다. 인간이 그 자신의 운명과 악(惡)과 싸워 이기는 곳에 정신의 승리가 있음을 믿고 싶은 겁니다. 당신도…아시죠. 그 장려(壯麗)한 그리고 장엄한 합창을…. 어떻게 절묘한 악기의 소리도 절절하게 울려 나오는 인간의 육성에는 비교할 수가 없는 겁니다. 고뇌를 딛고 설 정신의 환희. 그 사랑을 찾아 품어 안은 무한대한 기쁨…. 나는 오늘도 그 기쁨을 전신에다

---

35) 페터 V. 지마(1994), 앞의 책, 190쪽.

피와 피로 아로새기면서 합창연습을 했습니다. 그 진실로 맺어진 그 자리에 정신의 승리가 있고 미래의 기쁨이 약속되어 주는 개선가(凱旋歌)가 주어진다는 것을 모든 사람들은 알아야 합니다. 나는…, 그것을 당신께 알려 드리고 싶은 겁니다. 그 사랑의 열광을… 기쁨의 절묘함을 표현하는 일이 무엇인가를 함께 하고 싶은 겁니다.」(367쪽)

그것은 다름 아닌 사랑에 대한 믿음이다. 지금까지 그녀는 모든 상황을 냉철하게 논리적으로 분석하고 그 결과를 거부해 왔다. 그러나 그것은 남성/여성의 위계적인 대립관계를 심정적으로 해체하는 데 그칠 뿐 실제로는 사회윤리적 규범에서 벗어나지 못한다. 이러한 모순된 상황이 그녀가 사랑을 불신하거나 주저하게 할 뿐 아니라 자신을 절망과 고독 속으로 위폐시킨다. 하대현은 자신의 죽음을 통해 사랑에 대한 믿음, 나아가 이타적 사랑에 대한 믿음에 기반을 둘 때 그녀가 자유로워질 수 있다는 사실을 보여준다. 이것은 곧 그녀가 공영하는 주체가 되기 위한 조건이기도 하다.

이렇듯 안지원이 공영하는 주체로서의 가능성을 모색하는 것은 사랑에 대한 믿음을 전제로 한다. 그리고 건전한 남성과의 결혼을 통해 이루어질 수 있음을 보여준다. 결국 안지원의 결혼관은 낭만적 사랑에 대한 여성의 욕망의 현현으로 귀결된다. 주지하듯 낭만적 사랑이 그 이면의 제도적으로 규범화된 금기의 체계가 한계로 작용한다면, 안지원의 사랑도 그것에서 크게 벗어날 수 없다.

우선 그것은 그녀의 가능성 모색이 남성의 조건에 따라 좌우되는 데에서 찾을 수 있다. 공영하는 주체는 남성과 여성이 함께 구성하고 공존할 방법을 찾아나감으로써 가능하다 할 때, 그녀는 그것을 여성이 아닌 남성의 문제로 국한시키고 있다. 이것은 여성이 주체라기보다 남성에게 의존하는 타자임을 스스로 인정하는 것이다. 그렇다면 공영하

는 주체에 대한 가능성 모색은 내재화된 가부장적 이데올로기를 수용
한다는 점에서 일정한 한계를 지닌다.

다음으로 그것은 하대현을 통해 보여준 이타적 사랑에 대한 믿음
또한 여성에게만 일방적으로 요구될 가능성이 여전히 남아 있다는 데
있다. 남성과 여성이 함께 이타적 사랑을 믿고 따르지 않는 한 그것은
여성의 일방적인 희생을 의미한다. 결국 이타적 사랑에 대한 믿음은
남성에게 예속된 존재로서 여성의 삶을 견뎌나가게 하는 허울 좋은 포
장에 불과할 수 있다.

5. 대중소설과 여성 주체 담론의 가능성과 한계

이상으로 지식여성이자 기혼여성인 안지원을 통해 여성의 주체 정
립과정에서 드러나는 양가적 특성을 살펴보았다. 그 양가적 특성은 안
지원의 반성적 인식을 통해 이중적 담론을 구사하는 데에서 잘 드러나
있었다. 이것은 남성이 지닌 중심적이고도 지배적인 가치체계를 흉내
내거나 대상화·도구화시키는 행위 등을 통해 남성성 뿐만 아니라 내
재화된 여성성을 부정, 해체하고 있었다. 아울러 이러한 위계적인 팔
루스로고스 중심주의 혹은 가부장제 이데올로기의 부정, 해체, 전복은
민주적이고 참여적인 담론체계를 만드는 것을 목표로 하고 있었다. 즉
여성의 위상은 남성과 함께 주체를 구성해나가는 공영하는 주체를 지
향하고 있었다. 이렇듯 여성의 주체 정립과정은 이원적으로 대립된 가
치체계의 해체하는 동시에 대안적인 담론체계로의 지향을 드러내는
양가적 특성을 띠고 있었다.

그러나 여성의 주체 정립과정에서 드러난 양가성은 일정한 한계를

지니고 있었다. 우선 안지원이 사용하고 있는 이중적 담론은 한편으로
는 지배적인 담론들을 입증하면서 다른 한편으로는 그것을 부정, 해
체, 전복하는 것이라 하겠다. 이것은 마녀의 담론과 같이 양가적인 특
성을 띤 것임에는 틀림없으나, 지배적 담론을 역이용하려다가 오히려
역이용당할 수 있는 가능성이 내포되어 있었다. 특히 여성에게 내재화
된 가부장제 이데올로기는 이러한 가능성에 노출될 위험이 컸다.

　다음으로 여성이 공영하는 주체로 정립되기 위한 방식을 들 수 있
다. 공영하는 주체는 남성과 여성이 함께 구성하고 공존하는 민주적이
고 평등한 주체를 뜻했다. 그러나 이것이 여성의 낭만적 사랑에 대한
욕망과 맞물리면서 한편으로는 여성이 공영하는 주체가 되기 위해 다
시 남성에게 의존하고 있었다. 이것은 여성이 대안적 담론체계를 만들
어가는 주체적 양상을 띠지 못하고 결국 지배적인 가부장제 이데올로
기를 다시 수용하는 반주체적인 양상을 보여주었다. 다른 한편으로
공영하는 주체가 되기 위해 제시된 이타적 사랑에 대한 믿음은 남성
과 여성에게 함께 요구되는 것이 아니라 여성에게만 요구될 가능성이
내포되어 있었다. 이렇게 본다면 공영하는 주체로서 여성은 한편으로
는 남성에게 의존하고 다른 한편으로는 일방적인 이타적 사랑을 통해
그것을 성취해야 한다는 모순적 상황에 다시 직면할 수밖에 없는 것
이었다.

　이러한 한계들은 여성의 주체 정립이 대안적인 양가성의 담론체계
를 포기하고 다시 지배적인 이원성의 담론체계로 환원될 위험을 안고
있다. 이것은 『石女』 이후에 발표된 연작 『告罪』와 『비를 기다리는 달
팽이』에서 여성이 비극적인 인생을 살아갈 수밖에 없는 요인으로 작
용한다.

제7장

N세대와 인터넷 소설의 논리
— 귀여니의 소설을 중심으로

1. 대중문화와 귀여니 열풍의 언저리

1990년대는 본격적인 대중문화의 시대이다. 지배세력을 가시화된 공동의 적으로 규정지을 수 없는 상황에 직면하여 역사와 민족, 이념을 다루는 거대 담론이 점점 후퇴하고, 세계시장자본주의가 깊숙이 파고들면서 후기 산업사회의 면모들이 두드러지게 나타났다. 이 과정에서 근대적 사유체계에서 주변화된 타자들, 그러니까 자연, 감성, 여성, 객체, 혼돈 등이 대중문화 시대의 미시 담론을 형성하는 주축이 되었다. 물질적 풍요에 힘입어 근대적 매체, 특히 TV나 영화, 음악 등에 대한 활발한 접근은 대중들의 일상적 삶의 일부가 되었다해도 과언이 아니다. 더욱이 개인 컴퓨터의 확대와 고속 통신망의 보급에 따른 인터넷의 일상화는 대중들에게 과거와는 다른 체험과 새로운 상상력, 숨은 일상의 욕망을 불러일으키고 있었다. 이렇듯 하위문화로만 치부되었던 대중문화는 대중이라는 집단적 주체를 한국사회의 전면에 호출하

였던 것이다.[1]

그러나 대중문화, 특히 대중소설은 여전히 근대의 사생아이자 타자로 취급받고 있다. 그만큼 대중소설에 대한 오해의 골이 깊고도 넓은 셈이다. 대중소설은 "길이 시작되었는데도 여행은 완결된"[2] 내적 형식으로 문화산업적 특성을 폭넓게 드러낸다는 시각이 여전히 지배적이다. 대중소설이 타락한 시대의 타락한 대응방식을 보여주는 "갈 길이 뻔한 가짜 여행이거나 신뢰할 수 없는 여행"이며,[3] "새로운 존재감이 없는 즐거움의 텍스트"[4]에 불과하다는 견해가 지배적인 것이다. 여기에서 엘리트 문학의 권위적이고 엄숙한 태도를 발견하는 것은 어렵지 않다.

대중소설은 엘리트 문학과 함께 존재해 온 근대문학의 쌍생아이다. 그것은 대중에게 친숙한 공식성과 사회적 기대지평 안에서 창작되고 향유되어 온 근대적 문학양식인 것이다. 참조틀로서의 공식성이 특정 장르의 대중소설을 창작하고 향유하는 소설의 내적 자질이라면, 사회적 기대지평은 같은 시대의 수용자들이 공유하는 정서구조를 조정하고 전략화하는 근거이다.[5] 그렇기에 대중소설은 당대 대중들이 공유하는 가치관과 규범, 꿈이나 희망을 표상하며 한 시대의 특징을 반영한다. 따라서 대중소설의 창작과 향유는 매체의 발달에 기대어 생산·분배·소비되는 자본주의 사회의 메커니즘 속에서도 단순히 상업적이고 말초적인 것으로 치부될 수 없다. 또한 지배세력의 정치적·이데올

---

1) 최미진, 「당대 대중소설에 나타난 수용자의 취향 연구」, 『한국문학논총』 36집, 한국문학회, 2004.4, 272~273쪽.
2) 루카치, 반성완 옮김, 『소설의 이론』, 심설당, 1985, 94쪽.
3) 김복순, 「해방후 대중소설의 서사방식(상)」, 『인문과학 연구논총』 제19집, 명지대 인문과학연구소, 1999.
4) 김미현, 「쉘 위 리드? Shall We Read?」, 『세계의문학』 제26호(2001년 봄호), 135쪽.
5) 최미진, 「1960년대 대중소설의 서사전략 연구」, 부산대 박사논문, 2003.2, 18~29쪽.

로기적 개입으로 대중 통제의 빌미를 제공한다는 지적도 거울의 한쪽 면만을 지나치게 강조한 결과라 할 것이다.

1990년대 들어 촉발된 문학 위기론은 영상매체문화의 확대로 인한 활자매체의 위기에 초점이 놓여 있지만, 무엇보다도 문학에 대한 엘리트주의적 관점과 맞닿아 있다. 문학의 위기를 말하는 대중문화 시대에 대중소설이 영역을 넓혀가며 여전히 광범위한 독자층을 형성하고 있고, 차세대 문학전공자들조차 엘리트 문학이나 문예지를 외면하는 상황6)을 염두에 둔다면 문학 엘리티즘(Elitism)은 해묵은 논리라 하겠다. 이에 몇몇 문학연구가들은 대중소설의 타자성을 겸허하게 인정하고 후기 산업사회에서 공존할 수 있는 대안을 요구하고 있다.7) 이제 문학계는 새로운 상상력으로 무장한 문학 패러다임을 만들어나가야 할 과제를 안고 있다. 그것은 엘리트만이 아니라 대중과 함께 나눌 수 있는 것이어야 한다.

이즈음 인터넷의 대중화와 그 연장선에서의 인터넷 소설이 기존의 문학 지형을 위협하며 새로운 긴장을 초래하고 있다.8) 2003년 사이버 공간을 뛰어넘어 현실 공간의 문학계, 출판계, 대중문화계에 커다란 충격을 가져다 준 귀여니 열풍은 인터넷시대의 주목할 만한 흐름이다.

---

6) 권성우, 「문학도들도 '순문학도서' 외면한다」, 『문화일보』, 2003.6.4.

7) 장영우, 「국어국문학과 대중문화의 통합과 확산」, 『국어국문학』 제131집, 국어국문학회, 2002, 136~137쪽. 그러나 대중문화의 타자성을 인정하는 태도는 "본격문학이 '주체'로서의 자존심을 포기하지 않"기 위한 책략으로 읽힌다.

8) 기존 문학과 인터넷 소설의 긴장관계는 다음의 기사들에서도 쉽게 확인된다. 「엄숙주의 제도권 문학에 대한 도전」, 『문화일보』, 2003.4.28; 「문학의 위기라기 보다 엘리트 문학의 위기」, 『문화일보』, 2003.5.19; 「인터넷소설 찬반양론…"10대 문화"-"정통 글쓰기 오염"」, 『스포츠투데이』, 2003.5.2; 「귀여니 열풍, 왜 우리는 이것에 주목하는가?」, 『오마이뉴스』, 2003.5.22; 「인터넷소설 높은 인기 구가속 문학성 논란」, 『한겨레』, 2003.7.21; 「인터넷 소설, '소설'이라 부르지 마라」, 『미디어다음』, 2003.7.29; 「'별종 외계어' 시끌…통신언어 제2차 사이버대전」, 『굿데이』, 2003.8.28; 「10대를 문화생산 주체로 이끈 e소설」, 『한겨레』, 2003.11.30.

더욱이 귀여니가 사이버 공간 속의 아마추어 작가이고 그것도 10대 여성이라는 점은 논란을 가중시키는 촉매제로 작용했다. 이러한 상황을 감안하여 이 글에서는 귀여니의 소설9)을 대상으로 인터넷 소설의 서사문법과 특성을 고찰하고자 한다. 이를 통해 최근 활발하고 논의되고 있는 하이퍼 픽션 혹은 사이버 소설의 연장선상에서 인터넷 소설의 특징과 그것이 향유되는 사회·문화적 맥락을 살펴볼 수 있을 것이다.

2. 인터넷 소설과 N세대 여성들의 접속

인터넷은 디지털 미디어의 기능을 확장시킨 일종의 커뮤니케이션 네트워크이다. 디지털 미디어는 책이나 영화와 같은 아날로그 미디어들과 다르게 비트의 작동으로 전달된다. 비트는 0과 1의 두 자리 단위로 구성되는 정보의 최소 단위이다. 이것은 무게와 부피가 없기 때문에 엄청난 양의 정보를 전달할 수 있는 이점이 있다.10) 인터넷은 디지털 미디어의 특성을 구체적으로 현실화한 커뮤니케이션 네트워크이다. 특정 조직 내에서만 운용되는 인트라넷(intranet)과는 달리 인터넷은 조직 외부에도 연결되는 보다 넓은 네트워크이다. 웰(Web)은 인터넷을 통해 운용되는 시스템 중 대표적인 것이다. 웹은 HTTP(Hypertext Transmission Protocol)를 기본 전송 프로토콜로 하고 HPML(Hypertext Markup Language)을 기본 언어로 운용된다. 비선형성, 다연결성, 무경계

---

9) 이 글에서는 귀여니의 소설 가운데 『그놈은 멋있었다』(황매, 2003.3), 『늑대의 유혹』(황매, 2002.12), 『도레미파솔라시도』(황매, 2003.6)를 대상으로 삼았다. 그리고 귀여니 열풍을 이끌어내었던 『그놈은 멋있었다』를 중심으로 고찰하면서 열풍의 여진을 보여주었던 『늑대의 유혹』와 『도레미파솔라시도』도 함께 다루는 방식을 취했다.
10) 최혜실, 『모든 견고한 것들은 하이퍼텍스트 속으로 사라진다』, 생각의나무, 2000, 102쪽.

성의 하이퍼텍스트 구조의 속성을 내장하고 있는 웹 시스템은 기존 시스템과 달리 익스플로우나 넷스케이프 등의 브라우저가 제공하는, 보다 편리하고 친근감 있는 아이콘으로 구성된 화면을 통해 전세계 어디서나 자료를 검색할 수 있다. 그리고 단순한 문서 정보만을 전달했던 기존 시스템에 비해 웹에서는 음성, 화상, 동영상 등 다양한 양식의 정보가 제공된다. 아울러 HTML로 작성된 모든 정보자료 이외에도 telnet, gopher, FTP, finger, Usenet, WAIS 등 다른 시스템이 제공하는 모든 서비스를 웹 하나로 이용할 수 있다.[11] 이러한 이점들 때문에 우리는 무수한 정보를 편리하게 이용할 수 있을 뿐 아니라 실감있는 가상 현실을 체험할 수 있게 되었다.

이러한 인터넷은 이제 과학기술의 차가운 매체적 속성을 넘어서 그 자체의 고유한 생산구조로 거듭 나고 있다. 맥루한의 지적처럼 미디어가 곧 메시지, 즉 새로운 기술이 인간사에 새로운 척도를 만들어내고 있는 것이다. 인터넷은 이미 우리의 삶에 침투할 때의 혼란함을 넘어 공감하는 사람들이 급증하고 있는 새로운 기술이다. 그것은 새로운 정서와 사고의 구조를 낳으며, 일상생활에 큰 변화를 야기하고 있다. 인터넷을 통해 우리는 사유의 방식과 질서가 생겨나는 방식, 문제 처리방식, 욕망을 나타내는 표현 등에서 과거와는 사뭇 다른 양상으로 소통하게 되는 셈이다.[12] 이러한 인터넷의 매체적 상상력에 기댄 문학은 문자매체와는 다른 방법으로 일상의 욕망을 호출하고 있다.

인터넷 소설은 문학적 상상력과 컴퓨터 디지털 체계가 접목된 사이버 문학의 일종이다. 기술적인 측면에서 그것은 웹 관련 테크놀로지의

---

11) 정지영, 「하이퍼텍스트 구조의 레토릭적 패턴: 설명형 담론과 서사형 담론의 비교분석」, 연세대 석사논문, 1998, 27~29쪽.
12) 손정수, 「새로운 상상력과 욕망의 층위」, 『문학사상』 제333호, 2000.7, 60쪽.

확산 과정에서 배태된 과도기적 양상을 띤다. 네티즌들이 정의하는 인터넷 소설은 통신어체와 말줄임표와 이모티콘이 사용되고, 배경음악과 배경화면이 깔리며, 하이퍼링크가 걸려 있다. 스크롤 바를 내려가며 읽고, 경우에 따라 여러 작가가 이어받아 쓰며, 다양한 결과를 연출하는 시뮬레이션 형식을 활용하기도 한다.13) 이처럼 인터넷 소설은 노드(node)로 구성되고 노드 내에서 이동할 수 있는 하이퍼링크가 설정되어 있지만, 하이퍼텍스트의 구조적 속성을 부분적으로 도입하고 있을 뿐이다.14) 그것은 비선형성, 양방향성, 통합성이라는 하이퍼텍스트의 구조로 발전할 가능성을 시사할 뿐 완벽한 하이퍼텍스트 구조를 갖추고 있지는 못하다. 그렇기에 인터넷 소설은 활자책과 하이퍼텍스트의 중간쯤에 위치한다 하겠다.

인터넷 소설은 사이버 문학의 범주에 속한다. 인터넷 소설로 다르게 지칭하는 것은 종래의 사이버 문학과 차별화된 특성을 강조하기 위한 까닭이다. 이용욱은 그것을 전자 언어식 표현을 그대로 사용한다는

---

13) 「인터넷 소설 높은 인기 구가 속 문학성 논란」, 『한겨레』, 2003.7.21.

14) 하이퍼텍스트는 웹 관련 기술의 발전단계에 따라 다양한 양태로 존재한다. 하이퍼텍스트에는 웹 네트워크가 아예 존재하지 않는 경우도 있으며, 웹 네트워크가 존재한다 하더라도 노드 구분이나 링크 연결이 전혀 없어 활자책과 다름 없는 선형적 구조를 그대로 유지한 경우도 있다. 그보다 발전된 형태로는 인터넷 소설처럼 노드 하나로 구성되어 있지만 노드 내에서 이동할 수 있게 링크를 만들어 하이퍼텍스트 구조를 부분적으로 도입한 경우가 있다. 마지막으로 하이퍼텍스트의 구조를 적절히 이용한 완벽한 하이퍼텍스트가 존재한다. 하지만 한국적 현실에서 하이퍼텍스트는 실험단계에 불과하다. 하이퍼텍스트 구조를 활용하기 위해서는 주제에 관한 지식, HTML에 관한 지식, 멀티미디어 디지털 객체를 다룰 능력, CGI · VRML · JAVA와 같은 다양한 언어로 스크립트를 쓸 수 있는 능력, 서버를 운영할 능력 등이 요구되기 때문이다. 정지영, 앞의 글, 200쪽. 이용욱이 주장하듯 기술을 위한 예술이 아니고 예술을 위한 기술로 대체해 본다 하더라도, 하이퍼텍스트의 일상화가 이루어지기 위해서는 필요조건으로서의 기술을 보완할 필요가 있다. 이용욱, 「디지털 서사체의 미학적 구조(1)-웹아트의 '디지털 내러티브'를 중심으로」, 『한국문학이론과 비평』 제17집, 한국문학이론과 비평학회, 2002. 409~410쪽. 이러한 측면에서 공공기관에서 실험적으로 운용한 하이퍼텍스트들의 실패는 불가피한 결과였다고 여겨진다.

점, 작가가 개인 홈페이지를 직접 개설하여 독자들과 만난다는 점, 청소년 세대에 친숙한 문체와 상상력을 바탕으로 하고 있다는 점, 게시판이라는 새로운 문학 환경을 사용한다는 점에서 제4세대 사이버 문학이라 설명한 바 있다.[15] 그만큼 인터넷 소설은 새로운 기술적 환경을 활용하는 N세대가 새로운 문학적 독법으로 향유하고 있는 사이버 문학인 셈이다.

당대 인터넷 소설은 대부분 N세대에 속하는 10대 아마추어 작가들에 의해 쓰여지고 그들끼리 향유하는 특성을 보인다. N세대, 특히 10대 여성들을 중심으로 생산되고 소비되는 측면이 강하다. 다움 카페의 연애소설창작실, 유머나라, 소설나라 등 인터넷 소설방만 보더라도 독자로 머물기를 거부하는 10대들이 신인 작가층으로 대거 등장하고 있다. 귀여니 또한 고등학교 2학년 재학시절부터 다움 카페의 '유머나라'를 통해 소설을 써 온 아마추어 10대 작가이다. 대체로 10대 여성이 인터넷 소설의 적극적인 작독자(作讀者)로, 그들은 사이버 공동체를 형성하여 자신들의 영역을 확장하고 있다. 사이버 공동체는 특정 주제나 특정 영역에서 다중적인 공동체 구성원의 참여를 통해 구성된다. 그것은 공통의 관심체계, 정체성, 관여 규칙 등을 지니고 있다.[16] N세대 여성들은 그들만의 방식으로 인터넷 문화를 즐기는 사이버 공간의 당당한 공동체로 떠오르고 있는 것이다.

N세대는 "정치·사회·문화 전반의 변화를 업고 등장한 신인류"[17]

---

15) 이용욱, 「디지털 서사체의 미학적 구조(2)」, 『한국 문학과 토포필리아』, 한국문학이론과 비평학회 제8회 전국학술발표대회 논문집.

16) 주창윤, 「문화의 소비자와 생산자로서의 대중」, 『비평』 제8호(한국비평이론학회), 생각의나무, 2002년 여름, 227쪽. 주창윤은 사이버 공동체를 규명하기 위해서 성과 계급이라는 사회적 요인보다는 인터넷 문화의 생산과 소비라는 측면에서 접근해야 한다고 주장한다. 그러나 인터넷 소설이 형성하고 있는 사이버 공동체는 '성(gender)'이라는 관점에서 분석할 여지가 다분하다.

라 할 만큼 과거 청소년과는 차별적인 문화를 형성하고 있다.[18] N세
대는 정보화사회의 특징, 그러니까 컴퓨터의 대중화와 인터넷 사용의
급증에 따른 사이버 공간의 확장이 가져온 사회·문화적 특징을 고스
란히 껴안고 자라난 세대이다. 2001년 유니세프 조사에 따르면, 친구
들 사이에서 게임과 인터넷을 화제로 삼는 경우가 35%로, 평균 4%에
불과한 다른 아·태 국가들에 비해 4~20배에 달할 만큼 한국 청소년
의 관심은 컴퓨터 게임과 인터넷에 쏠려 있다.[19] 인터넷은 이미 N세
대 문화를 형성하는 중심에 서 있는 것이다. N세대는 인터넷을 통해
언어를 배우고 소통방식을 익히며 자라난 세대이다. 특히 N세대 여성
들이 인터넷 소설의 주된 작가층이자 향유층으로 나선 일은 특기할 만
하다. 이처럼 인터넷 소설의 참여방식과 향유방식에서 N세대 여성들
의 비중이 높은 까닭은 사이버 공간의 특성과 깊은 관련이 있다.

　N세대 여성들은 한국사회의 권력구조와 제도, 관습적인 규범 속에
서 여전히 자유롭지 못하다. 남성/여성, 어른/아이, 학생/비학생 등의
위계화는 N세대 여성들이 겪어야 하는 삶의 질곡을 펼쳐 보인다. 특히
그들이 공유하는 '여학생'이라는 사회적 기표는 '여성다움'과 '학생다
움' 등 정형화된 규범양식을 재생산하는 제도적 장치들을 표상한다.
권력 장치에 의한 제도적 규제와 위계 질서가 학교와 가정에서 경직되
게 적용되고 있는 것이다. 여기에서 N세대 여성들은 '학생'이라는 무
성적 위치와 '여학생'이라는 성적 존재간의 갈등을 체감하며 그것으로

---

17) 최혜실, 『모든 견고한 것들은 하이퍼텍스트 속으로 사라진다』, 생각의나무, 2000, 102
　　쪽.
18) N세대는 정보력, 개방성, 창조성, 의사표현의 적극성을 지닌다는 점에서 당대 사회·
　　문화적 특징을 상징하는 '신세대', '영상세대'와는 부분적인 차이가 있다. 김성희, 「10
　　대 여성의 "욕망배치"와 주체화 과정에 관한 연구-10대 여성문화 분석을 중심으로」,
　　중앙대 석사논문, 2001, 57쪽.
19) 「게임 인터넷 관심은 아·태 1위」, 『중앙일보』, 2001.10.11.

부터 탈주를 욕망한다. 그 욕망은 소비의 사회적 관계가 개인의 정체
성을 구성하는 한국사회[20]에서 N세대 여성에게 요구되는 '소비자'로
서의 역할과 묘하게 결합하고 있다. '학생다움'이 획일성과 동질성을
요구하는 반면, '소비자'로서의 N세대 여성에게는 개성적 표현을 강조
하며 소비공간의 참여를 적극적으로 이끌어낸다. 이때 현실적 삶의 조
건들과 한계들을 탈주하고자 하는 N세대 여성들의 욕망을 충족시켜
줄 수 있는 것이 바로 사이버 공간이며 인터넷 문화이다.

인터넷은 단일한 중심을 해체함으로써 소수집단의 참여를 안정적으
로 보장하며 자유로운 접속을 가능하게 한다. 여기에서 N세대 여성들
은 어느 특정한 사회적 역할에 규제되지 않고 자신들의 욕망에 따라
새로운 커뮤니티를 형성한다. 인터넷과 접속하는 순간 현실 속의 '여
학생'을 벗어 던지고 사이버 공간 속에 '나'를 내세워 상호 소통하는
것이다. 사이버 공간에서는 현실적인 규제와 억압의 틀을 벗어나 자유
롭게 생각의 가지들과 욕망의 결들을 표출할 수 있기 때문이다. 사이
버 공간은 N세대 여성들에게 보다 안정적인 문화적 공간을 제공해 준
다. 성적 불평등이 내재한 사회적 체계는 10대 남성들에게 개방된 장
소인 거리를 내어주지만, 거리는 10대 여성들에게 위험스럽고 두려운
장소일 뿐이다.[21] 이러한 상황에서 사이버 공간은 10대 여성의 사적
혹은 공적 커뮤니케이션의 영역을 안정적으로 열어주고 있다. 시공간
의 제약을 뛰어넘는 커뮤니티의 형성 가능성, 온갖 문화적 정보의 집
결, 문자 변형 혹은 아바타 등을 통한 창조적인 자기표현의 가능성이
N세대 10대 여성의 사회문화적 참여 폭을 넓혀 주고 있는 셈이다.[22]

---

20) 김은실, 『여성의 몸, 몸의 문화 정치학』, 또하나의문화, 2001, 82쪽.
21) 김형곤, 「소녀들:꿈, 환상 그리고 저항」, 『신세대론:혼돈과 질서』(김진송 · 안영노 · 조
    봉진 엮음), 현실문화연구, 1994, 200쪽.
22) 김성희, 앞의 글, 58~60쪽.

이제 그들은 사이버 공간 속에서 자유분방한 의식을 표출하고 그러한 문화를 적극적으로 향유한다. 인터넷 소설의 주된 작가층이자 향유층으로서 N세대 여성의 면모는 이러한 사이버 공간이 열어주고 있는 새로운 가능성에 적극적으로 대응한 결과라 하겠다.

3. 로망스적 서사 문법과 놀이로서의 문학

인터넷 소설은 종래의 사이버 문학에서 무협이나 환타지와 같은 남성적 장르의 강세를 주춤하게 만들고 있다. 연애 장르의 강세가 두드러지면서 N세대 여성들의 목소리가 봇물처럼 터져나오고 있기 때문이다. 이러한 상황에서 N세대 여성들이 작독자로 두루 참여하고 있는 인터넷 소설이 어떠한 서사 문법과 특성을 가지고 있는지 귀여니의 소설을 대상으로 살펴보기로 하겠다.

첫째, 귀여니의 소설은 로망스라는 공식성을 기본적인 포맷이자 서사 문법으로 활용하고 있다. 여기에서 로망스와 같은 공식성은 사이버 공간에서 하이퍼텍스트의 구조로 기능한다. 텍스트학에서 말하는 상위 구조는 담론의 전반적 의미를 제공하는 거시 구조와 달리 그 담론을 구성할 수 있는 전체적 형태를 제공하는 구조이다. 그것은 독자가 텍스트의 구성요소를 순서 짓고 묶는 것을 예측할 수 있게 하여 이해를 돕는다.23) 이러한 상위 구조는 곧 하이퍼텍스트의 구조에 등가되는 셈이다. 대중소설의 공식성은 작가나 독자 모두에게 쉽고 빠르게 접근할 수 있는 특성을 가진다. 특정한 공식성만을 사용하는 대중소설, 특히 정크 픽션(Junk Fiction)은 상위 구조가 단순하다. 때문에 정크 픽션

---

23) Teun A. van Dijk and W. Kintsch, *Stategies of Discourse Comprehension*, London: Academic Press, 1983.

작가들은 많은 작품들을 단 시간 내에 창작할 수 있다. 수용자들 또한 특정 장르에 익숙한 경우가 대부분이고 그것을 배타적으로 선호하기 때문에 그러한 작품들을 소화해내는 데 무리가 없다.24) 인터넷 소설이 짧은 기간에 급속도로 확산되는 까닭은 로맨스라는 공식성을 기본적인 서사 문법으로 채택하고 있기 때문이다. 더욱이 인터넷 소설은 주로 전문적인 작가수업이나 비평가의 검증을 거치지 않은 아마추어 작가들에 의해 창작된다. 때문에 인터넷의 특성에 기대어 사유하고 공감하는 N세대 여성들을 소설의 주요한 창작층으로 이끌어낼 가능성이 다분하다. 이처럼 인터넷 소설은 N세대가 평이한 로맨스의 장르적 관습을 수용하는 데 그치지 않고 그들의 취향에 맞게 변용하여 창작하고 수용하는 소설이라 하겠다. 그렇다면 귀여니의 작품에서 로맨스의 장르적 관습이 어떻게 드러나고 있는지를 살펴보자.

두루 알다시피 로맨스는 한 쌍의 남녀 사이에 일어나는 연인 관계의 발전에 초점을 두는 문학적 공식이다. 주인공들은 대체로 부유하고 높은 사회적 지위를 갖춘 남성과 젊고 아름다운 여성이다. 그러나 귀여니의 소설들에서 주인공들은 수용자들의 취향에 맞게 변형된 인물들이다. 남성 주인공은 외모나 학력, 능력과 자질 면에서 또래 남성들에 비해 월등하게 우월한 모습이지만, 여성 주인공은 평범하거나 기대 이하의 신체적 조건이나 능력을 가지고 있다. 이러한 형상은『그 놈은 멋있었다』와『도레미파솔라시도』에서 두드러진다.『그 놈은 멋있었다』의 경우, 남성 주인공 지은성은 "흰 얼굴, 짧게 올려 세운 노란 머리, 쌍꺼풀은 없지만" "눈 땡그랗고 가스나들 보다 더 이쁜" 반항아 꽃미남으로 상고의 "4대 천왕 짱"이다. 이에 비해 여성 주인공 한예원

---

24) Thomas J. Roberts, *An Aesthetics Junk Fiction*, Athens and London;Georgia UP, 1990, p.32.

은 "귀 밑으로 단정하게 넘긴 머리, 평퍼짐한 교복치마, 줄줄 흐르는 마이, 70퍼센트 가량은 안경 착용"하는 도일여고에서 "희귀 동물"로 취급받을 만큼 공부에는 도통 관심이 없고 "곰대가리"라 불릴 만큼 평범한 외양을 가진 여학생이다. 『도레미파솔라시도』에서도 마찬가지이다. 남성 주인공 신은규는 수려한 외모와 민첩한 운동신경을 가진 고등학생으로 직접 작사, 작곡, 노래를 해내는 미래가 촉망되는 엔터테인먼터이다. '도레미파솔라시도'라는 밴드 보컬로 공부보다는 특기활동에 열정을 쏟아내고 있다. 그러나 여성 주인공 윤정원은 '뚱보'라는 별명처럼 기대 이하의 외모를 가진 또래 여고생으로 한때 유도를 했던 이력을 가졌다 뿐 공부에도 도통 관심이 없다. 그만큼 주인공들은 외모와 능력, 자질 등에서 상당한 편차를 지니고 있어 비대칭적인 조건을 두루 갖추고 있는 셈이다.

여기에서 주목할만한 점은 남녀 주인공들의 비대칭성이 외모의 우열에 초점화되어 있다는 것이다. 이것은 N세대 여성들의 외모에 대한 관심과 욕망을 반영한 것으로 보인다. 평범한 외모를 가진 대부분의 N세대 여성들이 자신보다 월등한 외모의 남성과 사랑에 빠질 수 있다는 희망을 강하게 드러낸 것이다. 이러한 인물 설정방식은 수용자들에게 주인공들의 만남을 보다 극적이고 낭만적으로 받아들이게 하고 그들의 폭발적인 반향을 이끌어내는 장치로 작용한다. 이제 그들은 주인공들이 낭만적 사랑을 성취해 나가는 과정에 몰입하면서 자신들이 꿈꾸는 사랑을 대리 만족하게 되는 것이다.

주인공들의 사랑은 로맨스의 구조적 특징에 걸맞게 사회적이거나 심리적인 장애를 극복하는 과정에 초점이 맞추어져 있다. 귀여니 소설들에서 주인공들은 애정의 삼각관계, 즉 다른 작중인물들의 질투와 주인공들 사이의 오해로 갈등을 겪는다. 그러나 그 갈등의 이면에는 한 주인공의 과거 상처들이 숨겨져 있어 보다 심각한 문제를 내장하고 있다. 『늑대의 유혹』에서 정태성은 정한경의 남자친구라는 오해 속에서도 이복 동생이라는 사실을 숨기고 있어 로맨스의 구조 속에 긴장감을 불어넣고 있다. 『도레미파솔라시도』 또한 윤정원이 신은규의 친구인 희원의 여자 친구였다는 사실과 더불어 그들의 이별이 희원의 아버지인 줄 모르고 그녀가 뺑소니 사고를 신고했다는 사실을 모두 신은규에게 숨기고 있다는 데 근본적인 갈등을 함축하고 있다. 이렇듯 한 주인공의 내밀한 상처는 작중 인물들의 관계를 뒤얽히게 하는 요인이며 주인공들이 사랑의 장애를 겪게 되는 근본적인 이유이다. 주인공들의 갈등은 한 주인공이 감추고 있는 상처들을 알아 가는 과정이자 사랑을 통해 극복하는 과정의 산물이다. 그것은 로맨스의 구조를 밋밋하지 않고 다각적으로 접근할 수 있는 길을 열어놓으며 이야기를 긴장감 있게 이끌어나갈 수 있게 한다.

한편 주인공이 이러한 상처를 드러내는 일은 자신의 내밀한 이야기를 고백하는 행위이다. 그것은 자신의 상처를 이해 받고 싶은 N세대 여성들의 욕망을 강하게 반영한 결과로 읽을 수 있다. 현실세계에서 N세대 여성들은 또래 집단의 대화에서조차 뭘 말하든 자신의 모든 것을 이해해주지 않을 것이라는 소외감과 고립감을 경험한다. 거기에는 내밀한 자신을 숨기고 싶어하면서도 드러내고 싶어하는 양가적인 심리구조가 결합되어 있다. 그들은 사이버 공간에 접속해 자신들의 이야기를 올리고 그것의 조회수와 리플을 확인하면서 자신의 존재감을 확인한다. 때문에 그들의 이야기는 점점 내밀한 자신의 고민보다는 누군가에게 보여줄 수 있고 관심을 끌 수 있는 것들로 채워진다. 그것은 말하고 싶은 욕망에만 충실한, 그래서 자신만이라도 즐거운 언어들로 표출된다 하겠다. 이러한 N세대 여성들의 상황은 인터넷 소설에서 숨겨진 상처들을 서사적 장치로 끌어오는 방식으로 드러나 있다. 수용자 자신의 이야기는 아니지만 주인공의 숨겨진 비밀이 여김없이 존재하며, 다른 주인공에게 드러나도 그것을 기꺼이 인정하고 이해하며 사랑으로 감싸주는 행위로 구조화된다. 그것을 통해 수용자들은 자신의 내밀한 욕망을 인정받은 것인 양 강한 대리만족을 만끽하고 있는 것이다. 따라서 로맨스의 결말이 그러하듯 주인공들의 갈등은 상호 인정을 코드화한 사랑이라는 이름으로 모든 것이 녹아 내린다. 이처럼 인터넷 소설은 로맨스의 공식성과 하이퍼텍스트의 구조가 결합되어 N세대 여성의 내밀한 욕망과 취향을 녹여내고 있다. 이러한 점이 사이버 공간에서 급속도로 확산될 수 있는 인터넷 소설의 특징적인 자질이라 하겠다.

둘째, 서사 전개에서 놀랄만한 우연과 충격적인 반전이라는 장치를 적극 활용하고 있다. 이러한 장치들은 심각한 사건들을 가볍고 경쾌하게 접근하려는 수용자들의 취향과 결합함으로써 급격한 서사의 반전을 오히려 자연스럽게 소화해내고 있다. 인터넷 소설은 온라인 상에서 연재 형식으로 상재되고 조회수에 민감하게 반응하면서 향유된다. 그러나 인터넷 소설은 신문소설처럼 집필계획을 철저하게 세우고 연재하는 경우가 드물다. 오히려 조회수를 통해 수용자들의 반응을 확인하고 또 그들의 요구에 적절하게 대응하며 이루어진다. 인터넷의 양방향적인 소통구조가 창작과 향유과정 전반에 영향을 미치는 것이다. 그렇기에 인터넷 소설은 과도할 만큼 극적 변화들을 꾀해서라도 속도감 있는 사건을 전개해 나가야 한다. 그리고 그것은 이야기의 긴장감과 재미를 추구하는 것이어야 한다. 따라서 인터넷 소설에서 극적 변화들은 많은 부분 우연한 사건이나 인물의 등장을 통해 이루어지며, 지나친 폭력성을 동반하기도 한다.[25) 예를 들면 『도레미파솔라시도』에서 도이의 사주를 받은 조직폭력배가 윤정원을 납치하려는 시도는 정원이 은규와 희원을 동시에 만나며 갈등을 겪는 상황에서 돌발적으로 일어난다. 우정과 사랑 사이에서 갈등하는 은규가 병원에 실려간 날, 정원은 은규가 아닌 희원의 아버지를 병문안한다. 바로 그 날, 정원의 납치극은 소현을 윤정원으로 오인하여 납치함으로써 무산된다. 납치사건은 윤정원을 질투하는 도이의 감정이 느닷없이 폭발된 시점에서 이루어지고 있으며, 폭력성을 과도하게 유발한다. 납치사건을 둘러싼 우연성과 폭력성은 납치라는 비합법적인 행위를 부각시키기보다는 오히려 사건을 극적으로 반전시키는 서사적 장치로 작용하는 것이다.

더욱이 『그 놈은 멋있었다』에서 보이듯 사건의 심각성에 비해 납치에 대한 작중인물의 가벼운 태도는 주목할 만하다. 납치는 개인을 위험으로 내모는 급박한 상황이다. 그러나 납치를 당하는 상황에서도 한예원의 태도는 납득하기 힘들만큼 장난스럽다. "엄니! 막내딸 예원이 털 세 가닥한테 겁탈 당하게 생겼시유"라든가 "한예원의 꿈 많던 10대여 안녕" 등의 진술이 바로 그러하다. 이것은 N세대가 인터넷 소설을 향유하는 중요한 자질로 보여진다. 인터넷 소설에서는 사건을 진지하게 진술하기보다는 작중인물의 내적 진술이나 대화를 중심으로 가볍고 경쾌하게 이끌어나간다. 이러한 가벼움과 경쾌함은 영상매체에 익숙한 수용자들의 발랄한 감수성을 자극하고 환기시키는 데 조력하기 때문이다. 이러한 특성은 인터넷 소설 작가가 짧은 기간 동안 연재 분량을 감당해가며 창작할 수 있는 근거이다.26)

아울러 사건에 대한 가벼운 접근 태도는 인터넷 소설을 쓰고 읽는

---

25) 최미진, 「당대 대중소설에 나타난 수용자의 취향 연구」, 『한국문학논총』 제36집, 한국문학회, 2004. 290쪽.
26) 최미진, 위의 글, 291~292쪽.

행위 자체의 가벼움과 결부되어 있다. 인터넷 소설은 수용자에게 직접적이고 즉각적인 소통을 요구한다. 양방향적인 인터넷의 속성에 따라 상황에 대한 설명보다는 감정이나 감각에 직접적으로 다가설 수 있는 대화적 처리방식이 두드러진다. 채팅상황을 방불케 하는 대화식 표현과 이모티콘뿐만 아니라 일상적으로 사용하는 은어나 욕설들을 그대로 사용하고 있다. 이러한 특성들은 과거회상적 서사형식을 현재 진행형으로 돌려놓기도 한다. 그만큼 현재성을 강화하여 수용자들에게 즉각적인 반응을 이끌어내는 데 적절한 셈이다. 그렇기에 인터넷 소설의 표현 방식들은 N세대 여성들에게 재미와 공감을 일으키는 요소로 작용한다. 그러나 이러한 방식은 문학의 엄숙주의와 차별화되는 특성이기도 하다. 인터넷 소설은 문자 언어의 고유성과 문학성의 재단 속에서 운용되었던 기존의 문학 패러다임에 도전하고 있는 것이다. 하지만 그것이 문자'만'이 아니라 문자'도' 포함되어 있는 디지털 서사체의 특성이라는 점을 감안한다면,[27] 인터넷 소설은 이미 전통적인 문학 개념과 문학관의 변화를 요구하고 있는 셈이다.

더욱이 인터넷 소설은 서사 양식과 롤플레잉게임 양식의 접목을 보여주는데, 그것은 '번외편'을 통해 확인 가능하다. 귀여니 소설들은 주인공들만의 사랑을 다루는 본편 외에도 '번외편'을 따로 둔다. '번외편'은 독자들의 요청이라는 인터넷 소설의 양방향성에 기인하여 이루어진 것이다. 그것은 롤플레잉게임처럼 본편의 부수적 인물들이 사랑을 성취하는 과정을 담거나 앞선 이야기에서 미진했던 결말을 해피앤딩으로 처리하는 등 다분히 이야기 이어나가기의 성격을 지닌다. 부수적 인물들이 사랑을 성취하는 과정은 『그놈은 멋있었다』와 『도레미파

---

27) 이용욱(2002), 앞의 글, 390쪽.

솔라시도』에서 발견할 수 있다. 『그놈은 멋있었다』에서는 한예원의
친구 경원과 지은성의 친구 김승표의 사랑을 「비밀일기」와 「오랜만
에」에서, 그리고 한예원의 오빠 한승표와 정민의 누나 이정은의 사
랑을 「어느 바보의 사랑」에서 각각 다루고 있다. 그리고 『도레미파솔
라시도』에서는 윤정원의 동생 재광과 신은규의 누나 소현의 사랑을
그리고 있는 「고양이 푸푸와 아름다운 그녀」를 두고 있다. 그리고 본
편의 이야기를 보충하면서 이어나가는 것으로는 『늑대의 유혹』과 『도
레미파솔라시도』의 '번외편'을 들 수 있다. 『늑대의 유혹』에서는 「늑
대의 유혹, 마지막 선물」을 통해 나윤이의 짝사랑과 정태성의 죽음을
다루어 본편의 마지막 부분, 그러니까 "할머니, 나 죽으면 꼭 아빠 무
덤 있는데 묻어줘야 돼"라는 구절을 수용자들이 이해할 수 있도록 돕
고 있다. 이것은 『도레미파솔라시도』의 「노래의 바보」편에서 다시 드
러나는데, 그것은 본편에서 신은규의 기억상실증이 치유되는 과정과
그들의 사랑이 해피앤딩으로 끝나는 결말을 보여준다. 이처럼 '번외
편'은 본편에 구애받지 않고 이야기를 이어나가고 있다. 이러한 속성
은 귀여니 작품들이 모바일 게임으로 전환될 수 있는 근거로 작용할
만큼 서사와 게임의 접속 가능성을 강하게 드러내고 있다.

셋째, 귀여니 소설은 N세대 여성들의 체험들을 제재로 삼되 그들의
소망 기제를 전경화함으로써 유희적 성격을 강하게 드러내고 있다. 여
기에서 N세대 여성들의 체험은 두 가지 심리적 기제에 기대어 서사를
구조화하고 있다. 우선 현실성의 기제는 그들이 처해 있는 사회·문화
적 현실을 표상하지만 서사에서는 배경화되어 있다. 사회·문화적 현
실은 N세대 여성들의 주된 생활 공간, 즉 학교와 집을 중심으로 표상
되어 있다. 학교는 획일적이고 강압적인 형태로 제도 교육을 수행하는
장이다. 귀여니 소설에서 학교는 새로운 지식의 배움터나 친밀한 교우

관계를 맺어나가는 공간이 아니다. 반복되는 일상적 삶의 자리일 뿐 아니라 폭력이 만연한 공간이다. 귀여니 소설에서 집 또한 편안한 안식처를 제공하는 공간이 아니다. 집으로 표상되는 가족관계는 결핍되어 있거나 불안정하다. 가족의 해체를 가장 극명하게 드러내고 있는 소설은 『늑대의 유혹』이다. 이 소설은 아버지의 부정과 이혼, 아버지의 죽음과 어머니의 재혼으로 점철된 가족 상황을 보여준다. 정한경은 같은 부모를 둔 정다름과 엄마가 다른 정태성, 그리고 아빠가 다른 주호를 남매로 두고 있다. 이것은 서사의 갈등을 유발하는 요인이다. 그러나 이러한 가족 상황에서 남녀 주인공의 입지는 현격한 차이를 보인다. 남성 주인공이 해체된 가족적 상황 속에서 비교적 자유로운 반면, 여성 주인공은 그러하지 못하다. 특히 어머니의 존재는 여성 주인공에게 '학생'이자 '여성'으로서의 덕목을 강제하는 존재로 부각되어 있다. 『그 놈은 멋있었다』의 한예원과 『늑대의 유혹』의 정한경, 『도레미파솔라시도』의 윤정원은 가족적 상황이 상이한데도, 어머니의 "잔소리"는 선생님의 "질책"을 방불케 하는 도덕 규범과 행동양식을 강조하고 있다. 그것은 표면적으로 강제와 복종의 양상을 띠지만 동시에 강한 불만과 반발을 초래할 가능성을 안고 있는 것이다. 그렇기에 어머니와 딸은 서로의 경험을 나누는 친밀한 관계를 유지하기보다는 오히려 단절되어 있는 셈이다. 따라서 N세대 여성들은 학교와 집이라는 지배 공간에서 일탈하려는 욕망을 지니게 되며, 사이버 공간에 쉽게 참가함으로써 유희적 소통을 만끽하게 되는 것이다.

귀여니 소설은 그러한 소망의 기제를 전경화시키고 있다. 그것은 미묘하게도 남성 주인공들의 행위를 통해 두드러지게 나타난다. 『그 놈은 멋있었다』의 지은성, 『늑대의 유혹』의 정태성과 반해원, 『도레미파솔라시도』의 신은규는 하나같이 '반항아'와 '수호천사'의 성격을 지닌다. "학주"의 존재를 위협적으로 느끼고 피하기보다는 당당하게 맞서 자신의 의견을 피력한다는 점, 수려한 외모에도 학교폭력에 유연하게 대처할 수 있는 힘을 갖추고 있다는 점, 여자 친구를 보호하는 일을 제 목숨처럼 여긴다는 점이 그러하다. 이러한 인물은 실제 현실에서는 좀 처럼 찾아보기 힘들다는 점에서 N세대 여성들에게 선망의 대상이 되 기에 충분하다. 수용자들은 학교를 둘러싸고 겪는 억압적 현실에 대한 도전의 묘미와 일탈의 해방감을 즐기며 자신의 사랑을 실현하는 작중 인물을 통해 대리 만족하는 것이다.

아울러 귀여니 소설에서 새로운 생활 공간으로 부각되어 있는 곳은 자신의 개성을 발산할 수 있고 즐길 수 있는 거리이다. 여성 주인공들 은 세탁소에서 교복 치마를 줄이고 시내 단골 미용실에서 매직 파머를 하는 등 자신의 개성을 표현하기 위해 아낌없이 용돈을 소비한다. 이 때 그들은 학교보다는 오히려 소비공간인 거리에서 친밀한 인간관계 를 형성한다. PC방, 노래방, 술집 등이 즐비한 거리에서 또래 집단의 부러움을 살만한 대상을 만나 소문날만한 연애를 즐긴다. 이렇듯 귀여 니 소설은 소망의 기제를 전경화함으로써 N세대에게 폭발적인 인기를 얻고 있다. N세대는 금기와 규제로 가득 찬 현실 세계를 가로질러 사 이버 공간에서 청소년 문화의 일반적 특징28)에 더해 그들만의 사유방 식과 감성을 표출하고 있는 것이다.

이러한 인터넷 소설은 사이버 공간 속에서 계몽의 대상이 아닌 해

---

28) 청소년 문화의 일반적 특성들을 살펴보면 다음과 같다. (1)청소년들은 특별한 의상이 나 차림새, 유별난 두발 모양, 장신구, 색상 등을 통해 자신을 형상화하거나 비유하여 표현하려 한다. (2)청소년들은 걷는 모습, 이야기하는 모습 등에서 유별난 행동이나 태도를 나타내려는 특성이 있다. (3)청소년들은 특별난 방식의 은어나 비어 등을 사용 하여 서로 의미를 주고받는다. (4)청소년들은 유행을 수용하는 데 민감하고 즉각적으 로 받아들이려는 속성이 있다. 이건일, 「사이버文化가 靑少年의 意識과 行動에 미치 는 影響에 關한 硏究」, 광주대 석사논문, 2002, 10쪽.

방의 주체로 나서고자 하는 N세대의 갈망을 전면화한다. 이때 해방의 정신은 무거움 대신에 가벼움을, 우울함 대신에 경쾌함을, 합리적 이성 대신에 혼란한 감성을 근저에 둔다. 그렇기에 인터넷 소설은 당면한 현실을 치열하게 고민하고 진지하게 접근해야 한다는 미학적 명제보다는 지배적 문화를 탈영토화한 10대들끼리의 유희적 성격이 다분하다. 이러한 성향을 반영한 인터넷 소설은 학교 제도로부터 이탈하는 탈영토화와 탈코드화를 통해 가상 공간에서 새로운 자아를 재구성하여 즐기는 특성을 보여준다. 따라서 인터넷 소설은 해방의 정신을 보다 유희적으로 표출하고 있다고 볼 수 있다.

넷째, 인터넷 소설은 당대 대중문화의 코드를 적극 활용할 뿐만 아니라 소설 자체가 대중문화의 콘텐츠로 기능할 가능성을 시사한다. 오프라인 상에서 인터넷 소설의 성공은 자본주의적 메커니즘 속에서 소비되는 특성을 강하게 보여준다. 인터넷 소설은 창작물을 게시하는 순간 방문회수와 조회수를 통해 수용자들의 반응을 확인할 수 있다. 익명적 수용자가 드나든 숫자들은 인터넷 소설을 평가하고 작가들을 고무시켜 다음 글쓰기로 이끌며, 특정 웹페이지에 권위를 부여하기도 한다.29) 귀여니의 경우처럼 성공적인 인터넷 소설은 팬(fans)이라는 특정한 수용자층을 쉽게 형성한다. 팬은 특정한 대중소설이나 장르를 선호하는 수용자들의 소모임이다. 그들은 쉽게 결성되지만 강력한 협조력을 발휘하는 부정형적(不定型的) 존재이다. 팬은 특정 장르에 문외한인 수용자들에게는 유용한 정보를 제공하고 반대 입장에 선 팬에게는 자신의 입장을 분명하게 밝힌다. 그렇기에 팬은 대중소설의 적극적인 수용자로 특정 장르소설의 발전에 일정 부분 기여하고 있는 셈이다.30)

---

29) 서동욱, 「인터넷 시대의 소통과 책임성」, 『세계의 문학』 제95호(2000년 봄호), 42쪽.
30) Thomas J. Roberts, 앞의 책, pp.77~79.

그러나 인터넷상의 수용자들은 웹페이지를 떠다니는 익명적 대중이라는 점에서 심각하고 진지한 글을 원하지 않는 경우가 대부분이다. 인터넷 소설은 이러한 수용자들의 기질과 취향에 걸맞게 오락성과 선정성을 강화하여 상업적인 출판사의 전략과 쉽게 조우하기도 한다. 이러한 상업적 출판문화 속에서 귀여니 소설은 대중문화의 세례를 흠뻑 받고 자라난 수용자들의 욕망에 부응함으로써 인기를 끌었던 경우라 하겠다.

인터넷 소설은 대중문화의 세례를 흠뻑 받고 자라난 수용자들이 욕망하는 사회문화적 기호에 부응함으로써 급물살을 타는 특성을 보여준다. 인터넷소설의 전사로 평가되는 '팬픽(fanfic)'은 실재하는 특정 연예인을 소설의 주인공으로 삼은 소설이다. 이와 유사한 형태로 인기작품, TV 쇼, 영화 등에 기반해 창작된, 원본에 필적할 복사본인 '팬 픽션(fan fiction)'이나 게임 속에 등장하는 캐릭터들을 주인공으로 한 소설인 '겜픽(gamefic)'도 온라인 상에서 창작·향유되고 있다. 이러한 사실은 문화적 기호가 현실세계에서 잠재된 독자들의 욕망을 불러일으키는 아이콘으로 작용하고 있음을 보여준다. 『그 놈은 멋있었다』의 경우, 요코 카미오(Yoko Kamio)의 만화 『꽃보다 남자』(원제:花よソ男子)[31]를 표절했다는 논란이 제기될 만큼 작중인물의 설정과 서사 전개방식에서 매우 유사하다. 그만큼 대중문화의 기호들이 인터넷 소설의 창작과정에 영향을 미치는 것이다. 그렇기에 인터넷 소설의 인기는 수용자들의 잠재된 욕망을 해석하고 설명해줄 수 있는 동시대의 문화적 코드 속에서 가능한 것이라 하겠다.

---

31) 『꽃보다 남자』는 일본에서 만화, 애니메이션, 극장판 영화 등을 통해 인기를 끌었으며, 대만에서는 「유성화원」이란 제목의 드라마로 제작되었다. 우리나라에서는 만화로 제37집까지 출판·보급되었으며, 대만 드라마가 지난 2003년 중앙방송을 통해 방송된 바 있다.

더욱이 오프라인 상에서 인터넷 소설의 성공은 이러한 사회·문화적 기호를 영화, 드라마, 만화, 게임 등 다양한 장르들과 발빠르게 결합하면서 10대끼리의 문화 카르텔을 형성하고 있다. 『그 놈은 멋있었다』가 일약 베스트셀러로 부상하자 곧 영화 제작(송승헌, 정다빈 주연)에 들어갔으며, 뒤이어 『늑대의 유혹』(조한선, 강동원 주연)뿐만 아니라 연재 중이던 『내 남자친구에게』까지 사전 제작을 이끌어냈다. 이러한 양상은 다른 대중매체에도 영향을 미쳐 『그 놈은 멋있었다』가 만화와 모바일게임(연애시뮬레이션)으로도 선보이게 되었다. 이러한 측면에서 볼 때 인터넷 소설은 문학의 고유 영역을 넘어 문화 콘텐츠로 부상하고 있다 하겠다. 그만큼 인터넷 소설은 영화, 만화, 게임 등 다양한 장르와 결합하면서 영역과 수용자층을 확대해가며 대중문화 콘텐츠로서의 가능성을 보여주는 있는 셈이다.

4. 인터넷 소설과 문화 콘텐츠

인터넷 소설은 정보화 시대의 변화된 지표를 보여주면서 폭발적인 향유를 이끌어낸 사이버 문학의 일종이다. 그것은 로맨스라는 공식성을 기본적인 서사 문법으로 삼으면서 새로운 세대의 상상력과 감수성을 적극적으로 반영하고 있었다. 특히 N세대 여성들의 등장은 괄목할 만한 문학적 현상이었다. 그들은 불안정한 현실적 조건들에 순응하지 않고 사이버 공간 속에서 해방의 성격을 표방하는 인터넷 소설을 직접 창작하거나 향유하는 면모를 보여주었다. 인터넷 소설은 소망의 기제를 전경화하여 그들을 규제하는 제도나 규범에서 탈주하고자 하는 욕망을 유희적으로 드러내고 있었다. 그만큼 인터넷 소설은 사이버 공간에서 해방과 일탈의 묘미를 편안하게 즐기려는 N세대의 심리를 반영하고 있는 셈이다.

또한 인터넷 소설은 단순한 일탈을 넘어 당대의 사회·문화적 징후들을 환기하고 있어 주목된다. 인물의 성격화에서 신데렐라 콤플렉스나 외모지상주의, 남성우월주의가 두드러지게 나타나는데, 이는 우리 사회의 한 단면을 단적으로 반영하는 것이다. 또한 개인적인 상처의 근원인 가족관계의 파탄에서 나아가 사회적 상처의 근원인 학교 제도교육의 파탄을 보여주기도 한다. 무엇보다도 현실세계를 일탈하여 사이버 공간에 몰입하는 주체가 N세대라는 점은 인터넷 소설의 특징적인 양상이다. 이러한 일탈을 통해서 소통이 가능한데, 문제는 그 태도가 유희적이라는 데 있다.

인터넷 소설의 열풍은 일시적인 유행으로 보기 힘들다. 종래의 사이버 문학은 이미 정식 등단 절차를 거치지 않은 아마추어 작가들을 양산해 왔다. 그들은 온라인에서 오프라인으로 진출해 책, 영화, 만화 등 다양한 장르에서 두각을 나타내었다. 주로 N세대 여성들이 작독자인 인터넷 소설은 특정한 세대와 성의 문화 코드를 극명하게 보여주었다. 그들은 '게시판 연재→개인 홈페이지 개설과 연재 확대→단행본 출간→영화화, 만화화, 게임화' 등으로 영역을 확장해가며 향유계층을 넓혀 나가고 있다. 아울러 기존 문학의 패러다임, 그러니까 문학에 대한 인식, 작가의 위상, 소통방식에서 논란을 불러 일으켰다. 특히 컴퓨터 채팅을 방불케 하는 대화와 이모티콘을 빈번하게 사용하여 온라인 그림책 수준으로 평가절하되는 경우도 없지 않다.

인터넷 소설은 아직까지 현재 진행형인 사이버 문학이다. 그것의 새로운 가능성만큼이나 한계를 안고 있는 것도 사실이다. 그것은 특정한 성과 세대에서만 공유할 수 있는 코드로 작용하고 있는데, 특히 전자 언어식 표현이 세대 내의 소통 단절을 가져올 수 있는 위험을 안고 있어 더욱 그러하다. 그리고 인터넷 소설의 서사적 특성이 자체 내에서 새로운 실험들을 지속적으로 해내지 못한다면 아류작의 양산과 상업적 수단으로 치달을 가능성 또한 충분하다. 마지막으로 새로운 대중문화의 코드를 내면화시키고 기술적 능력까지 확보하는 일은 아직 장애가 많다는 점이다. 이러한 한계에도 불구하고 인터넷의 대중화가 확산되고 있는 시점에서 자신의 개성에 맞는 맞춤형 문학양식, 나아가 문화양식을 선호하는 흐름들은 주목할 필요가 있다. 새로운 세대의 출현은 새로운 문학 양식, 문화양식을 확산시킬 가능성을 충분히 내장하고 있기 때문이다. 인터넷 소설은 N세대 여성들을 주축으로 한 '10대들의, 10대에 의한, 10대들이 원하는 사랑이야기'이다. 그것은 기존의 문학성에 대한 재기발랄한 도전을 보여주는데, 앞으로 자체 내의 한계들을 보완하면서 대중문화적 콘텐츠로서의 가능성을 어떻게 실현할 것인지 지켜봐야 할 것이다.

참고문헌

1. 기본 자료(일차 자료)

귀여니, 『그 놈은 멋있었다』, 황매, 2003.

———, 『늑대의 유혹』, 황매, 2003.

———, 『도레미파솔라시도』, 황매, 2003.

김말봉, 「내 아들 영이」, 『문예』 1953년 9월호.

———, 『별들의 故鄕』, 정음사, 1953.

———, 『生命』, 동인문화사, 1957.

———, 『찔레꽃』, 대일출판사, 1974.

———, 『푸른 날개』, 형설출판사, 1954.

———, 『화려한 地獄』, 문연사, 1952.

———, 「오는 七月 一日부터 長篇小說連載, 金末峰氏作『佳人의 市場』」, 『부인신보』, 1947.6.12.

김승옥, 『江邊夫人』, 한진출판사, 1977.

김용제, 『林巨正』, 원진문화사, 1961.

김지연, 『웅담夫人』, 해냄출판사, 1986.

박계주, 『殉愛譜』, 『매일신보』 1939.1.1〜6.17.

박기원, 『鶴夫人』, 한진출판사, 1978.

방인근, 『나비夫人』, 문예춘추사, 1964.

손창섭, 「나는 왜 신문소설을 쓰는가-『부부』의 작가 손창섭씨는 말한다」, 『세대』 1963년 8월호.

———, 『夫婦』, 정음사, 1962.

———, 『異性研究』, 동방서원, 1967.

———, 「作家孫昌涉氏의 辯 -本紙連載小說『夫婦』를 끝내고」, 『동아일보』 1963.1.4.

유주현, 『장미夫人』, 민음사, 1967.

이광수, 「人間의 根本問題를 論하는 小說」, 『매일신보』 1939.12.17.

전병순, 『안개夫人』上·下, 자유문학사, 1979.

전병순, 『絶望 뒤에 오는 것』, 장문각, 1967.

———, 『絶望 뒤에 오는 것』, 중앙일보사, 1987.

———, 『賢夫人』 上·下, 자유문학사, 1977.

정비석, 『나비야, 청산 가자』, 신원문화사, 1988.

———, 『自由夫人』, 정음사, 1954.

정연희, 『告罪』, 신태양사, 1966.

———, 『목마른 나무들』, 여원, 1961.

———, 『비를 기다리는 달팽이』, 대운당, 1978.

———, 『石女』, 문예사, 1968.

———, 『雅歌』, 여상, 1963.

조영암, 『新林巨正傳』, 인간사, 1956.

주요한 외 엮음, 『이광수전집 10권-사랑·꿈』, 삼중당, 1966.

최범서, 『퍼지夫人』, 강천, 1994.

최인욱, 「끝을 맺게 될 『林巨正』」, 『서울신문』 1965.3.13.

———, 『雨林夜話』, 『경남신문』 1969.10.19~1971.7.30.

────, 『林巨正』(전5권), 교문사, 1965.

────, 『草笛』, 삼성출판사, 1972.

최인호, 「내 젊은 날의 分身 경아, 잘 가시오-작가 최인호가 경아에게 보
　　　내는 편지」, 『한국일보』, 2004.4.28.

────, 「새連載小說 별들의 故鄉-20代 新銳가 그리는 『現代와 愛情』」,
　　　『조선일보』, 1972.9.1.

────, 「작가의 말」, 『별들의 고향』 상권, 샘터, 1994.

────, 『별들의 故鄉』 上·下, 예문관, 1973.

최인호·김영덕·손룡상·이경자, 「겨울에 죽는 "나비" 경아-좌담 「별
　　　들의 故鄉」을 끝내고」, 『조선일보』, 1973.9.9.

최희숙, 『1980, 서울夫人』, 신현실사, 1979.

허문녕, 『巨盜 林巨正』, 청산문화사, 1961.

────, 『明洞夫人』, 대한출판공사, 1964.

허재원, 『孟教授夫人』, 목민도서, 1988.

2. 낱책

강영주, 『韓國 歷史小說의 再認識』, 창작과비평사, 1991.

강준만 외, 『미디어와 쾌락-넷세대는 미디어를 어떻게 소비하는가』, 인물
　　　과사상사, 2003.

고길섶, 『소수문화들의 정치학』, 문화과학사, 1998.

고미숙, 『한국의 근대성, 그 기원을 찾아서-민족·섹슈얼리티·병리학』,
　　　책세상, 2001.

공임순, 『우리 역사소설은 이론과 논쟁이 필요하다』, 책세상, 2000.

국방부 전사편찬위원회 엮음, 『韓國戰爭史』 1권, 동아출판사, 1968.

————————————, 『對非正規戰史(1945~1960)』, 국방군사연구소, 1988.

권명아, 『가족이야기는 어떻게 만들어지는가』, 책세상, 2000.

김남식, 『남로당 연구』 1, 돌베개, 1984.

김동윤, 『신문소설의 재조명』, 예림기획, 2001.

————, 『4·3의 진실과 문학』, 각, 2003.

김성곤, 『뉴미디어 시대의 문학』, 민음사, 1996.

김우종, 『한국현대소설사』, 선명문화사, 1974.

김욱동, 『모더니즘과 포스트모더니즘』, 현암사, 1992.

————, 『포스트모더니즘의 이론』, 민음사, 1992.

김윤식·정호웅 엮음, 『한국근대리얼리즘작가연구』, 문학과지성사, 1988.

김은우, 『한국여성의 애정갈등의 원인연구』, 한국연구원, 1963.

김익현, 『인터넷신문과 온라인 스토리텔링』, 커뮤니케이션북스, 2002.

김일수 엮음, 『결혼독본』, 경찰교양협조사, 1949.

김재국, 『사이버리즘과 사이버소설』, 국학자료원, 2001.

김정곤, 『한국전쟁과 노동당 전략』, 박영사, 1972.

김정자 외, 『한국현대문학의 성과 매춘연구』, 태학사, 1996.

김진기, 『손창섭의 무의미 미학』, 박이정, 1999.

김진홍, 『언론통제의 정치학』, 전예원, 1983.

김창식, 『대중문학을 넘어서』, 청동거울, 2001.

김치항, 『성교육독본』, 문창당, 1953.

김항명, 『찔레꽃 피는 언덕』, 명서원, 1976.

김형효, 『메를로-뽕띠와 애매성의 철학』, 철학과현실사, 1996.

대중문학연구회 엮음, 『연애소설이란 무엇인가』, 국학자료원, 1998.

————————————, 『무협소설이란 무엇인가』, 예림기획, 2001.

라깡과현대정신분석학회 엮음, 『우리시대의 욕망읽기』, 문예출판사, 1999.

류현주, 『하이퍼텍스트문학』, 김영사, 2000.

민족문학사연구소 엮음, 『민족문학사강좌』, 창작과비평사, 1995.

민족작가협회, 『문학, 인터넷을 만나다』, 북하우스, 2001.

박성봉, 『대중예술의 미학』, 동연, 1995.

박용구, 『역사소설입문』, 을유문화사, 1969.

박종성, 『권력과 매춘』, 인간사랑, 1996.

――――, 『한국의 매춘』, 인간사랑, 1994.

배식한 외, 『인터넷, 하이퍼텍스트 그리고 책의 종말』, 책세상, 2000.

백 철, 『한국신문학발달사』, 박영사, 1975.

백선엽, 『實錄 智異山』, 고려원, 1992.

서석준, 『현대소설의 아비상실』, 시학사, 1992.

손세일 엮음, 『韓國論爭史』 1～5, 청람출판사, 1976.

손철성, 『유토피아, 희망의 원리』, 철학과현실사, 2003.

송백헌, 『한국근대역사소설연구』, 삼지원, 1985.

신경림 외, 『우리 문학이 가지 않은 길』, 자우출판사, 2001.

신생활연구회 엮음, 『結婚讀本』, 삼성사, 1953.

양 평, 『베스트셀러 이야기』, 우석, 1985.

양주군·양주문화원, 『임꺽정·김삿갓 양주에서 태어났는가?』(양주향토
　　　　자료총서 3집), 2000.

여수여천향토지편찬위원회, 『麗水麗川鄕土誌』, 1982.

여수지역사회연구소, 『여순사태 실태조사보고서』 제1집, 여수지역사회연
　　　　구소, 1998.

유지나 외, 『멜로드라마란 무엇인가』, 민음사, 1999.

육군본부 전사감실, 『共匪討伐史』, 백화사, 1954.

이거룡 외, 『몸 또는 욕망의 사다리』, 한길사, 1999.

이기봉, 『第14聯隊』, 독서신문사, 1988.

이만규, 『가정독본』, 창작과비평사, 1994.

이상신 엮음, 『文學과 歷史』, 민음사, 1982.

이승희, 『한국현대여성운동사』, 백산서당, 1994.

이영애, 『국가와 성』, 법문사, 2000.

이옥수 엮음, 『한국근세여성사화』 하, 규문각, 1985.

이용성, 『結婚과 性問題』, 선문사, 1947.

이용욱, 『사이버문학의 도전』, 토마토, 1996.

이우용 외, 『베스트셀러』, 시대평론, 1990.

이임자, 『한국출판과 베스트셀러 1883~1996』, 경인문화사, 1998.

이재선, 『한국문학 주제론』, 서강대 출판부, 1989.

———, 『한국현대소설사』, 홍성사, 1976.

이정춘·이종국 엮음, 『讀書와 出版文化論』, 범우사, 1988.

이종영, 『성적 지배와 그 양식들』, 새물결, 2001.

이효재, 『여성과 사회』, 정우사, 1989.

임영택·강영주 엮음, 『벽초 홍명희와 『임꺽정』의 연구자료』, 사계절, 1996.

임중빈, 『부정의 문학』, 한얼문고, 1972.

임헌영, 『분단시대의 문학』, 태학사, 1992.

장노현, 『하이퍼텍스트 서사에 관한 연구』, 정신문화원, 2002.

장세진, 『한국대하역사소설연구』, 훈민, 1998.

———, 『뒤집어보는 베스트셀러』, 맥, 1997.

장양수, 『한국의적소설사』, 문예출판사, 1995.

전남문학백년사업추진위원회, 『全南文學變遷史』, 1997.

정대현 외, 『감성의 철학』, 민음사, 1996.

정진석, 『한국 現代言論史論』, 전예원, 1987.

정찬영, 『한국 증언소설의 논리』, 예림기획, 2000.

정하은 엮음, 『김말봉의 문학과 사회』, 종로서적, 1986.

정한숙, 『현대한국문학사』, 고려대출판부, 1982.

제민일보 4·3 취재반, 『제주 4·3 연구』, 역사비평사, 1999.

조혜정, 『한국의 여성과 남성』, 문학과지성사, 1993.

천정환, 『근대의 책읽기』, 푸른역사, 2003.

최　준, 『韓國新聞史』, 일조각, 1990.

최문규, 『문학이론과 현실인식』, 문학동네, 2000.

최유찬, 『컴퓨터 게임의 이해』, 문화과학사, 2002.

최장집 엮음, 『한국현대사의 이해 I : 한국전쟁연구』, 태암, 1990.

최혜실 엮음, 『디지털시대의 문화 예술』, 문학과지성사, 1999.

──────, 『모든 견고한 것들은 하이퍼텍스트 속으로 사라진다』, 생각의나
　　　　무, 2000.

프랑스문화연구회, 『몸의 이해』, 어문학사, 1998.

한국고전여성문학회, 『조선시대의 열녀담론』, 월인, 2002.

한국문학연구회 엮음, 『다시 읽는 역사문학』, 평민사, 1995.

한국부인회 총본부, 『한국 여성운동 약사』, 한국부인회 총본부, 1985.

한국소설학회 엮음, 『현대소설 視點의 시학』, 새문사, 1996.

──────────────, 『현대소설 플롯의 시학』, 태학사, 1999.

한국신문협회, 『韓國 新聞協會 二十年』, 1982.

한국여성연구소 여성사연구실, 『우리 여성의 역사』, 청년사, 2002.

한국정신문화연구원 엮음, 『1960년대 사회변화연구』, 백산서당, 1999

한국현상학회 엮음, 『몸의 현상학』, 철학과현실사, 2000.

한미화, 『베스트셀러 이렇게 만들어졌다』, 한국출판마케팅연구소, 2002.

──────, 『우리시대 스테디셀러의 계보』, 한국출판마케팅연구소, 2001.

한원영, 『한국현대신문연재소설연구』, 국학자료원, 1999.

한창엽, 『林巨正의 서사와 패러디』, 국학자료원, 1997.

허문영 엮음, 『우리 시대의 대중 문화』, 한나래, 1995.

3. 낱글

강상현, 「1960년대 한국언론의 특성과 그 변화」, 『1960년대 사회변화연구
　　　：1963~1970』, 한국정신문화연구회 엮음, 백산서당, 1999.
강옥희, 「1930년대 후반 대중소설연구」, 상명대 박사논문, 1998.
김　현, 「70년대 문학의 상업주의」, 『우리 시대의 문학/두꺼운 삶과 얇은
　　　삶』, 문학과지성사, 1993.
김강호, 「1930년대 한국 통속소설 연구」, 부산대 박사논문, 1994.
김대식, 「여순사건과 사진의 역사성」, 『역사비평』제2집, 역사문제연구소,
　　　1990.
김득중, 「이승만정부의 여순사건 대응과 민중의 피해」, 여순사건 제53주
　　　년 기념학술세미나 발표문, 2001.
──────, 「이승만정부의 여순사건 왜곡과 국회논의의 한계」, 『역사연구』
　　　제7집, 역사학연구소, 2000.
김명희, 『여성잡지에 나타난 가치관 변화연구』, 서강대 석사논문, 1984.
김미경, 「'매춘'을 통해서 본 성통제구조 일고찰－문학작품 분석을 통하
　　　여」, 이화여대 석사논문, 1986.
김민정, 「사이버 여성문화로서 팬픽(fanfic) 연구－환타지(fantasy)와 성정체성
　　　의 연관성을 중심으로」, 이화여대 석사논문, 2002.
김병익, 「中産層의 삶과 意識」, 『知性과 文學－70년대의 文化史的 接近』,
　　　문학과지성사, 1982.
김복순, 「해방후 대중소설의 서사 방식(상)－1970년대까지를 중심으로」,
　　　『인문과학연구논총』제19집, 명지대 인문과학연구소, 1999.
김성곤, 「미녀와 야수, 혹은 고급문화와 대중문화의 결혼」, 『문학사상』
　　　343호, 2001.

김성기, 「멋진 신세계의 즐거운 악몽」, 『세계의 문학』 97호, 2000년 가을.

김성희, 「10대 여성의 ‘욕망배치’와 주체화과정에 관한 연구-10대 여성문화 분석을 중심으로」, 중앙대 석사논문, 2001.

김영민, 「열정은 어떻게 분배되는가—현재의 혼인과 혼인의 미래」, 『비평과 전망』 제6호, 2002년 하반기.

김영선, 「매춘사회의 구조와 대책에 관한 연구」, 『행정논총』 제4권, 원광대 행정학과 행정학연구회, 1984.

김영찬, 「1930년대 후반 통속소설 연구-『찔레꽃』과 『殉愛譜』를 중심으로」, 성균관대 석사논문, 1994.

김외곤, 「사이버 문학과 국어교육」, 『국어교육학연구』 17집, 국어교육학회, 2003.

김요한, 「하이퍼텍스트문학연구: 하이퍼텍스트의 구조적 특성과 새로운 문학의 가능성」, 한국외대 박사논문, 2003.

김우종, 「70年代 作家論-한국文學의 「人氣작가」 再評價한다-「별들의 故鄕과 崔仁浩」, 『조선일보』, 1978.2.15.

김우창, 「산업시대의 문학」, 『대중문학과 민중문학』, 김주연 엮음, 민음사, 1979.

김원규, 「1970년대 최인호·황석영 소설에 나타난 성과 신체의 의미」, 연세대 석사논문, 2000.

김은진, 「여수지역 근대문학의 형성배경과 전개양상」, 순천대 석사논문, 2000.

김종엽, 「ID는 id이다」, 『세계의 문학』 96호, 2000년 여름.

김종철, 「商業主義小說論」, 『韓國文學의 現段階 I』, 백낙청·염무웅 엮음, 창작과비평사, 1983.

김종회·최혜실 엮음, 『사이버 문학의 이해』, 집문당, 2003.

김주연, 「文化産業 시대의 의미」, 『문학을 넘어서』, 문학과지성사, 1987.

——, 「疎外와 現代文學」, 『現代文化와 疎外』, 김주연 엮음, 현대사상사, 1976.

김창식, 「신문소설의 대중성과 즐거움의 정체」, 『대중문학을 넘어서』, 청동거울, 2000.

김춘식, 「대중소설과 통속소설의 사이-60년대 후반~70년대 대중소설에 대해서」, 『한국문학연구』 제20집, 동국대 한국문학연구소, 1998.

김치수, 「개성과 다양성」, 『한국현대작가연구-황순원에서 임철우까지』, 권영민 엮음, 문학사상사, 1991.

김한식, 「김말봉의 「찔레꽃」과 '본격통속'의 구조」, 『한국학연구』 제12집, 고려대 한국학연구소, 2000.

김현주, 「1970년대 대중소설 연구」, 연세대 박사논문, 2003.

——, 「70년대 대중소설 연구」, 『1970년대 문학연구』, 민족문학사연구소 현대문학분과, 소명출판사, 2000.

나은진, 「사이버 공간 소설에 나타난 여성성과 남성성-인물과 서사성의 상호관계를 중심으로」, 『현대소설연구』 제16집, 한국현대소설학회, 2002.

류진아, 「1930년대 후기 장편소설에 나타난 통속성의 양상-『찔레꽃』과 『탁류』를 중심으로」, 한국외대 석사논문, 2004.

문경란, 「미군정기 한국여성운동에 관한 연구」, 이화여대 석사논문, 1989.

박선숙, 「여성의 Sexuality를 중심으로 본 매매춘정책에 관한 연구」, 이화여대 석사논문, 1990.

박설호, 「스웨덴에는 연애소설이 없다」, 『문학사상』 318호, 1999.4.

박종홍, 「김말봉의 「밀림」의 통속성 고찰」, 『어문학』 제76권, 한국어문학회, 2002.

박철우, 「1970년대 신문 연재소설 연구」, 중앙대 박사논문, 1996.

서동욱, 「인터넷 시대의 소통과 책임성」, 『세계의 문학』 95호, 2000년 봄.

서영채, 「1930년대 통속소설의 존재방식과 그 의미」, 『민족문학사연구』
　　　제4호, 민족문학사연구소, 1993.
서종택, 「해방이후의 소설과 개인의 인식-서기원, 김승옥, 최인호를 중
　　　심으로」, 『한국학연구』 제1집, 고려대 한국학연구소, 1988.
소영현, 「'스스로 희생자 되기' 혹은 견딤의 서사-최인호론」, 『1970년대
　　　문학연구』, 민족문학사연구소 현대문학분과, 소명출판사, 2000.
손정수, 「새로운 상상력과 욕망의 층위」, 『문학사상』 333호, 2000.7.
손태희, 「여순사건 참가계층의 제유형」, 순천대 석사논문, 2003.
송건호, 「한국현대언론사론」, 『언론과 사회』, 민중사, 1983.
송경아, 「소녀들의 감수성, 시장으로 진출하다『그놈은 멋있었다』, 『늑대
　　　의 유혹』 귀여니 · 『옥탑방 고양이』, 김유리」, 『당대비평』 23집,
　　　2003년 가을.
송유재, 「여성잡지에 나타난 한국여성상 분석연구」, 이화여대 한국문화연
　　　구원, 1985.
송효섭, 「구술성과 기술성의 통합과 확산-국문학의 새로운 사유와 담론을
　　　위하여」, 『국어국문학』 131집, 국어국문학회, 2002.
시정곤 · 송민규, 「사이버 언어와 경제성의 원리」, 『한국 문학사의 전개과
　　　정과 문학담당층』, 국제어문학회 엮음, 국학자료원, 2002.
신동흔, 「문화전환기에 돌아보는 문학의 개념과 위상-사이버세계, '일상
　　　의 문학'을 중심으로」, 『민족문학사연구』 17집, 민족문학사학회,
　　　2000.
신상성, 「디지털 문화와 사이버 문학의 새로운 긴장」, 『한국문예비평연
　　　구』 6집, 한국현대문예비평학회, 2000.
안창수, 「'찔레꽃'에 나타난 삶의 양상과 그 한계」, 『영남어문학』 제12집,
　　　영남어문학회, 1985.
양동숙, 「해방후 공창제 폐지과정 연구」, 『역사연구』 제9권, 역사학연구

소, 2001.

———, 「해방후 공창제 폐지운동과 김말봉의 '화려한 지옥'」, 『함께 보는 우리 역사』 제46호, 역사학연구소, 1998년 가을.

오현봉, 「崔仁浩小說 試論」, 『語文論誌』 6~7권, 충남대 국문학과, 1990.

우찬제, 「버추얼 리얼리티, 가능 세계, 문학 이론」, 『한국문학이론과 비평』 제15집, 한국문학이론과 비평학회, 2002.6.

이기일, 「사이버문화가 청소년의 의식과 행동에 미치는 영향에 관한 연구」, 광주대 석사논문, 2002.

이동하, 「70년대의 小說」, 『韓國文學의 現段階 I』, 김윤수·백낙청·염무웅 엮음, 창작과비평사, 1988.

———, 「한국 대중소설의 수준」, 『집없는 시대의 문학』, 정음사, 1985.

이배용, 「미군정기 여성생활의 변모와 여성의식 1945~1948」, 『역사학보』 제150호, 역사학회, 1996.

이병천, 「전후 한국자본주의 발달사」, 『한국사회론』, 김진균 외, 한울, 1990.

이상진, 「대중소설의 반페미니즘적 경향: 김말봉론」, 『페미니즘과소설비평:근대편』, 한국여성소설연구회 엮음, 한길사, 1995.

이선영, 「최인호 장편소설의 영화화 과정 연구」, 서울대 석사논문, 2002.

이용욱, 「디지털 서사체의 미학적 구조(1)」, 『한국문학이론과 비평』 17집, 한국문학이론과 비평학회, 2002.

이정옥, 「감상주의 연애소설의 상품화전략」, 『여성문학연구』 제6집, 한국여성문학회, 2001.

———, 「대중소설의 시학적 연구—1930년대를 중심으로」, 서강대 박사논문, 1999.

이종호, 「1930년대 통속소설 연구」, 경북대 석사논문, 1995.

이효춘, 「여수군란연구—그 배경과 전개과정을 중심으로」, 고려대 석사논문, 1996.

임헌영, 「학대와 고난의 세월」, 『絶望 뒤에 오는 것』, 전병순, 중앙일보사, 1987.

장노현, 「하이퍼텍스트 서사에 관한 연구」, 한국정신문화연구원 박사논문, 2002.

장두식, 「근대 대중소설연구-1930년대 후반기 '연애소설'을 중심으로」, 단국대 박사논문, 2001.

장영우, 「국어국문학과 대중문화의 통합과 확산」, 『국어국문학』 131집, 국어국문학회, 2002.

장일순, 「한국사회의 매매춘 현상에 관한 연구」, 『사회과학논총』 제20권, 경희대 사회과학대학, 2002.

전영태, 「한국근대소설의 대중성에 관한 고찰:멜로드라마적 성격을 중심으로」, 『한국학보』 제33집, 일지사, 1983.

전흥남, 「『여순병란』에 나타난 '여순사건'의 수용양상과 의미」, 『현대문학이론연구』 제14집, 현대문학이론학회, 2000.

───, 「『絶望 뒤에 오는 것』에 나타난 '여순사건'의 수용양상과 의미」, 『국어국문학』 제127집, 국어국문학회, 2000.

전흥남·김동윤, 「'여순사건'과 '4·3사건' 관련 소설의 담론화 연구」, 『현대문학이론연구』 제20집, 현대문학이론학회, 2003.

정은하, 「멜로드라마 영화장르의 즐거움(Pleasure)에 관한 연구」, 동국대 석사논문, 1995.

정은희, 「사랑과 성규범」, 『여성과 한국사회』, 여성한국사회연구회 엮음, 사회문화연구소, 1994.

정지영, 「하이퍼텍스트 구조의 레토릭적 패턴:설명형 담론과 서사형 담론의 비교분석」, 연세대 석사논문, 1998.

정지환, 「여순사건 왜곡보도의 과거와 현재」, 여순사건 제53주년 기념학

술세미나 발표문, 2001.

정형철, 「하이퍼텍스트 픽션에 관한 연구」, 『영미어문학』 제39집, 한국영어문학회 부산경남지부, 1998.

정희진, 「김말봉의 『찔레꽃 연구-서사기법과 독자 흥미유발요소를 중심으로」, 공주대 석사논문, 1999.

조명기, 「한국 현대 대중소설연구」, 부산대 박사논문, 2002.

조혜정, 「가부장제의 변형과 극복」, 『한국여성연구』 제1권, 청하, 1988.

차원현, 「바람피우기의 세 방식」, 『세계의 문학』 102호, 2001년 겨울.

차혜영, 「최인호의 『별들의 고향』론-'종합선물셋트'로서의 소설」, 『1970년대 장편소설의 현장』, 민족문학사연구소 현대문학분과, 국학자료원, 2002.

최미진, 「1960년대 대중소설의 서사전략 연구」, 부산대 박사논문, 2003.

최인훈, 「正統을 찾아서」, 『江原道 달비장수』, 전병순, 창작과 비평사, 1977.

한 기, 「진정성 위기 시대의 소설」, 『문학사상』 326호, 1999.12.

한성일, 「컴퓨터 대화방의 표현양상과 국어 교육적 방안」, 『국어교육연구』 제11집, 국어교육연구소, 2003.

홍근희, 「김말봉 소설 연구」, 대구카톨릭대 석사논문, 2002.

홍성암, 「한국여류소설의 두 경향」, 『한민족문화연구』 제5집, 한민족문화학회, 1999.

황남준, 「全南 地方政治와 麗順事件」, 『解放前後史의 認識』 3권, 한길사, 1987.

황정미, 「개발국가의 여성정책에 관한 연구: 1960~70년대 한국 부녀행정을 중심으로」, 서울대 박사논문, 2001.

4. 외국논저

가와무라 미나토, 유재순 옮김, 『말하는 꽃 기생』, 소담출판사, 2002.

가이 오크스 역편, 김 희 옮김, 『게오르그 짐멜:여성문화와 남성문화』, 이
　　화여대출판부, 1993.

게오르그 루카치, 반성완 옮김, 『소설의 이론』, 심설당, 1985.

게오르그 루카치, 이영욱 옮김, 『역사소설론』, 거름, 1987.

딕 햅디지, 이동연 옮김, 『하위문화-스타일의 의미』, 현실문화연구, 1998.

딘 R. 쿤츠, 박승훈 옮김, 『베스트셀러 小說 쓰는 법』, 범서출판사, 1984.

레나 린트호프, 이란표 옮김, 『페미니즘 문학이론』, 인간사랑, 1998.

로버트 숄즈·로버트 켈로그, 임병권 옮김, 『서사의 본질』, 예림기획,
　　2001.

로빈 레아콥 외, 강주헌 옮김, 『여자는 왜 여자답게 말해야 하는가』, 고려
　　원, 1991.

로제 카이와, 이상률 옮김, 『놀이와 인간』, 문예출판사, 1999.

리차더 M. 자너, 최경호 옮김, 『신체의 현상학』, 인간사랑, 1993

마셜 맥루한, 김성기·이한우 옮김, 『미디어의 이해: 인간의 확장』, 민음
　　사, 2002.

메기 험, 심전순·염경숙 옮김, 『페미니즘이론사전』, 삼신각, 1995.

스콧 래쉬·조나단 프리드먼 엮음, 윤호병 외 옮김, 『현대성과 정체성』,
　　현대미학사, 1997.

안네트 콜로드니, 김열규 외 옮김, 『페미니스트 문학비평의 몇 가지 방향
　　들』, 『페미니즘과 문학』, 문예출판사, 1992.

알렝 꼬르벵, 이종민 옮김, 『창부』, 동문선, 1995.

움베르토 에코, 김운찬 옮김, 『대중의 슈퍼맨』, 열린책들, 1994.

움베르토 에코, 조형준 옮김, 『열린 예술작품 : 카오스모스의 시학』, 새물결, 1995.

이께다 히로시, 정한기·김광수 옮김, 「대중소설의 세계와 반세계」, 『대중문학이란 무엇인가?』, 대중문학연구회 엮음, 평민사, 1995.

장 클로드 기유보, 김웅권 옮김, 『쾌락의 횡포』 상, 동문선, 2001.

재크린 살스비, 박찬길 옮김, 『낭만적 사랑과 사회』, 민음사, 1985

정화열 지음, 박현모 옮김, 『몸의 정치』, 민음사, 1999.

조지 P. 랜도우, 여국현 외 옮김, 『하이퍼텍스트 2.0』, 문화과학사, 2001.

존 레웰린, 서우석·김세중 옮김, 『데리다의 해체주의』, 문학과지성사, 1990.

크리스 쉴링, 임인숙 옮김, 『몸의 사회학』, 나남, 1999.

페터 V. 지마, 서영상·김창주 옮김, 『소설과 이데올로기』, 문예출판사, 1994.

페터 V. 지마, 허창운 옮김, 『텍스트 사회학』, 민음사, 1991.

피에르 부르디외, 김용숙·주경미 옮김, 『남성지배』, 동문선, 1998.

피터 부룩스, 이봉지·한애경 옮김, 『육체와 예술』, 문학과지성사, 2000.

Arnold Hauser, 염무웅·반성완 옮김, 『문학과 예술의 사회사』 3, 창작과비평사, 2000.

Donn Welton(ed.), *The Body,* Blackwell Publisher Ltd, 1999.

E. J. 홉스보움, 진철승 옮김, 『원초적 반란』, 온누리, 1984.

E. J. 홉스보움, 황의방 옮김, 『의적의 사회사』, 한길사, 1982.

F. Jameson, *The Political Unconscious : Narrative as a Socially Symbolic Act,* NY : Methun, 1981.

H.R. 야우스, 장영태 옮김, 『도전으로서의 문학사』, 문학과지성사, 1983.

J. 도너번, 김익두·이월영 옮김, 『페미니즘 이론』, 문예출판사, 1993.

J. 호이징하, 김윤수 옮김, 『호모 루덴스』, 까치, 1998.

John Berger, *Ways of Seeing,* BBC and Penguin, 1972.

John G. Cawelti, *Adventure, Mystery and Romance : Formula Stories as Art and Popular Culture,* Chicago UP, 1976.

Jonathan Culler, "Presupposition and Intertexuality," in *The Pursuit of Signs:Semiotics, Literature, Deconstruction,* Ithaca : Cornell UP, 1981.

Jonathan Culler, *Structralist Poetics:Structuralism and the Study of Literature,* Ithaca:Conell University Press, 1975.

M. Mcluhan, 박정규 옮김, 『미디어의 이해: 인간의 확장』, 커뮤니케이션북스, 1997.

P. Brooks, *Reading for the Plot : Design and Intention in Narrative,* Harvard UP, 1984.

Peter Brooks, *The Melodramatic Imagination:James, Melodrama, and the Mode of Excess,* Columbia UP, 1985.

Sarah Nettleton & Jonathan Watson(ed.), *The body in everday life,* Routledge: New York, 1998.

Shari Benstock, "Discourse of Desire:Gender, Genre and Epistolary Fictions by Linda s. Kauffman", *Criticism* X X X, No.4. Fall, Wayne State UP, 1988.

Thomas J. Roberts, *An Aesthetics Junk Fiction,* Athens and London : Georgia UP, 1990.

Torill Moi, 임옥희 외 옮김, 『성과 텍스트의 정치학』, 한신문화사, 1994.

• 저자 약력

　　지은이 최미진(崔美珍)은 1971년 경남 진해에서 나서 부산대학교 국어국
문학과를 졸업하고, 같은 학교 대학원에서 문학박사 학위를 받았다. 「1970
년대 새마을운동과 농민소설의 정치성」, 「김정한의 미완성 장편소설
<農村歲時記> 연구」, 「요산 김정한의 단편소설 <사라진 사나이> 연
구」, 「1920년대 신문소설에 나타난 유학 체험과 근대적 특성 연구」 들의
논문을 내놓았다. 낸 책으로『1960년대 대중소설의 서사전략 연구』(푸른
사상, 2006)이 있으며, 함께 낸 책으로는『연애소설이란 무엇인가』(국학
자료원, 1998),『현대문학과 양가성』(태학사, 1999),『몸의 역사와 문학』
(태학사, 2002),『역사소설이란 무엇인가』(예림기획, 2003)가 있다. 현재
부산대학교에 출강하고 있다.

한국 대중소설의 틈새와 심층

2006년 11월 25일 1판 1쇄 인쇄
2006년 11월 30일 1판 1쇄 발행

지은이 • 최 미 진
펴낸이 • 한 봉 숙
펴낸곳 • 푸른사상사

등록 제2 - 2876호
서울시 중구 을지로3가 296-10 장양B/D 701호
대표전화 02) 2268 - 8706(7) 팩시밀리 02) 2268 - 8708
메일 prun21c@yahoo.co.kr / prun21c@hanmail.net
홈페이지 //www.prun21c.com

ⓒ 2006, 최미진

ISBN 89 - 5640 - 512 - 3 - 03810

값 20,000원

☞ 21세기 출판문화를 창조하는 푸른사상에서 좋은 책 만들기에 노력하고 있습니다.
　저자와의 합의에 의해 인지 생략함.